失われた図書館

A・M・ディーン
池田真紀子 訳

集英社文庫

目次

主な登場人物

エミリー・ウェス……………………………… カールトン大学教授
アルノ・ホルムストランド………………… カールトン大学教授
マイケル・トーランス…………………… エミリーのフィアンセ
サミュエル・トラサム…………………… アメリカ合衆国大統領
ジェファソン・ハインズ……………… アメリカ合衆国副大統領
バートン・ギフォード………………… 外交政策諮問委員会顧問
コリン・マーレイク……………………………… 特許局官僚
マーク・ハスキンス………………………………… 陸軍大将
アシュトン・デイヴィス…………………………… 国防長官
ブラッド・ホイットリー………… シークレットサービス長官
ミッチ・フォレスター………………………… 副大統領補佐官
コール……………………………………………… 〈フレンド〉
ジェイソン………………………………………… 〈フレンド〉
ピーター・ウェクスラー………… オックスフォード大学教授
カイル・エモリー……………………… ウェクスラーの教え子
アタナシウス・アントーン…… アレクサンドリア図書館研究員
ユアン・ウェスターバーグ………………………… 副大統領後援者

ブロード・ストリート
ホリウェル・ストリート
ディヴィニティ・
スクール
ボドリアン図書館
クイーンズ・
カレッジ
聖母マリア
大学教会
ユニヴァー
シティ・
カレッジ
ハイ・ストリート
オリエル・
カレッジ
マートン・ストリート
エクザミネーション・
スクール
オックスフォード中心部(イギリス)

地中海
アレクサンドリア図書館
コーニッシュ大通り
ボルグ・エル・アラブ空港
アレクサンドリア(エジプト)

ヨーロッパ
ドルマバフチェ宮殿
ボスポラス海峡
ガラタ
地区
ゴールデン
ホーン湾
トプカプ宮殿
アヤソフィア大聖堂
ブルーモスク
アジア
ケネディ通り
イスタンブール(トルコ)
マルマラ海

失われた図書館

火曜日

プロローグ

アメリカ合衆国ミネソタ州
午後11時15分（中部標準時《CST》）

銃弾は肺まで届いたものの、貫通せずに体の中にとどまっている。しかし老いた男はもはやそれによる痛みを痛みとはとらえていなかった。視界は輪郭から少しずつ暗くなり始めていたが、その薄らぎかけた痛みだけが彼の意識をつなぎ止めている。

こうなることはわかっていた。アルノ・ホルムストランドは彼らの来訪を予期していた。一週間前に起きたことを考えれば当然だろう。覚悟はできている。急ぐはめにはなったが、準備は間に合った。段取りは整い、必要な手配はすべて終えてある。残るはこの最後の務めを果たし、労力が報われることを祈るだけだ。

デスクの奥に回り、すれて毛羽立った革張りの椅子にどさりと体を沈めた。暗いオフィスに一つ灯《とも》ったランプの柔らかな光が、目の前のマホガニー材の天板をほのかに輝かせている。この状況にひどく不似合いな美しさだった。

デスクの上に開いたまま載せた書物に手を伸ばす。胸の痛みが一瞬、再燃した。その焼けるような痛みに役目があるとするなら、最後通告だろう。もはや逃げ道は断たれた、最後までやり通すしかないという現実を改めて突きつけるもの。痛みから意識を引きはがし、デスクの上の書物に意識の焦点を合わせて、指先で三枚数えた。残された力を振り絞り、その三枚を破り取った。

廊下を足音が近づいて来る。意識の焦点はそちらに移った。アルノ・ホルムストランドは銀無垢《むく》に金めっきが施されたライターを手に取った。何年も前、教え子の結婚式で花婿の付添人を務めたときに贈られたものだ。破り取った本のページを足もとのくず入れの上にかざし、ライターの炎を近づけた。火はすぐに燃え移った。炎を上げる紙をくず入れに落とす。紙が縁から丸まって橙色の炎に呑みこまれると、アルノはまた革張りの椅子に身を沈めた。

よし、これで務めは完了だ。あとは手を組んで待とうとしたところで、オフィスのドアが勢いよく開いた。戸口に飛びこんできた男の表情は硬く冷たかった。そこには何の感情も浮かんでいない。たくましい体に張りつくような黒いレザージャケットの裾を正しながら室内に視線をめぐらせ、小さな火災を起こしているくず入れを一瞥《いちべつ》したあと、デスクの奥側に座った老人に拳銃の狙いを定めた。

アルノは顔を上げ、相手の目をまっすぐに見つめた。

「きっと来るだろうと思っていたよ」その淡々とした声は、穏やかな威厳を漂わせていた。戸口で銃をかまえた男は表情を変えずにいる。ほんの何秒か前まで全速力で走っていたのだろうに、呼吸はすでに平時のリズムを取り戻していた。

アルノは親しみを装っていた声をビジネスライクな調子に変えて続けた。

「きみは私を見つけた。ここまで来た者は初めてだ。だが、この先へは進ませない」

男は戸口でいったん足を止めたままアルノを見ていた。その目に好奇心が忍びこんでいた。老いた男がこの期《ご》に及んでなお冷静でいることが意外なのだろう。破滅は目前だ。なのに、この老いぼれは、異様なほど平静を保っている。

侵入者はゆっくりと深呼吸をした。それから、まばたき一つせずに引き金を引いた。すばやく、二度。弾丸は二つとも老人の胸に命中した。

室内が闇に包まれていく。アルノ・ホルムストランドの視野に映った侵入者の輪郭がにじみ、渦を巻き、やがて遠ざかった。闇がいっそう深くなる。

そして、無が訪れた。

十四分後　イギリス　オックスフォード
水曜日 午前5時29分（グリニッジ標準時《GMT》）

古めかしい教会の時計台が、そろそろ目を覚ましていつもどおりの一日を始めようとしている街を見下ろしていた。広場を囲むカレッジの窓のいくつかに明かりが灯り、今日の売り物を商店に配達するバンがハイ・ストリートを行き交っていた。月は地平線に沈みかけ、暁《ぎょう》光《こう》はまだ夜の陰に隠れている。

時計台の大きな鉄の分針がかたりと動き、五時三十分ちょうどを指した。同時に、鉄でできた文字盤の裏で、何者かの手によって旧式の歯車のあいだに差しこまれていた木製の丸棒が二つに折れた。丸棒に結わえつけてあった紐《ひも》が支えを失い、その紐で時計台の基礎のはるか上方に宙づりにされていた包みは、入念に狙い定められた地点に向けて落下を開始した。包みは螺旋《らせん》階段百二十四段分の高さを一直線に落ち、十三世紀に建設された時計台の分厚い石でできた基礎に打ちつけられた。その衝撃で包みの外側に取りつけられていた雷管がつぶれ、方向を綿密に計算して詰めてあった点火薬に着火した。炎が閃《ひらめ》くより前にC４爆薬の塊が覚醒し、ためこんだ怒りを一気に発散させるかのように激しく爆発した。

歴史ある教会は、巨大な炎の玉と化して崩れ落ちた。

水曜日

1

ミネソタ州
午前9時5分（CST）

　エミリー・ウェス教授の人生を一変させることになるその一日は、ごく平凡に始まった。悲劇の兆候は何一つ見当たらなかった。エミリーはとくに急ぐことなく学期中の朝の日課をふだんどおり進めた。朝のランニング、朝の講義、朝のコーヒー。鼻腔をくすぐる秋らしい甘さを帯びた空気の感触は昨日と変わらないが、しかし、カールトン大学のキャンパスに漂う空気は微妙に乱れていた。教室からオフィスに戻るあいだもずっと、皮膚の上で何かの気配がかすかに震えていた。しかしそれが何なのか、ぴったりの言葉は見つからない。その日はどこかいびつな形をしていた。昨日までの形とうまく重なり合わないところがたしかにあった。

「おはようございます」エミリーはそう声をかけながら、レイトン校舎三階の中央廊下から宗教学科に続くドアを抜けて、自分のオフィスがある一角に入った。教職員用オフィスが並んだ、ミネソタ州の言葉では莢《ポッド》と呼ばれるその一角には、中央に小さな共用スペースが設けられていて、エミリーのオフィスのドアもそれに面している。同じポッドにはほかに四人の教授がオフィスをかまえていた。共用スペースの片隅にその四人が集まっている。別のポッドにオフィスを持つ教授の顔も見えた。

　エミリーは笑顔を向けたが、四人は低い声で何やら話しこんでいる様子で、反応がない。ずいぶんと長い間を置いて、ようやく一人から「おはよう」という挨拶《あいさつ》の声が返ってきたものの、やはり誰一人こちらに顔を向けようとせずにいた。朝一番からずっとつきまとっていた奇妙な感覚を、エミリーはこのとき初めてはっきりと意識した。校舎を包む不可解な静寂、そらされる視線、同僚たちの顔に張りついた不安げな表情。そういったものを感じてはいても、これまでは本当には意識せずにいた。

　バッグから鍵《かぎ》を取り出し、一列に並んだメールボックスの前で立ち止まると、自分宛の郵便物をすべて取り出して腕に抱えた。二週間分のダイレクトメール。たまっているのを知っていてわざと放置していた。読む価値のないものを毎日のように相手にしていると、それだけで憂鬱《ゆううつ》な気分になる。

　背後では同僚たちがまだ低い声で話を続けていた。小さな鍵をオフィスのドアに差しこみながら、エミリーは振り返って軽く視線を投げた。

「今朝になって職員が見つけたんだって」会話の断片が聞こえた。わざとらしいほど押し殺した声だった。

「信じられない」別の声が言った。「だって、つい昨日、一緒にコーヒーを飲んだばかりなのに」

最後の発言の主は、キリスト教倫理学の教授マギー・ラーソンだった。陰気な表情をしている。

違う——エミリーはマギーの顔をよくよく見直してから、頭のなかで訂正した。あの表情は動揺だ。しかし、〝動揺〟もしっくりこないとすぐにまた気づいて、ふいに好奇心をかき立てられた。ああそうか、マギーは怯えているのだ。

エミリーはオフィスの鍵を回しかけていた手を止め、百八十度向きを変えて同僚たちを見つめた。四人とも何かに完全に気を取られている。そう、決して好ましい種類のものではなさそうな何かに。

「急に話に割りこんじゃってごめんなさい。何かあったんですか」エミリーは一歩近づいて言った。自分がひとこと口にするたびに、同僚たちが発している不可解な圧力が高まるのを感じたが、詳しい事情がわからなければ、話に入りようがない。何が話題になっているのかさえ見当がつかなかった。

しかし四人はあっさりエミリーの疑問を解決した。「あら、聞いてない？」一人が言った。アイリーン・メリンは新約聖書研究の正教授で、いまから二年近く前、エミリーが現職に応募した際の採用委員会のメンバーでもあった。面接で初めて会ったときから、エミリーは彼女に憧れに似た気持ちを抱いていた。年を重ねたら、アイリーンのように銀髪が似合う女性になりたい。

「ええ」エミリーは紙コップから冷めたコーヒーを一口飲んだ。買ってから一時間もたって風味が抜けてしまっていた。しかし、飲みものを口もとに運ぶという日常的な動作は、その場のぎこちない雰囲気を多少なりとも和らげた。「でも、何を？」

「史学科のアルノ・ホルムストランド教授は知ってるわよね？」

「もちろん知ってます」エミリーは答えた。ホルムストランドは史学科の看板教授だ。この大学に彼を知らない者はいない。エミリーは史学科と宗教学科の両方で教えているが、たとえ二つの学科をかけもちしていなかったとしても、この大学で最高の業績と名声を誇る教授のことは知っていただろう。「また幻の写本を発見したとか？　それとも、法律を無視した発掘調査でもして、中東のどこかの国から強制退去させられたとか？」エミリーがホルムストランドの名を耳にするときはかならず、歴史学的な大発見または無鉄砲な大冒険がセットになっている。「あとは、調査費で大学を破産させたとか？」

「いいえ」アイリーンはふいに困ったような顔をすると、ささやくような声で言った。「亡くなったのよ」

「えっ」驚愕《きょうがく》のあまり、四人の輪に無理に体を割りこませるようにしながら言った。「亡くなった？　いつ？　どうして？」

「亡くなったのは昨日の夜。殺されたみたい。このキャンパスで」

「みたいじゃなくて」宗教改革が専門のジム・レノルズが横から言った。「殺されたんですよ。胸を三発撃たれて――少なくとも私はそう聞きました。自分のデスクで殺された。犯人はプロじゃないかって話です」

それまではただ奇妙にざわついているだけだった肌が、いまや完全に粟立っていた。カールトン大学のキャンパスで人が殺された？　前代未聞の大事件だ。しかも、被害者は教授の一人だという。驚きと恐怖がないまぜになって胸をふさいだ。

「廊下を追いかけられて、自分のオフィスに逃げこんだらしいわ」アイリーンが付け加えた。「オフィスの外にも血痕が残ってたそうだから。私は現場を見たわけじゃないけど」そこでためらうような間があった。アイリーンがエミリーを見る。「キャンパス中が警官だらけよ。気づかなかった？」

ショックが大きすぎて、頭がうまく働かない。たしかに、朝一番の講義の前に駐車場に車を入れたときパトロールカーを見かけたような記憶もあるが、その時点では深く考えなかった。大学のキャンパス内に警察官がいること自体はそう珍しい光景ではない。

「ま――まさかそんなことだとは思わなくて」エミリーは口ごもった。「でも、どうしてアルノが？」頭が混乱して、ほかに訊《き》くべきことが思い浮かばなかった。

「心配なのはなぜ殺されたのかじゃないと思うのよね」エミリーと同じ宗教史学教授のエマ・エリクセンが不安げな声でためらいがちに言った。

「え？　じゃあ、何が心配？」エミリーは尋ねた。

「このキャンパスで同僚が殺されたわけでしょう。心配すべきは――次は誰か、じゃない？」

2

ワシントンDC
午前9時6分（東部標準時《EST》）

〈26H〉と書かれたプレートがドアに下がった会議室を出ると、D・バートン・ギフォードは秘書に革のブリーフケースを預けて、しばらく一人にしてほしいと目で伝えた。ドアの前から一歩脇によけ、会議室を出て廊下の先の出口に向かうほかの参加者に道を譲った。無数に掲げられた〈禁煙〉の警告を無視し、胸ポケットのケースから両切りのポール・モールを抜き取って火をつけた。現大統領の就任以来、ギフォードは二年にわたって外交政策諮問《しもん》委員会の顧問を務めている。中東における戦後復興政策にビジネスの視点を取り入れて積極的に関与すべきとするギフォードの考えは採用されなかったが、それでもギフォードは大統領の中東政策を忠実に支持してきた。ギフォードはいまや誰よりも発言力を持つブレインの一人となり、外交政策を方向づけると同時に、友好関係を結ぶべき国家、敵と見なして警戒すべき国家の見きわめを大統領が誤ることがないよう注意を払っている。ギフォードはもともとビジネスマンだ。そしてビジネスの世界は、人脈から成り立っている。就任からこの二年で大統領が築いた人脈は——特定の人物や国家や集団がそのネットワークから排除されていることも含めて——自分の卓見と影響力の成果だと思いたい。それは単なる願望ではなかった。ギフォードは多方面に太いパイプを持っている。大統領は誰を友人とすべきか、それだけを良心に従って選べばいい。

　このとき、コールと呼ばれる男が、気配を殺して物陰に身をひそめ、ギフォードの様子をうかがっていた。暗がりに隠れた顔には、恰幅《かっぷく》のよい傲慢《ごうまん》なフィクサーに対する憎悪が浮かんでいた。ギフォードは権力を笠《かさ》に着て他人を見下す特権階級《ファット・キャット》を絵に描いたような人間だ。自尊心が肥大しているだけでなく、体まででっぷりと肥えている。己の目的達成に影響なしと判断したものごとには、二度と関心を向けようとしない。

　今日、この男はその過失の代償を支払うことになる。

　無人になった廊下に一人残ったギフォードは、煙草の煙を深々と吸いこんだ。すでに半分燃え尽きた煙草を唇にぶらさげたまま両手でジャケットの襟を整える。無防備な姿勢、周囲に対する注意がおろそかになったその隙をついて、コールは廊下の真向かいのオフィスからすっと足を踏み出すと、無駄のないなめらかな動きで太った男の両手首をつかみ、力ずくで会議室に押し戻した。

「おい、何のつもりだ？」ギフォードは驚愕してうなるような声を絞り出した。その拍子に唇にはさんでいた煙草が床に落ちた。

「黙れ。騒ぐと面倒が増えるだけだぞ」コールは左手でギフォードの腕を背中にねじり上げたまま、右手で会議室のドアを静かに閉めた。「座れ」ほんの数分前まで会議の参加者が座っていた、細長い会議テーブルを囲む革張りの椅子の一つのほうにギフォードを押しやった。ギフォードは憤然としていた。どこの誰とも知れぬ男に手荒に扱われたばかりではない。手首までひねられた。両手を胸の前に持ってくると、痛む手首をさすった。怒りが沸騰して頭から湯気が立ちそうだった。早口で怒鳴り散らしながら回転椅子の向きを変え、襲撃者と正対しようとした。「おまえ、こんなことをして、ただですむと思っているのか。私が誰かわかってやって――」

だが、そこでふいに言葉を呑みこんだ。椅子の向きが完全に変わった瞬間、コールの手に握られているものが目に入ったからだ。357シグ・グロック32。コールは余裕の表情でサイレンサーを銃身に締めこみながら、目を上げることなく応じた。

「あんたが誰かなら、よく知ってるよ、ミスター・ギフォード。どんな人間かよく知ってるから、こうしてここにいるわけだ」

軽蔑から噴き出した怒りの炎は、瞬時に勢いを失った。いまやギフォードはただ恐怖にとらわれていた。拳銃から視線を引きはがすことができない。「何だ……目当ては何だ?」

「この瞬間だ」コールは答え、かちりと音を立ててサイレンサーを固定すると、グロックの安全装置を解除した。「この瞬間のために来た」

「答えになっていない」ギフォードは吐き捨てるように言った。恐怖に身をすくませ、目の前の脅威から少しでも遠ざかろうとするように、無意識に椅子の背に体を押しつけた。「私に何をしろと言うんだ?」

「別に何も」コールは応じた。「あんたには何も求めてないよ。これは尋問じゃないし、誘拐しようってわけでもない」

「だったらこれはいったい何なんだ?」

コールはここで初めて顔を上げると、怯えて大きく見開かれたD・バートン・ギフォードの目をまっすぐに見つめた。「終わり、かな」

「終わり……?　意味がわからない」

「まあそうだろうな」コールは言った。「あんたにはわからないだろう」

三発の銃弾がギフォードの心臓を貫いて、二人の会話に終止符を打った。コールの右肩は小型拳銃のいつもどおりの反動を苦もなく吸収した。細長い会議室には、サイレンサーに抑制された「ぴしっ」という銃声が小さく反響しただけだった。

ギフォードは信じられないといった表情で口を大きく開け、たったいま自分の上半身に弾丸をめりこませた拳銃から細く立ち上る煙を目で追った。心臓からあふれた大量の血液が胸と背中に空いた穴から流れ落ち、彼の体は力を失って椅子の上でかしいだ。

コールはギフォードが息絶えて闇の底へと沈むのを見届けた。

3

午前9時20分（CST）

「犯人はもうわかってるんですか」エミリーは尋ねた。動揺のせいでうまく言葉が出ない。殺されるような理由がアルノ・ホルムストランドにあったとはとても思えなかった。ホルムストランドはこの大学の教授陣で一番の有名人だったことは誰もが認めるだろうが、エミリーから見れば、彼はおそろしく年を取っていた。年齢は七十歳をゆうに超えていた。偏屈なところはあっても、基本的に物静かな男性だった。とはいっても、個人的によく知っていたわけではない。何度か顔を合わせる機会はあったし、エミリーの研究について短い感想を一つ二つ言われたこともあるが——若手の研究にちょっとした難癖をつけるのはベテラン教授の特権のうちだろう——老教授との接点といえばその程度にすぎなかった。二人は単なる職場の同僚であって、友人ではなかった。

だからといって、事件の衝撃が和らぐことはなかった。大学の構内で人が死んだ。それも殺されて。そうそう起きることではない。それに、ホルムストランドには、少なからぬ親近感を抱いていた。それは主として彼の名声と業績に遠くから接してきた結果であって、一対一の交流を通じて育まれた感情ではなかったが。

「どうかな」ジム・レノルズが言った。「警察がいま史学科を封鎖して調べてるよ。今日いっぱいは立入禁止だろうね」

エミリーは反射的にまたコーヒーを一口飲んだ。しかし今回は、紙コップを口もとに運ぶという動作が、この場にとんでもなく不釣り合いなうえに、わざとらしく思えた。そう、無神経なことだという気がした。知人が殺されるという衝撃的な事件を耳にした直後にする動作として、あまりに日常的すぎるのではないか。

「大学でこんなことが起きるなんて」マギー・ラーソンはまだ怯えた顔をしていた。「アルノみたいな人を殺せる人間なのよ。そう考えたら……」そこで言葉を濁した。最後まで言う必要はなかった。その場の全員が同じことを考えていた。同僚が殺されたのだ。自分だけは絶対に安全だとは言いきれない。

長い沈黙があった。やがてすぐ後ろの壁でベルが鳴り出して、その沈黙は破られた。次の講義の予鈴だ。一同は不安げに目を見交わしながらそれぞれ受け持ちの教室に向かおうとした。エミリーは奇妙なやましさを感じた。このままただお開きにしていいのか。たったいままで同僚の死を話題にしていたのに、まるで何事もなかったように日常に戻っていいのか。何か区切りをつけるべきだろう。いまの心情を言葉にすべきだ。

「アルノのこと、とても……とても残念だわ」そう言うのがせいいっぱいだった。深い喪失感にとらわれていた。自分でも意外なほど強い感情だった。親しい友人が亡くなったというのなら、悲しみが湧いて当然だろう。だが、アルノ・ホルムストランドは友人でさえなかった。

アイリーンはいつもの柔らかな笑みを残してポッドから立ち去った。エミリーは動揺を抑えきれないまま自分のオフィスに戻って鍵を開け、こぢんまりした室内に入った。一日の焦点がこれほどあっさりと変わるとは。悲劇というものに、これほど人の心を揺さぶる力があったとは。アルノ・ホルムストランドの死を知らされるまで、エミリーの意識はまったく別の方角に向いていた。まもなく愛する男性と再会できる。そのことに完全に気を取られていた。毎週水曜は朝一番に一つ講義があるだけだ。しかも明日からは感謝祭の連休が始まる。つまり、今日の残りの時間は、待ち焦がれていた再会の瞬間に向けて一歩ずつ近づくことに費やせるはずだった。ミネアポリスからシカゴに飛び、フィアンセのマイケルと感謝祭の長い週末を一緒に過ごす準備のために。マイケルと知り合ったのは、四年前の感謝祭だった。イギリス人のマイケルは当時、母国の大学に通っていた。エミリーはまだ修士課程の学生で、在外研究の一環としてイギリスに滞在し、アメリカのすばらしき伝統の意義を旧植民地時代の領主だった頭の固い人々に伝えようと奮闘していた。出会いの記念日として、感謝祭は二人にとって特別な休暇になっている。

しかしその幸福な注意散漫状態は唐突に断ち切られた。エミリーの心はいま、激しく揺れ動いていた。キャンパス内で人が亡くなったというニュースを耳にした瞬間から、アドレナリンの血中濃度はひたすら上昇を続けていた。

それでもどうにか不安を抑えつけ、デスクに置いたパソコンを起動した。どれだけショックを受けていようと、仕事を放り出すわけにはいかない。腕を伸ばし、メールボックスから抱えてきた郵便物をばさりと机の上に落とした。

エミリーの頭はまだ、殺人事件が起きた衝撃と同僚を失った悲しみでいっぱいで、派手な色遣いのチラシ二枚にはさまれた小さな黄色い封筒の存在に気づいていなかった。優美だが見慣れない筆跡で書かれた宛名が、エミリーの注意を惹《ひ》くことはなかった——切手が貼《は》られていないこと、差出人の住所氏名がないことも。その封筒はエミリーの視線を逃れて、雑多な郵便物のあいだにひっそりと隠れていた。

4

午前9時30分（CST）

使いこまれた革張りの椅子に小さな穴が二つ。アルノ・ホルムストランドの命を奪った最後の二発の痕跡だ。ほぼ一点に集中している。二発の間隔は三センチあるかないかだ。プロの犯行と考えて間違いないだろう。遺体の搬出は完了しており、椅子のクッションにくっきりと残された弾道がじかに確認できた。犯人はオフィスの入口付近に立って銃撃したようだ。身長は百七十センチ程度。被害者は犯人と正対してこの椅子に座っていた。

アル・ジョンソン刑事は椅子を調べている鑑識課員を見守った。ラテックスの手袋をはめ、細いピンセットを慣れた様子で器用に操って、椅子に開いた穴から弾丸を抜き取っている。口径は38か。正確には弾道検査の結果を待つ必要があるだろうが、凶器が拳銃であること、これが殺人事件であること、そしてプロによる犯行であることさえわかれば、さしあたって充分だ。

その種の捜査の経験は充分に積んできている。

遺体は早朝のうちに安置所に移された。合計で三発撃たれていた。遺体の右上腹部に銃創が一つ。これが最初の一発で、おそらくオフィスの外で撃たれた。ジョンソン刑事は、このオフィスまで点々と続く血の跡を目で追った。監察医によれば、この一発が致命傷になっていたとしてもおかしくないという。しかし被害者は瀕死の状態でオフィスまで戻り――しゃがんでいたジョンソンは立ち上がり、目に見えない被害者の足跡をたどった――デスクの向こう側に回った。いったい何のために？　デスクには電話機があるが、使われた形跡はない。緊急電話番号９１１の記録も調べたが、今朝になって職員が現場を発見するまで、大学構内からの受電はなかった。

別の鑑識課員が戸枠の指紋を採取している。もう一人はデスクで同じように指紋を採っていた。制服警官二名は現場写真を撮影中だ。ジョンソン刑事のパートナーは廊下で当直職員から事情を聞いている。ほかに六名ほどの警察官が現場に出入りしていた。人が殺された現場とは、なんと生気にあふれた場所なのだろう。毎度のことながら、アル・ジョンソン刑事は改めて驚嘆した。刑事が仕事柄目撃する皮肉な矛盾の一つがそれだ。

ジョンソンはデスクに近づいた。年老いた大学教授のデスクと聞いて想像するものがひとおりそろっていた。緑色のシェードがついたデスクランプ、真鍮《しんちゅう》のペン立て、黄ばみかけた吸い取り紙、製造されたその日からすでに時代遅れだったのではと疑いたくなるようなパソコン。革《ぞうげ》のトレーに古い手紙が何通か。どれも几帳面《きちょうめん》に開封してあった。てっぺんに載っている象牙のレターオープナーを使ったのだろう。

象牙のレターオープナー……象牙の塔……その慣用表現の由来を目《ま》の当たりにしたように思えた。

デスクの中央に写真集のような大型のハードカバー本がある。ちょうど真ん中あたりのページが開いたままになっていた。ジョンソンは本の前に立ち、手袋をはめた手を伸ばして、開いたページをそっとなぞった。パウダーつきのラテックス越しに思いがけずでこぼこした感触が伝わってきて、ジョンソンはたこのできた指をそこで止めた。ページとページのあいだにフリルのような残骸がはみ出している。何枚か破り取ったようだ。

カメラのフラッシュが閃いた。若い鑑識課員がカメラをかまえ、本と、それに触れているジョンソンの手を写真に収めていた。

ジョンソンは事件の経緯を思い描いた――胸を撃たれた男が一人、よろめきながら自分のオフィスに戻ってきて、本のページを破り取った。どうもすっきりしない。しかし、殺人事件に完全に筋が通ることのほうが珍しかった。

またシャッター音が聞こえた。カメラのレンズは、今度はジョンソンの足もとを凝視している。ジョンソンもつられて視線を落とした。くず入れがある。なかに真っ黒な焼け残りが見えた。仕立てのよいスーツを着た清潔感あふれる若い男がくず入れのかたわらに膝《ひざ》をつき、焼け焦げた何かの残片を調べていた。

おっと、そいつはまた高そうなスーツだな――その男を目にしたとたんに不愉快になった。FBIか？　やれやれ、ありがたいね。

ジョンソンはハリウッドの大作映画を好んで観るほうではない。しかし大作娯楽映画にはたいがい、現実をそのまま反映した描写が一つ含まれている。事件捜査をめぐって複数の警察機関が主導権争いを始めるという設定だ。地元警察の刑事が高価なスーツを着ていることはまずない。この若い男の所属は正確にはわからないが、何にせよ、一悶着あることは決まったようなものだろう。

「歴史の教授というのは、ごみを捨てるたびに焼却するんでしょうかね」若い男がくず入れをのぞきこんだ姿勢のまま訊いた。

「俺に訊くなよ、坊や」

スーツの男は、〝坊や〟にかちんときたらしい。未熟さを指摘されたようで気を悪くしたのだろう。それでも平静を装いながらゆっくりと立ち上がった。

「大したものはなさそうですね。紙が何枚か丸まってるだけだ。まとめて火をつけたんでしょう」

ジョンソンはデスクの上に開いて置かれた本を指さした。

「そこから何ページか破り取られている」そう言って本に残ったぎざぎざの痕跡を指さした。

「前後のページ番号から推測するに、三枚なくなっているようだ」

「たしかに、こっちの残骸もちょうど三枚分くらいです」若い男はくず入れの底で黒焦げになった紙を指し示した。

「どういうことかな」ジョンソンは言った。「被害者は廊下で撃たれたあと、最後の力を振り絞ってここに戻ってきて、デスクについた。目の前に電話があるのに、使わなかった。電話で助けを呼ぼうとしなかった。紙やペンだっていくらでもあるのに、ひとことたりとも書き残していない。代わりに、写真集みたいな本を開いて、そこから何ページか破り取って火をつけた。どうも釈然としないな」

若い男は答えなかった。デスクから本を取り、真剣な顔つきで調べ始めた。その顔には、ジョンソンが感じているいらだちよりずっと激しい感情が浮かんでいるように見えた。あれは——怒りか。

「なあ、坊や」ジョンソンは言った。「名前は何というのかな。現場で顔を合わせたのは初めてだろう。異動してきたばかりか？」ミシシッピ川をはさんで向かい合う〝双子都市〟、ミネアポリスとセントポールは、ミネソタ州南部を管掌する警察機関の中枢であり、二つの市警に所属する者同士はほぼ全員、面識がある。

「市警の者ではありません」はねつけるような言い方だった。それ以上の説明はいっさい付け加えず、同業者らしい軽い会話を続ける気もなさそうだった。手に持った本をまた表に返し、くず入れの底の焼け焦げた紙を見つめた。

ジョンソンとしては、所属の疑問を捨て置くつもりはなかった。「市警じゃない？　とすると、州警察か？　州警察の人間がどうしてここにいる？」市警が捜査を担当すべき事件であることは明白だ。州警察の出る幕ではない。

スーツの男はジョンソンの執拗な質問を完全に無視し、本をデスクに戻した。スーツをさっと払って皺《しわ》を伸ばすと、ビジネスライクな態度でジョンソンに向き直り、この会話が始まって以来初めて彼と目を合わせた。

「すみません。報告書に必要な情報はそろいましたので、これで失礼します。ではまた」
「報告書?」何気ないその一言がひどく大げさに思えた。本や焼却されたページは重要な物的証拠ではあるが、それだけで報告書を一つ書き上げられるとは思えない。ジョンソンは室内に視線をめぐらせた。大勢があわただしく動き回ってサンプルを集めている。指紋、血痕、血痕パターン、足跡。報告書を埋めるのはそういう証拠だ。ところがこの男は、それらには見向きもしなかった。デスク周りとくず入れの底の紙の燃え残りを確かめただけだ。この現場に存在するのはその二つだけだとでもいうように。

仮に州警察の刑事なのだとしても、標準的な捜査手順とはほど遠い。

ジョンソンは所属不明の捜査員のほうを振り返った。皮肉の一つでも言って追い払ってやるつもりだった。ところが、男の姿はすでに消えていた。

5

午前9時35分（CST）

〝このキャンパスで同僚が殺されたわけでしょう。心配すべきは――次は誰か、じゃない？〟

同僚はみなそれぞれ講義に出払ってしまい、一人オフィスに戻ったエミリーは、たったいまほかの四人と交わした非日常的な会話を思い返した。エマ・エリクセンの言葉が脳裏にこびりついて離れない。エミリーがいま感じているこの曖昧模糊《あいまいもこ》とした不安の源は、アルノ・ホルムストランドの殺害そのものだけではなさそうだった。死の不吉な気配も心にのしかかっている。殺人事件が起きた。このオフィスから目と鼻の先の場所で、同僚の教授が殺された。危険はまだ残っているのか。この職場の全員に命の危険が迫っているのか。

私にも？――エミリーはその考えを即座に押しのけた。自分も関係があるつもりになって怯えるなんて、馬鹿げている。それに、ますます不安が募るだけのことだ。ほかのことをしていたほうがいい。ぼんやりしているとよけいなことを考えてしまう。仕事をしよう。マイケルに会いに行く前に大学ですませておくべき細々とした用事を片づけてしまおう。

メールボックスから取ってきた郵便物に目を落とす。手っ取り早く気をまぎらわすにはこれが一番だ。不要なダイレクトメールの山。エミリーのメールボックスがいつも満杯になっていることは職場では有名で、その理由はこれだ。ざっと二週間分の郵便物の堆積層が目の前にあるが、その大部分は目を通す価値もない。たとえば、どこかの出版社から届いたダイレクトメールは、絶対に読むことはないとわかりきっている新刊書の宣伝だ。別の封筒には動物愛護団体のチラシが入っていた。先週も、その前の週も、まったく同じ文面のものが送られてきた。ほかには——共用コピー機の新しい利用者コードの発行通知。大学の事務局はいつも、アメリカ合衆国が保有する核兵器の発射コードでも知らせてきたかと思いたくなるような、いかめしくて仰々しい文面で通知書をよこす。研究者の日常は知的興奮に満ちている一方で、知的興奮とは無縁の生活臭あふれる雑事にもあふれている。エミリーはその通知をダイレクトメールと一緒にくず入れに放りこんだ。

その下から、黄色い封筒が現れた。風合いのある、いかにも上質そうな紙が使われている。表にエミリーの名前が几帳面な文字で書いてあった。差出人の住所氏名はなく、切手も貼っていない。

封筒の何かがエミリーの目を惹きつけた。彼女の名を記した優雅な筆跡。流れるような文字には茶色のインクが使われていた。独特の濃淡や丸みから察するに、万年筆で書いたのだろう。封筒を裏返しにしてみた。その面には一文字も書かれていない。切手はなく、差出人の名前もないとすると、この封筒はエミリーのメールボックスに直接届けられたのだ。きっとパーティかイベントの招待状だろう。ただ、封筒の体裁を見るかぎり、ふだんエミリーが招かれる催しに比べて、いくぶんかしこまった種類のもののようだ。

垂れ蓋《ぶた》の下に小指を差しこんで開封した。なかから便箋が一枚すべり出てエミリーの膝に落ちた。真ん中で二つに折ってある。

便箋を開いた。幕が上がった瞬間に目に入る舞台装置が演劇の第一印象を作るとするなら、この便箋は、ずいぶんと贅沢《ぜいたく》なお芝居を演出しようとしているらしい。いかにも高価そうな上質な紙が使われている。色は純白ではなく、ややクリーム色がかっていて――エミリーの錯覚でなければ――シダーウッドの香りがほのかについていた。

便箋の一番右、レターヘッドを目にした瞬間、胃袋がきゅっと身をすくめた。光沢を帯びた表面に、インクを品よく盛った浮き出し文字が並んでいた。

アルノ・ホルムストランド
文学士、文学修士、博士（英）、博士（米）、大英帝国四等勲士

アルノ・ホルムストランド。昨夜殺害された人物。偉大なる教授。
昨日、亡くなったばかりの教授。
本文の書き出しに、エミリーはどきりとして思わず背筋を伸ばした。
《親愛なるエミリー》。封筒の表書きと同じ優雅な筆跡、同じ茶色のインクで、そう書き出されていた。《きみがこの手紙を読んでいるいま、私はすでにこの世にないだろう》

6

親愛なるエミリー

きみがこの手紙を読んでいるいま、私はすでにこの世にないだろう。そのことを重々承知のうえでこれを書いている。加えて、このあときみが重要な役割を引き受けるであろうことも確信している。

私にはやり残した仕事がある。それをきみに引き継ぎたい。私の過去の業績がすべて色褪《あ》せるような仕事、比較にならないほど重大な意義を帯びた仕事だ。

私はある図書館のありかを知っている。あの図書館、きみの研究と深い関わりのある王によって建設された図書館だよ、エミリー。そう、アレクサンドリア図書館だ。

図書館は現存している。それに付随するソサエティも。いずれも消滅してはいない。

これは単なる考古学上の知識ではなく、それ以上の危険を伴うものだ。きみがこの手紙を受け取るころ、私はそれゆえに命を奪われているだろう。

この知識を葬るわけにはいかない。いまこそきみの力が必要なのだよ、エミリー。この便箋の裏に電話番号を書いておいた。手紙を読み終えたら、その番号に連絡してくれ。まもなくきみにも事情が明らかになるだろう。

きみと親交を深める機会に恵まれずじまいになってしまったね、エミリー。いまそのことをとても無念に思っている。だが、心を込めて、そして切実な思いで、この手紙をきみに託したい。

敬具
アルノ

7

ニューヨーク
午前10時35分（EST）――午前9時35分（CST）

理事長は、着信音が鳴り出すと同時に受話器を取った。

「はい」

「完了しました。ご指示のとおりに」電話の相手は冷たく遠慮のない調子で言った。

「〈キーパー〉は死んだんだな？」

「はい。自分の目で確かめました。昨夜です。警察は今朝になって死体を発見しました」

理事長は椅子の背にゆったりともたれた。充足感と権力意識が全身を満たしていく。崇高な目的は達成され、プロジェクトの未来は守られた。歴史を振り返っても、彼らがいま取り組んでいるのと同じことを試みた者はごくわずかしかいない。目的を達成した者となると、その数はさらに限られる。それでも、彼らはきっと成功するだろう。この一週間の進捗《しんちょく》を思えば、向かうところ敵なしと考えていいはずだ。理事長は銀色の髪をさっとかき上げた。

「我々の訪問を予期していたようです」電話をかけてきた男が報告を続けた。

それは想定された事態だ。一週間前に発生した〈アシスタント〉の殺害事件はふつうに報道されている。秘密裏に処理するのはさすがに不可能だった。ワシントンDC特許局の官僚が事務所で射殺されたのだ。マスコミが嗅ぎつけないわけがない。それに、暗殺の事実を隠す意図はそもそも彼らにはなかった。報道ではほかの殺人事件と同じ扱いをされるだけだが、一方で、彼らがターゲットとしているほかの人々はそれをメッセージと受け取るだろう。自分たちに対する警告と。

「心配ない」理事長は答えた。「無事に任務が完了したのなら、それでいい。リーク元を別にすれば――おまえがまもなく消すことになる人物を別にすれば、〈キーパー〉はリストを入手できる立場にある最後の一人だったのだからな」

リストの流出は許しがたい事態だった。リストなどというつまらないもの一つのために、長年の努力のすべてが水の泡になりかねない。そこには部外者に知られてはならない名前が並んでいた。彼らのプロジェクトは、その秘密主義、その匿名性に支えられている。しかしどうしたわけか、そのリストが流出した。それを目にした人物を残らず始末するほかに手立てはなかった。〈キーパー〉と〈アシスタント〉の生命はプロジェクトの成否を左右する価値を持っていたが、リスクがその価値を上回った。

考え事にふけっていた理事長は、電話の相手が黙りこんでいることにしばらく気づかずにいた。しかし気づいたとたん、頭の奥で警報が鳴り出した。ふいに白昼夢から覚めたようにデスクに身を乗り出した。

「どうした？　何かあったのか」

「我々が来ると予期していたという事実は——思っていらっしゃる以上に重大な意味を持つかもしれません」

理事長は顔をゆがめた。不測の事態など、不愉快なものでしかない。デスクにさらに身を乗り出し、受話器を頰《ほお》に押し当てた。

「重大な意味？」

「ターゲットは私がとどめを刺す前に自分のオフィスにたどりつきました。そのときから何かおかしいと思っていましたが、現場に長居するわけにはいきませんでした。今朝になって確認したら、やはり思ったとおりでした」

「何があった？」理事長は平静を保ったまま訊いた。それは経験の賜《たまもの》だった。この数十年、無数の悪いニュースを受け取ってきた。だから、身に染みてよく知っている。困難な局面では感情に流されないことが何より重要だ。優れた指導者は、渦巻く感情を穏やかな態度の陰に押し隠す。そういうときこそ、その人物は真に恐ろしい。

「デスクに本がありました」〈フレンド〉が答えた。「そこから三枚がなくなっています。破り取られていた。椅子のすぐ横のくず入れに焼き捨てられているのを見つけました」彼はそこで間を置き、理事長がその情報を消化するのを待った。反応を期待してはいない。反応を待つこともなかった。理事長と彼の関係は相互通行ではない。彼は必要な情報を伝えるだけだ。それ以上の説明が必要なら、理事長からその旨の指示がある。

理事長はその予想外の報告について思案をめぐらせた。〈キーパー〉には、殺し屋に見られたくないものがあったということだろう。そして瀕死の状態にあってもなお、その何かを破棄したのだ。

理事長の次の発言は、質問の体裁を取ってはいるが、相手の耳には脅しと聞こえたはずだ。

「何の本か確かめただろうな」

「もちろんです」

理事長は肩の力を抜いた。〈フレンド〉はこの種の仕事に熟練している。

「よし、三十分以内に報告書を送れ。ワシントンに着く前にだ」追跡をこんな形で終えるわけにはいかない。「ついでに、同じ本をすぐに一冊手配して送ってくれ」

8

ワシントンDC
午前10時45分（EST）――午前9時45分（CST）

いま彼が手にしている赤いフォルダーに入って届いた知らせは、たしかに気がかりだった。しかし、オフィスの奥にあるテレビが報じている最新ニュースの比ではない。画面下部をせわしなく流れるテロップの上で、CNNの金髪の女性キャスターがそのニュースを報じている。数分前、補佐官の一人がオフィスに入ってくる以前から、テレビの音声は消音にしてあった。女性キャスターがイギリスで起きた爆破事件に関するニュース原稿を最後まで読み上げると、画面は切り替わって、現場上空を旋回するヘリコプターがとらえた建物の残骸の生中継映像が流れ始めた。捜査はまだ開始されたばかりで、現時点で判明している事実は少ない。爆発が起きた時刻と、現場の見かけから推測される被害の大きさくらいのものだ。今朝早く、英国文化の象徴ともいうべき由緒ある壮麗な教会が爆破され、崩壊した。現在のところ、負傷者は報告されていない。痛手を負ったのは、センチメンタリズムと歴史的遺産だけだった。

「犯行声明は？」彼は尋ねた。

「どこからも出ていませんね、ミスター・ハインズ」補佐官は答えた。

ジェファソン・ハインズはむっとして歯を食いしばった。本来なら彼を肩書きで呼ぶべきなのに、この若造はあえて名前で呼ぶ。

「CIAはイギリス秘密情報部《SIS》による情報収集の進展を見守っていますが、現時点で毎度おなじみの狂信者グループのいずれからも犯行声明は出ていません」

ハインズはその情報の意味するところを思案した。いや、正確には、情報の欠如が意味するところを、だろう。これがテロリストによる爆弾事件なら、多数のテロ組織が競うように犯行声明を出し、西洋の怪物を攻撃した英雄という虚名を手に入れようとする。もちろん、例外がないわけではない。どこからも犯行声明が出ないというケースもしばしばあり、それ一つを取って大げさに騒ぎ立てるようなことではないが、しかし、興味深い沈黙なのは確かだ。

「イギリス政府の談話は？」

「驚き、衝撃を受けているとか、この憎むべき事件を起こした犯人を捕らえ、法のもとで処断するために全力を尽くしているとか」ミッチ・フォレスターは、そのようなお決まりの言葉に意味を求めても無駄でしょうというように手をひらひらさせた。ハインズの下で働き始めてやっと半年程度だというのに、ひととおりのことはもう見聞きしたとでも言いたげな調子だった。

ハインズはとっさにこう訊いていた。

「きみは何歳だね、ミッチ？」

若者は虚を衝かれたらしい。

「え？　何とおっしゃいましたか」

「きみの年齢を訊いた。いくつだ？」

ミッチ・フォレスターは怪しむような視線をハインズに据えた。その目はいつもどおり、それとない軽蔑と、困惑や狼狽《ろうばい》が入り混じった表情を浮かべていた。ハインズと二人きりだったら、嫌悪を隠すことなく答えていただろう。しかし、いまはもう一人の存在を強烈に意識している。オフィスの隅の椅子に無言で座っているその人物に、自分の無礼な言動を目撃されたくない。

「二十六歳です」長い間《ま》があったあと、ようやくそう答えた。

「二十六か」ハインズはつぶやいた。気の滅入るような若さに、思わずため息が出る。二十六歳の自分もこれほど生意気だっただろうか。すでにその倍以上の歳月を生きてきた。二十代のころも、いまと変わらず野心家だった。しかし、いま目の前にいるこの若者ほど不遜《ふそん》だった記憶はない。

「私の年齢に何か――」

「問題はないよ。いいんだ、気にしないでくれ」ハインズはフォレスターの言葉をさえぎり、この話題はおしまいだというしるしに手を振った。そして一拍置いてから尋ねた。「ほかには？」

「いえ、いまの時点では」フォレスターはぞんざいに答えた。「新しい情報が入りましたらすぐにお知らせします……サー」自分の扱われ方に不満があることを強調して、最後の〝サー〟の前に短い間をはさんだ。それでも、若さが持つ自意識ゆえにすぐには下がろうとせず、ねぎらいの言葉を待った。しかしハインズは、黙ってフォレスターの背後のテレビ画面を見つめた。待っていても無駄だとようやく悟ったフォレスターは、向きを変えてオフィスを出ていった。

ハインズは三十秒ほど無言で待ったあと、ゆっくりと顔の向きを変えてオフィスの奥の隅に座った男を見やった。この男に代表される人々が負っている使命の性質とはとうの昔に折り合いをつけたはずなのに、そのうちの一人とこうして二人きりになると、いまだに落ち着かない気持ちになる。この組織における彼の役割は、もっぱら交渉と知的作業だ。血で手を濡らした男たち――かならず誰かが引き受けざるをえない汚れ仕事をする男たちの一員になったことは、一度もない。そういった仕事は、大義に隠された後ろ暗い一面ではあるが、欠くことのできないものでもある。世界の多くの人々は、ジェファソン・ハインズを絶大な権力を持った人物と見なすだろう。だが、いま自分のデスクからほんの二メートルか三メートル先に座った男こそ、ハインズが一生かかっても手にすることがないであろう、はかりしれない力を象徴している。

「関連していると思うか?」長い沈黙のあと、ハインズはデスクの上のファイルと、音声を消したテレビの両方を指し示しながら尋ねた。「作戦に関連していると思うか?」

「関連しているだろうね」計画のことは単に〝作戦〟と表現すべきであることを二人ともわきまえている。この街では、そしてこのオフィスでは、「壁に耳がある」と思っていたほうが無難だ。「だが、変更は必要ないだろう。作戦は変更しない」

ハインズはその答えに納得しなかった。

「だが、こんな話は一度も出ていないぞ。マーレイクにギフォード……彼らは作戦のうちだ。しかしイギリスでいったい何が起きている？」

その言葉を聞いて、もう一人の男は椅子の上で背筋を伸ばし、ハインズをじろりと一瞥した。その視線の意味は明白だった――〝黙れ〟。具体的な名前は口にしてはならない。ハインズも彼の視線とその意味に気づき、指先でリズミカルにデスクを叩《たた》いた。焦《じ》れったさから。そして不安から。

「こういう反応は想定のうちだとでも？」ハインズは言った。「あんたは少しも驚いていないとでも？」

答える前に一瞬ためらったのだとしても、もう一人の男は、それを表情には出さなかった。この男はつねに自信を漂わせ、ハインズにも弱さや迷いを許さない。そういう人間なのだ。「計画は万全だ。我々は我々の仕事をし、きみたちはきみたちの仕事をする。そうすれば、勝利は我々のものになるだろう」そう言って少し間を置いた。二人の間に重たい沈黙があった。「ゴールを見失うな」

この男は本能的な恐怖をかき立てる。それでも彼の確信に満ちた態度はハインズの波立った心を落ち着かせた。一つ大きく息を吐いたあと、ハインズは姿勢を正した。国のトップに立つ者は強くあらねばならない。困難に正面からぶつかっていくしかない。

「わかった。明日また話し合うとしよう」

もう一人の男はうなずくと、椅子から立ち上がった。

「ではまた明日、副大統領閣下」

9

ミネソタ州
午前9時45分（CST）

エミリーは文面から視線を引きはがせずにいた。便箋が小刻みに震えているのを見て、自分が震えているのだとようやく気づいた。手紙を読み返す。もう一度。四度読み返した。アルノ・ホルムストランドが殺されたと知った直後に、当のホルムストランドがしたためた手紙を、彼女はこうして読んでいる。彼が亡くなる前に書いた手紙。自分はまもなく死ぬと知っていて書いた手紙。

ただ死ぬと知っていただけではない——エミリーは思い直した。殺されると知っていた。その二つの差は大きい。

アルノ・ホルムストランドは、まもなく殺されると知り、エミリー・ウェスに宛てて手紙を書いた。偉大な学者が、自分にはわずかな時間しか残されていないと知っていて、その貴重な時間を下っ端の学者に宛てて手紙を書くことに費やした。なぜだろう。ホルムストランドが何を発見したにせよ、なぜそれをエミリーに託そうと考えたのだろう。この手紙と差出人の死は密接に結びついている。そう考えると、「なぜ」という疑問はいっそう深まった。

手紙で触れられている知識こそがホルムストランド殺害の動機であるという可能性は大いにありそうだ。何より、ホルムストランド自身がそう書いているのだから。となると、いまこの手紙を手にしているエミリーの命にも危険が迫っているのではないか。そう思い当たって――自分がどれだけ危険なものを手にしているかを悟って、胃のあたりがぎゅっと締めつけられた。

便箋を裏返し、ちょうど真ん中に並んだ几帳面な数字に目を走らせた。手紙には、すぐにその電話番号に連絡するようにとあるが、誰の連絡先か推測する手がかりは何も添えられていない。しかし、その番号を目にした瞬間、エミリーの体は凍りついたように動きを止めた。驚愕と困惑のはざまで、亡くなった教授の便箋に茶色のインクで書きつけられた十桁の数字をただ呆然《ぼうぜん》と見つめた。

それは、エミリーがよく知っている番号だった。

いつも電話の短縮ダイヤル機能を使ってかけているが、それでもその番号が誰のものであるかは知っている。知らないわけがない。

デスクの固定電話の受話器を持ち上げ、便箋に書かれた数字を慎重に目で追いながらボタンを押した。ただの勘違いかもしれない――違うとわかっているくせに、自分にそう言い聞かせた。動転しているだけのことよ、アルノが殺されたと聞いてちょっと頭が混乱しているせいで、よく知ってる番号だととっさに思ってしまっただけのことよ。だが、自分をごまかしきれなかった。

エミリーは息を殺して呼び出し音に聴き入った。この電話がつながると同時に、今朝からの一連のできごとがふいに新たな様相を帯びることになるという確信めいた予感があった。

その瞬間はほどなく訪れた。電話がつながり、第一声を発する前に息を吸いこむ耳慣れた気配が伝わってきたあと、電話をかけてきたのが誰か、すでに知っている声が叫ぶように言った。

「エミリー！」

マイケル・トーランスのイギリス式の柔らかなアクセントは、聞き間違いようがなかった。混乱に陥ったままのエミリーとは対照的に、彼女の婚約者マイケルの声は歓喜にあふれていた。

10

午前9時52分（CST）

「マイケル？」エミリーは応じた。自分の鼓動がやかましいくらい大きく聞こえた。アルノ・ホルムストランドの謎めいた手紙の指示に従い、彼とこうして電話で話している。エミリーの困惑はいっそう深まった。

「いまどこ？」マイケルが期待に満ちた声で訊いた。

「まだオフィスにいる」エミリーは答えた。「まだ空港にも行ってないってこと」いま彼女の頭を占領しているたった一つのできごとをどう伝えていいかわからない。つかのま考えたあと、率直に伝えるのが一番だろうと覚悟を決めた。「キャンパスでちょっと事件があって」

マイケルの声の調子が一瞬にして深刻さを帯びた。

「事件って？　何か重大なこと？　きみは無事なの？」恋人の身を案じてパニックを起こしかけているのがわかる。その声を聞いて、エミリーは話の切り出し方を誤ったようだと思った。

「違うの、心配するようなことじゃないの。私は無事だから安心して」電話越しに、マイケルが安堵《あんど》の息をついたのがわかった。二人とも強靭《きょうじん》な心身の持ち主だが、マイケルは並々ならぬ保護本能の持ち主でもある。「ちょっとふつうじゃないことが起きて。話しても信じられないと思うけど」

「とにかく話してくれないか」マイケルが言った。

「昨日の夜、亡くなった人がいるの」エミリーは先を続けた。「うちの大学の有名な教授。覚えてる？　アルノ・ホルムストランド」

「まる一年くらい、きみは彼の話しかしない時期があっただろう。あれだけ聞かされれば、誰だって覚えるよ、エミリー」マイケルが冗談めかして言った。ふだんから、二人の会話の大部分は互いをからかうことに費やされている。いまもマイケルは、伝説の教授ホルムストランドが同じ大学に赴任してきた当時のエミリーの、〝男性教師に熱を上げる思春期の女の子〟ぶりを引き合いに出してからかっているのだ。大スターにうっとりしている姿があれほど微笑《ほほえ》ましくなかったら、自分を捨てて次の男に走ろうとしているのかと思うところだったよと、マイケルはあとになって告白したくらいだ。

「そう、その教授」エミリーはせり上がってきた感情をのみ下してから続けた。「昨日、殺されたの」

「殺された？」

「自分のオフィスで。三発撃たれて殺されたんだって」その言葉に劇的な効果を加えようというつもりはなかったが、無意識のうちにそこで間を置いた。

「それは気の毒に、エミリー。とても残念だ」マイケルの優しい言葉には思いやりが込められていたが、どこか躊躇《ちゅうちょ》するような気配も感じ取れた。自分よりも弱い者を見つけたときの男性特有の保護本能だけではない、別の何かがある。

「でも、ほら、彼をよく知ってたというわけでもないから」エミリーは言った。その返答は、嘘《うそ》というほどのものではないにせよ、完全な真実でもなかった。親しかったと言えるほどアルノ・ホルムストランド個人をよく知っていたわけではないが、彼の業績は知り尽くしている。彼を尊敬し、範としていた。電話越しには控えめな表現にとどめたが、実際は大きな喪失感に打ちのめされていた。

「そうだとしても、やはり残念だ」マイケルの頭はフル回転を始めている。「犯人はいったい誰なんだろうね」

「まだわからない。いま警察が捜査してる。キャンパス中が警察官だらけよ。プロの犯行じゃないかって話なの。聞いたかぎりでは、暗殺に近い感じ」エミリーは一つ深呼吸をし、感情を抑えつけるようにしながら続けた。「だけど、奇妙なのはそれだけじゃない」マイケルが何か言うのを待った。何か訊いてくるのを待った。しかし彼は黙っていた。しかたなくエミリーは続けた。「今朝、私のオフィスに手紙が届いたの。手書きの手紙。メールボックスに直接届いたみたい。アルノ・ホルムストランドからの手紙」声が震えそうになった。「その手紙にね、マイケル……自分はもう死んでるだろうって書いてあるの。殺される前に書いた手紙ということよ。自分が殺されると知ってて書いたってこと」

電話の向こうのマイケルはあいかわらず黙りこんでいた。

「本当に信じがたいのはここから。便箋の裏を見て、そこにある電話番号に連絡するようにって書いてあったの。誰の番号かは書いてなかった。指示に従って電話をしたら、こうしてあなたと話すことになったというわけ」

ここでようやくマイケルが口を開いた。「実は、エミリー、いまの話ならすんなり信じられるよ」

エミリーは愕然《がくぜん》とした。「本当に?」

「ああ、本当さ。今日もふだんどおり朝のランニングに出たんだが、二十分くらい前に帰ってきたら、玄関に封筒が届いていた。黄色い封筒で、表に茶色のインクで僕の名前が書いてあった」

エミリーは凍りついた。どう解釈していいかわからない。

「そんな、ありえない」

「本当なんだ」マイケルはさえぎるように言った。「その封筒にアルノ・ホルムストランドからの手紙が入っていた」

信じがたい思いをもはや押しとどめておけなくなった。

「手紙には何て……?」

「短い手紙だった」マイケルが答えた。折りたたまれた紙を開く乾いた音が電話越しに聞こえ、続いてマイケルが読み上げた。「親愛なるマイケル。今朝、エミリーから連絡があることと思う。かならず出られるよう、電話のそばで待っていてほしい。連絡があったら、もう一つの封筒を開けてそれを読んでくれ」

「もう一つの封筒？」不可解なことばかり立て続けに起きて、ただでさえ頭が混乱しているというのに、まだ何かあるというのか。

「黄色い封筒に、いま読んだ短い手紙ともう一通、別の封筒が入っていた。二通目の表にはきみの名前が書いてある」マイケルは説明した。「どうしてきみに手紙を書くのかな。しかも僕に預ける形で。僕やきみが教授の人生とどう関わっている？」

「私にも見当がつかないわ、マイケル。どういうことなのか、私も手探りしてるところ」エミリーは短い間を置いてから続けた。「二通目の手紙……もう開けてみた？」デスクに身を乗り出すようにして受話器を耳に押し当てた。

「もちろん開けてみたよ！」マイケルが言った。「謎の手紙を前にして、僕がただぼんやり待っていると思うか？」それを聞いて、神経が張り詰めているにもかかわらず、エミリーは思わず口もとをゆるめた。異常なできごとのさなかにあっても、彼の旺盛な好奇心は少しも殺《そ》がれていない。

「で？」

「きみの今日の行き先はシカゴではなくなりそうだ」彼はそこで間を置いた。芝居がかったその沈黙は、今回はその効果を狙ってのものだろう。「入っていたのは飛行機の電子チケットなんだ。ホルムストランドはきみの名前でロンドン行きの飛行機を予約している。今夜の便だよ」

エミリーは驚いて言葉を失った。

「ロンドン？」

しかしマイケルの思考は跳躍を始めていた。困惑するエミリーを置き去りにして、はるか先を行っていた。

「そこのファクス番号は、エミリー？」

エミリーははっと我に返ったように目をしばたたき、学部共用のファクス番号を早口に告げた。

「でも、どうして？」番号を伝えたあとになってようやく尋ねた。

「二つ目の封筒には、飛行機のチケットのほかに紙が二枚入っていた。スキャンしてメールで送れれば簡単なんだが、あいにくうちのスキャナーは故障していてね。ただ、ホルムストランドがきみ宛に遺したものをいますぐ見るべきだと思うよ」

11

午前10時2分（CST）

十分後、エミリーは廊下の少し先にある宗教学科のオフィスに行き、緊張した顔でファクス機の前に立った。ファクス専用機は通信が始まっても呼び出し音を鳴らさないから、機械がマイケルからまもなく送られてくるはずのデジタルデータを受信し、印刷して吐き出すのを、機械が見える場所で待っているしかない。

大きなテーブルの向こう側に宗教学科の同僚教授が二人座っていた。案の定、ホルムストランドの話をしていた。

「いや、三カ国だろう」ヘブライ語を専門とする宗教学科の教員の一人ビル・プレスリンが言った。「サウジアラビアを忘れているよ」

「サウジアラビアも？　へえ、それは知らなかったな」もう一人はやはり宗教学科に所属する南米宗教の専門家デヴィッド・ウェルシュだ。エミリーはテーブルの椅子の一つに座った。そこからでもファクス機は見える。

「話に入れてもらってもかまいませんか」エミリーは尋ねた。「アルノのことでしょう？　まだ信じられなくて」

「それはみんな同じさ」プレスリンがエミリーを歓迎するようにうなずいた。「しかし、何といってもアルノ・ホルムストランドだからね。ドラマチックなエピソードだらけの人物だ。中東各国に長い期間滞在していたというだけの理由で、各国のテロリスト監視リストに名前が載っている学者なんて、ほかに知らないだろう。アメリカ、イギリス、サウジアラビア。その三カ国はアルノを〝要注意人物〟と見なしている」

「アルノがうちの大学で教えることが決まったとき、国土安全保障省から学部長に電話があったらしいね。〝興味深い経歴の持ち主〟であることを把握していて採用したのかっていう問い合わせの電話が」ウェルシュが付け加えた。

「大学は、知っていると答えた」プレスリンが続けた。彼は教職の合間に二年ほど大学の運営委員を務めたことがある。「答えるついでに、アルノは五カ国から名誉市民に選ばれているし、大英帝国四等勲章を授与されているうえに、七つの大学から名誉学位を授けられた人物だとこちらから教えてやったよ」

エミリーは頭のなかでその七つの大学の名前をすらすらと並べ上げた。この大学がホルムストランドを迎え入れたとき、さかんに宣伝していたから覚えている。彼のオフィスには、世界中の名門大学から授けられた学位の証明書が額に入ってずらりと並んでいた。スタンフォード大、ノートルダム大、ケンブリッジ大、オックスフォード大、エディンバラ大、ソルボンヌ大、カイロ大。とはいえ、それだけではない。尋ねられて本人が挙げたのがその七校というだけのことだ。ほかにも数えきれないほどあるに違いない。

「しかし政府側は、だから何だって反応だった」プレスリンが続ける。「彼が中東に長期滞在していたのは考古学的な調査や研究のためだとこっちが何度説明しても、彼にはテロリストの疑いがあるという一点張りだった。政府の辞書では、〝遺跡発掘現場〟は〝テロリスト訓練基地〟の符丁だってことにでもなっているんだろうな」

「きっとそうだろう」ウェルシュが言い、二人はいくぶん意地の悪い笑い声を漏らした。

「あれだけの人に来てもらうなんて、よく説得できましたよね」エミリーはつかのま訪れた浮ついた雰囲気を一掃するように言った。衝撃があまりにも大きすぎて、いくら親しみを込めた思い出話とはいえ、まだまだ軽口を叩く気にはなれない。

「大学側から誘ったわけじゃないよ」ウェルシュが答えた。「うちも一流大学に数えられてはいるが、ホルムストランド級の教授を招聘《しょうへい》できるほどじゃない。もともとは本人の希望だった。アルノから持ちかけた話だということさ。冒険はもう存分にした、これからは静かな環境で穏やかに研究を続けたいって手紙をよこしたんだ。もともと地方の小さな町の出身だから、カールトン大学に魅力を感じるとも書いてあった。初任給なみの報酬でかまわないと言い出したのも本人だ。金には関心がないみたいだったよ」

「欲のなさそうな人でしたものね」エミリーは言った。しばし沈黙が続いた。アルノ・ホルムストランドの手紙に書かれていたことがまだ頭を占領していた。

「アルノがアレクサンドリア図書館について研究していたという話は聞いたことがありますか」長い沈黙のあと、ついに好奇心に負けて、エミリーは尋ねた。

ほかの二人は困惑の表情で彼女を見つめた。そんな話題が出るとは思っていなかったのだろう。

「古代のほう――失われたほうの図書館かい？　でも、どうして？」

「どうしてというほどのことでもないの。アルノはエジプトに関するあらゆる分野を研究していたでしょう。だから、アレクサンドリア図書館のこともリサーチしていたのかなとちょっと思っただけです。研究したり、論文を書いたりしたのかしら」

プレスリンは思案顔で顎《あご》をなでた。「私の知るかぎり、それはないな。だが、アルノは三十冊近い本を書いている。わからないぞ。もしかしたら研究していたのかもしれない」

ちょうどそのとき、ファクス機が作動し、ひゅん、かちかちという音が立て続けに鳴った。エミリーは立ち上がり、小さな台に設置されたファクス機を確かめにいった。

「確実なのは」ウェルシュが付け加えた。「アルノはどこに出向いてもかならず新発見を成し遂げたということだね。きみもいま言ったとおり、エジプトでの調査研究に相当な歳月を費やしていた。調べてみたら、何か関わりが見つかるかもしれないよ。ただ、アルノがどんな研究をしていたにせよ、これで終わったわけだね」それはブラックユーモアというより、純然たる事実だった。

まもなくファクス機のトレーに最初の一枚が吐き出され始めた。ファクス機が二枚目の用紙を引きこむ音を待って、エミリーはゆっくり回転を続けるローラーのあいだから最初のページを抜き取り、目の高さに掲げた。

印刷の画質は粗く、また黄みがかった色をした元の便箋をモノクロモードで読み取ったせいだろう、背景がやや灰色っぽくくすんでいたが、それでも文字は問題なく読み取れた。読み進むにしたがって、全身の神経が張り詰めていくのがわかった。

親愛なるエミリー

ここまで順調に来たね。しかしまだ先へ行ってもらわなくてはならない。最初の手紙できみに伝えた内容は、冗談などではない。事実だよ。図書館は現存している。図書館を守り、維持しているソサエティもだ。ただ、私の死によっていま、その存続が脅かされている。私の死を警告と受け止めてほしい。私が持っていたもの、きみがこれから探さなくてはならないものを狙っている者たちが別にいる。それを手に入れるためなら、彼らはどんな行為も躊躇しない。

時間が肝心だ。私の死は、きみがこのあと出発する旅のスタートの号砲だよ。航空券を同封した。すぐにオックスフォードに行ってくれ。ただし、きみ一人で行くこと。何を探すべきか、ここに記すことはできない。あらゆる手は尽くしたが、彼らより先にきみがその情報を手に入れられる保証もない。いまこそきみのその歴史家精神の出番だよ、エミリー。きみなら謎を解けると確信している。

いや、かならず解かなくてはならない。きみにはまだ想像もつかないほど大きなものが危険にさらされているのだから。我らが図書館を発見してくれ。
エミリー、きみに神のご加護のあらんことを。

敬具
アルノ

12

エミリーは紙が破れんばかりの力を込めてその用紙を握り締めた。

ファクス機が印刷を終えるやいなや、二枚目の用紙を手に取った。奇妙な取り合わせの内容を目にするなり、首をかしげた。一番右に一行だけの短い文章、そのすぐ左に見たことのない風変わりな紋章のようなもの。さらにその左に、脈絡を欠いたフレーズが三つ並んでいた。

2はオックスフォード、1はまたあと。

大学の教会、最古の一つ
祈ろう、二人の女王のあいだで
朝なら15

エミリーは暗号じみた内容を呆然と見つめた。まるでわけがわからない。これはどう考えても……謎解きのヒントとしか思えないではないか。

　不可解な文書を前に途方に暮れていると、ウェルシュが立ち上がって近づいてくる気配がした。ファクス機から吐き出された書類を穴が空くほど凝視しているエミリーの様子に目をとめ、いったい何をそんなに熱心に見ているのか確かめようと思ったらしい。彼がすぐそばまで来たことに気づいて、エミリーは二枚の紙を胸に抱いて隠した。

「どうした？　急にそんなに真剣な顔をして」ウェルシュが訊いた。「いったい何が届いた？　何かあったのかい？」

「いえ、別に何でもありません」エミリーは答えた。「ただ、よくわからないだけで」それは少なくとも事実だった。鼓動がますます速くなる。同僚の存在がふいに不安をかき立てた。送られてきたものを彼らに見られてはいけないような気がした。自分でもよくわからないまま、いますぐ一人きりにならなくてはと強く思った。

「ごめんなさい、もう行かなくちゃ」二人と目を合わせず、返事も待たないまま、エミリーはファクス用紙を筒のように丸めると、学科オフィスを出た。背後でドアがばたんと大きな音を立てて閉まった。

13

エジプト　カイロ郊外

荷物は、いつものように、無地の紙でくるまれていた。文字も印も、何一つ書かれていない。

それをローブの下に隠して、〈ライブラリアン〉は階段を下りていった。それに続く通路は暗かったが、勝手は知っている。もう何年も同じ方法で受け渡しが行われてきた。つねに無言で。つねに闇にまぎれて。

古びた石畳の感触を足の裏でそっと確かめるようにしながら歩く。石の表面で砂漠の砂や塵《ちり》が層を成していた。通路は左に大きく傾斜しながら下っている。壁に体をもたせかけて支えにしながら、歩を進めた。彼の脚にはもう、この通路を初めて下ったころの若さや敏捷《びんしょう》さはない。長年の繰り返しで身についた慎重な足の運びで目的の地点を目指し、まもなく行き止まりに来た。何世紀前に築かれたものか誰も知らない壁が行く手をふさいでいる。

暗闇のなか、ざらざらした壁の表面を指先でたどって、よく知った一点を探り当てた。石灰岩のブロックが二つ、不自然な角度を作っているところ。そこに細い裂け目のような空間がある。ローブのひだのあいだから荷物を取り出し、その隙間にそっと差し入れて、奥に突き当たるまで押しこんだ。

紙が石にこすれる音が小さな空間に静かに響いた。

届け物を終えると向きを変え、いま下ってきた通路を今度は上った。今月の収集と編纂《へんさん》は首尾よく運んだ。来月分もすでに始まっている。数千年にわたって連綿と繰り返されてきたサイクル。しかしその変わらぬサイクルに、歴史の記録——変化——がしっかりと刻みつけられている。

この決まりきった手順は、しかし、数千年後のいまになってもなお新鮮な驚きをそのたびにもたらす。単純でひそやかな行為。しかしその陰には目に見えない仕組みが隠れていて、その営みを支えている。その仕組みは彼には理解できない。完全に理解できる日はおそらく来ないだろう。

最後の角を曲がり、身をかがめて石造りの低い入口をくぐって、〈ライブラリアン〉はエジプトの熱い太陽の下に出た。頭のどこか奥では、これまで幾度となく抱いた疑問が今日もまた炎のように赤々と燃えていた。

14

ワシントンDC
午前11時30分（EST）――午前10時30分（CST）

ジェイソンは、アイゼンハワー行政府ビルから目当ての男が出てくるのを待っていた。現れた男は、高価そうなブリーフケースを提げ、自信に満ちた足取りで歩き出した。ジェイソンが手にしている写真そのままの風貌だ。時代遅れのピンストライプのスーツや、一筋の乱れもなく整えられた髪型までまったく同じだった。自分にしか興味がない男、自分を過大評価している男。背景にある正義や必要性はさておき、その事実一つで、これからすることを大いに楽しめそうだった。ジェイソンはほんの三十分ほど前に中西部から飛行機でワシントンDCに到着したばかりだ。このあとまたすぐにニューヨークに移動しなくてはならない。しかしあらかじめ行程に組みこまれていたこの寄り道を苦とは思わなかった。この男のような勘違いもはなはだしい成り上がり者は、それなりの罰を受けて当然なのだから。

男が角を曲がってウェストエグゼクティヴ・アヴェニューに消えたところで、ジェイソンは公園のベンチから立ち上がり、写真をポケットにしまって新聞を左腋の下にはさんだ。いかにも散歩中といった何気ない足取りでターゲットを二ブロックほど尾行する。若い男はH

ストリートを渡り、Ｉストリートで左に曲がった。ジェイソンが事前に伝えられていたとおりのルートだった。

ミッチ・フォレスターの内偵は数カ月前から始まっていた。副大統領を担当する別の〈フレンド〉のコールは、副大統領とフォレスターの職場に難なく潜入していた。コールの調査は徹底していた。退庁後のフォレスターの行動は、時計で計ったように日々規則正しい。自動車は所有しておらず、また地下鉄やバスといった公共交通機関は利用せずに、自宅までの十四ブロックの道のりをかならず歩く。それもおそらく虚栄心ゆえだろう。フィットネスという意味合いもあるのだろうが、一つでも多くの視線を浴びたいからに決まっている。

今日もいつもとまったく同じルートをたどってワシントンＤＣの街を横切り、キャピトルヒルの官庁街からワシントンサークル・パークの北側の高級住宅街に向かっていた。政治家の補佐官の月給は、ニューポート・プレースに面した高級アパートメントを借りられるほど高くないはずだ。おそらく裕福な実家から援助があるのだろう。

ワシントンＤＣの中心部から遠ざかるにつれ、ジェイソンはフォレスターとの距離をじりじりと詰めた。中心部では、パトロール中の私服捜査官や街頭監視カメラの目を逃れるのは困難だが、住宅街なら、ターゲットを追跡している姿を捕捉されるおそれは小さくなる。フォレスターが住むアパートメントに着くころには、二、三十メートルの距離まで迫っていた。フォレスターがエントランスで足を止め、カードキーをスキャナーに通したところで、ジェイソンはその真後ろに立った。

「すみません」キーを忘れて建物に入れなくなった居住者になりすましてそう声をかけた。「お恥ずかしい話ですが、キーを部屋に置いてきてしまいましてね。一緒に入れてもらってもかまいませんか。妻は仕事で留守だし、携帯電話も部屋に置きっ放しなんです。完全にお手上げですよ！」ジェイソンは弱り果ててはいるものの、ざっくばらんで人なつこい近所の住人という役回りを完璧に演じた。

ミッチ・フォレスターは見知らぬ男をじっと見つめ返した。その目に迷いがよぎったのが見えた。この建物の内外で彼を見かけたことが一度もないのだから当然だ。しかしフォレスターは、同じアパートメントの住人の大半を知らないはずだ。それに、ジェイソンは芝居に自信があった。いかにも途方に暮れた隣人に見えているはずだ。

「ええ、かまいませんよ」短い間があって、フォレスターが答えた。

「ああ、助かった」ジェイソンは感謝のこもった笑みを浮かべた。フォレスターがガラスのドアを押さえ、ジェイソンは先になかに入ってエレベーターに向かった。フォレスターの部屋は四階だ。エレベーターを使うだろう。「僕は六階なんですよ」ジェイソンは先回りして言い、エレベーターのコールボタンを押した。扉がすぐに開いた。「お先にどうぞ」

フォレスターがエレベーターに乗り、右手のパネルの〈4〉のボタンを押したあと、出会ったばかりの隣人のためにもう一つ親切心を発揮して〈6〉のボタンも押した。

扉が音もなく閉じると同時に、ミッチ・フォレスターは、背中にナイフが刺さったのを感じた。刃渡り十センチのナイフが皮膚を貫き、肋骨のあいだにすべりこむ感触はあまりにも非日常的で、何が起きたのかとっさに理解できず、もう一人の男のほうを振り返ろうとした。しかしジェイソンは、空いたほうの手でその肩を押さえて身動きを封じた。

「いいか、よく聞け」穏やかではあるが、背筋が冷たくなるような自信と自制心を感じさせる声で、ジェイソンは言った。「このナイフはいま、おまえの腎臓に刺さっている。刃が刺さっているかぎり、生きていられるぞ。だが、ナイフを引き抜いたが最後、おまえは三十秒で失血死する」

ミッチ・フォレスターの全身に恐怖が一瞬のうちに広がった。そこには困惑も混じっていた。

「え？　いったいどういう――」

「質問は受け付けない」ジェイソンはさえぎった。「俺の言うとおりにしろ。そうすれば、俺はおまえの背中にナイフを残したまま立ち去るかもしれないからな。病院で縫い合わせてもらえば、命は助かる。わかったか？」

こんな恐怖は生まれて初めてだった。ナイフを突き立てられた臓器から放たれる激痛が体を痺《しび》れさせ、了解のしるしに低いうなり声を漏らすことしかできなかった。

「よし」ジェイソンは静かに言うと、エレベーターのパネルに手を伸ばしてスイッチの一つを動かした。エレベーターが上昇をやめて停止した。「さて、副大統領の陰謀について、知っていることを洗いざらい話してもらおうか」

15

ミネソタ
午前10時40分（CST）

自分のオフィスに戻ったエミリーは、入口のドアを閉ざし、共用スペースに面した内窓のブラインドを下ろした。なぜなのか自分でもよくわからないが、プライバシーが必要だと思った。同僚や学生の目から逃れたい。

マイケルから送られてきた二枚目のファクスを目にした瞬間の衝撃がまだ心を揺さぶっている。手がかりの羅列と見えるが――そうだとして、いったい何を解くための手がかりなのだろう。今日という日は平凡に始まったはずだった。なのに、気づいたときには、いくつもの手がかりが並んだ手紙が重要な役割を果たすサスペンス小説の主人公になっていた。

マイケルに届いた封筒の中身を受け取ったいま、あらためて彼と話さなくてはならない。エミリーはためらいがちに携帯電話を手に取ると、アドレス帳から彼の番号を選んでかけた。

「やあ、おかえり」マイケルは電話に出るなり朗らかにそう言った。それから、ことさら得意げな調子で言った。「信じがたい内容だろう？」

「そうね、それに関してはあなたの言うとおりだって喜んで認めるわ、マイケル」エミリーは彼にならって努めて朗らかな口調で応じ、ファクス用紙二枚を広げると、アルノ・ホルムストランドから届いた一通目の手紙の横に並べた。

ふだんならエミリーをからかうところだが、ことの重大さを慮《おもんぱか》って、マイケルはいつになく真剣な声で言った。

「エミリー、いったいどういうことだと思う?」

「正直に言って、私にもさっぱりわからないの」ホルムストランドが自分の問題にエミリーを選んで巻きこんだ理由は、これといって思い浮かばない。しいて言うなら、専門分野が大まかに重なっていることか——古代の遺物、歴史、宗教。しかし、それだけで彼女にいきなり白羽の矢を立てるだろうか。学術的関心の対象が似通っているというだけで、エミリーの目にはまだ明らかではない何かが二人を結びつけたということなのか。

エミリーが思案しているあいだ、二人の会話は途切れた。その重苦しさを吹き飛ばそうと、マイケルはさっきまでより快活な声で言った。

「なるほど、洞察に満ちたご意見、たいへん参考になりましたよ、ウェス教授」

いかにもマイケルらしいジョークに、エミリーは小さな笑い声を漏らした。四年前、オックスフォード大で開かれた晩餐《ばんさん》会の席で初めて言葉を交わしたときから、二人はこんな調子で冗談を言い合ってきた。マイケルは大学では歴史を学んでいたが、大学院では専攻を建築に変えていた。初対面の日、彼は賞賛すべきモダン建築の一例として、ロンドンの高層ビル、ガーキン――小さなキュウリ（ガーキン）がいまにも空に向かって飛び立とうとしているように見えることからついたニックネーム――を好意的に評した。それを聞いたエミリーは、「ちょっと待って、あの醜悪なビルのこと？　あんなの失敗作よね！」と、控えめながら客観的な意見を、率直に、そして力強く返した。「絶対に信じないから。だって、本当に好きなわけじゃないはずよ。あれを好きって言うのは、同じ建築家として、そう言わなくちゃまずいと思ってるからでしょう。音楽科の学生がバッハの作品を絶賛しなくちゃならないのと同じ。本心じゃ、『ブランデンブルク協奏曲』を五分聴くくらいなら、誰かが黒板を爪で引っかいている音を聞かされるほうがましだって思ってたとしても、やっぱりバッハを賞賛するのよ」

彼女の深い青色をした瞳と気取らない美しさに魅了されたからなのか、あるいは彼女の率直な話しぶりと意志の強さに惹かれたからなのか、マイケルは即座にエミリーに好意を抱いた。何気ないきっかけで始まった二人の交際はまもなく真剣なロマンスに変わり、二人は心の底から愛し合うようになった。彼がプロポーズしたのは去年、二人で祝う三度目の感謝祭のディナーの席でのことだった。どちらかというとエミリーのほうがより現代的な感覚の持ち主だが、それでもひざまずいてダイヤモンドの指輪を差し出すというマイケルの古典的なプロポーズにいたく感激した。

「いまわかっていることから始めるのがいいかもしれない」マイケルが言った。「どっちの手紙もアレクサンドリア図書館に触れているね。ホルムストランドは、図書館を発見したと書いている」

「厳密には違うわ」アルノ・ホルムストランドが正確に何と書いていたか確認しながら、エミリーは言った。「発見したとは言ってない。図書館は現存してるって書いてるのよ。私が発見しなくちゃいけないって」その不自然な言い回しに何か意味があるのではないか。

「そうか、そうだったね」マイケルが同意した。「いずれにせよ、何かを探さなくてはならないということは変わらない。いまさらこんなことを訊くのもどうかと思うが……アレクサンドリア図書館やその〈ソサエティ〉とやらは失われたんだね？」

「あなた、ハンサムで運がよかったわね」エミリーはちゃかすように言った。「だって、あなたのその歴史の知識の乏しさときたら、お粗末そのものじゃない？　大学で歴史を専攻してたんでしょう。授業中はずっと居眠りしてたの？」彼が歴史学者の道をあきらめ、給料のよい仕事に就きやすい建築学に進路を変えて以来、エミリーはことあるごとにそれをからかった。今回も彼は笑うだろうと思った。予想どおり、彼の笑い声が聞こえた。「質問に答えると」エミリーは続けた。「図書館は消滅した。もっと言うと、破壊されたの。〈ソサエティ〉が何を指すのかは私にもよくわからない。きっと単に図書館の運営母体を指してるんでしょうけど」

「破壊されたのはいつごろ？」

「わからない」エミリーは答えた。

「わからないのに、歴史を知らないと言って僕を責めるとはね。僕は無知かもしれないが、その無知には歴史学の博士号はくっついていないぞ！」

　エミリーは口もとをゆるめた。

「失われた時期は正確にはわからないのよ、マイケル。誰も知らないの。歴史上の大きな謎なのよ。古代史の最大の謎の一つ。アレクサンドリア図書館は、紀元前三世紀の初めごろ、エジプトのファラオ、プトレマイオス二世がアレクサンドリアに創設したもの。人類史上最大規模の図書館だった。ところが、創設から数百年後に突然消えたの」

「消えた？」

「ほかに表現のしようがない」エミリーは言った。「一般には焼失したとされてる。でも、それを示す確かな証拠は一つも見つかってないの。図書館はあるとき忽然《こつぜん》と消えた。まさにミステリーよ」

「正真正銘の謎だとしても」マイケルが応じた。「きみはそのなぞなぞを解くためのヒントを一ページ分手に入れたわけだな」冗談めかした調子だったが、どちらも笑わなかった。

　エミリーはアルノ・ホルムストランドが遺した三枚目の紙を見つめた。

「アルノがその図書館を本当に発見したということはありうるのかな」長い沈黙を破って、マイケルが尋ねた。

　ホルムストランドの違和感のある言葉遣いがこのときもまたエミリーの頭をよぎった。

《図書館は現存している……ソサエティも……いずれも消滅してはいない》。マイケルの質問を受けてしばし考えこんだあと、エミリーはようやく答えた。

「失われた図書館のありかを知ってるって主張してるのがほかの人だったら、即座にありえないって断言すると思う。人騒がせもいいところだし、説得力ゼロだから。でも、アルノ・ホルムストランドだったら？　彼ほど高名な研究者はほかにいない」

「そうだったね、きみの心酔ぶりはよく覚えてるよ」マイケルが言った。エミリーがホルムストランドの優れた知性をどれほど高く評価しているか、よく知っていた。彼自身、ホルムストランドに好感を抱いてもいた。一度、エミリーに誘われて教員の親睦《しんぼく》会に参加したときに本人と会っている。親睦会のあと、ホルムストランドは自分の祖父にそっくりなのだとマイケルは話した。優しい目、秀でた額。あらゆる苦労を重ねてきてもなお、丸さや柔らかさを失わない人柄。しかし、次に言葉を発したときのマイケルの声の調子は、ホルムストランドの死が、二人のどちらもまだ理解できない何かにエミリーを巻きこもうとしているということを強く思い起こさせた。「いくら有名な人物でも、大げさな話をすることはあるだろう？」

「ただ有名だっただけじゃないのよ、マイケル」エミリーは言った。「世界的な権威だった」アルノ・ホルムストランドは、まだ学部生だったころから学界で異彩を放っていたという。イェール大学を卒業したあと、ハーヴァード大学の修士課程に進んだ。噂を信じるなら、入学から修士号取得まで一年もかからなかった。しかもその一年のあいだに、最初の著作も発表している。『異文化間力学——古典主義時代後期におけるアフリカと近東間の知識交流』。タイトルの覚えにくさはともかく、その本は即座にその分野の古典となった。刊行から数十年が経過したいまも、エミリーは講義でその本を教科書として使っている。

　とはいえ、そう話したところで、マイケルの考えは揺らがないだろう。いまの状況では、そしてマイケルの豪放な性格を考えれば、アルノ・ホルムストランドの冒険家じみた一面に心を動かされるに違いない。しかもその種の逸話ならいくらでも聞かせられる。

「彼を有名にしたのは、ケンブリッジ大学の調査班を率いた最初の遺跡発掘だった」エミリーは熱意を込めて話し始めた。「当時はまだ博士課程の学生だったんだけど、アルノは大英図書館の資料を徹底的に調べて作った地図に基づいて発掘を進めた。その結果、北アフリカで軍事要塞《ようさい》を二つ発見した。一つじゃないわ、二つよ。どちらもエジプトのプトレマイオス二世が建設して以来、砂漠の下に埋もれていた要塞だった」こうして話しているだけで、胸が高鳴った。

「アレクサンドリア図書館を創設したプトレマイオスと関係のある人物？」

「本人よ。しかも世界を驚かせた大発見というだけじゃない。ハリウッドの冒険映画さながらの一大アドベンチャーだった。私が聞いた話では、発掘現場周辺の集落の民兵から怪しまれて、二度も襲撃されたんですって。二度目の襲撃でアルノは拘束されて、失神するまで暴行された。そのあと、三十キロくらい離れた砂漠の真ん中に置き去りにされたとか」

　エミリーの話は完全に脱線を始めていたが、マイケルは会話の流れを止めまいとしてわざとさえぎらずにいた。

「つまり」エミリーの話がようやく一段落すると、マイケルは言った。「偉大なるアルノ・

ホルムストランド教授なら、千年以上前に消えた図書館を発見したとしてもおかしくない、と」

エミリーは電話機を耳に強く押し当てた。ざわついていた心は少しずつ落ち着きを取り戻し、代わって期待感が高まり始めていた。「そうよ、アルノならきっと発見できたはず。ただし、忘れないで、手紙にはそうは書いていない。発見したという以上に信じがたいことを書いてる。そもそも失われてなどいないと言ってるのよ。いまも存在してることを自分は知ってるって。そんなことがありうるのか、私にはわからないけど、とにかくアルノはそう言ってる」

「で、自分が死んだあと、図書館の再発見をきみに託したわけだ」

「そのようね」

「だが、きみは……不安じゃないのかい？」

エミリーは答えをためらった。マイケルの声からはもはや、楽観や朗らかさは完全に消えていた。

「いいえ」エミリーは答えた。それから訊いた。「不安じゃないかと思うのはどうして？」

「ホルムストランドの経歴は、決して危険と無縁ではないからさ。たったいまきみから聞いた話によればね」

エミリーはそれに答えようと口を開きかけたが、その前にマイケルが先を続けた。

「もっとはっきり言うなら、エミリー、アルノ・ホルムストランドは死んだ。それに、彼がきみに託した手紙や手がかりは——彼が三発の銃弾を胸に撃ちこまれるに至ったのと同じ道をたどるよう仕向けているとしか思えない」

16

ワシントンDC
午前11時45分（EST）——午前10時45分（CST）

ミッチ・フォレスターはあえいだ。胸を少しでも動かすと、そのたびに腹腔に突き立てられたナイフの痛みが倍加する。

「何の話だ？　副大統領の陰謀だって？」ミッチは訊いた。恐怖に震え上がっているからというだけではない。何の話なのか、本当にわからなかった。

「副大統領の企みは把握している」そう応じたジェイソンの声は、穏やかで落ち着き払っていた。フォレスターの背中に突き刺したナイフを握る彼の手も同じように微動だにしなかった。「副大統領の野望もな」

振り返ってジェイソンの表情を確かめたくても、体の向きを変えられない。ミッチはエレベーターの金属製のコントロールパネルにおぼろげに映った彼の顔に目をこらした。

「何の話かまるでわからない！」

「嘘をつくな」ジェイソンはナイフを握る手にわずかに力を込めた。「この状況にふさわしくない」

新たな苦痛が加わって、ミッチの目に涙がにじんだ。息づかいがいっそう苦しげに乱れた。

「嘘じゃ……嘘じゃない」

「副大統領の陰謀に加担している人間のリストが流出したことも知っている」ジェイソンは続けた。苦悶《くもん》する男の抗議にもまったく動じなかった。「しかもそのリストは、陰謀計画を頓挫させる力を持つ唯一の組織に流れた」

「どうして……どうして僕が副大統領の不利益になるようなことをすると思う?」ミッチはかすれた声で言った。「副大統領は僕のボスなんだぞ!」

「だが、本当はボスじゃない。そうだろう? 実際には違う。おまえが本当はどの党派に属しているか、俺たちはちゃんと知っているんだよ、ミスター・フォレスター」そのジェイソンの言葉を聞いて、ミッチは目を見開いた。ジェイソンはミッチの耳もとに顔を近づけて言った。「おまえの身分証には副大統領補佐官と書いてあるかもしれないが、本心から副大統領に仕えているわけじゃないだろう。おまえの目的は、別の執務室にもぐりこむことだ。楕円の壁に囲まれた執務室《オーバル・オフィス》に」

ミッチは言い返せずにいた。本心を見破られた。副大統領に対する軽蔑がいつのまにか露骨に態度に表れてしまっていたのかもしれない。それに気づいた人々が疑いを抱き、数カ月前から副大統領補佐官を務めているのは、大統領の側近になる近道だからにすぎないと見抜いたのかもしれない。

「だから、副大統領の計略に気づいた」ジェイソンは続けた。「そしてその詳細を副大統領の敵にリークした」

　ミッチの体は激痛に焼かれていた。頭のなかでいくつもの考えがぶつかり合っている。疑われた場合に備え、否定するための作り話を用意してリハーサルまでしてあったのに、この男はすでに真実を把握しているらしい。しかも彼の背中にナイフを突き立てている。

「僕が知ってるのは名前だけだ」逡巡《しゅんじゅん》ののち、ミッチは叫ぶように言った。「計画の詳細までは知らない。知ってるのは、関与してる人物の名前だけだ」

　ジェイソンは片方の眉を吊り上げた。

「その名前は？」

「ギフォード、デールズ、マーレイク……」そこまで言って、苦しげに息継ぎをした。「ほかにも何人か。でも、そのことは誰にも話してない。私物のパソコンでリストを作った。いつか何かの役に立つこともあるんじゃないかと思って作っただけだ。誰にも見せていない」

　ミッチの主張の後半部分は嘘であることをジェイソンは知っていた。ただし、誰にも見せていないという一点については、完全な嘘ではないかもしれない。自分から他人に見せたことは一度もない、あるいは、他人に見られたのにこの男は知らずにいるという可能性はある。しかしあいにく、彼らの敵は、情報を入手することに長《た》けていた。

　目の前の男に注意を戻した。

「その文書にはほかにどんな情報が載っていた？　おまえは陰謀についてどこまで知っている？」

「陰謀、陰謀って、何の話かわからないよ！」ミッチは絶叫するように言った。痛みのせいもあるが、心底困惑しているからでもあった。「僕はパターンに気づいただけだ――大統領の支持者が死ぬと、副大統領の後援者がその分、影響力を増す。でも……知らない……陰謀なんて知らない！」

ジェイソンはエレベーターの内壁にぼんやりと映ったミッチの目をまっすぐに見据えた。長らく思案したあと、ようやく口を開いた。

「わかった、ミスター・フォレスター。おまえを信じるとしよう。おまえは嘘をついていないと信じるよ。名前以外のことは本当に何も知らないいんだろう」

ミッチは痛みの隙間から押し出すようにして安堵の息をついた。

「よかった。僕は――」顔をしかめながらも先を続けた。「――僕はただ祖国に尽くしたいだけだ」

ジェイソンは唇の片端だけを持ち上げて笑った。

「それも今日までのようだがな」そう応じると同時にミッチ・フォレスターの背中からナイフをすっと引き抜いた。傷口からどす黒い血液があふれ出した。ミッチをこちらに向かせ、ナイフの刃についた血を彼のジャケットで拭《ぬぐ》うと、コントロールパネルに手を伸ばしてスイッチを元の位置に戻した。エレベーターが上昇を再開する。

ミッチ・フォレスターは怯えた表情を浮かべ、両手で背中を探った。顔がみるみる血の気を失っていく。目の前に持ち上げた両手は赤く濡れていた。「殺さないって約束だったろう……知ってることを話せば殺さないって言ったじゃないか」そうささやきながらエレベーターの内壁にもたれた。体内の血液が急速に失われるにつれてその体から力が抜け、床に向けて滑り落ちていった。

ジェイソンは体の脇に提げた鞘《さや》にナイフを戻した。チャイムが鳴って、エレベーターの扉が開いた。四階のエレベーターホールは無人だった。ジェイソンは足もとの哀れな男を見下ろした。

「よりによっておまえが知らないわけがないよな」ジェイソンは満足げな笑みを浮かべて言った。「ここはワシントンだぞ。他人の言葉を信用しちゃいけない」エレベーターを降りた。背後で扉が閉まって、すでに絶命した男の姿を隠した。

17

短時間ながらミッチ・フォレスターを尋問した結果、知りたいことはすべて確認できた。〈ソサエティ〉はやはり、マーレイクの監視下に置かれていたフォレスターの私物パソコンを介してリストを入手したのだ。そのリークは、〈キーパー〉とその〈アシスタント〉の両方を始末する必要が生じたことを意味していた。そしてその二つの任務は、ジェイソン自らが完了を見届けた。フォレスターが死んで、流出口《リーク》も完全にふさがれた。〈ソサエティ〉は徹底した秘密主義を貫いており、情報が組織の外で共有されることはない。つまり、知っている者はもう誰もいないということだ。プロジェクトはこのまま進めていけるということだ。

ただ、ミネソタから一つ、予想外の情報が届いていた。に、〈キーパー〉のオフィスには、いまとなっては蓋がされたとはいえ、情報が外に漏れたことを示す証拠が残ってていた。書物、破り取られたページ……いまも別の何かが進行している。プロジェクトそのものよりさらに大きな何かが動いている。

全身の皮膚が粟立つのを感じながら、ジェイソンはアパートメントのエントランスから外に出た。情勢が変わろうとしている。地平はこれまでとまるで異なった様相を示し始めていた。

18

午前11時10分（CST）

さらに数分、軽口や知見の応酬を続けたのち、二人の会話はようやく核心に触れた。

「ねえ」エミリーは言った。「十一時を回ったわ。予約してあるシカゴ行きの飛行機は二時十分発なの。感謝祭の連休前の混雑を考えると、そろそろ車で出ないと飛行機に間に合わない。もしシカゴに行くならの話だけど」

エミリーもマイケルも、最後の一言は問いかけに近いことを意識していた。

「もし、か」マイケルはエミリーの言葉を繰り返し、ホルムストランドがエミリー名義で予約した飛行機の電子チケットを印刷した紙を表に返した。選択肢は二つ。シカゴか、イギリスか。とはいえ、もはや前者は選択肢でさえないことを彼は直観していた。エミリーは昔から冒険好きだった。基本的には満たされた自分の学究生活を完成させるのに足りない成分はあと一つ、冒険だけだと彼女はよく言っている。だが、今日、彼女の選択肢に浮上してきたものは、知的欲求を満たすための冒険の域を超えていた。

「エミリー、シカゴに来るべきだと思うよ。魅力的な誘いなのはわかるが、同僚から頼まれたからというだけで、何もイギリスまで行く必要はないだろう。しかもだ、その招待状を出した直後にその同僚は殺されたんだよ」

　エミリーはなかば強引に目の前に並べられた可能性について考えをめぐらせた。アルノ・ホルムストランドが遺した謎めいた手紙。彼女の日常とあまりにもかけ離れている。一年半ほど前に博士号を取得して以降ずっと、カールトン大学で教鞭を執ってきた。カールトン大学は、学問で生きていこうと彼女に決意させた場所だった。ここで学士号を取得し、より規模が大きく評価も高い複数の大学で勉強を続けたあと、自ら望んで母校に戻ってきた。このままここで教鞭を執っていれば、いずれ終身的地位を認められるだろう。特段の事情がないかぎり、定年まで教授の地位を保障されるのだ。三十二歳の学者にとって、雇用が保障された理想的な職場ではあるが、かつて夢見ていたような血湧き肉躍る冒険という要素はかならずしも望めない。いまにも暴走を始めそうな冒険心の手綱を引こうとして、ランニングに精を出してみたり、しばらく前からはイスラエルで考案された武術クラヴ・マガの教室に通ってみたりもしている。近くの飛行場でスカイダイビングのレッスンを受けたことも何度かあった。だが最近は、学問の世界には、エミリーが生まれつき求めているようなスリルはどうやら存在しないという現実と折り合いをつけるしかないとあきらめかけたところだった。

　ところが今日、冒険が向こうからやってきた。輪郭は曖昧ながらも、謎が提示された。意味深長な手紙、それに輪をかけて意味深長な手がかり。一方で、フィアンセの存在も忘れてはならない。感謝祭の連休、久しぶりに二人一緒に過ごせる貴重な時間。シカゴはミネアポリスからほんの目と鼻の先に思えた。簡単に行き来できる距離だと思えたから、マイケルはシカゴの建築事務所で建築士見習いとして働き始めたのだ。

「私一人で勝手に決められることじゃない。あなたの意見も聞きたいわ」しばし考えたあと、エミリーは言った。「今日、私は二つの便を予約してるみたい。どっちの便に乗るべきだとあなたは思う?」無意識のうちに息を止めてマイケルの返事を待った。

「イギリス行きだな」迷いに迷ったあと、マイケルは言った。さっき反対したつもりだが、何を言ってもエミリーは耳を貸さないだろう。「シカゴよりずっと遠いぞ」

エミリーの胸に興奮がみなぎった。

「イギリスに行くというだけじゃないわ」エミリーは言った。「オックスフォードに戻れるのよ。私たちのスタート地点に」

「そのようだね」マイケルはアルノ・ホルムストランドの手紙にまた目を走らせながら答えた。「しかし、オックスフォードで具体的に何をしろというのかな、エミリー」ふだんのイギリス人らしい物腰とはがらりと違う早口で続けた。「手がかりが並んだ紙を一枚持ってイギリスに行きさえすれば、何世紀も前に歴史から消えたものを探し当てられるとは思えないだろう」

エミリーは、もっと彼の近くにいたかったと思った。手を伸ばして、彼の手を取りたい。彼が感じている不安が伝わってきた。彼女にしても、高揚感のなかにひとかけらの恐怖が混じっていることを意識していた。しかし、マイケルが指摘する悲観的な見通しは、彼女の冒険心に逆に火をつけた。

「考えてもみて、マイケル。アルノは私の予定を調べ上げてたのよ。私生活を――あなたの存在まで把握したうえで、この手がかりを今日、私に届けた。アルノ自身は死んでしまったにもかかわらず。そう考えたら」エミリーは興奮して大きく息を吸いこんだ。「ね、そう考えたら、あなただって興味を惹かれずにはいられないでしょう？」

否定の言葉は返ってこなかった。

「しかも、アルノはイギリス行きのチケットまで用意してた」エミリーは続けた。「この先のこともちゃんと考えてあるんだろうって思うの。当てもなくイギリスをうろうろするようなはめにはならないんじゃないかしら。それに、万が一手ぶらで帰ってくることになったとしても、この世の終わりじゃないわ。無料《ただ》で私たちのスタート地点に帰れたって思えばいいんだもの」

マイケルの声は、未来の妻を溺愛する婚約者らしい優しさをようやく取り戻した。

「ただし、きみ一人の旅行になる」

エミリーの声も優しくなった。「あなたも一緒に来ればいいじゃない。二人でちょっとした冒険旅行に出るの。初めて出会った場所に帰るのよ」

エミリーには見えなかったが、マイケルの瞳に希望の小さな光が宿った。しかし、誘いに応じることはできないとわかっていた。「きみみたいにのんきな大学教授なら長期休暇も許されるかもしれないがね、僕はあいにくこの土曜に仕事の予定が入っているんだ。感謝祭の連休だろうと何だろうとおかまいなしさ。大口の商業顧客向けのプレゼンを初めてまかせてもらったんだ。忘れたかい？」

「もちろん忘れてなんかいないわ」マイケルは今回のプレゼンに向けて何カ月も前から準備を進めてきた。見習いから一人前の建築家になれるかどうか、これが最後の大きなハードルになる。

「それに、アルノはきみ一人で行くようにとはっきり書いているだろう。向こうで何をすることになるかはまだわからないが」

彼の言葉遣いを耳にして、エミリーはどきりとした。エミリーの心はすでに決まっている。たったいま彼が言ったことは、彼女が期待していた同意の言葉と聞こえた。

「まだ？　行くって前提で言ってるってこと？」

「おいおい」マイケルが言った。「行くととっくに決めているんだろうに。僕が一緒でも、きみ一人でも」

その言葉を待っていた。この冒険は、逃すにはあまりにも惜しい――彼も同じように考えるだろうとエミリーは期待していた。彼はエミリーを深く理解している。これほどのチャンスを前にして、彼女を引き止めようとしても無駄だと知っているのだ。彼女は大きな笑みを作り、電話機を耳にいっそう強く押し当てた。

「心配しないで、マイケル。すてきなお土産を持って帰るから」

19

午前11時15分（CST）

　まもなくエミリーは電話を終えた。胸の高鳴りを抑えきれない。先のことはまだわからないにしても、さしあたっての行動計画は確定した。まずはミネアポリス＝セントポール国際空港に向かい、そこからイギリスに飛ぶ。オフィスを出る前に、オックスフォード大学で修士号を取得した際の指導教員だったピーター・ウェクスラーに電話をかけ、空港に迎えを頼みたいと伝えた。冒険のスタート地点は、オックスフォードの街だ。

　どのような運命が待ち受けていようと、アルノ・ホルムストランドの遺志と遺言はいま、実現に向けて動き出した。

20

ニューヨーク
午後2時30分（EST）——午後1時30分（CST）

　ビデオ会議の画面は迷ってでもいるかのように一瞬黙りこんだあと、まばたきをして明るくなった。理事長の姿も〈カウンシル〉の理事六名の前の画面に映し出されているはずだ。六名は、臨時会議のために招集された。プロジェクトの進行に急展開があって、即座に話し合いを持つ必要が生じた。

　理事長は液晶モニターの上部に取りつけられた小さなカメラのほうに身を乗り出した。

「諸君、事態は思わぬ展開を見せた」理事長自身を映したウィンドウの横に並ぶ六つの小さなウィンドウから低いつぶやきが聞こえた。

「あんたの仲間が任務を完遂できなかったとか？」メンバーの一人が荒い言葉遣いで尋ねた。アラビア語風のアクセントが強い。

「任務は予定どおり完了した」理事長は答えた。

「とすると、〈キーパー〉も死んだんだね？」別のウィンドウから、別のアクセントの声が言った。

「先週の〈アシスタント〉と同様の手段で始末した。加えて、つい数時間前、リーク元もふさいだ」

〈カウンシル〉の理事六名は、その知らせを聞いて、それならけっこうというように無言のままうなずいた。しばらく沈黙が続いた。理事長はデスクの上で両手を組んで待った。やがて理事の一人がふたたび口を開いた。

「とすると、我々の仕事は終わったわけだ。彼らの組織の仕組みは把握している。その二人以外に、問題のデータを入手できた人物はいない。リーク元には事実上、完全な栓がされたということだ」その声は満足げではあったが、成功を宣言しているにもかかわらず、どこか失望しているような調子を帯びていた。これで安心してプロジェクトを継続することができる。短期的な目標はクリアされた。しかし、〈キーパー〉と〈アシスタント〉の両方が死んだとなると、何世紀にもわたって追求されてきた目的の達成はまたもや遠ざかってしまう。何かを得た反面、想像を絶するほど多くのものが失われたのだ。

「そのとおりだ」理事長は答えた。「リーク元には栓がされた。我々のプロジェクトは続行される。ただ――」劇的な効果を狙って、ここで間を置いた。「――もう一つ、新しい展開があった」

思いがけない言葉に、六名全員が意外そうに眉を吊り上げた。理事長は自分が持つささやかな権威を噛み締めた。彼の話の続きを待って、同僚理事一同が気をもんでいる。そう思うと、もって生まれた権力欲がくすぐられた。彼らが知らないことを、彼だけが知っている。

彼らも知ることになるかどうか、それは彼の腹一つだ。「二人とも死んだなら、我々の任務は完了したと
「わからないな」別のメンバーが言った。「二人とも死んだなら、我々の任務は完了したということだろう。暴露のリスクは排除された。たとえそのせいで……ほかの……あれやこれやに続く扉が閉ざされたとしても」彼は「あれやこれや」と曖昧に表現したが、それがただ一つのもの――何世紀も前に創設されたこの組織が掲げる唯一の目標を指していることは、このビデオ会議に参加している全員が知っていた。

　理事長はその発言を最後まで聞き終えてから先を続けた。

「諸君、〈究極の目標〉を達成できる可能性はまだ残されている」ここでまたしても間を置いて、どういうことかと息を殺して先を待っている同僚たちの様子をとくとながめた。これほど自分の権力の大きさを実感したことはない。「〈キーパー〉は死を目前にしてもなお、私から――我々から何かを隠そうとした。このドラマの出演者の正体を暴露する以上の力を持った何かだ。彼の生涯最後の数分は、生涯最後の欺瞞《ぎまん》行為に費やされた。我々をゴールから遠ざけようという最後のあがきに」理事長は、〈フレンド〉から届いた大型のハードカバー本に手を置いた。室内装飾品の一部としてコーヒーテーブルに積み上げられるようなつまらない本が、ふいにはかりしれない価値を持つ書物に変身していた――プレスト著『写真で知るオックスフォード大学史』。

　この一冊に欠けたページはない。

「諸君、あれほど我々の手を焼かせてきた敵も、死の間際についにしくじったようだ。〈キ

ーパー〉の最後の企みは不発に終わった」理事長はデジタル化された〈カウンシル〉理事の顔を一つずつ見つめた。

「この国だけでは足りない。図書館そのものがやがて我々のものとなるだろう。いいか、諸君。レースはまだ終わっていないぞ」

キーを一つ叩いて、ビデオ会議からログアウトした。それから、左手の陰の奥にじっとたたずんでいた灰色のスーツを着た男に向き直った。

「さっそくオックスフォードに飛んでくれ」

21

ミネソタ
午後3時（CST）

「ほんとにもう、何てお礼を言ったらいいか」エミリーは広々としたマツダ車の助手席から運転席に顔を向けて言った。二時間ほど前、アイリーン・メリンのオフィスを訪ねて、空港まで車で送ってもらえないかとおそるおそる頼んだ。もともとはシカゴのマイケルの家にほんの数日滞在するだけの予定だったから、自分の車で行って空港の駐車場に預けるつもりでいた。しかし、出発間際に行き先が変わり、自分の車で行くという予定も変更せざるをえなくなった。イギリスから帰るのはいつになるかわからない。

「あら、気にしないでちょうだい」アイリーンが言った。「今日の講義はもう全部終わったし、それにね、今朝からいろいろあったでしょう。正直なところ、ちょっとキャンパスから離れたい気分だったのよ」口もとは笑っている。しかし、すてきな年齢の重ね方をしているなと思わせる小皺に縁取られた薄茶色の目から、無数の感情がいまにもこぼれ落ちそうになっているのがわかった。

「彼のこと、よくご存じだったんですか」エミリーは訊いた。ホルムストランドの死の知らせに、アイリーンが同僚たちよりはるかに大きな衝撃を受けているのは明らかだ。

「よく知っていたというほどではないわ」アイリーンは答えた。「もちろん、あれだけ有名な人だもの、名前と業績は何年も前から知ってたけれどね。でも個人的に知り合ったのは、彼がうちの大学に来てからよ。彼は――」頭のなかの辞書をめくって、適切な一語を探している。「――神がかった人だった」悲しげな調子でそう付け加えたあと、エミリーのほうに顔を向けた。そこには優しく気遣うような表情が浮かんでいた。「あなたと彼、ちょっと似てるわよね」

似ている？　ありえない。

「天地ほどの差があると思いますけど。偉人と凡人です」一《いち》学者としてやっていく程度の自信はあるが、自分の器はわきまえている。

「そうね、あなたは若いわ」アイリーンが応じた。「アルノはもう若くない。いえ、若くなかった。キャリアの最盛期は過ぎてたわ。見方によっては不幸中の幸いと言えるのかも」

アイリーンが感情のダムを堰《せ》き止めようとしているのが察せられて、エミリーは黙って待つことにした。

「でも、関心の対象やそれに対するアプローチという意味では、たくさん共通点がある」アイリーンはシートの上で背筋を伸ばし、平静さを取り戻そうとしながら続けた。「あなたの応募書類を見たから知ってることだけれど。あなたは子供のころから教師を志したでしょう。アルノも同じよ。だって、あなたが最初に先生になろうと決めたのは何歳のとき？　十歳？

それとも十五歳？」

「たしかに」エミリーはうなずいた。「物心ついたときから教師を目指してきました」ホルムストランドもそうだったとは知らなかった。自分が教師を志したのはいつだったろう。オハイオ州の田舎町で育ったエミリーの幼い心にその種を蒔いたのは小学校の教師たちだった。理科が大好きになったのは、三年生のときの先生が自然科学を愛していたからだ。美術も同じで、五年生のときの先生が芸術の話を始めると止まらない人だったからだ。いま振り返ると、理科や美術そのものが好きだったのか、それとも先生たちの熱意がただ伝染しただけのことだったのか、自分でもわからない。ただ、教えることを楽しいと思うようになったのは、先生たちの影響であることは間違いなかった。

「アルノもね、子供のころからずっと教師になりたかったそうよ」アイリーンは言った。「一心不乱に目標を目指したのもあなたと同じ。もちろん、育った時代はまったく違ったでしょう。でも、それぞれ自分のやり方で目標を追い求めた。それに、そうよ、二人とも戦争好きよね」

「戦争好き？」

アイリーンは微笑んだ。

「戦闘、民族の対立。天下を分ける戦い。歴史が大きく動く瞬間」

なるほど、アイリーンの分析は、エミリーの学問的関心の本質をずばり言い当てていた。大学に入ったエミリーは、古代ギリシャ人とローマ人、エジプト人とアラブ人、アッシリア人とヒッタイト人に出会った。歳月に遠く隔てられた彼らと友人になり、友情はそのまま一生涯の愛へと成長した。彼らの対立、戦い。大地を揺るがすような異文化同士の激しい衝突。ギリシャ人はローマ人と戦い、アラブ人はエジプト人を征服し、アッシリア人は古代イスラエル人を抑圧した。友人は敵になり、敵は戦《いくさ》を経てまた友人に戻った。勝ち目がないとわかっていてもなお戦いを挑み、抵抗を試みる。その気概にある何かがエミリーの性格と通じ合った。十代のころはスポーツに才能を発揮した。社会に出てからは、大学という男性優位の世界で出世のはしごを着実に上った。どちらも持ち前の闘争心ゆえの成果だ。

「それに、若さゆえの勢いだけでいまのキャリアを築き上げたんじゃないでしょうに」アイリーンは続けた。「オックスフォードにはローズ奨学金をもらって留学したんでしょう？　そのあとプリンストンで博士号も取った」

「まさか、みんな覚えてらっしゃるんですか」エミリーは訊いた。「二年も前に応募書類を見ただけなのに？」

「強い印象を残す人というのはいるのよ」アイリーンは微笑んだ。そしてまたホルムストランドに話題を戻した。「ほかの教員が学生に交じって講義を受けたがるような教授はアルノくらいのものよね」

エミリーはたしかにとうなずいた。アルノ・ホルムストランドがカールトン大学に来た最初の年、エミリーは機会があるごとに彼の講義に出席した。ホルムストランドは思い出話に花を咲かせるタイプの教師で、どの講義もかならず途中で脱線して、彼の記憶をたどる旅に変わった。その旅こそ、ほかのどんな講義よりも含蓄に富んでいた。

とはいえ、エミリーは一個人としてのアルノ・ホルムストランドをよく知っていたわけではない。アイリーンが彼と親しくしていたらしいことがうらやましくなった。エミリーは世間の評判や、アルノの風変わりな言動の一端を通じてしか彼を知らない。彼ほどの業績を誇るベテランの教授なら、多少変わり者であっても許されてしまうものだし、エミリーはひそかに彼のそういうところに尊敬の念を抱いていた。ホルムストランドには諺《ことわざ》めいたことを言わずにはいられないところがあることは誰もが知っている。講義にも、単なるスピーチにも、知恵に富んだ言葉がさりげなく隠されていた。それは深い知見を伝えていることもあれば、年配の人物の愚痴であったり願望であったりすることもあった。「〝知識は円ではない。円を描くのは無知だ。知識は、古いものの上に立って新しいものを指し示す〟」彼は教授に就任した日のスピーチの冒頭でそう述べた。その簡潔で含蓄のある概念は、その後エミリーが出席したすべての講義で繰り返された。

アルノにはもう一つ癖があり、それは彼のトレードマークのようにもなっていた。講義の重要なポイントをかならず三度繰り返すのだ。「ローマに黄金期はなかった。黄金期はなかった。黄金期はなかった」何を話していても、肝心な点はいつも三度強調した。オクシリンコスのパピルス文書に関する講義中に――そう、あの講義は最高に刺激的だった――その癖について初めて質問されたアルノ・ホルムストランドは、力強い口調でこう答えた。「三度繰り返して初めて、言わんとすることが相手に通じる。一度は思いつきかもしれない。二度は偶然ということもありえるだろう。しかし三度《みたび》なら、それは本気で言っている」三度《みたび》――そのいくぶん古風な言い方に、あのときもエミリーは微笑んだが、いまも思い出しただけでまた口もとがほころんだ。

「過去はつねに生きている」それもホルムストランドの名言の一つだ。「誰かの記憶にあるかぎり生き続ける。知識は命を持ち、力を持っている――人間の忘れっぽさの犠牲にならないかぎり」その珠玉の言葉は、新米研究者だったエミリーの理念に大きな衝撃を与えた。翌年の自分の講義の摘要《シラバス》に書き加えたほどだった。偉大な知恵は宝物として愛でるためのものではない。使ってこそ価値がある。

ホルムストランドについてもっとも強く印象に残っているのは、テクノロジーにまつわるできごとだった。それはエミリーの記憶にとりわけ深く刻みつけられている。いまから何カ月か前、カールトン大学グールド図書館のパソコンブースでオンライン蔵書検索システムを利用していたとき、隣のブースにアルノ・ホルムストランドが居合わせた。眼鏡をかけ、ツイードのジャケットを着た白髪の教授がパソコン画面とにらめっこしている光景はもとより場違いに見えるだろうが、アルノとパソコンの組み合わせはその極みだった。彼はテクノロジーに敵意を抱いているようだった。まったく気に入らんといった顔でキーを一つずつ押していた。そのくせ、意外なほど軽快にシステムを使いこなしていた。アルノ・ホルムストランドは、パソコンを前にしても、やはり不思議なパラドックスを感じさせた。

やがて老教授はエミリーのほうに顔を向け――じかに話をしたのは、このときを含めてほんの数回だった——意気込んだ様子で言った。「きみ、このオンライン蔵書検索システムというのは大したものだね！」

エミリーは思いがけず話しかけられて驚き、とっさに言葉が出ず、ただ黙ってうなずいた。

「ところで、知っていたかね？」アルノは続けた。「世界中の大学がこれと同じ旧式のソフトウェアを使っているんだよ。こっちの大学ではこのバージョン、あっちの大学ではあのバージョンを使っているかもしれないが、核を成す部分はどれも共通だ。オックスフォードでもこれと同じ珍妙な機械を使った。エジプトでも、ここミネソタでも。ただし、こちらの意図を酌んで動いてくれたことは一度たりともないがね」老教授はほんのわずかに身を乗り出し、笑い皺に囲まれた目をまっすぐ彼女に向けて付け加えた。「みな同じなんだよ、エミリー。世界中どこでも」

エミリーははにかんだ笑顔を見せた。そうせずにはいられなかった。テクノロジーに対する不満はともかく、老教授がなぜか彼女の名前を知っていたからだ。ささやかであれ、名声のおこぼれに与《あずか》ったようでうれしかった。

会話らしい会話をしたのはその一度だけだった。それもあって、今日、ホルムストランドからの手紙が届いたことが不思議に思えた。自らの死を予見して、なぜわざわざエミリーに宛てて手紙を書いたのだろう。数ある失われた遺物のなかでも重要な一つとされるアレクサンドリア図書館の所在地を発見したのなら、それを伝える相手として、新米研究者を選んだのはなぜなのか。それに、なぜあれほど持って回った言葉遣いをするのか。

車が橋にさしかかり、路面の継ぎ目を越える衝撃が規則的に伝わってきて、エミリーは白昼夢から現実に引き戻された。アイリーンには手紙のことは話せない。アイリーンと親しくしていたのなら、そしてアイリーンに自分の発見を知らせたかったのなら、アルノ・ホルムストランドは自分で彼女に伝えていただろう。その暗黙の信頼を裏切るようなことはしたくない。

アイリーンもちょうど物思いから抜け出したらしく、エミリーのほうをちらりと見て言った。「ところで、帰省？」

「はい？」

「今夜の飛行機に乗るんでしょう。帰省するの？　感謝祭をご家族と一緒に過ごす予定？」

「いえ、そうではないんですけど」エミリーは答えた。ほかに何と答えていいかわからない。

「わかった、連休をひとりで静かに過ごす計画ね」

エミリーはジャケットのポケットにそっと触れた。胃が痛くなるような緊張を感じた。ポケットにはアルノ・ホルムストランドの手紙が入っている。一人で旅をすることは事実だ。ただし、おそらく静かな連休にはならないだろう。

22

中国　寧波《ニンポー》市郊外　石浦《シープ》港

荷物は無地の茶色の紙でくるまれ、黒い細紐で縛ってあった。この地方でやりとりされるふつうの郵便小包と見分けがつかない。一つ違うのは、何も書かれていないことだ。住所も、宛名も、差出人もなかった。

〈ライブラリアン〉は布鞄から荷物を取り出すと、錆《さび》だらけのロッカーに入れて扉を閉めた。蝶番《ちょうつがい》がきしんで甲高い音を鳴らす。拳で強く叩いて扉がきちんと閉まったことを確認し、ロッカーと同じように錆びついた、ありふれた南京錠を元どおり扉にかけ、手で強く握って留め金を本体に押しこんだ。

荷物を届けるのは今日で十二回目だ。新任の〈ライブラリアン〉は今回も献身的に働いた。一年前に師から引き継いだパターンをいまも厳密に守っている。一人きりで来ること、尾行がないか念入りに確認すること、自宅から届け先まで複雑なルートをたどること。荷物は決められたとおりの形式で、規則を忠実に守ってまとめた。この務めについては誰にも話していない。通常の仕事もこれまでどおり続けている。

手引きに几帳面に従い、届け先に長居することもしない。老朽化した水産会社の倉庫は、港から少し離れた林の奥、人がまず立ち入らない場所にあった。ロッカーの鍵がきちんと閉まったことを確かめると、〈ライブラリアン〉は木立にまぎれ、街に戻るいつもの道をたどり始めた。

今月の気高き目標は達成した。〈ライブラリアン〉は誇らしげに胸を張った。古代から続く事業にささやかながら貢献したのだ。ただし、その事業の全貌を彼が知ることはこの先も決してないだろう。

23

セントポール－ミネアポリス国際空港上空
午後9時46分（CST）

《いまこそきみのその歴史家精神の出番だよ、エミリー》。ホルムストランドの二通目の手紙は、彼の謎めいた指示を解明するという課題をエミリー一人の手にゆだねていた。死してなお、ホルムストランドは教師であり続けた。知識という宝をただ気前よく分け与えるのではなく、自ら努力して答えを導き出すことを教え子に求めた。

ああ、もう、焦れったい――エミリーは心のなかでつぶやいた。ホルムストランドが教師として理念を貫いたことは尊敬に値するが、今回にかぎっては、必要な情報をあっさり渡してくれたらよかったのにと考えずにいられない。興奮は募るばかりなのに、具体的な情報が皆無だということがもどかしかった。

ミネアポリスからロンドンのヒースロー空港まで、フライトが順調なら七時間と四十分の道のりだ。つまりこれからざっと八時間、このまま自分の頭のなかに閉じこめられる。行く先で何が待ち受けているのか、自分がイギリスに向かうことになったのはいったい何が起きたためなのか、延々と考えるくらいしかすることがない。エンジンの作動音とともに飛行機の着陸装置が機体に吸いこまれ、所定の位置に格納されると、エミリーはアルノから届いた手紙を抱き締めた。この手紙が彼女の旅を特別なものに変えた。刺激で満たした。この手紙は底知れぬ可能性を示唆している。ただ、それは高揚感をもたらすと同時に不安を運んできた。いまこの手にあるのは、すでにこの世にいない人物の言葉なのだ。発生してまだ二十四時間とたたない殺人事件の被害者から届いた手紙だ。今朝と同じ不安がぶり返しかけていた。

落ち着きなさいよ、ウェス教授。搭乗手続きをしたときから何度も自分にそう言い聞かせている。しかし、いまも心臓は高鳴り続けていた。殺人事件と何らかの接点を持ったのは、間接的にであれ、初めてだ。それに、今回のように謎だらけの旅に出るのも初めてだった。手紙を開き、もう二十回くらい読んだ文面をまた目で追った。その内容は、写真のように正確なエミリーの記憶にすでにしっかりと刻みつけられている。手紙を元どおりに折りたたむ。手が震えるのと一緒に便箋の端も震えていた。

「……三万五千フィートに達しましたところで――」男性の低く単調な声がキャビンのスピーカーから流れていた。手紙や謎のことで頭がいっぱいで、機長の挨拶が機内に流れていたことにさえ気づいていなかった。「――巡航に移り、キャビンアテンダントが軽食と飲み物のご希望をうかがってまいります」

早く、早く――すぐにでも一杯飲んで気持ちを鎮めたかった。機長の声を意識から締め出すと、思いがけない方角に舵を切った今日一日を振り返った。

アルノ・ホルムストランドは、アレクサンドリア図書館は失われていないと主張している

（現にこうして飛行機に乗っていてもまだ、あくまでも彼の主張にすぎないことを忘れてはいけない）。彼の手紙は、それ以上の情報は何も伝えていない。そう考えると、またもや不安にとらわれた。アルノがまだ何か手がかりを用意しているとしても、おそらくそれも手紙に書かれていることと同じように暗号めいているのだろう。それを解読できるかどうかはエミリーしだいだ。

アレクサンドリア図書館は、エミリーの過去の研究とゆるやかに関係してはいる。エミリーの研究の中心テーマはギリシャ史であり、アレクサンドリア図書館に関する数少ない客観的データはその範囲に含まれ、図書館の概要は何年も前から知識として頭に入っていた。ただしその「概要」は、その時代の専門家にとっても曖昧で謎だらけだった。図書館にまつわる何もかもが伝説と史実の境界線上にあって、どちらなのか断定するのは不可能だ。時間をかけて検証しようとした研究者はほとんどいない。アレクサンドリア図書館の存在は仮説と憶測の上に成り立っている。仮説も憶測も、研究対象にはなりにくい。歴史学とは史実を考証するものだが、アレクサンドリア図書館に関して厳然たる事実と呼べるものはごくわずかしかないのだ。

正式名称アレクサンドリア王立図書館の創設者は、エジプトのプトレマイオス二世、別名ピラデルポスであるとされている。父のプトレマイオス一世はアレクサンダー大王に仕えて名を挙げ、紀元前三〇八年にエジプト王となった。彼は新しい王国の栄華の証として、ミューズの神々のために有名な寺院――〝ムセイオン〟――を建設した。この〝ムセイオン〟というラテン語が、英語の博物館《ミュージアム》の語源とされている。ムセイオンは現代の図書館とは異なり、詩歌や芸術、創造や学術の神々をまつった宗教寺院であり、信仰に値する品々が収められていた。入念にカテゴリー分けされた棚には、信仰のあらゆる分野に関する書物が並んでいた。

　ムセイオンを単なる宗教知識の学堂からあらゆる分野の知識の殿堂へと発展させたのは、息子のプトレマイオス二世だった。王国は変化と発展を続けていた。プトレマイオス二世は、力によって国を治めるべきだと考えた。その〝力〟には知識という力も含まれていた。そこで王は、のちに世界最大の図書館となる機関を創設し、多額の資金を費やし、書物の収集を続けた。そこはあらゆる書物と記録の神殿となった。

　これは人類史上最大規模のプロジェクトだった。プトレマイオスの初期目標は五十万の巻物を集めて棚に収めることだった。その達成のために、ふつうでは考えられない手段を取った。世界中を探して書物を購入した。またアレクサンドリアを訪れる旅行者は、到着と同時に書物や巻物など文字で書かれたものをすべて提出しなくてはならなかった。引き渡された書物は、図書館の筆写者の手で書き写されてコレクションに収められた。アレクサンドリア図書館の司書はほかの都市のより古い図書館に派遣され、価値ある書物を残らず購入した。購入できないものは借り受けて、図書館に新たに作られた写字室で書き写した。土としてギリシャ語を使っていた王国の学者や思想家の知らない言語で書かれた書物は、図書館の増え続ける下部組織から成る委員会によって翻訳された。数ある翻訳プロジェクトのなかでもとくに有名なのは、ヘブライ語聖書のギリシャ語への翻訳だ。これには七十名を超えるユダヤ人翻訳者が関わった。翻訳された聖書は現在も『七十人訳聖書《セプトゥアギンタ》』と呼ばれている。

「ピーナッツ、プレッツェル、クッキー?」小鳥が啼くような甲高い声が唐突に割りこんできて、エミリーの夢想は急停止し、頭のなかで図書館や巻物が多重衝突事故を起こした。

「え?」

「軽食は何がよろしいでしょう?」キャビンアテンダントが訊く。「ピーナッツ、プレッツェル、クッキー?」離陸以来、笑みが張りついて固まったまま取れなくなったような顔をしていた。

「あ……その選択肢ならピーナッツかしら」エミリーは答えた。「それよりウィスキーをください。ピーナッツはけっこうです」

エミリーは軽い調子でそう返したが、プラスチックでできたような笑顔はびくともしなかった。「ウィスキーの銘柄は何がよろしいでしょう? ご用意があるのは、ブッシュミルズ、フェイマスグラ——」

「ボトルが一番大きいものがいいわ」エミリーは小さく手を振ってさえぎった。キャビンアテンダントは眉を片方だけ吊り上げ、淑女らしくない言動だとたしなめるような目を向けたが、エミリーは、「あなたにどう思われようと関係ない」と言わんばかりのはねつけるような視線を返した。キャビンアテンダントは、フェイマスグラウスのミニボトルと氷を入れたプラスチックカップをエミリーに手渡すと、次の列に進み、小さなシートに押しこめられた乗客に向かい、「ピーナッツ、プレッツェル、クッキー?」と、リピート設定されたCDプレイヤーがなかに入っているかのように繰り返した。

エミリーはミニボトルのプラスチックキャップをねじ切り、氷入りのカップに中身を注いだ。燃えるように熱い液体を大きく一口あおると、ささくれ立っていた神経が落ち着いた。目を閉じてシートに頭をもたせかけ、とりとめのない思索に戻った。

アレクサンドリア図書館の司書の学識の深さは古代世界に広く知れ渡った。世界最大の文献コレクション――芸術、科学、歴史、生物、地理、詩歌、政治など、あらゆる分野の知識の蓄積――をいつでも参照できる立場にある彼らを見て、ほかの学者が続々と集まり始め、やがてアレクサンドリア図書館は学術研究の中心地となった。膨大なコレクションの管理者たる歴代図書館長には、この時代の歴史を研究する者にとってはなじみ深い名前がいくつも並んだ。ロードスのアポロニオス、エラトステネス、ビザンティウムのアリストファネスなどなど。

図書館の蔵書数が最終的にどれほどの数字に到達したのか、確かめるすべはない。五十万冊という当初の目標がすみやかに達成されたことは間違いない。アレクサンドリア図書館は規模拡大とともに大きな影響力を持つようになり、それを見たエジプト中の政治的中心都市が競うように図書館を建設した。なかでもペルガモンの図書館はアレクサンドリア図書館の地位を脅かす勢いで所蔵文献を増やしていったが、紀元前一世紀の中ごろにアントニウスの略奪に遭って競争から脱落した。アントニウスは書庫に保管されていた二十万以上の巻物を収奪し、それをプトレマイオス二世の子孫であるクレオパトラへの結婚記念の贈り物としたとされる。エミリーに言わせれば、ハリウッドは二人のロマンスの安っぽい側面を強調しすぎている——彼は愛の証として図書館一つ分の書物を捧げたというのに。

アレクサンドリア図書館の膨大な文献はもはや一棟の建物には収まりきらず、専用の建物や書庫の増築が必要になり、数十の閲覧室、講堂、写字室、事務室などが加えられていった。百万を超える巻物と写本が集められていたという説はおそらく当たっているだろう。知識と文化の宝庫として、それだけの規模を誇る施設は現代に至るまでほかに例がない。

ところが、七世紀ごろ、アレクサンドリア図書館は歴史から忽然と姿を消してしまう。人類史上最大の図書館が一夜にして消滅したミステリーの真相はいまも解明されていない。いったい何が起きたのか、仮説は数えきれないほど唱えられてきた。しかしいずれも仮説、憶測の域を出ていない。確かにわかっているのは、人類の英知を集めた世界最大の宝庫は消滅したという一点だけだ。アレクサンドリア図書館が集成した知識と力は失われた。図書館はこの世から消えたのだ。

しかし——本当に消えたのだろうか。昨日まで本気で疑ったことさえなかったその問題は、今朝、この世でただ一つ重要な問題と思えるものに変わった。それがいま、こうしてエミリーの胸を興奮に高鳴らせている。ホルムストランドが遺したメッセージが真実であるとするなら、図書館の書庫の奥で再発見される瞬間を静かに待っているものは、想像を絶する規模の可能性を秘めている。いま人類が知っている歴史は、根底から覆ることになるだろう。

木曜日

24

ロンドン・ヒースロー空港
午前11時15分（GMT）

アメリカン航空98便がヒースロー空港のターミナル3に到着する十五分前、それよりもはるかに小型の飛行機が空港に着陸した。専用設計が施されたガルフストリーム550の純白に塗装された機体には、ロゴも何もついていない。尾翼に機体番号を示す黒い文字が並んでいるだけだった。

ジェイソンは小さな窓の向こうの景色を醒めた目でながめた。素っ気ない外観とは裏腹に、機内の仕様は豪華だ。厚手のカーペットやレザーシートに使われた上品なベージュを基調に、波打つような木目が美しいウォールナット材がアクセントを加えている。やはり磨き抜かれたウォールナット材でできた小さなテーブルに、酒がまだ少し残ったクリスタルのタンブラーと、メモや指示書をはさんだフォルダーが置いてあった。

それにもう一つ、彼をロンドンに向かわせる理由になった、高画質のコピーも三枚ある。〈キーパー〉のオフィスのくず入れにあった燃え残りと同じページのコピーだ。同じ本を入手し、光沢紙に印刷されたそのページをコピーした。内容はすでに頭に入っている。長時間のフライトのあいだに、そこにあったすべての情報を記憶に刻みつけた。

　仕事でヨーロッパに来ることはたびたびあった。今回のように人目を忍んで太平洋を渡ることも珍しくない。ジェイソンは七年前に〈フレンド〉として認められた。それ以来、退屈をもてあます日は一日としてなかった。その七年間に、能力と冷静さを評価されて着実に昇進してきた。新たな仕事は日々発生し、ジェイソンは誰より確実に仕事をこなした。大きな決断をする権限、旧来の意味での力や権威を追い求めるたちではない。組織の最下部にいても、彼は力を持っていた。疑問を抱くことなく指示を受け入れ、それを機械的に実行する。その無情さが彼の力になっていた。

　陽射しにきらめく空港の建物が窓の外をゆっくりと過ぎていく。飛行機はプライベート機専用に用意された小さな駐機場に向けてすべるように移動していた。彼がいまここにいるのは、〈カウンシル〉の最高幹部の信頼を得て、右腕と呼ばれる地位を確立したからだ。今日、理事長からゆだねられた責任の大きさは計り知れない。〈カウンシル〉の最終目標、〈カウンシル〉の存在意義たるゴールは、到達不可能になったわけではなかった。それどころか、彼らはこの何世紀かでもっとも目標に近づいているのかもしれないのだ。

　その目標を逃すようなことがあってはならない。ジェイソンはそう決意していた。

25

ロンドン・ヒースロー空港
午前11時34分（GMT）

それからまもなく、重量百五十トンのボーイング777が滑走路に着陸する軽い衝撃によって、エミリー・ウェスはようやく訪れた眠りから現実に引き戻された。キャビン内のスピーカーから流れた不自然なほどよどみないアナウンスによれば、現地時刻は午前十一時三十四分、天気はところにより曇り、気温は十三度だ。

エミリーは目をこすって眠気を払った。アナウンスの声は最後にこう付け加えた。「アメリカからいらしたお客様には、イギリスで楽しい感謝祭を過ごされますようお祈り申し上げます」

26

ロンドン
午後0時25分（GMT）

ピーター・ウェクスラー教授がジャガーSタイプを選んだ背景には確固たる理由がある。何より、クラシックな英国デザインが好きだからだ。一九八九年にジャガー社がアメリカのフォード社に買収され、二〇〇八年にはインドのタタ・モーターズ社に売却されたという残念な歴史に目をつぶれば、ジャガーは彼の社会的地位を反映しているように思えた。流れるような美しさをまとった車体、洗練されたインテリア、贅沢さと実用性の絶妙なバランス。高級でありながら、これ見よがしではない。自分が運転して楽しく、他人に運転してもらっても快適で、昔ながらのデザインが、彼の大学の古風なイメージに似合っている。

ただし、ボディカラーに栗色を選んだのは、彼の妻だった。大学教授であろうと、それもかのオックスフォード大の教授であろうと、エリザベス・ウェクスラーの意見を覆して最終決定を行うことは誰にもできない。ボディの色や内装の仕様を彼女の言うとおりにすることを条件に、ようやく夫が希望する自動車の購入が許される。というわけで、ボディは上質なベルベットを思わせるメタリックな栗色で、インテリアはクリーム色のレザーと磨き抜かれたアッシュ材という組み合わせだ。

エミリーが右後部のドアから乗りこんできたとき、ピーター・ウェクスラーはゆったりとした姿勢で助手席に座っていた。空港の駐車場でエミリーを拾うと、セダンは快適に乗れる限界にちょうど達した――運転席にドライバー、助手席にウェクスラー、リアシートの右側にエミリー、助手席の真後ろにエミリーの知らない若い男性。

「イギリスにようこそ、ミス・ウェス」ウェクスラーはそう声をかけた。教え子との久方ぶりの再会が本心からうれしかった。頭の回転が速く、闘争精神旺盛なエミリー・ウェスは、彼がこれまで指導したうちでもっとも優秀な学生の一人だ。彼女の知性だけでなく、意志の強さをも高く評価していた。

エミリーの隣の男性を指し示しながら、ウェクスラーは続けた。「こちらはカイル・エモリー。いま指導している学生だ。きみという前任者を超えてやろうという意気でがんばっている」

青年は笑顔でエミリーに手を差し出した。

「お目にかかれて光栄です」彼の握手はしっかりとして力強かった。清潔感があって、若く、礼儀正しい――まさしく好青年だ。優秀な大学院生を絵に描いたようだというのがエミリーの受けた第一印象だった。

「彼もきみと同じ入植者だよ」背後で初対面の挨拶が交わされていることに無頓着な様子でウェクスラーは続けた。「ただし、通貨に王冠を残すという良識を持った入植者だ」

「カナダ出身なんです」カイルが説明するように言った。「バンクーバーから来ました」

「きみたちと違って、馬鹿げた反抗心を持たない国だな」ウェクスラーはアメリカ人の教え子をからかうようにしつこく言い重ねた。屁理屈をこねてでもイギリス文化の優位性を説かずにはいられないウェクスラーに、エミリーは昔から寛容だった。それもあって、ウェクスラーはエミリーが相手だとなおいっそう誇張してイギリスを賛美する。「カナダ人こそ身の程をわきまえた国民だね！」

「お札やコインに女王の肖像が描いてあって、警察官の最新の移動手段は馬だといまだに固く信じてる国ならどこでも褒めるんですね、教授は」エミリーは言い返した。

「そのとおり。そのとおりだよ。騎兵に騎馬警官――尊い古き良き伝統だ、マダム。なのにどうだ、五十の部族から成るきみの国は迷走しているようではないか。その証拠に、カナダ人は今日のニュースでぼろくそに言われずにすんでいる」ウェクスラーは車のラジオのほうに顎をしゃくって言った。BBCラジオの正午のニュース番組がまだ流れていた。「カナダの大統領は中東情勢の対応をおそろしく誤ったようだがね」

　カイルは言葉を呑みこんだ。カナダの首長は首相であって大統領ではないと指摘したいところだったが、そんな違いはおそらく、ウェクスラーの放言の中心から遠く離れた些《さ》事《じ》にすぎないだろう。

「教授も、教授と仲よしのカナダも、反抗的な植民地にいつでもお立ち寄りください」エミリーは切り返した。「二十一世紀とはどういうものか、喜んでお教えしますよ。あっと、二十世紀から始めるべきかしら。それとも十九世紀？　ごめんなさい、イギリスがどの世紀で止まっちゃってるのか、どうしても覚えておけなくて」

ウェクスラーとエミリーの顔は、どちらも楽しげに笑っていた。

カイルはそのやりとりを黙って見ていた。年上の友人同士が親しみを込めた憎まれ口を叩き合っているところに割りこめずにいるうえに、なぜか彼らのジョークのネタにされているティーンエイジャーの気分だった。

ウェクスラーは革張りのアームレストに体重を預け、エミリーのほうを振り返った。「さてと、近況報告もすんだことだし、本題に入ろうか。カイルを呼んだのは、この善良なカナダ人がきみの目下の関心事に情熱に近い関心を持っているからなんだ、ミス・ウェス」

エミリーは思わず反論しかけた——私の称号はミスじゃなくてドクター・ウェスです、教授。ただ、ウェクスラーが悪意のない軽口のつもりでわざと言い間違えているのか、彼の指導のもとで修士号を取得したあと、エミリーが続けて博士号も取得したことを本当に忘れているのか、確信が持てない。

「何年も前から、個人的にアレクサンドリア図書館について調べているんです」カイルが口をはさんだ。

エミリーは驚きを顔に表さないようにした。即座に湧き上がった不安も。彼女が何をしにこの国に来たか、初対面の人物が知っている。イギリスの地を踏んでまだ四十五分とたたないのに、教授の秘蔵っ子が隣に座っていて、最大の問題について話し合おうとしている。エミリーはウェクスラーに視線を戻した。

「ずいぶん手際がいいですね」

「きみと電話で話したあと、すぐにカイルに連絡した」ウェクスラーが答えた。「例の手紙の話を聞いて、ぜひともカイルに来てもらうべきだと思った。かまわないだろうね？　きみはこの件を極秘に進めたいだろうが」そう言って、国家機密を知っていることを隠しておけないコミックの探偵のように、鼻の片側に人差し指を当てた。

「もちろんかまいません」そう答えたものの、本当にかまわないのか、自分でもよくわからない。彼女の直感は、新しい情報は自分の胸だけにしまっておくべきだと告げていたが、図書館に関する最新の学説について自分より詳しい人物がいてくれるのはありがたい。

「あの……手紙を見せていただけますか」カイルが手を差し出した。大きく開かれた、期待に満ちた手。エミリーはその求めに応じるべきか、長いあいだ迷った。不安を完全には拭いきれない。助言を求めるようにウェクスラーを見た。ウェクスラーは、今日初めて真剣なまなざしでエミリーを見つめ返した。

「エミリー、彼は私のもっとも優秀な教え子の一人だ。彼なら誰より役に立ってくれると思う」

さらにもう一拍だけ迷ったあと、エミリーは心を決め、ポケットから手紙を取り出した。カイルは意気込んだ様子で受け取ると、さっそく手紙を広げてそれに没頭した。エミリーはまたウェクスラーに目を向けた。ウェクスラーは二人の様子を興味深げに見守っていた。

「電話で話したとおり、ホルムストランド教授は昨日——いえ、時間帯を移動したから、二日前ということになるのかしら。火曜の夜に殺されたの」

「ホルムストランド。気の毒に」ウェクスラーが言った。「好人物だった。何年か前、私の本の書評を書いてくれた」ホルムストランドの書評は、ウェクスラーの研究のあら探しをするような痛烈な批判だったが、ウェクスラーはその一語一語を愛おしむように読んだ。彼らクラスの学者にとって、批判するためだけに書かれたような批評は絶賛に等しく、うれしいものなのだ。

「じゃあ、彼の名声もご存じでしょう」

「意見を真剣に受け止めるべき人物だ」だっただ。自分はまだ状況の変化に順応できずにいるらしいとウェクスラーは思った。人の命が関わる場面で現在形から過去形に切り替えるのはなかなか難しい。

「私がこうしてここに来てるのも、そう思うからです。フィアンセと家でゆっくり感謝祭の七面鳥を食べたり、アルノの手紙を老人のお遊びと笑ったりしなかったのは、だから」エミリーはシートベルトの具合を直した。レザーシートにぎゅうぎゅう縛りつけられているようで息苦しい。

「おお、懐かしいね。我らがサー・マイケル」ウェクスラーは言った。「外国暮らしの我が同胞は元気かね」

「いつもどおり元気です。よろしくと言ってました。アメリカ合衆国という聖地で何年か暮らしているうちに、英国民として生きた過去が呪わしく思えてきたと伝えてくれって」

「何が自分の幸せか、あいかわらずわからないらしいね」ウェクスラーはにやりと笑ってうなずいた。

エミリーも微笑んだ。しかしいまは、他愛のない冗談の言い合いより、アルノの手紙が気になってしかたがない。

「手紙によれば、図書館の所在地を知ってたそうなの」エミリーはカイルが手にしている便箋のほうにうなずいた。「〈ソサエティ〉とやらのことも。そのために自分は殺されるだろうって書いてある」

「ミス・ウェス」ウェクスラーは教え子を教え諭す教授の口調に切り替えて言った。「何世紀ものあいだ、大勢の研究者がアレクサンドリア図書館を探してきたが――」

「わかってます」エミリーは片手を挙げて講義をさえぎった。「そのことはよくわかってます。でもアルノはその主張ゆえに殺された。だとしたら、調べてみる価値があると思うの」

エミリーは深呼吸を何度か繰り返しながら、いまの時点で手もとに集まっているパズルの断片を頭のなかでうまく組み合わせようとした。「よくわからないのは、ウェクスラー教授、アルノの殺害事件です。ありふれた殺人じゃなかった。犯人は明らかにプロの殺し屋でしょう。しかも、アルノは自分が殺されることを知ってたみたい。私やマイケルに宛てた手紙は、どうやら彼が亡くなる前に届いてることからもわかります。でも、アルノを殺す理由は何？」

アルノ・ホルムストランドは自らの死を予期して手紙を送り、そこに書かれた手がかりを命と引き替えに守ろうとした。そして彼は殺され、その結果としてエミリーはこうしてイギリスまで来ているわけだが、彼を殺害した理由がいまだにわからない。「だって、筋が通らないでしょう。もちろん、図書館には莫大な知識が蓄積されてた。でも、それが人ひとりを殺す理由になるかしら。それに見合うような何が図書館にあったというの?」

「それだけではないと思います」

カイルの存在を忘れかけていたエミリーは、ふいの発言にぎくりとした。

「え? いまなんて?」

膝に手紙を置いて一心に見入っていたカイルが顔を上げた。

「すみません、ドクター・ウェクスラー、ドクター・ウェス。でも、問題は図書館そのものだけではないと思います」

エミリーはようやくドクターと正しく呼んでもらえたことに気づいてうれしくなったが、いまはそんなことを喜んでいる場合ではないと、自分が少し恥ずかしくなった。

「ここです」カイルは便箋の一枚をウェクスラーに差し出した。「右から三分の二くらいの箇所。一行しかない段落です」

ウェクスラーは文面に目を走らせた。

《図書館は現存している。それに付随するソサエティも。いずれも消滅してはいない》

「どういうことかな、カイル」ウェクスラーは便箋をエミリーに渡した。

「図書館の現在の所在地が書いてあるわけではありません」カイルは説明した。「ただ、図書館は《いまも存在する》と言っている。しかも、《図書館に付随する〈ソサエティ〉も存続している》と」エミリーがすっかり見慣れたアルノ・ホルムストランドの手書きの文字をもう一度目で追っているあいだ、カイルは黙って待ってから続けた。

「それが……決定的な一言だと思います」

27

午後1時（GMT）

「図書館の消滅の経緯にはたくさんの仮説がありますが、どこまでご存じですか」カイル・エモリーはいまやエミリーとウェクスラーの関心を独占していた。「とくに、図書館はいまも存続しているとする仮説について」

エミリーはこの時点ですでに尻込みしかけた。

「消滅の経緯を推測するのと、いまも存続すると想定するのとは、まったく別のことじゃない？」

カイルは鋭い視線をエミリーに向けた。「おっしゃるとおりです。ただ、あなたがイギリスまでいらしたのは、図書館はまだ存在しているという仮説に基づいてのことでしょう。それなら、その可能性を頭から否定しないほうが無難ではないかと」カイルはそこで言葉を切り、エミリーがたしかにとうなずくのを待って、先を続けた。「いったん話を戻して、図書館が消えた理由に関する仮説から検討してみませんか」

「研究者の意見は、破壊されたということでほぼ一致している」エミリーは要約するように言った。「ただ、それがいつの時代のことか、なぜなのか、誰が破壊したのかについては、一致した見解はない」

「そうです。素人研究者のあいだでは、紀元前四七年にカエサルがアレクサンドリアを攻め落とした際に焼失したというのが定説になっています」

「アントニウスが大量の文献を贈ってクレオパトラを感激させる数年前か」ウェクスラーが言った。「最高の結婚記念の贈り物だね。自慢じゃないが、私が女房からもらったのは、トールキンの初版本と、私の名を彫った保湿庫だけだった。経済観念が発達しすぎだよ」

ウェクスラーの一風変わったのろけ話を聞いて、エミリーとカイルは肩を揺らして笑った。

「話を戻しましょう」カイルが言った。「カエサルはクレオパトラの心変わりに激怒してアレクサンドリアの街と図書館を焼き払ったと言えばロマンチックですが、この説は現在ではほぼ否定されています」

「古代の著述家の日記や旅行記という証拠があるものね」エミリーは同意した。「それから数十年、場合によっては何世紀もあとに、アレクサンドリア図書館を利用したと記した文献が存在する」

「そうです。お話としては悪くありませんが、矛盾する証拠が多すぎる。ただ、事実や年代について矛盾が少ない説が二つあります」

「イスラム教徒とキリスト教徒」エミリーは言った。

「そのとおりです！」カイルはレザーシートの上でまっすぐに座り直した。エミリーがひとおりの仮説をきちんと知っていることに興奮していた。「破壊したのはカエサルではないにせよ、アレクサンドリアが敵に降伏し、そのとき図書館も破壊されたと考える研究者が大半です。アレクサンドリアは何度か征服されています。六四一年、新興のイスラム勢力が東から西へ支配を広げたとき、アムル・イブン・アル＝アース率いる遠征軍がアレクサンドリアの防衛戦を破り、街の大部分を焼き払いながらさらに進軍を続けました。アル＝アースは冷酷な将軍でした。古い宗教を根絶やしにし、代わりにイスラムの教えを広めるために、異教徒の寺院を破壊した。このとき、異教徒の遺産も失われました」

「その時点でアレクサンドリア図書館がまだ存在していたことを裏づける証拠はあるのかな」ウェクスラーが尋ねた。「または、その遠征軍が破壊したという証拠は」

「直接の証拠はありません。確かなのは、アル＝アースがアレクサンドリアを壊滅させたことだけです。その行為は彼の人物像と一致します」

「キリスト教徒によって破壊されたという説も、だいたい同じね」エミリーは言った。「時代がもう少しさかのぼるだけで」

「そうです。テオドシウスの時代とされていますね」カイルがエミリーにうなずき、エミリーは先を続けた。

「テオドシウス一世は、カエサルとアル＝アースのちょうど中間くらいの時代、四世紀の終わりごろのローマ帝国皇帝ね。キリスト教徒の皇帝で、キリスト教を許容しただけでなく、歴史上初めてキリスト教を国教と宣言して異教徒を弾圧した人物でもある。支配領域にある異教徒の寺院のすべてを破壊するよう命じた。アレクサンドリア大司教テオフィルスは、その命令に喜んで従った」

「このとき図書館が破壊を免れた可能性はあります」カイルが言った。「いずれにせよ、歴史的に、図書館は異教信仰と強く結びついていた。ギリシャ神話の文芸を司る女神に捧げる神殿として建設され、まもなく拡張されて、セラピスを祀った神殿セラペウムもその一部になった」

「キリスト教徒破壊説を採用するなら、異教の学問と信仰によって図書館の運命は決定づけられ、三九一年ごろ、テオフィルスの命を受けた者たちによって破壊されたということになる」エミリーはそう締めくくった。

「見渡すかぎり愛と寛容のしるしにあふれているようだね」ウェクスラーが皮肉めいた調子で付け加えた。

「ええ、私たちの誰もがうんざりするくらいよく知っている歴史の一面ですね」エミリーは言った。ほかの二人も同感だろうと思った。その手の話を知っていまさら驚く歴史学者はいないだろう。

「もう一つ、実に興味深い説があります」カイルは続けた。「図書館は一部が破壊されただけで、それ以外の部分は存続したという可能性に基づく伝説です」

　エミリーが生まれ持った猜疑心《さいぎしん》がまたしても頭をもたげた。

「よくできた陰謀説が大好物という人も一部にいるわね」

「おっしゃるとおりです」カイルが応じた。「ただ、この可能性を完全に否定するのはどうかと思います。僕もその一人ですが、あれだけの規模の図書館がただ消えるとはちょっとありえないのではと考える人は少なくない。国の宝を黙って焼き払う皇帝がいるとは思えませんから。イスラム教であれキリスト教であれ、狂信的な執念を燃やしていたとしても、かけがえのない知識の宝庫をあっさり葬る支配者がいるとは信じられません」

「世界の歴史には、きみのその信念を覆すような衝撃的な事例がいくつも存在するぞ」ウェクスラーが言った。

「それに」エミリーは加勢するように言った。「そういう仮説は、単なる憶測の上に成立してるわけでしょう。書物のコレクションを安全な場所に移したあと、街を征服した勢力を欺くために建物だけを焼き払ったとか。コレクションは万全のセキュリティ体制が敷かれた別の場所に移してあって、アレクサンドリアを占領した軍勢には建物や神殿だけを破壊させたのだとか。そういう憶測ならいくらでも挙げられる。でも、どれも結局は当て推量にすぎない」

「考え出したらきりがないな」ウェクスラーが付け加える。「陰謀説は新たな疑念を生み出し、その疑念はまた陰謀説を生み出す。その繰り返しだ」

「ええ、そうかもしれません」カイルは言った。「世の中には無数の仮説が出回っていますが、いまに至るまで根強くささやかれている説が一つあります。設立当初から図書館を運営してきた組織は、破壊後も途切れることなく存続してきたという説です。ホルムストランド教授の手紙は、二通とも、図書館に付帯する組織に触れています。教授は、その組織も現存していると言っている」

　エミリーは、アルノ・ホルムストランドがそのような説を受け入れただろうかと考えた。あれだけ権威のある学者がそう簡単に納得するとは思えない。しかし、手紙はそのような組織の存在を強調していた。ホルムストランドはその組織を単に〈ソサエティ〉と呼んでいる。

「ということはつまり――こういうこと？」この論点をもう少し深く探ろうとして、エミリーは訊いた。「何らかのグループが、人目につかないよう頭を低くしながら、百万巻以上の巻物の番を続けてるってこと？」

「それは少し違うかな」自分の最大の関心事について話すカイルは、全身から熱意を発散していた。「伝説によると、その組織を構成しているのは図書館の司書です。司書の役割は、図書館の設立当初から変わっていません。新たな情報を集めて、コレクションに加えるべきものを選別して加える。探す、集める、たくわえる。探す、集める、たくわえる。図書館に危険が迫ったとき、コレクションを避難させること自体は、プロジェクト全体からすればごく小さな仕事でしかなかった。彼らの本当の目的は、図書館の使命を継続すること、情報を集め、英知を蓄積することです。

　アレクサンドリアが陥落したあと、図書館は消えたものと全世界が信じた。このとき、図書館を存続させる確実な方法が明らかになったわけです。そうか、存在を隠せばいいのか、とね。僕よりあなたのほうが歴史をずっとよくご存じのはずです、ドクター・ウェス――」

カイルはまっすぐにエミリーを見つめた。「――焚書は歴史に繰り返し登場するテーマであることもご存じでしょう。そのリスクはあまりにも大きすぎる。そこで世界最大の図書館は地下に潜ったんです」

エミリーはカイルの論理に一つほころびを見つけた。

「でも、地下図書館なんて本末転倒じゃない？　誰もアクセスできない世界最大の知識の宝庫なんて、何の役に立つの？」

「この説は、ここで意外な方角に舵を切ります」カイルは応じた。「誰も手に入れることのできない知識は、おっしゃるとおり、存在意義がない。しかし、豊富すぎる知識、開かれすぎた知識はリスクになります。たとえば、本の内容が気に入らないという理由でその本を破壊する人がいるかもしれないという物理的な危険も考えられますが、そのほかに、邪《よこしま》な動機があって必要以上の知識を手に入れようとする人間が現れるという知的リスクも存在する。ご存じでしょう？　アレクサンドリア図書館の書庫は、詩歌や芸術に関連した書物だけで埋め尽くされていたわけではなかった。一つの帝国の知の結集でもありました。史料、地理や地図に関する文献、科学的発見の記録、軍事年報、建造物の設計図。異国の地で新たなテクノロジーが発見されれば、その詳細が記録され、のちにアレクサンドリア図書館に収蔵された。ある軍の優位を決定づけるような新しい戦術が考案されれば、将軍が日誌に記録し、それもまたアレクサンドリア図書館に収蔵された。偵察兵が敵地に派遣され、砦や防衛施設の見取り図を作成すれば、それもやはり書き写されて――」

「図書館に収蔵された」エミリーはカイルの言わんとしていることを察し、先回りして言った。

「そのとおり。建設的な学習が可能な場だったアレクサンドリア図書館には、知識の悪用の危険がついて回ります。莫大な情報が悪の手に渡るなどということがあってはならないんです。

伝説によれば、図書館を悪党や邪な企みから守るために、究極の判断が下されました。新しい情報を探す仕事はそれまでどおり続けるが、隠密裏に行うこととする。〈司書《ライブラリアン》〉は帝国全土に散り、それぞれの地域で新たに入手可能になった情報を集め、整理したあと、コレクションに加えていきました。そうやってコレクションは拡大と成長を続けた。歴史を通して成長を続けてきたんです」

エミリーは無言のまま、猛烈な勢いで回転を始めた頭のなかをカイルの説が駆けめぐるにまかせた。ありえない話ではない。秘密結社とされるもののすべてが神話というわけではないのだ。カイルがいま話したことは、要するに、目に見えないデータ収集——現在も各国政府がしていることとまったく同じではないか。そして現在も同じことが秘密裏に行われている。ただ、たった一つ、どうしても引っかかる点があった。

「〈ライブラリアン〉が世界中に散らばって新しい情報を集め始めたのに、本当に秘密にしておけたのかしら。アレクサンドリア図書館は本当に単なる知識の収納庫になったの？」

「確かなことは誰にもわかりません」カイルはそう答えて肩をすくめた。「僕はただ、図書館の伝説の断片を拾い集めただけのことです。〈ライブラリアン〉は、より大きな善の利益になると判断した場合、図書館にある情報の一部を表に出すことがあります。ただ、ここで伝説という織物はほぐれて、無数の織り糸になってしまいます。何が真実で何がまったくの作り話か、具体的な判断基準がなくなる。仮説の一部はここから暴走を始めますしね。たとえば、古い文献をわざと考古学者に発見させているとか、圧政的な国の軍事データを故意にリークしているとか。ちょっと考えて思いつくようなことは、かならず誰かが仮説として唱えています」

　エミリーは疑わしげな顔で片方の眉を持ち上げた。

「つまりこういうこと？　図書館自体はどこかに隠されているけれど、そこに収蔵された情報の一部は小出しに公開されてる。外部の者には、どれがそうなのか、見分けるすべはない」

「そうです。どの情報を公開するか、どのタイミングで公開するのが最善か、〈ライブラリアン〉とその後継者から成る組織が判断しているということです。その伝説が大筋で当たっていると仮定すれば、ごく少数の者の手に巨大な権力と影響力が握られていることになりますね」

　エミリーはアルノ・ホルムストランドの一通目の手紙を見つめた。カイルのただならぬ熱意のこもった説を聞いて、エミリーも頭のどこか片隅では、その伝説には一理ある、珍説として排除することはできないのではないかと思い始めていた。しかし、本当にありうるかどうかとなると、あまりにも非現実的だと思われた。あまたの憶測と、今回のイギリス行きとを結びつけるものは、ホルムストランドの手紙にある漠然とした文言だけなのだ。

《図書館は現存している。それに付随するソサエティも。いずれも消滅してはいない》。エミリーは二通目の手紙に視線を移した。《図書館は現存している。図書館を守り、維持しているソサエティもだ》

しかし、カイルが次に口を開いた瞬間、エミリーの疑念はかき消えた。

「僕がこんな話をした理由はもう一つあります」カイルは身を乗り出し、エミリーと一緒にアルノの手紙にじっと目を注いだまま言った。「その組織──歴史を通じて図書館を維持してきた〈ライブラリアン〉の集まりは、〈ソサエティ〉と呼ばれているんです」

28

ワシントンDC
午前7時45分（EST）——午後0時45分（GMT）

ジェファソン・ハインズは、フォルガー・パークのいつもと同じベンチに歩み寄った。いつもと同じ不安が胸の奥にあった。ワシントンDCのどこに行こうと、つねに半ダースほどの監視カメラが彼の一挙一動を見つめている。一方で、お節介すぎる監視の目を欺くには、堂々としているのが一番だということも知っていた。彼が誰かと接触すれば、とくにそれが〝密談〟である場合、一部始終がすみずみまで観察される。しかし、公園という開かれた場での形式張らない面会なら、単なる〝形式張らない会談〟ですまされる可能性が残されている。もちろん、監視はされるだろう。シークレットサービスが話の内容に耳を澄ましていることも間違いない。彼らはハインズには理解不能な最新のテクノロジーを使って、発せられた言葉を空中からつまみ取るようにしながら一つ残らず拾い集める。だが、彼らを出し抜くことは不可能であるにせよ、コールと以前相談して決めた隠語を使っているかぎり、ここで打ち合わせをすることは可能だ。それに、盗聴されることが面会の目的である場合すらあった。

まもなくコールが現れ、ベンチに並んで腰を下ろした。ハインズもコールも、政府高官らしく丈の長い厚手のコートを着こみ、革の手袋をはめ、ウールのマフラーを巻いて、冬の冷たい空気から身を守っていた。初めて公共の場で会ったとき、ハインズは周囲の目が気になってしかたがなかったが、コールは心配する必要はないと言った。これまでのところ、コールが請け合ったとおり、問題は起きていない。コールはハインズの政治思想に同調するロビイストという触れ込みで副大統領を定期的に訪問し、執務室でもすっかり顔なじみになっている。コールと一緒にいるところを見られても、いまさら不審に思われることはない。話し合うべきまっとうな政治問題という隠れ蓑《みの》はいくらでもあるし、ロビイストとしてもコールはやり手だった。約束を実現できなかったことはなく、また政治活動家かつ後援者として、資金と支援者の両方をハインズに提供した。いまのコールは、不審を招きかねない人物どころか、ハインズの側近が彼の来訪をよだれを垂らさんばかりにして喜ぶ存在だ。

アメリカ合衆国副大統領の隣に腰を下ろしたとき、政治活動や表向きの職業といった事柄など、コールの頭にはまったくなかった。副大統領の警護を担当するシークレットサービスは規定の距離を置いて立ち、周囲の動きに目を光らせていた。

「現在の展開はかならずしも想定外というわけではありません」コールは言った。挨拶などに時間を費やして本題を切り出すのを遅らせることはない。それに、具体的な表現は避けるようにしている。「我々の計画どおりに進んでいます」と言えば、ふだんなら副大統領と自分の関係に疑いを招いただろう。とはいえ、一分ごとに新たなニュースが世界中から入ってきているような現状を考えると、このやりとりに耳をそばだてているに違いないシークレットサービスの耳には、今日ニュースで報じられた政治スキャンダルを懸念する後援者の言葉にしか聞こえないはずだ。「現在のところリークは確認されていませんが、真実が少しずつ外に漏れ始めています」

〝真実〟とは、彼らの使命のゴールである〝嘘〟の符丁として、コールが皮肉にも選んだ言葉だった。彼らの嘘は、やがてこの国の真実となる。その真実をもって〈カウンシル〉はこれまでにないレベルの権力を手に入れ、古くから受け継がれてきた底知れぬ資産をいっそう拡大するだろう。

「私も今朝、スタッフから報告を受けた」ハインズは応じた。「主要チャンネルはどこも、アフガニスタン情勢に対する大統領の姿勢に関して新たな事実が発覚したと報じ始めているね。CNNやABCは、大統領とサウジ王家との癒着をあからさまに報じていた。復興支援の陰で違法な取引が行われ、反政府組織の怒りを買っているとか。砂漠地帯の組織の映像まで流されていた。大統領の裏切りに対して聖戦《ジハード》と報復を宣言していた」

「あと数時間もたてば」コールは言った。「不適切な関係はこの国の全員の知るところになるでしょう」ニュース番組の解説者が口にしそうな憶測ではあったが、コールもハインズも、それが憶測などではないことを知っていた。

つかのま、どちらも口を開かずにいた。やがてハインズは、何より気にかかっている問題を持ち出した。

「補佐官のフォレスターが今日は出勤してきていない」そう言ったきり、ひんやりとした冬の空気が二人のあいだをただ埋めるにまかせた。

「誰もが終始変わらず味方であり続けるわけではありませんから」長い間があったあと、コールは言った。「何があっても味方であり続けようという気持ちのない人間のことは、忘れるのが一番です」それ以上は何も言わなかった。ハインズは、この話題はここまでなのだと理解した。今日の欠勤の理由はそれと考えて間違いないだろうが、ミッチ・フォレスターの始末についてコールと話し合ったことは一度もない。しかし、コールが代理人を務める集団は、使命遂行の実務面についてハインズに詳細を伝えることはまずないとあらかじめ宣言していた。彼の意見は歓迎されないし、求められてもいない。ハインズは公園のベンチに座ったまま、無言で先を待った。

「トラサム大統領の顧問たちにとって今週は不幸続きのようですね」コールは話題を変えた。「バートン・ギフォードについての報道はお読みになりましたか。数時間前にロイターがアップした記事です」

「いや、まだだ」ハインズはそう答えたが、記事の内容は読むまでもなく知っている。彼の暗殺は、当初から計画に含まれていた。

「お読みになったほうがいいでしょう」コールは続けた。「それにしても残念ですね。働き盛りの男性が射殺されるなんて――だって、その五日前にデールズが殺害されたばかりでしょう。大統領の顧問が順番に抹殺されているということなんでしょうか」大きく息を吸いこむ。十一月の空気は冷たい。それから、世界情勢を憂えるような表情で眉を吊り上げた。

「三つの暗殺と、中東での大統領の不適切な動きとは何か関係があるのでしょうか」

コールのその一言で、作戦は次の段階に進んだ。コールの言葉を傍受したシークレットサービスが数分後にはFBIに伝え、FBIから国土安全保障省の際限なく広がるネットワークのすみずみにまで伝わるだろう。そこから点と点を結ぶ作業――コールと〈カウンシル〉があらかじめ都合よく並べておいた点を結ぶ作業が本格的に開始される。そうやって国土安全保障省の手で描き出された絵は、この国の未来を一変させるだろう。

コールとハインズはしばらくそのまま座っていた。ハインズは、今日報じられたニュースに関連して後援者がほのめかした解釈について考えをめぐらせている様子だった。

「何とも言えないね」長い沈黙のあと、ハインズはそう言って立ち上がると、コールに手を差し出した。「しかし、あらゆる可能性を考慮して調査が行われるだろう」行われないわけがない――と胸のなかだけで付け加えた。それからコールと握手を交わした。「ちょっとした障害はあったが、今後も変わらぬ支援をお願いしたい。ウェスターバーグ財団の同僚にもそう伝えてくれ。きみや財団は、うちの政党にとってかけがえのない味方だ」

「もちろんですよ、副大統領閣下。これまでも、これからも、全面的に支援するとお約束します」

29

午後1時50分（GMT）

ヒースロー空港を出発して一時間、ピーター・ウェクスラーのジャガーは石畳の広場を横切り、オックスフォード市のほぼ中心に位置するオリエル・カレッジの専用駐車場に乗り入れた。ロンドンからの一時間の旅の後半は、前半に比べると穏やかに過ぎた。ウェクスラーとエミリーは、カイルが熱っぽく語った新しい情報をそれぞれ消化するのに忙しかったからだ。〈ソサエティ〉の伝説は、ほかの数ある陰謀説と本質的に大差はなかったが、ホルムストランドの手紙にあった謎めいた組織名との結びつきが、何か空恐ろしい真実味を感じさせた。それがカイルの憶測に無視することのできない信憑《しんぴょう》性を与えている。それがすでに燃え上がりかけていた知的好奇心の炎にさらに油を注いだ。

車を降りるなり、オックスフォードの重たい空気がエミリーの鼻腔をくすぐり、肌に冷たい湿り気を残した。市内で合流するイシス川とチャーウェル川から上がってくる湿気のせいで、空気も湿り気を帯びている。長旅の背景で起きた数々のできごと、この一時間ほどの会話の不思議ななりゆきにもかかわらず、来てみれば母校はやはり懐かしい。オックスフォードは世界中のどの大学とも違う。

エミリーは大きく伸びをして筋肉をほぐしながら、やはり伸びをしているウェクスラーのほうを向いた。

「マイケルに電話しておかなくちゃ。アメリカはまだ早朝だけど、無事に着いたかどうか心配してると思うの」

「オフィスの電話を使うといい」ウェクスラーは自分のオフィスの窓のほうに向けて軽く手を向けた。しかしエミリーはバッグから携帯電話のブラックベリーを取り出し、返事の代わりに指でとんとんと叩いてみせた。

「たぶん、ここでも使えると思います。ここ大英帝国にも携帯電話っていう最新の発明品がついに上陸したって話を信頼できる筋から聞いてるから」エミリーは、ウェクスラーのからかいにささやかながら仕返しをするチャンスを喜びながら、小さなキーを親指で長押しした。ウェクスラーは低いうなり声を漏らしただけだった。それから満足げな笑みを浮かべ、古風な趣《おもむき》のある扉を抜けてカレッジへ入っていった。

「終わったら、なかへどうぞ」携帯電話が電波をつかまえるのを待っているエミリーに、カイルが声をかけた。「三枚目に関して、お話ししたいことがあります」マイケルからファクスで送られてきたホルムストランドのリスト——手がかりらしきものが並んでいる用紙を持ち上げた。

「わかった。すぐに行きます」

カイル・エモリーは手紙をポケットにしまい、エミリーの荷物を持つと、ピーター・ウェクスラーのあとを追って凝った装飾が施された建物の奥に消えた。ちょうどそのとき、携帯電話が電波を探し当てた。エミリーはアドレス帳の一番上に登録されている番号にかけた。まもなく耳慣れた声が聞こえた。マイケルは喜びにあふれた挨拶をし、エミリーはフライトが順調だったこと、無事に目的地に着いたことを報告した。

「マイケル」一段落すると、エミリーは言った。「昨日の時点でもう充分奇妙な話だったけど、あれからもっとすごいことになったの」

30

午後1時55分（GMT）

三つ離れた通りで、二人組の男が洗練されたスーツを身につけ、偽造のIDカードを襟もとに留めていた。ベルトに下げた、やはり偽造のバッジは、本物を完璧にコピーしており、真偽を疑った誰かが番号を照会したとしても、イギリス国内とインターポールのデータベース双方に正規に登録されていることが判明するだけだ。ロンドンの片隅にひっそりとたたずむ倉庫ではいまごろ技術チームが準備を完了し、パソコン画面が無数に並んだ近未来的なシステムの前で電話や無線のやりとりをモニターしているだろう。彼ら二人組が怪しまれ、警察の人間が身元照会のために本部に電話をかけた場合、その電話はすかさず傍受され、転送されて、警察幹部になりすました声が彼らの地位と肩書き、そして現場にいる権限を保障する手はずになっている。

しかし、十中八九、そのようなことは起きないだろう。ジェイソンとパートナーはこの役を演じるエキスパートだ。それに、これから捜索する事件現場は大勢の警察官であふれている。二人の見かけはいかにも本物の刑事らしい。おそらく、彼らの存在を意識されることさえないだろう。

コートの前を整え、いまこの瞬間からイギリス式のアクセントで話すことと自分に念押ししたあと、二人は通りの角を曲がった。巨大な瓦礫《がれき》の山があった。破壊の範囲は広大だ。しかし二人には確固たる目的がある。どれほど困難であろうと、屈することはない。〈キーパー〉の秘密がこのどこかにある。それを手に入れないまま引き上げるわけには絶対にいかない。

31

ニューヨーク
午前9時（EST）――午後2時（GMT）

理事長はスコッチのグラスを静かに持ち上げ、二十年のあいだポートワイン樽で眠り続けたのちに花開いた風味をじっくりと味わった。ハイランド産の最高のスコッチだ。彼は通《つう》でも何でもないが、権力者が飲むべき種類の酒はよく知っている。そしてこのスコッチは、権力者でなくては手に入れられない種類のものだ。一瓶四百ドルを超えるスコッチ。その価格の大部分は、ほかの誰から依頼されても同じことはしないと断言するある人物の手でじきじきにボトルに詰められてスコットランドの蒸留所から飛行機で直送される費用と手数料が占めている。このスコッチは文字どおり、地球上の誰一人として、そう、彼以外の誰一人として、楽しむことのできないものだ。

目の前に、問題のページを開いた本がある。すでに数えきれないほど何度もめくってみた。意味するところは明々白々だ。考えるまでもない。この本が、このページが意味するものは一つしかなかった。

疑いの余地はない。〈キーパー〉は、そのページに何が載っていたかを彼らに教えるために破り取ったようなものだ。

ジェイソンは九時間ほど前にイギリスに向けて発った。〈カウンシル〉の誰より信頼の置ける〈フレンド〉は、すでにオックスフォードに到着しているだろう。本のなかでモノクロ写真つきで詳述されている教会は、オックスフォード市の核とも言うべき位置にある——少なくとも、これまではそうだった。衛星放送で受信しているBBCのニュース報道によれば、昨日の爆発によって、由緒ある教会の建物は半分以上が瓦礫と化したという。理事長は事実を丹念に照合した。爆発が起きたのはイギリス時間で水曜の午前五時三十分。教会から六千五百キロ西で〈キーパー〉が暗殺された時刻とほぼ一致している。容易に入手できた通話履歴によれば、〈キーパー〉は同じ日にオックスフォードに電話をかけていた。

〈キーパー〉の幼稚な報復計画は見え透いている。殺されることを予期していたのは明白だ。ハインズの無能な補佐官の不注意から流出したリストは〈キーパー〉の手に渡った。我々が自分を生かしておくわけがないとわかっていただろう。我々が何を企んでいるか知っていた。また、自分の死が〈カウンシル〉の十三世紀にわたる探求にピリオドを打つことも知っていたはずだ。そしてあの老いぼれは、その苦々しい事実をあらためて思い知らせてやろうと考えたのだろう。このページを見つけさせ、場所を割り出させ、そこにあったはずのものが永遠に失われたことを我々が知るように仕向けた。あと少しで手が届きかけていた希望、我々の〈究極の目標〉を達成するための最後の希望が失われたことを思い知らせようとした。あの老いぼれは、死してもなお我々をもてあそんでいる。我々の望みを拒絶するために、自分が最後の数時間にどれほどの労を尽くしたか、それを見せつけようとした。

愚かな男だ。

唯一の無念は、我々が本気を出せばどこまでやれるか、年来の敵にこちらが思い知らせてやる機会もまた永遠に失われたことだ。〈キーパー〉の企みが明らかになったいま、〈カウンシル〉は何世紀もかけて蓄積してきた力をすべて注いで、探求の旅をついに終わらせるだろう。アメリカ国内のターゲットを攻撃する。もはや何者もそれを止めることはできない。そしてそれよりはるかに大きな目標、図書館そのものも、我々の手に落ちるだろう。すでに目標を達成したような高揚感が、早くも彼の全身を駆けめぐり始めていた。

32

オックスフォード
午後2時（GMT）

　エミリー・ウェスは木の階段を上ってウェクスラー教授の部屋に向かった。この階段室は建物の完成から何世紀もあとに増築されたものだが、それでも現代の目から見れば充分に骨董品だ。大学院時代、ウェクスラーに気づかれないようにこの階段を上ろうと試したことがある。しかしいつもかならず古い板がきしんで、ウェクスラーに気づかれた。

　洗面所とミニキッチン、小さな居間とベッドルームがついた教授のオフィス――その全部をひとまとめに〝部屋《ルームス》〟と呼ぶのがオックスフォードの伝統だ――は、マグパイ・レーンをはさんで並ぶオリエル・カレッジの建物の一つの二階にある。エミリーは大学院時代、歴史学の大家《たいか》の一人であるウェクスラーの指導をこの部屋で受けた。詰めこまれた木の重量に耐えかねて棚の中央部分がたわんだ書棚と、がたの来た椅子やテーブルに囲まれて。ここで行ったディスカッションは、エミリーの一生の財産だ。学生の主張の弱点を見つけ出して攻撃し、学生に自らの言い分を命がけで弁明させ、学生自身も気づいていなかった強さを発見させるというのがウェクスラーの流儀だった。優れた師は、のちに彼女の大切な友人になった。

部屋のドアは少し開けたままにされていた。エミリーは軽くノックをしてなかに入った。

「入って入って」ウェクスラーが言った。「勝手ながら注いでおいたよ」エミリーにグラスを差し出す。いつものグラス、いつもの飲み物。「きみの健康と、何やらよくわからん理由で我らがカレッジに舞い戻ったことを祝して」

エミリーはシェリーが注がれたグラスを受け取った。カイルも加わって乾杯した。

「マイケルは元気だったろうね？」ウェクスラーは、ソファのカイルの隣に軽く顎をしゃくった。エミリーはそこに腰を下ろした。

「とても元気です。よろしくって言ってました」

マイケルとは電話で短時間話しただけだが、無事に着いたと安心させるには充分だった。何時間か前に言葉を交わしたばかりではあったものの、二人の記念日に彼女と話ができたことをマイケルは喜んだ。しかし、オックスフォードに来てから判明したことをエミリーが伝えるなり、声のトーンが落ちて心配そうな口調に変わった。カイルから聞いた新たな伝説は、仮に事実だとするなら、エミリーの今回の旅は二人が想像していたよりもはるかに大きな物語の一部であることになる。

ソファの隣に座っているカイルは、シェリーをさっさと飲み終えてグラスを置くと、落ち着かない様子で座り直した。

「この三枚目についてですが」アルノから届いた二通目の手紙の二枚目を持ち上げた。

「そうあわてなさんな」ウェクスラーがさえぎった。「本題に入る前にすることがあるだろう。私は決して世間話が好きなたちではないがね、ミスター・エモリー、できれば落ち着いて酒を楽しみたいな」そう言って、便箋をいったん置くようカイルに身ぶりで伝えた。

カイルは見るからにしぶしぶといった様子でそれに従った。何か頭に浮かんだら、全力疾走でそれを追いかけたいタイプの人間なのだ。博士課程の学生の典型であることは自分でもわかっている。一度に一つのことしか考えられない。何か考え始めたら、食事を摂ることも風呂に入ることも忘れてしまう。もちろん、ごくふつうの人間らしい会話が入りこむ余地はない。しかし、そういう人間なのだからしかたがない。それにこれは……こいつは……カイルは便箋をちらりと盗み見た。こいつは興味深い……

三人のあいだで無言の時間が過ぎていった。カイルはソファの上で何度も姿勢を変えた。

「ふむ。世間話の種はすでに尽きたようだね」ウェクスラーは長い沈黙を破り、グラスをテーブルに置いた。「よろしい、ミスター・エモリー。話を続けてくれたまえ」

カイルはいかにもほっとした表情を浮かべた。

「この三枚目は、ほかの二枚とまったく違っています。ホルムストランド教授は二通目の手紙で、あなたが《彼ら》より先に――この《彼ら》が誰を指すのかわかりませんが――情報を手に入れられる保証はないと書いています。つまりこの三枚目に並んでいるものは、暗号めいた言葉をもって真意を隠した指示であると見て間違いないと思います」

「暗号めいた言葉をもって真意を隠した指示？」エミリーは片方の眉を持ち上げた。「大学院生のお手本みたいな人ね！　いいこと、博士論文の語数を稼ごうっていうわけじゃないいんだから、もって回った言い方をする必要はないのよ。言いたいことが〝手がかり〟なら、ずばり〝手がかり〟って言えばいいの」エミリーは小さな笑みをカイルに見せたが、カイルの表情を見るに、からかわれているのか叱《しか》られているのか、判断できずにいるらしい。エミリーは助けを求めるような視線をウェクスラーに向けたあと、カイルに向き直って付け加えた。「たしかにそうね。私もこの三枚目に書いてあることは手がかりだと思うわ。何かを探すための手がかり」

「ええ」カイルはエミリーの指摘を素直に受け入れ、熱意はそのままに続けた。「まさしく手がかりです。文脈を考えるに、一番右の一行がヒントになりそうです。《2はオックスフォード、1はまたあと》。このページの左のほうに手がかりらしきものが三つ並んでいますよね。となると、右の二つはオックスフォード大学内の場所、一番左の一つは別のどこかを指しているのではないかと」

エミリーはそのページにざっと目を走らせた。カイルの解釈は理にかなっている。しかも、一見ばらばらに見える文言に一定の秩序を与えてもいた。〝手がかり〟は四つではなく三つで、一番右の一行は、その三つの関係を示す注釈ということだ。二つはオックスフォード、最後の一つは……どこか別の場所、か。エミリーはこのとき初めて悟った。どうやら今回の旅は、ここオックスフォードで終わりではなく、その先があるらしい。

「というわけで」カイルが先を続けた。「次はこの三つの手がかりが何を意味するのか考えなくてはいけません」

「シンボルの意味もだな」ウェクスラーが言った。「三つの手がかりの上にあるシンボルだ。四角で囲まれた記号のようなもの。これにも何か意味があるはずだ」

その左右にある手書きの文言にばかり気を取られていたエミリーは、便箋の右のほうに描かれた飾り気のない紋章のことはすっかり忘れていた。四角い枠のなかに、ギリシャ文字が二つ。どんな意味を持つにせよ、暗号めいた手がかりよりこちらのほうが解読に難儀しそうだ。

しかし、今回もまた、エミリーの思い込みはあっさりと覆された。

「ああ、それですか」カイルが言った。「その紋章の意味なら、わかったと思います」

エミリーは無意識のうちに両方の眉を吊り上げていた。ウェクスラーもまったく同じ表情をしていた。

「もう？」エミリーは便箋を手に取り、二つの文字を見つめた。「どうやって？　だって、これを解読するヒントや解釈の糸口はどこにもないのよ」

「ええ、そのページにはありません」カイルはうなずいた。「解読の鍵は、その前のページにあります」そう言ってアルノの二通目の手紙の一枚目をエミリーに手渡した。「ここです。終わりのほう。強調された二語」

「《我らが図書館》」エミリーは読み上げ、ウェクスラーを見やった。しかし彼は説明を待つようにカイルにじっと目を注いだまま固まっていた。あの凝視の裏ではいま、あらゆる可能性が駆けめぐっていることだろう。教え子が成し遂げた発見を自分もしてやろうと、頭がフル回転しているに違いない。

「ホルムストランド教授は」カイルが先を続けた。「よほどこのフレーズを強調したかったと見えます。三枚あるうち、強調してあるのはここだけですから」

その瞬間、ウェクスラーが生き返ったかのように動き出した。

「おお、そうか、さすが鋭いな！」カイルと同じことが閃いたのだろう、椅子から立ち上がらんばかりの勢いで叫んだ。「記号だよ！　それがヒントだ！　ヘンゼルとグレーテルが森で落としたパンくずだ」知的な興奮に顔を輝かせている。カイルが何度もうなずいた。

「ごめんなさい」エミリーは二人のあいだに割って入った。「認めたくないけど、私にはまだわからない」

カイルはまた三枚目を手に取った。

「この紋章は二つのギリシャ文字、ベータとイータが組み合わさってできていますね。その上の小さな棒のようなものは、アクセント記号に似ていますが、別の記号です」

「そうね」エミリーはうなずいた。「ティトロ。省略を示す記号」ギリシャ語で省略形が多用されるようになったのは、文字がペンとインクを使って書くのではなく、石に刻まれていた時代だ。十文字彫る代わりに二文字ですませられれば、手間も費用も節約できる。

「そうです。通常ならこの記号は綴《つづ》りが簡略化されていることを示します。省略語の頭やお尻につけて、元の語から何文字か省略されていることを表すわけです。でもここでは、二つの別々の語を縮めたという意味で使っているのではないかと。一つのフレーズを二文字に凝縮したと」

　そうか。エミリーは瞳を輝かせた。アルノの二通目の手紙の強調された語を確かめる。《我らが図書館》。

「そのとおり！」エミリーの表情から彼女も正解を導き出したことを察して、ウェクスラーが言った。「アレクサンドリア図書館で使われていた言語、ギリシャ語で、ベータ - イータは、〝ビブリオテーク《bibliotheche》・イモン《emon》〟——《我らが図書館》の頭文字だけを取った略語だ」

「アルノが二通目の手紙で強調したのと同じ」エミリーはつぶやいた。二つの断片がきれいに組み合わさった。アルノ・ホルムストランドは、彼らなら理解できる手がかりをきちんと残していた。

「おそらく、図書館そのものを表すシンボルを描いたんでしょうね」カイルが続ける。「そして、このシンボルを探すための手がかりをあなたに渡した。五ポンド賭けてもいい。ついでにお二人に酒をおごりますよ。このシンボルは、ここに並んだ手がかりが指し示す場所にあるんだと思います」そう言いながら三枚目をエミリーとウェクスラーに見えるように持ち上げた。

「あなたの言うとおり、このシンボルがどこかにあるとするなら」エミリーは言った。カイルの説明にすっかり引きこまれていた。「この三つの手がかりを解読しなくちゃ」

　すると今度はウェクスラーが話の主導権を握った。

「右から二つがオックスフォードのどこかを示すんだとすると」ここで大きく息を吸いこみ、

長くなりそうな説明に備えた。「最初の手がかり《大学の教会、最古の一つ》は暗号と呼ぶほどのものではなさそうだな。文字どおり角を一つ曲がったところ、この街のど真ん中に、聖母マリア大学教会がある。オックスフォード大学の信仰の中枢であると同時に、大学の建物として最古のものだ」

　大学教会はオックスフォード最古の建物ではなく、また大学の建物としても最古ではない。しかし、十二世紀から十三世紀にかけて創設された複数のホールやカレッジが共用した最初の建物であり、それを原型として発展を続け、現在の総合大学オックスフォードができあがった。その意味では《最古の一つ》と言える。

　エミリーがふと顔を上げると、カイルとウェクスラーがそろって困惑顔をしていた。ためらいがちに目を見交わしたあと、カイルがエミリーのほうを向いた。

「ニュースをごらんになっていないんですね」

「そうね、昨日と今日はほとんど見てない」エミリーは答えた。「それより……ほかのことで忙しかったから」これまでのところ、今日の大半の時間は移動に費やされている。

「実はですね」カイルがうなずきながら言った。「あなたがごらんになっていないニュースが重要な意味を持っているんです。とくにこのタイミングで。とくにあなたにとって。新聞やテレビはワシントンDCのスキャンダルばかり取り上げていますが、オックスフォードでは、いま最大のニュースはもっと身近で起きた事件です」それから、一語一語を強調するようにゆっくりと続けた。「大学教会が崩壊したんです」

「え？」エミリーは驚きを隠せなかった。「どうして？」

「爆弾です。昨日」カイルはエミリーの目を見つめたまま言った。

「しかし、その程度のことであきらめるわけにはいかんぞ」ウェクスラーが言った。「この手がかりがあの教会を指し示しているなら、次の手がかりの意味もわかるからな。爆破された教会は聖母マリアを記念したものだ。そして聖母マリアはたくさんの呼称を持っている。神の母マリア、我らの貴婦人、処女マリア――」

「天の女王」エミリーは恩師の思考を先回りして言った。

「そのとおり」ウェクスラーはうなずいた。「ここしばらくあの教会をよく観察する機会はなかったが、一般に想像するようなものはひととおりあったと記憶している。聖母マリアの像がいくつも壁際に並んでいた。ホルムストランドの二番目の手がかり、《祈ろう、二人の女王のあいだで》……おそらくそのシンボルは――」便箋の右のほうに描かれた紋章を指さす。「――大学教会内の聖母マリア像二つの中間点で見つかるのではないかな」そこで少し間を置いた。「いまとなっては、二つの像の中間地点だった場所、か」

三人はしばし黙ったままウェクスラーの謎解きを検討した。

「三番目の手がかりは？《朝なら15》」

「ああ、それか。あいにく見当もつかない」ウェクスラーはとりあえず降参を表明するように、両手を小さく上げた。「さすがのイギリス人も、強い酒を一杯やったくらいではこのなぞなぞは解けないいな」

「でも、お代わりを注いでもらえたら……？」エミリーはウェクスラーの冗談を締めくくって微笑んだ。

「しかし」カイルが言った。「オックスフォードに関する手がかりは最初の二つだけです。三つ目はどこか別の場所を指している。最初の地点を発見できれば、それが次の場所を推測するヒントになるかもしれませんね」

エミリーは古びたソファのたわんでゆるやかなカーブを描いた背もたれに体を預けた。さまざまな感情が一緒くたになって渦を巻いている。大学教会が崩壊したと聞いて胸騒ぎを感じる一方で、自分でも意外なことに、心のどこかで拍子抜けしているようなところもあった。アルノ・ホルムストランドの暗号じみた指示を解読するのはもっとずっと困難だろうと思っていた。ところが、華麗なアドベンチャーの始まりとなかば期待していた深遠な謎は、シェリー一杯と半時間を要しただけであらかた解けてしまった。

たった半時間。

そのときだった。時間という言葉が脳裏をかすめると同時に、エミリーの頭脳が回転を始めた。時間。心のなかでそう繰り返す。時間が重要。時間がすべてを変える。

エミリーは跳ね起きるようにしてソファから身を乗り出すと、ウェクスラーの目をまっすぐに見つめた。

「教授。一つ教えていただきたいことがあります。正確な答えが必要なの」

ウェクスラーがエミリーを見つめ返した。彼女がふいに勢いづいたことに当惑した表情をしていた。

「何でも訊いてくれたまえ。できるだけのことはするよ」

エミリーの意識はある一つのことにだけ集中していた。心臓は早鐘を打っている。

「大学教会が爆破されたのは、何時何分でしたか？」

33

オックスフォード
午後2時10分（GMT）

二人の〈フレンド〉を囲んだ瓦礫の山は、まさしくカオスだった。それを調べるためにさまざまな機関から集まった捜査官が加わって、無秩序状態にいっそうの拍車をかけている。鑑識課員や写真係のほかに、建築工学のエンジニアまで調査を始めていた。危険と判断された区域に目立つ色のテープを張りめぐらせて立入禁止の措置を取っている制服警官、手帳にメモを取っている者。無線や携帯電話を介して上司に報告を入れている捜査員たちの声が途切れることはなかった。

ジェイソンと彼のパートナーが期待していたとおりの、複数機関の寄せ集めの大規模な捜査現場だった。それぞれ所属する機関の規定に従った服装をした捜査員や刑事や制服警官が、それぞれ異なった対象を異なった手法で調べているなかにまぎれてしまえば、二人は場景の一部になり、誰からも口出しされることなく自分たちの調査を進めることができるだろう。〈フレンド〉二人組の目的はそれだ。捜査というより、調査だ。爆発の原因は知っている。動機も目的もわかっている。警察は爆薬の種類や起爆の手段を突き止めようとするだろうが、二人はそれには興味がない。目的は、爆発後も残っているものを調べ、その情報をもとに、爆発によって破壊されたものを正確に割り出すことだった。爆発によって湮滅《いんめつ》されたものは何か。これはゲームであることを〈フレンド〉二人は知っていた。宝探しのゲーム。ただし、〈キーパー〉は、宝を探そうにも探せないよう念を入れた。我々には宝が破壊されて失われたことを嘆くくらいしかできないようにした。だが、死んだ男の好きにはさせない。

「できるだけスムーズに動かせ」ジェイソンはパートナーに言った。パートナーはポータブルビデオカメラほどの大きさの小型の機器をかまえ、教会の長い壁の一つをレンズでなぞるように動かしている。この装置が撮影した画像は、ジェイソンが膝に置いたパソコンにリアルタイムで転送されていた。

「ぐらつかないように」ジェイソンは付け加えた。「輪郭がうまく一列に並ばないとまずい」パートナーは腕をできるかぎり揺らさないようにしながら、なめらかな動きでスキャンを終えた。

「これで四つ完了だ」そう言って装置の入力スイッチを切った。

ジェイソンはパソコンの画面に視線を落とした。教会の内部を撮影した四つ目の水平スキャン画像が転送されてきて表示された。画像を受け取ったソフトウェアが即座にデジタル処理を始め、その前に撮影した三つの画像とつなぎ合わせた。教会内部の３Ｄモデルが少しずつ展開されていった。

「天井のスキャンを始めてくれ」ジェイソンは指示した。パートナーはカメラの小さな赤いボタンを押し、五つ目の撮影を始めた。今回はカメラを上に向け、教会の天井の片側から反対側の端までゆっくりと動かす。

ジェイソンは携帯電話を開いた。いくつかボタンを押すと、ロンドンの技術チームにつながった。

「見えるか」

「見える」相手が淡々とした声で応じた。「双方向リンクに接続すれば、こちらの画像もそっちで見られるようになる」ジェイソンはパソコンのメニューをいくつか開いて設定を変更した。それまで単方向アクセスしていたのが、ロンドンのサーバーとの双方向通信に変わった。まもなくロンドンのラボで作製された画像の転送が始まった。

「いま送られてきてる」ジェイソンは電話越しに伝えた。新たな3Dモデルが画面に展開された。ジェイソンとパートナーがいま作製しているモデルとほぼ同じだが、一つ決定的な違いがある。ロンドンから送られてきたモデルには、爆発によるダメージがない。在りし日の美しい教会が再現されている。

「複数のソースから画像を集めた」ロンドンの技術チーム責任者が説明した。「いま送った画像は、一番古くて七十八時間前の教会内部だ。部分的にはもっと新しい画像も含まれている」〈カウンシル〉には膨大な量のデジタル資料が蓄積されており、それを扱う技術者の腕は一流だ。それに慣れているといえば慣れているのだが、それにしても、この世のほぼすべてといっていいほどのものが精細な写真に撮られ、インターネットにアップロードされていいる証拠を目にするたびに、ジェイソンはあらためて驚嘆する。公式写真、衛星写真はもちろん、旅行者のブログや個人的なアルバムまで――手間さえ惜しまなければ、地球上のほとんどの有名建造物の外観や内部を写した写真を手に入れられる。

しかし今回はそこまでの手間はかけずにすんだはずだ。〈カウンシル〉は、何十年も前からオックスフォードを油断なく見守ってきた。図書館の物理的・人的資源は流動的だ。そして図書館とオックスフォードの結びつきは古い。その結びつきを裏づける明らかな証拠は見つかっていないが、〈カウンシル〉はオックスフォードにつねに注目してきた。それゆえ、データベースにもオックスフォードに関連するデータが大量に保管されている。複数の〈フレンド〉から構成される偵察チームは、新たな情報や写真や記録をデータベースに追加し続けていた。とくに半年ほど前から〈キーパー〉がオックスフォードと頻繁にやりとりを始めたこともあって、〈カウンシル〉はこれまで以上にオックスフォードの監視態勢を強化していた。〈キーパー〉はメールや通話をつねに暗号化しており、内容までは知ることができなかったが、五月以降、オックスフォードの複数のグループと日常的に連絡を取り合っていることはわかった。その情報に基づき、オックスフォードの監視態勢は通常よりもさらに強化された。

「これだけデータがそろえば、そろそろ比較スキャンを始められそうだ」電話の相手が続けた。ロンドンにいる彼の端末は、オックスフォードにいるジェイソンのそれと同様に、二つの3Dモデルを表示していた。一つは破壊前の教会。もう一つは現在の破壊された姿。その二つが比較を待っている。つぶさに調べられるのを待っている。

「爆発前のモデルを使って、破壊された部分にあった物品を残らずリストアップしてくれ」ジェイソンは指示した。「絵画、銅版、銅像、窓。可能性のありそうなものはすべてだ。できたリストを理事長に転送しろ」

このプロジェクトに参加している全員が、教会を破壊したのは〈ソサエティ〉であり、その目的は何かを隠すことだと知っていた。しかしいま現場に集まっている捜査機関とは対照的に、〈フレンド〉たちは瓦礫を掘り返したり、当て推量で何かを調べたりする必要はなかった。爆発で破壊された部分を元の姿に再現すれば、いま残っているものと相互参照できる。そしてそれを出発点に、さらなる調査を進めることができる。

「完了だ」もう一人の〈フレンド〉が宣言してカメラを体の脇に下ろした。「これで全部だ」ジェイソンは了解のしるしにうなずいた。ものの数秒で、破壊後の3Dモデルが完成した。デジタル比較は、ロンドンのより高性能なパソコンを使って行う。結果のリストが送られてくるまで数分待たなくてはならない。

顔を上げ、注意深い目で現場をもう一度観察した。つい一日前には〈キーパー〉のオフィスにいた。銃の引き金の抵抗が指に伝わってくると同時に弾が発射された瞬間、全身に大きな力がみなぎるのを感じた。老いぼれの目が光を失っていくのを見守った。あれからまもなくこの教会は破壊されたのだ。彼がやってきたことを察した〈キーパー〉は、ジェイソンから何かを隠すために、最後の策略を発動した。

つい満足げな笑みを作りかけて、自制した。あの老いぼれめ、〈カウンシル〉から何かを隠そうとしても無駄なことくらいわかっていただろうに。

「おまえの秘密をじきに手に入れてやる」ジェイソンは一人つぶやいた。何か言い返したいとしても、もはや〈キーパー〉にはそれができないことを思って、快哉《かいさい》を叫びたくなった。

34

午後2時30分（GMT）

エミリーはじりじりしながら待った。ウェクスラーは今日の朝刊をめくって、聖母マリア大学教会が爆破された正確な時刻を探している。エミリーの直感は、時刻が鍵を握っていると告げていた。その直感は間違っていないという確信めいたものはあったが、こじつけに近い気もして、正確な時刻がわかるまでは自分でも信じがたかった。

「爆発は、昨日の朝早く起きた」ウェクスラーは新聞記事に目を走らせた。「第一報によると、爆弾は教会の時計台の基部に仕掛けられていたと見られている。朝早かったのが不幸中の幸いだな……」そう言って記事の先に目を走らせた。まもなく探していた記述を見つけ、背筋を伸ばした。「あったぞ。爆発したのは、昨日の午前五時三十分ちょうどだ。教会内は無人で、負傷者もいなかった。しかし時計台は完全に破壊された。建物のほかの部分もかなりのダメージを被った。正確な時刻が判明しているのは、塔の時計が破壊された時刻で止まっていたからだそうだ」

「昨日から、地元メディアも全国メディアもその話題で持ちきりですよ」カイルが付け加えた。「今朝のＢＢＣニュースを見ましたが、崩れ落ちた時計台が教会の中央部を押しつぶしたそうです。図書室も巻き添えを食った。メインの建物の両端は残っているようですが……でも、どうなんでしょうね、構造的にダメージを負っていなければ取り壊しは避けられるでしょうけど」

「悲劇的な損失だ」ウェクスラーが言った。「本当に美しい教会だった」

「一帯が立入禁止になっているそうです」カイルが続けた。「昨日は二次被害が起きるおそれを確認しただけで終わったみたいですね。捜査官が入っても安全かどうか。今朝からテムズヴァレー警察が捜査を開始しています」

「警察だけじゃないぞ。テロに対する警戒を強めているところだろう、政府も調査に乗り出してくるのは確実だ」ウェクスラーの口調には、政府に対する優越感が少なからず表れていた。彼は、政府などより、高等教育を受けた知識階級のほうがよほど国を治めるにふさわしい知識を備えていると固く信じていた。もちろん、その知識階級が実際に政治に携わることはない。そんな仕事は優れた学者の品位にふさわしくないからだ。しかし、その気になれば誰よりもうまくやってのけられると自負できるのは、それ自体、気分のいいものだ。

エミリーは英国伝統のスノッブ的言動を相手にしなかった。衝撃的な新情報を消化するほうに忙しかった。

午前五時三十分。指を折って時差を数える。鼓動が速い。数えて確かめるまでもなく、いま目の前にある事実が何を指し示すのかもうわかっていたが、確かめないわけにはいかなかった。

「水曜の朝五時半。時差は六時間だから……」エミリーはふだんの半分くらいの大きさの声で独り言のようにつぶやいた。「教会が爆破されたのは、ミネソタ州にあるカールトン大学の時刻で言えば、火曜の夜の十一時半」

カイルとウェクスラーはエミリーを見つめていた。エミリーの頭のなかでいったい何と何が結びついたのか、見当がつかなかった。

「アルノが殺されたのはちょうどそのころ。火曜の夜の十一時から十二時のあいだ」エミリーは指を折って数えたままの手に向かって話すようにつぶやいた。それから、疑い深い自分がまさかそんなことを言う日が来るとは思ってもみなかったせりふを口にした。「この二つのできごとは関連してる」何百年も前から存在していた教会が、よりによってエミリーがその教会を探すために送り出されたそのタイミングで破壊された？　生まれてこのかた陰謀説に強い嫌悪を抱いてきたが、これればかりは偶然ではありえない。

カイルとウェクスラーはあいかわらずエミリーを見つめて先を待っていた。

「教会は初めから結びついていた」エミリーは続けた。自分の言葉に鳥肌が立った。「手がかりはまっすぐ教会を指していた。彼が手紙に書いた手がかりは、私をまっすぐここに導いた」片手で便箋を指したあと、ウェクスラーの膝にまだ広げたままになっている地元紙の第一面に載った教会の写真を指した。

「ところが、教会に隠してあるものを見つけろと言って彼が私を送り出したのと同じ時刻に、教会は爆破されて崩壊した」エミリーはためらってから続けた。「それが何を意味するかは明らかだと思うの」

「何かな」ウェクスラーが促した。

「アルノがここにある手がかりを私みたいな第三者に渡したことを知っているかどうかは別にして、彼が私に見つけてくれと指示したまさにその何かを、ほかの誰にも見つけられたくないと考えている人たちがいるということ。しかもそのためならどんな極端な手段も辞さないらしいということ」エミリーは少し間を置いて考えを整理した。図書館に関する情報が発見されることを望まない人物がいるのなら、アルノ・ホルムストランドの手紙に記されたことは真実であるということになる――カイルの〈ソサエティ〉にまつわる仮説も。図書館の秘密を秘密のままにしておきたい人々がどこかにいる。

その事実一つだけで、秘密を暴き出してやりたいというエミリーの欲求はますます強くなった。

エミリーは目を上げてウェクスラーを見た。

「教授。崩壊してしまっているとしても、やはりその教会を調べにいかなくちゃ」

35

午後2時45分（GMT）

教会を調べにいく――〝言うは易し〟の典型だった。

「一帯は立入禁止になっています」エミリーの宣言を受けて、カイルが言った。「それに、教会の敷地は警察だらけですよ。行ってもなかに入れるとは思えないな」

困惑し、ためらう二人をよそに、ウェクスラーが立ち上がろうとした。「若者よ、〝思う念力、岩をも通す〟だ」ピーター・ウェクスラーがそう言えば、それは最終決定だ。それ以上の議論は必要ない。何がしたいか決まれば、あとはどんな障害があろうとやってのけるだけだ。ウェクスラーは満面の笑みを浮かべていた。その顔は、自分を手本に何かを学べと若き学者たちに告げていた。

二人はつられたように立ち上がった。ウェクスラーは傘とハンチング帽を取った。今日は雲一つない快晴だが、だからといっていつもの外出スタイルを変える気はない。

エミリーは微笑んだ。恩師の熱意が伝染していた。ホルムストランドの手紙をバッグにしまうと、カイルに続いて階段を下り、夢見る尖塔の街（オックスフォードの異名）の中心へと向かった。

36

ワシントンDC
午前9時30分（EST）――午後2時30分（GMT）

「どの切り口から考えても、芳しくない情勢だな」ハスキンス将軍は写真の一枚を細長い会議テーブルに放り出し、嫌悪感を露わにしてほかの二人を見回した。「側近中の側近、大統領の決断にもっとも大きな影響を及ぼす顧問全員だ！」

テーブルを囲んだほかの二人は無言だったが、怒りを感じると同時に、猛然と頭を働かせていた。この会議を招集したのは国防長官のアシュトン・デイヴィスだった。『ニューヨーク・タイムズ』などの報道機関から、ＣＩＡが監視対象に指定している言語――すなわち、ほぼすべての言語――で戯《ざ》れ言《ごと》を垂れ流しているブロゴスフィアまで、あらゆるメディアを呑みこんでいるスキャンダルを受けての会議だ。国防総省《ペンタゴン》、ＣＩＡ、国家安全保障局の各長官が集まる戦術会議はふつうホワイトハウス地下にある危機管理室で開かれるが、現下の情勢を考えると、それは得策ではなかった。デイヴィスは五重の同心円状になった国防総省の建物の、三番目の輪にある完全防音の〝静音室〟にメンバーを集めた。ここなら盗撮や盗聴をいっさい気にせず自由に発言できる。

「それは少し大げさではないかな」国防長官が応じた。「大統領の顧問が三人殺されただけのことだ。全員にはほど遠い」

「いや、四人だ」将軍は噛みつくように言い返した。「副大統領の側近、フォレスターを勘定に入れれば、四人になる。あの若造は副大統領のスタッフばかりではなく、大統領のスタッフとも親しくしていたようだ。それに、わかっているだけで四人だぞ。殺された顧問はほかにもいるかもしれないだろう」

ハスキンスはテーブル越しにシークレットサービス長官のブラッド・ホイットリーに鋭い視線をねじこんだ。ホイットリーはおっしゃるとおりというようにうなずいていた。「事情はどうあれ、四人となると決して少ないとは言えません」ホイットリーは言った。「しかも一週間に四人ですからね」

「なぜ防げなかったんだ、ホイットリー？」国防長官は拳でテーブルを叩きながらホイットリーを責めるように声を荒らげた。三つの政権下でシークレットサービス長官を務めてきたホイットリーは、誰にとっても明らかな事実にのみ焦点を合わせて穏やかに説明した。

「我々の任務は、大統領と副大統領、それぞれの家族、我が国を訪問中の各国元首などの警護です」落ち着いた声で続ける。「シークレットサービスは、大統領の側近や顧問の警護の任務は負っていません」

デイヴィスは歯を食いしばって細く息を吐き出し、怒りを鎮めようとした。もちろん、ホイットリーの言うとおりだ。これは制度上の欠陥ではない。いま彼らが——世界中のメディアも――入手できる情報を信じるなら、ひとえに大統領の責任だ。今回の危機は大統領自らが招いたことであり、それが自身がリーダーとして牽引《けんいん》していくべき国にも大きな損害を与える結果になった。

「暗殺のデータの検討に戻ろうじゃないか」デイヴィスは話題を変えて提案した。「テロとの闘いにおける単なるほころびにすぎないのか、大統領による許されざる背任行為なのか、それで判別がつくはずだ」彼らの周囲でいま起きている事態の重大性をまだ誰もはっきりと言葉にしてはいなかったが、ついにデイヴィスがそれを口にした。凍りつくような沈黙が続いた。

「おい、何か言ったらどうだ！」デイヴィスはまたしても拳をテーブルに叩きつけた。緊急事態であることをふいに思い出したかのように、マーク・ハスキンス将軍はテーブルに身を乗り出すと、軍の捜査員が犯行現場で収集した事実を読み上げた。

「副大統領の側近の事件は別として、ほかの三件では、被害者はいずれも複数回、拳銃で胸を撃たれて死亡している。典型的な処刑スタイルだね。プロの犯行と見られる」

「つまり、それぞれの犯行は別の人物によるものかもしれないし、複数の組織がからんでいるかもしれないということだな」デイヴィスは期待のこもった声で独り言のようにつぶやいた。

「いや」ハスキンス将軍が続けた。「弾道検査の結果を見ると、弾丸は同じ口径の拳銃から発射されている。発見されたうち三つに、銃を特定するのに必要な痕跡が残っていた」

「どんな痕跡だ？」

「的に当たった衝撃で弾丸が極端に変形していないと仮定すれば、形状、付着物質の組成、合金の割合などの主要なマーカーを使って銃のメーカーを特定できる。その情報が世界中の軍用品のサプライヤーや取引業者の追跡に役立つ。我々はテロの現場、戦術地域のすべてで同じ情報をかならず収集している。自軍が使用した弾丸だけでなく、ほかの組織が使った銃弾を入手できる場所で、いつも同じ情報を収集してきた」ハスキンスは椅子にもたれ、デイヴィスを見やって簡潔に言った。「弾丸をたどれば悪党に行きつくということですよ、国防長官」

そして、どこにたどりつくかを見きわめるために彼らはこうして顔をそろえている。

「で？」デイヴィスが訊いた。「痕跡から何がわかった？」

ハスキンス将軍は、自分の答えがとてつもない重みを持つであろうことを意識したが、彼の仕事はいま目の前にいる二人から深刻な事態を隠すことではない。そこで意を決して口を開いた。「三名の大統領顧問に向けて発射された弾丸の物理的、科学的特徴はすべて共通していて、出どころは一つに絞られる——アフガニスタン北東部に」

ああ、やっぱり——ほかの二人はともに胸の内で同じ反応をしたが、二人ともそれを言葉にはしなかった。この会合を開くきっかけになった疑惑がいま、確固たる科学的事実によって裏づけられたのだ。

「まいったな」ホイットリーはつぶやくように言った。新情報を踏まえると、シークレットサービス長官としての彼の職務内容はまるで別物になりかねない。

デイヴィスは、いまの将軍の話を今日一日の動きに当てはめて考えようとした。

「今日、メディアから洪水のように押し寄せた情報は、トラサム大統領が不正取引を繰り返していたことを明確に示している。文書をリークした人物は、機密漏洩の罪で、もっとも苛酷な監獄に放りこまれてそこで一生暮らすことになるだろうが、この問題の事実関係に疑う余地はほとんどない。大統領は戦後復興をめぐり、サウジアラビアの友人と裏取引をしていた」

「それがアフガニスタンの反政府組織の神経を逆なでしたわけですね」ホイットリーが応じた。

「殺された顧問は関与していたのか？」デイヴィス長官は言った。明快な答えがほしい。確かなことが知りたい。今回、長官の質問に応じたのは、シークレットサービス長官のホイットリーだった。

「三人とも、外交政策について大統領にアドバイスする顧問を務めていました。戦後復興交渉を検討する会議の中心的人物です」

「フォレスターは？」

「彼は副大統領の補佐官です。まあ、もっと上を狙っていたのでしょうがね。しかし、彼もやはり外交政策に関与していました」

「副大統領もか！　全閣僚がそろって正常な判断力を失っているということなのか？」国防

長官デイヴィスは顔を真っ赤にして怒鳴った。見るからに激怒している。

「いやいや」ハスキンス将軍が取りなすように言った。「副大統領も関与していると決まったわけではない。リークした文書がほのめかしているのは、大統領との結びつきだけだ。それに、ハインズの会話を聴くかぎり——」ハスキンスはシークレットサービスのホイットリーをちらりと見やった。「——今回のことに我々と同じように驚いている様子だ」

デイヴィスはブラッド・ホイットリーにさっと顔を向けた。

「シークレットサービスのほうで徹底的に調査してくれ。確実な答えがほしい。大統領がサウジアラビアと不正な取引をしていたのは明らかだ。その取引が反政府組織を刺激して大統領顧問の殺害、それもアメリカ本土で、この首都での殺害に結びついた。卑劣な裏切り行為に副大統領までもが関与していたのかどうか、その答えが知りたい。もしそうなら、この私が二人まとめて引きずり下ろしてやる」

37

オックスフォード
午後3時10分（GMT）

ラドクリフ・スクウェアに面する一角に、ピーター・ウェクスラー教授が話していたとおりの光景が広がっていた。ジェームズ・ギブスが設計したイギリス最初の円形図書館――現在はボドリアン図書館の付属閲覧室――であるラドクリフ・カメラから広場をはさんだ真向かいに、聖母マリア大学教会のみじめな残骸が見える。オックスフォード市の中心として、また観光の目玉として長年愛されてきた十三世紀建築の時計台とその上にそびえる尖塔は、爆破によって完全に破壊され、砕けて焼け焦げた瓦礫の山に姿を変えていた。教会のメインの構造物は、真ん中がつぶれていた。東西の端は爆破の衝撃に耐えて無事建っているが、塔とつながっている梁《はり》が崩れ落ちたせいで、中央部分はなかば崩壊している。見た目は美しいが実用には難のある丸石敷きで有名なラドクリフ・スクウェアは、爆心地たる教会から飛び散った石のかけらや塵で覆われていた。

カイルの予想どおり、教会周辺に警察の黄色い立入禁止テープが張りめぐらされ、地元警察の制服警官がところどころで見張りをしていた。テープの内側には大勢の捜査員が見える。

テムズヴァレー警察の捜査員は、みな黄色い反射素材にオックスフォード・オックスと警察の紋章をあしらったジャケットを着ているおかげで、簡単に見分けがつく。ほかに消防隊員や、ロンドンから来た捜査員の姿も見えた。黒いスーツを着ている何人かは、おそらく所属を知られたくない政府機関の代表者だろう。とはいえ、誰の目にも——とりわけ現場周辺で取材している地元マスコミの人々には——英国秘密情報部、通称MI6が捜査に加わっていることは明らかだった。爆弾はテロリストを意味し、テロリストはテロを意味する。そして英米政府が繰り返し指摘するように、いま世界は対テロ戦争のまっただなかにある。

カイルはもう一つの点でも正しかった。教会内には入れないだろうという予測だ。警察の黄色いテープの内側に一般人が足を踏み入れるのは無理そうだった。エミリーはカイルを探して振り向いた。何かいいアイデアがあるのではないかと期待してのことだったが、カイルは現場を離れて、ラドクリフ・スクウェアとオール・ソウルズ・カレッジの境をなす石塀の手前に座っていた。教会跡ではなくどこか遠くを見つめて考え事をしている。

対照的にピーター・ウェクスラー教授は、愛用の傘を片手に立入禁止エリアへ一直線に近づいていく。その姿は、誰が何と言おうと目的の場所に行ってやるぞという決意に満ちあふれていた。やめたほうがいいと言っても無駄だろう。エミリーはウェクスラーに並んでついていった。

案の定、二人は規制線の手前で見張りをしていた制服警官に呼び止められた。「すみませんが、ここから先は立入禁止です。一般の方は入れません」

それを合図に、ささやかなゲームが始まった。

「そのようだね」ウェクスラーは尊大な態度でハンチング帽を取った。「しかし、私は〝一般の方〟ではない。私は大学評議員会の一員だし、長年、この敷地の管理者を務めてもいる」

制服警官は疑わしげな顔をしただけで、道を空けようとしなかった。

「こちらの若い女性は――」ウェクスラーは面倒くさそうに手を振ってエミリーを指した。「私の助手でね。つまり、飼い犬のように私の行くところどこへでも付き従う」エミリーは喉まで出かかった反論を呑みこみ、従順なふりをして同意のしるしにうなずいた。ウェクスラーのいまの言い様について一つ二つ意見したいところだったが、いまは我慢しよう。

「あそこにいる連中は――」ウェクスラーは、規制線の内側で瓦礫に囲まれて何か話し合っている灰色のスーツの三人組のほうを手で指し示した。「――私の同僚だ。私がここで足止めを食って、まだ合流できずにいることに、早くもいくぶんいらだったような顔をしているね」そこで間を置いて、その言葉の意味を考える時間を制服警官に与えた。「というわけで、入れてもらえるとありがたいな。このちょっとした事件のせいで、今日の予定がたいそう立てこんでしまっているんだよ」

制服警官は迷っている。しかしピーター・ウェクスラーは、大学あってこそのこの街の、押しの強い年配の学者だ。しかもその視線はいま、まるで幼い子供を叱るかのように、制服警官の顔に注がれたまま動かない。

「わかりました」警官は重圧に耐えかねてついに降参した。オックスフォードは、とてつもなく大きな政治的影響力を持つ尊大な教授だらけの街だ。いますぐこの教授を通すか、街《タウン》と大学《ガウン》の壊れやすい関係を危うくしたと上司に叱責されてから通すか、二つに一つしかない。

「ただ、用心してください。建物についてはこれ以上の倒壊のおそれはなさそうですが、足もとは不安定ですので」

「助手の分も礼を言わせてくれ」ウェクスラーは簡潔に応じると、エミリーの肩に手を置いて一緒に歩き出した。二人は黄色いテープをくぐり、足もとに注意しながら三人組のほうに歩いた。

「助手?」エミリーは責めるような調子でささやいた。

「細かいことを気にするな。〝飼い犬のよう〟とまで言ったんだぞ」ウェクスラーは言った。「徹底して格下に扱った。男尊女卑の二連発だよ。しかし、事情を鑑《かんが》みると、そのほうが面倒が少ないと判断した」

「やたらに威張った重鎮役を演じるなんて、さぞ恥ずかしかったでしょう」エミリーは歩きながらあきれたように目を回した。「さっき偉そうに話してたこと、真実なんか一つも含まれてないでしょうに」

「ふむ、それはきみの真実の定義によるね」ウェクスラーは顔を前に向けたまま話していたが、得意げで独りよがりなにやにや笑いが浮かんでいるのが見えるようだった。エミリーは足もとに注意を戻し、ついこの前までオックスフォードのスカイラインの一部だった石や煉《れん》瓦《が》を不用意に踏まないよう気をつけた。これだけの瓦礫の山を前にすると、ふだんからヒールが低くて歩きやすい靴を好むことを自分の取り柄に数えたくなる。

「さて、同僚たちに軽く挨拶をしておくかな」ウェクスラーは言った。「ささやかな同窓会兼グループカウンセリングといったところだ。紳士同士で慰め合って破壊的損失を乗り越えるというわけだよ。きみはその辺を見て回るといい。だが、ぐずぐずしている暇はないぞ。そのうち二人ともつまみ出されるだろうから」

ウェクスラーは右に進路を変えて三人組に近づいた。エミリーはそのまま教会に向かって歩き続けた。離れていても損害の大きさに驚いたが、こうして近くで見るといっそう深刻だった。割れたり砕けたりしたガーゴイルなどの彫像が山をなした上に、肩に届くくらいの高さの石が危なっかしい角度で載っかっている。エミリーは天使の彫像の前で足を止めた。何世紀ものあいだ、空に届くような高みから街と大学の住人を見守ってきた天使が、いまは二つに割れ、彼女の足首を凝視していた。胸が締めつけられた。彼女はいま歴史のただなかに立っている。教科書や古い文献がふいに命を持って現実の世界に出現したかのようだった。この大学教会の建設は、西洋の学問の歴史を変えた。知の歴史の転換点だった。科学の最新の進歩を伝える講義がいくつもここで行われた。宗教改革はここでも犠牲者を出した。異端審問も。

そしていま、エミリーはここにいる。破壊の跡を最初に目の当たりにした一人として。しばし郷愁に浸りたい衝動を振り払った。ここには理由があって来ているのだ。それに全神経を注がなくてはならない。目的ありげに、そしてここにいて当然なのだというふりを装いながら、エミリーは建物の西端を回り、ハイ・ストリートに面した建物の長辺に沿って歩いた。こちら側はあまり被害を受けていない。エミリーは入口へとまっすぐ歩き、観光客や通行人から入口を守っている制服警官と目を合わせないようにしながら教会内に入った。目が合えばきっと質問されるだろうが、ウェクスラーのように即興で説得力のある作り話をする自信がない。

教会のなかには、外で見たのと同じくらいの数の捜査員がいた。エミリーは捜査員らしい物腰を真似しながらあたりを見回した。西端の大きな窓——チャールズ・ケンプが〝エッサイの樹〟をモチーフに制作した有名なステンドグラスは奇跡的に無傷で残っていた。それだけでなく、建物の西側は比較的ダメージが少なかった。そこから身廊《ネーブ》越しに反対側を見ると、東端もやはりあまり被害を受けていないようだった。十五世紀なかばに改築され、繊細な彫刻が施された同時代製作の聖歌隊席がある内陣《チャンセル》は、学生のころ教会を訪れたときの記憶のまま残っている。

しかしその二つにはさまれた建物の細長い一角は、爆発の衝撃をまともに受けたようだ。中央祭壇や説教壇の上の天井は崩れ落ち、時計台を支えていた北側の壁は瓦礫の巨大な山に姿を変えていた。十四世紀の司祭でオリエル・カレッジの創設者でもあるアダム・ド・ブルームにちなんだ名で呼ばれる付属礼拝堂は、完全につぶれてしまっている。かつて見たことのない角度から光が射していた。ピュージンやケンプの手になるステンドグラス越しではなく、天井や壁に空いた大きな穴から教会内に外光が射しこむのは、過去何世紀もなかったことだろう。

目立たないようにしていようと思いながらも、教会の惨状を前に、エミリーのなかの歴史学者は感情を抑えつけることができなかった。ニューマン枢機卿は、この教会の司祭を務めたのちに、イングランド国教会からカトリック教会に改宗した。メソジスト教会の創立者ジョン・ウェスレーもここで司祭を務めていたが、大学教員の怠慢と信仰への無関心について挑発的な発言をしたことを理由に、以降の立ち入りを禁じられた。宗教改革はイギリスにおける試練に直面し、新女王メアリー一世のカトリック教会を復活させようという動きに従うことを拒んだイングランド国教会主教ラティマーとリドリー、大主教クランマーの裁判がここで開かれ、三名はここからそう遠くない場所で火刑に処された。エミリーは、カトリックでもメソジストでもなく、プロテスタントでもないが、いまはめちゃくちゃに破壊されてしまったこの建物こそが、現代史を形作った事件やできごとの現場なのだ。

もしかしたら、いままた起きようとしているのかもしれない――この教会と、長く失われていたアレクサンドリア図書館とが本当につながっているのだとすれば。ほんの一時間前なら、その二つが結びついているなどということはありえないと言下に否定していただろう。しかしいまはさほど馬鹿げた考えではないように思える。教会の爆破と、アルノ・ホルムストランドの殺害は明らかに結びついているのだから。

エミリーは教会の南側の側廊《アイル》伝いに中央部の瓦礫の山に近づいた。アルノの謎めいた手がかりを何度もつぶやく。《祈ろう、二人の女王のあいだで》。ここは聖母マリア、天の女王に捧げられた教会だ。天の守護者の銅像や絵画がかならず複数見つかるはずだろう。

教会の中央部を覆い尽くした瓦礫の山を見る。そこに何かあったとしても、いまはもうなくなっているに違いない。仮に時計台の重みに耐えて原形をとどめている像が残っていても、瓦礫の下から掘り出されるのは何週間も先になりそうだ。この二日ほどのなりゆきを思えば、何週間も待ってなどいられない。

振り向いて、いま来た道を目でたどった。側廊には銅像は一つもない。窓の外にも、エミリーの注意を惹きつけるようなものはなかった。もっと遠くまで見ようと首を伸ばした。このときもまた、西端の窓を彩るステンドグラスの壮麗さに目を奪われた。破壊のただなかにぽつんとあっても、その美しさは少しも変わらない。預言者イザヤによる偉大な預言――〝エッサイの樹〟から、すなわちダビデ王の系統からキリストが誕生するという預言の成就を画題にしている。預言を忠実に再現したこの作品は、大きな木から分かれた枝が伸びて旧約聖書の王や預言者、父祖たちを支え、その中央に、預言の成就を示す絵として、キリストが描かれている。

母の腕に抱かれたキリスト。

エミリーは窓の真ん中のパネルに目をこらした。母に抱かれて膝に座った幼少のキリストは、まるで玉座に就いているかのようだ。豪華な服をまとった聖母マリアは、まさに天の女王にふさわしい姿をしていた。

《祈ろう、二人の女王のあいだで》

息づかいが浅くなった。大きな窓のほかのフレームを一つずつ凝視して、ほかにも聖母マリアが描かれていないか探した。図書館の紋章がケンプ自らの手であの窓に埋めこまれているとすれば、どこかにもう一人マリアがいて、バランスを取っているのではないか。アルノが指し示した道は、そこまで古いものなのだろうか。

エミリーは複雑な細工が施されたステンドグラスのすみずみまで何度も確かめた。しかし聖母は真ん中の一つにしかない。とすると、もう一人の女王はこの教会の別の場所で見つかるに違いない。よく考えれば、一つの窓に女王が二人ともそろっていると考えるより、そのほうが理にかなっている。

聖母マリアの絵か銅像をもう一つ見つけて、二つにはさまれた地点を探そう。エミリーは捜索範囲を広げた。周囲の壁には何もない。教会の中央部を埋めた瓦礫の山を見て、また胸が締めつけられた。その向こう、内陣のアーチ形の開口部越しに、聖職者席を見た。東端にある祭壇の上のフランチェスコ・バッサーノの絵『羊飼いの礼賛』は、爆破の衝撃をものともせずに無傷で残っていた。

そのさらに上、エミリーはいつも〝祭壇の後ろの飾り〟としか思わないが、マイケルからあれは〝飾壁〟だよと何度も指摘された壁に、七体の像が並んでいる。そのうちの一つに目が吸い寄せられた。

聖壇の真上だ。女王の姿をした母に抱かれた幼少のキリストの像。

《祈ろう、二人の女王のあいだで》。細長い教会の両端の壁の中央に、同じ姿をした聖母マリアが二つ。一方はガラスで描かれ、もう一方は石でかたどられたマリア。アルノが遺した手がかりが、エミリーの心のなかで焦点を結んだ。図書館の小さな紋章は、そしておそらくそれに付随する情報や洞察は、この二人のマリアのあいだで見つかるに違いない。二人の女王のあいだで。教会の建物のちょうど真ん中で。

ただしその地点はいま、何千トンもの瓦礫の下に埋もれていた。

38

オックスフォード
午後3時50分（GMT）

まもなく、エミリーは浮かない顔で教会から外へ出て、教会の東側を走るキャット・ストリートという細い路地を歩き出した。警察に呼び止められ、現場から追い払われるのではという心配はもうしていなかった。教会の内部を見るかぎり、アルノ・ホルムストランドがエミリーに発見させようとした情報、たしかに教会にあったのだろうといまなら確信できる情報を、彼女が手に入れられる可能性は皆無だろう。ホルムストランドは、同じ情報を探している人々がほかにもいると手紙に書いている。その人々が彼女より先にこの教会を訪れ、大げさとも思える手段で自分たちの痕跡を消した。それまでは見ることができたものも、いまは手の届かないところにある。教会の中央部を埋め尽くした瓦礫の山を撤去するのに、果たして数週間かかるのか、それとも月単位の時間が必要なのか、見当もつかないし、爆破前には何らかの手がかりが本当にあったのだとしても、撤去後にも無事に残っているとはかぎらない。

教会の敷地を見回してウェクスラーの視線をとらえた。ウェクスラーはエミリーが教会から出てきたことに気づくと、ほっとしたような表情を浮かべた。一緒にいた男性たちに別れの言葉をつぶやき、エミリーのほうを向いて小さく顎をしゃくった。二人はテープをくぐって規制線の外に出た。石のベンチに座ってまだ考えごとにふけっているカイルと合流するまで、どちらも口を開かなかった。

「そろそろでたらめを暴かれるのではないかとびくびくしていたところだった」ウェクスラーはそう言って、期待のまなざしをエミリーに向けた。「有意義に時間を使えたかね？」

「ええ、考えようによっては」エミリーは答えた。「二人の女王は見つけました。西側のステンドグラスに一人、反対側の聖壇の上に並んだ彫像のなかに一人。でも、その二人のあいだで祈るのは、いまは無理そうです」

ウェクスラーはどういうことかなというように片方の眉を上げた。

「その二人のあいだ、ちょうど真ん中に」エミリーは答えた。「石や瓦礫の巨大な山ができているから」

ウェクスラーは教会のほうを振り返り、時計台の残骸を見てエミリーの言いたいことを察した。その報告に、殴られでもしたかのように顔をゆがめた。

「このあとどうすればいいのか」エミリーは内心の失望感を隠そうとしながら言った。「あの瓦礫の下に何があったにせよ、手に入れるのは無理だもの。少なくともいますぐには」

そのとき突然、カイルが立ち上がった。それまでむっつりと黙りこんでいたのに、三人のうちで唯一、瞳を希望にきらめかせていた。

「待ってください、ドクター・ウェス。あなたが考えていらっしゃるほどの大問題ではないかもしれない」

挫折感でいっぱいだったエミリーは、その楽観的な口調に驚いた。

「私が考えているほどの大問題じゃない？　ねえ、教授――」ウェクスラーのほうを向いて言った。「これほどの楽観主義者、よく見つけましたね」それからまたカイルに向き直った。

「〝人は希望の永遠の泉である〟という諺があるのは知ってる。でもね、たまには現実に直面することも大事だと思うの」しかし、エミリーがそう話しているあいだにも、カイルの目はますます明るく輝き、やがてその希望のきらめきは揺らがぬ確信に変わった。エミリーの説教めいた言葉にうなだれるどころか、彼の口もとはいたずらっぽい笑みを作っていた。

どういうことだろう。

「石造りの教会が丸ごと崩壊した山よ。それって大問題じゃない？」

「いいえ」カイルはきっぱりと言った。「あなたにとっては問題じゃない。なぜかと言うと、あの瓦礫の下には何もないと断言できるからです」

39

ニューヨーク
午前10時30分（EST）――午後3時30分（GMT）

悪い予感が理事長の胸をざわつかせていた。

ジェイソンと彼のチームはオックスフォードの現場に到着し、地元の現場チームとロンドン支部の技術チームの指揮を執っている。イギリスにいる〈カウンシル〉のメンバーは、有能な工作員ばかりだ。ジェイソンが今回の任務の支援チームに抜擢《ばってき》したクルーは、ふだんは金融街シティのビジネスマンを装っている。全員が専門分野に精通し、かならず期待された結果を出す。ジェイソンと同じく、忠実、秘密主義、そして能率が服を着て歩いているような面々、理事長が理想像として描いているような男たちだ。最高の酒、最高の食事、最高のスーツしか選ばないように、彼は部下にも最高の人間だけを選ぶ。彼の権威を知り、分をわきまえて、彼を恐れ、彼の指示をまっとうする。イエスマンではない。寡黙な男たちだ。よけいなことを言わずに任務に取り組み、彼の意思を正確に実現する男たち。

少数精鋭の技術チームは目下、教会の二種類のデジタル画像の比較作業に集中している。同じ画像が理事長のパソコンの画面にも映し出されていた。二つ並んだ画像の左側の小さなウィンドウに、比較作業の結果、爆破で破壊されたと確認された品物が並ぶリストが表示され、絶えず更新され続けていた。リストには、一つひとつの品物の起源や趣向、来歴、背景などの情報も付記されている。その情報は複雑で詳細だった。ごく些細《ささい》な情報のどれかが重要な意味を持っているかもしれない。だからこそ技術チームはありとあらゆる情報をそこに追加する。これまでのところ、何もかも順調に進んでいた。

なのに、胸騒ぎは消えない。

理事長のもとには十分ごとに報告の電話が来ることになっている。しかしその十分をじっと待つのがつらくなり始めていた。一秒ごとに新しい疑念、新しい懸念が湧く。ホルムストランドの抹殺におまけのようについてきた小さな不安材料の集まりを、繰り返し頭のなかで検証するのをやめられない。

〈キーパー〉の死に際の行為。死の当日にかけた電話。本。そこから破り取られたページ。教会。爆破。

左手でペーパークリップをもてあそぶ。こういう場面でつい出てしまう、子供時代からの癖だ。何かおかしい。また本を見た。アルノ・ホルムストランドが彼の目に触れさせたくないページを破り取った本。しかし、同時に、欠けたページに何があったのか、突き止めろと促すような行為とも思える。

教会。爆破。開いた本。これを見ろと言わんばかりに開いたまま置かれた本。

いっそうの胸騒ぎを感じた。〈キーパー〉は策士だ。欺瞞と偽計の男だ。賢い人物ではないと理事長は思っている。少なくとも、気高さとか、真の賢明さは持ち合わせていない。しかし、利口だった。人の目を欺く天才だった。ワシントンで進行中の彼らの計画も察知していた。しかし、アメリカ政界の秘奥から彼らが強大な力をふるおうとしていることを知っていてもなお、最後の最後に残された力をこの……別の魂胆に振り向けた。〈カウンシル〉の存在理由《レゾン・デートル》を軽蔑し、辱《はずかし》め、嘲弄《ちょうろう》するような行為に。

そこまで考えたとき、閃いた。真の知恵が必要とされるような場面でのみ訪れる清明さをもって、理事長はふいに理解した。〈キーパー〉の死に際の行為は単なる仕返しや愚弄ではない。違う。それだけではない。はるかに大きな意味がある。そう気づくと同時に、これまでのアプローチの仕方は誤っていたことにも気づいた。嘘つきは死ぬまで嘘つきだ。自分を叱るようにそう胸の内でつぶやいた。ホルムストランドの最期の行動の見かけをもっと疑わなくてはいけなかったのだ。

理事長はデスクの上の電話を取り、大型液晶ディスプレイから短縮ダイヤルの番号を一つ選んで押すと、受話器を耳に当てた。

「私だ」その一言だけで、こちらが誰なのか、相手にもわかる。「〈キーパー〉の大学に行け。大至急だ。アルノ・ホルムストランドの同僚全員と、ホルムストランドがこの五日間に話をした相手全員の情報を送ってくれ」

受話器を戻した。掌《てのひら》の汗で受話器はうっすら湿っていた。

あの老いぼれが最後にボールを投げた相手はこの私ではない――新たな洞察を得て気持ち

が奮い立っていた。老いぼれが残したパン、くず、は、誰か別の人間のためのものだ。その別の人間とは誰なのか、かならず突き止めてみせる。

40

オックスフォード
午後4時10分（GMT）

「いったい何の話だね？」そう訊いたのはピーター・ウェクスラーだった。その困惑顔はエミリーの心中も代弁していた。

カイルは、疑念のかけらを残らず振り払おうとするかのように、短い髪を手でかき上げた。「お二人が教会を探検しているあいだに、今回のことを一から考え直してみたんです。それに、これはあまりにもわかりやすすぎはしないかという考えが頭を離れなくて」そう言って片方の腕を広げて爆破事件の現場を指し示した。

「わかりやすい？」その言葉は、エミリーがこの現場から感じる陰謀めいた空気とは相容れないものだった。いま彼女に確実にわかることは、自分は困惑しているということだけだ。それともう一つ、忸怩《じくじ》たる思いか。それに、そう、カイルの楽観的な態度に対して募り始めたいらだちだ。

「考えてみてください」カイルが続けた。「アルノ・ホルムストランドが殺され、時を同じくして教会が爆破された。かなり見え透いた結びつきです。あなたにオックスフォードに行ってくれと伝え、殺される前から飛行機の切符まで手配しているんですからね。ベテラン探偵でなくたって関連に気づきます」

エミリーは先を待った。カイルがどこへ話を持っていこうとしているのかまだ見えてこない。しかし、彼女自身、アルノが遺した手がかりは簡単すぎるのではないかというぼんやりとした感覚をついさっき抱いたばかりだ。カイルの話はその感覚と同じ方角を向いているような気がする。

「しかも、僕らをこの教会に導く手がかりも遺した」カイルは話を続けた。「《大学の教会、最古の一つ》。ちょっと待てよって感じでしょう？」そう言ってエミリーとウェクスラーの顔を見比べた。二人ともまだぴんときていないらしいことがもどかしい。博士の肩書きを持つ人物二人を謎解きで負かしたのだ。ふつうならしてやったりとほくそ笑むところだろうが、カイル・エモリーはこの陰謀めいたできごとに夢中で、うれしがる余裕さえなかった。そんなことより、自分の目には明らかに見えている真相を二人にも見せたい。

「僕らが簡単に謎を解けたことには、理由があるんだと思います」しばらく待ったあと、カイルは言った。「単純だからです。単純すぎる。カナダ人に言わせれば、ちょろいんですよ。オックスフォード市内をめぐる格安徒歩ツアーに一度でも参加したことがあれば、この教会が大学内で最古の建物だということくらい知っています。それだけじゃない。手がかりに教会の名前まで含まれている。仮にホルムストランドが本当にアレクサンドリア図書館を発見したんだとすれば、千五百年ものあいだ誰にも探せなかったものを見つけたということになります。なのに、時給五ポンドのツアーガイドでも解けるような簡単ななぞなぞでそのありかを隠そうとするなんて、おかしいでしょう?」

エミリーは黙っていた。この青年は本当に優秀だと思った。腹が立つほど熱意にあふれていて、考えることは憎らしいほど正確だ。アマチュア探偵ごっこに夢中になっていたウェクスラーとエミリーが些末《さまつ》なこととして目をつぶった問題を、彼だけは真剣に検討した。その選択がいま、成果を上げようとしている。

「そうかもしれない。アルノのメッセージは……メッセージは……」

「わかりやすすぎる」カイルは、目や唇の端に得意げな表情をそれとはわからない程度に小さく浮かべて、さっきと同じ表現を繰り返した。

エミリーはしぶしぶうなずいた。しかし、内心では彼の正しさを全面的に認めて拍手を送っていた。

「まだあります。二人の女王の問題です」カイルはさらに続けた。「ドクター・ウェス。あなたが教会にいたのは十分くらいですよね。しかも教会の半分は吹き飛んでしまっている。それでも二人の女王は見つかったし、その中間点もわかった。瓦礫の下に埋もれてはいますけど、とにかくどこを指すのかはわかった。謎解きとして、いくらなんでもそのまんますぎます。そう思いませんか」カイルの熱意は沸き立ち、駆り立てられたように勢いづいていた。

「これが本当にアレクサンドリア図書館を探すための手がかりなんだとしたら――」そう言って話を締めくくりにかかった。「アルノ・ホルムストランドは図書館が間違った人々の手に渡るのを防ぐために暗号めいた手がかりを遺したんだとしたら、その手がかりには重大な問題がありそうです」

「どんな？」

「間違った人々の手に渡ることを防げないという問題です。馬鹿みたいに単純で、目的と釣り合っていません。二、三日調べさせれば小学生にだって解読できますよ」

「しかし、カイル、アルノ・ホルムストランドは抜け目ない人物だった」ウェクスラーが二人の会話に加わった。「もっと効果的に意図を隠す手段を思いつかなかったとは考えにくいな」

「ええ、教授、おっしゃるとおりです」カイルは完全に話にのめりこんでいた。興奮しているせいで肩が持ち上がり、開いた両手をさかんに体の前で動かして一言ひとことを強調している。まるで今日の午後の謎々の本当の答えが三人のあいだの空中に浮かんでいて、それをつかもうとしているかのようだった。

「手がかりがどれも単純だからといって、いや、単純すぎるからといって、くだらないとは思わない。それどころか……これは天才的ですよ」カイルはエミリーをまっすぐに見た。エミリーはもはや好奇心を抑えきれなくなっていた。「ホルムストランドの手がかりは、惑わすことを目的に練り上げたものなんだと思います。二重の意味でね。まず、あなたの興味をそそる程度には難しくなくてはならない。これは本物のパズルらしいとあなたに思わせる必要があった。ピースが組み合わさり始めたのを見て、暗号は解けたと思わせなくてはならなかった。言い換えれば、あなた以外の人物が手がかりを見つけてしまった場合、そこに並んだ謎めいた言葉には何らかの秘密が隠されているのではないかという疑いを確信に変える必要があったんです。期待感を強めておいて、それを利用して間違った方角へその人物を導く。ただし、手がかりは二重構造になっているんじゃないかな。二重に何かを隠している。すぐに読み取れる意味は目くらましで、その下に真の意味を隠しているんですよ。万が一、間違った人々の手に渡ったとしても、彼らは何もないところに案内されて、そこを探し回ることになる」

二重の計略。カイルの説明を聞きながら、エミリーは頭のなかであらゆる可能性をひっくり返して調べていた。その結果、カイルの言うとおりではないかと思い始めていた。しかし、カイルの説を根底から覆しかねない事実が一つ存在する。いま、文字どおり彼らを取り巻いて横たわっている事実だ。「でも、これはどう説明する？」エミリーは広場を覆い尽くした破壊の跡を指し示した。「教会が破壊されたことを考えると、単純なほうの解釈が正しい気がするけれど。だって、手がかりが指しているものが教会じゃないなら、どうして時計台を爆破したの？　ここに重大な情報が隠してあると知ってたか、そう強く疑った人物が別にいるとしか思えない」

カイルは黙りこんだ。しかしそれも一瞬のことだった。突飛な考えだが、それこそ正解だという確信が芽生えていた。

「それも計略じゃないかと」カイルはエミリーの疑問に答えた。「誤った解釈に信憑性を与えるための計略」驚いて目を見開いたエミリーに向けて付け加えた。「この教会を爆破したのは別の人物ではないと思います。ホルムストランド自身がやったんですよ」

「いやはや、驚いたな」ウェクスラーは叫ぶように言い、目を大きく見開いていま一度あたりを見回した。カイルの説が示唆するもののスケールは計り知れない。これだけの規模の破壊の目的が、単に人の目を欺くことだというのだから。もしそれが当たっているとするなら、そう、ホルムストランドあるいは別の誰かが、追っ手を惑わせるためだけに、これだけの規模の――物理的にも歴史という観点からも――破壊をもいとわないのだとするなら、エミリー・ウェスはウェクスラーが想像していた以上にスケールの大きな何かに巻きこまれているということになる。これまで歴史学者として見てきた何よりも遠大な何か。その何かは、歴史そのものを破壊するという、歴史を研究する者にとって許しがたい行いをしてまで、たった一つの秘密を守ろうとしている。

三人は由緒ある教会の瓦礫を長いあいだ見つめていた。

やがてカイルは、先ほどまでより穏やかだが確固たる決意を感じさせる声で言った。その目は破壊された観光名所にじっと注がれていた。

「本当にアレクサンドリア図書館なのかどうかわかりませんが、あなたが探しているものはどうやら計り知れない価値を持つもののようですね」

エミリーはようやく破壊の跡から目を引き離すと二人のほうに向き直り、張り詰めた空気をほぐすかのように言った。

「今日の文化戦争はカナダの勝利といったところかしら。ピーターも私も気づかなかったものに気づいたわけだものね」ウェクスラーは同感だというように、ハンチング帽のつばに軽く手を触れてカイルの手柄に敬意を表した。「この先は、カイル、あなたの説が当たってるとして考えることにしましょう」エミリーは続けた。「たとえ間違っていたとしても、ほかに何もしようがないし。でも、あなたの言うとおり手がかりは目くらましなんだとして、本当の意味を探り出すにはどうすればいい？」

これに対するカイルの答えは、パズルをふたたび謎のベールでくるみこむものだった。

「本当の意味を見つけるには、ドクター・ウェス、やはり二人の女王のあいだで祈るしかなさそうです」

41

ニューヨーク
午前11時15分（EST）――午後4時15分（GMT）

「あいにく、よい報告ではありません」男は陰鬱な声で小型の携帯電話に向かって言った。トレントは古参の〈フレンド〉で、ふだんは上下関係に厳しい理事長も、トレントならややくつろいだ調子で話しても目くじらを立てない。

「聞こう」理事長は応じた。声には表さなかったが、トレントの言葉に関心をそそられ、椅子の上で身を乗り出していた。

「カールトン大学の〈キーパー〉の同僚を調べました。全員の居所が確認できています。みな家族で感謝祭の連休を過ごしているか、キャンパスにとどまっているかです。ただ、一人だけ例外がいました」

理事長は受話器をぐっと握り締めた。

「誰だ？」

「若い教授です。ドクター・エミリー・ウェス。この一人だけ、予想外の場所にいました」

理事長はその名前を頭のなかで繰り返した。〈キーパー〉の正体を突き止めた直後に作成された大学の同僚のリストのなかにあった名前の一つだ。ただ、要注意人物だったという記憶はない。〈カウンシル〉はそのリストの全員の身辺を調査したが、動向に注意すべきとされた人物はいなかった。エミリー・ウェスも含めて。

「何カ月も前に学部の教員は調査したな」理事長は言った。「しかし、エミリー・ウェスに怪しいところはなかった」

「はい」トレントは応じた。「資料を見るかぎり教員になりたてのようです。若く、教授に任用されてまだまもない駆け出しです。しかし——」携帯電話にいっそう強く頬を押し当てて続けた。「大学院で研究していたテーマが……興味深い」

理事長はすでにパソコンの画面にエミリー・ウェスの情報を呼び出していた。身辺調査の報告書が〈カウンシル〉のシステムから削除されることはない。まさしくこのような事態が起きたときのために永久保存されている。報告書が画面に表示された瞬間、胃がねじれるような感覚にとらわれた。

「ドクター・ウェスは」トレントが電話の向こうで続けた。「プトレマイオス朝をテーマに論文を書いています。エジプトをテーマに」彼の言葉は理事長のパソコンに表示されているデータと一致していた。

「報告書にもそうあるな」理事長は彼らしからぬ緊張した声で言った。「以前にも調べているはずだぞ。エジプトと歴史を専門にしているようだが、〈ソサエティ〉や〈キーパー〉とのつながりはとくに見つかっていない。同じ大学の教員という理由で監視の対象にしていたが、結びつきを疑うべき理由は何一つ見つからなかったはずだ」

「そのとおりです」トレントは応じた。「古代エジプトに限定したとしても、歴史の研究者はいくらでもいますしね。しかし、ドクター・ウェスが感謝祭の週末をどこで過ごしているかを知ると、身辺調査の資料ががぜん興味深くなります」

「どこにいる？」理事長は尋ねた。

「イギリスです。エミリー・ウェスは今朝、ヒースロー空港に到着しました」

42

オックスフォード
午後4時35分(GMT)

大学教会前での議論からまもなく、エミリーはカイルやウェクスラーと別行動を取ることにした。まだ夕方前だ。オックスフォード大学の二人はすませなくてはならない用事があり、エミリーにしても、立て続けに判明した新事実で混乱した頭をここでいったん整理したいという思いがあった。時差ボケのせいか、ことの重大さのせいか、それともイギリスに来て以来の数時間であまりにも多くの情報を吸収しなくてはならなかったせいか、頭痛がした。しばらく一人きりで過ごしたかった。今日の夕食はウェクスラーの家でそろって摂《と》る約束になっている。ウェクスラーは親切にも、オックスフォード滞在中は彼の自宅を宿にしてくれると申し出た。また、住所を伝えたあと、エミリーが旅行鞄を持ち歩かなくてもすむようオフィスから自分の家に運んでおくと言ってくれた。

ラドクリフ・スクウェアに面した教会を離れ、ハイ・ストリートに出たエミリーは、ゆるやかに弧を描く道を左に向けて歩き出した。イギリスの都市では伝統的に、全国チェーンの商店や高級店が並ぶ繁華街をハイ・ストリートと呼ぶが、オックスフォードでは事情が少し違う。ここのハイ・ストリートには法外な値をつけた衣類を販売するきらびやかなブランド店や電器店はなく、大学のカレッジやコーヒーショップや個人商店が並んでいる。商業地域ははるか昔にコーンマーケット周辺に移り、買い物客はハイ・ストリートには来ない。それでも大型バスやタクシーの通行が途切れることはなかった。

エミリーはハイ・ストリート沿いに歩き、大学院生時代によく来ていた一画に来た。大学の講義の大部分が行われるイグザミネーション・スクールズのちょうど真向かい、細い脇道との角に、小さなコーヒーショップがある。エミリーがコーヒーショップに求める条件をすべて満たした、控えめなたたずまいの店だ。コーヒーは濃く、便利な立地にあって、雰囲気がいい。テーブルにつき、エスプレッソをダブルで注文して、通りをひっきりなしに行き交う人々を窓からぼんやりとながめた。

カイルの説をひととおり聞いたあと、エミリーはすぐに彼の言うとおりだろうと確信を持った。アルノの手がかりが三人の解釈したとおりのものを意味しているとするなら、あまりにも簡単すぎる。エミリーが受け取る前に別の誰かが手紙を見つけるのでは――アルノはその事態を恐れ、手がかりを二重に暗号化した。オックスフォードのランドマークたる教会、長い歴史を誇る大学の心臓とも言える教会は、ほかの追跡者をまくためのおとりとして爆破された。ホルムストランドが感じていた切迫感、歴史の一部を破壊しようとまで決意させた危機感は、どれほどのものだったのか。

でも、彼はいったいどういう人物だったの？　エミリーは考えた。ミネソタ州の片田舎にある自分のオフィスから指示を出して、オックスフォードにある歴史的な建造物を爆破させるなんて、いったいどこにどんなコネを持っていたの？　どれだけの影響力の持ち主だったの？

それ以前に、この私にどう関係があるの？　その疑問をどうしても頭から追い払うことができなかった。しかも、その答えはさっぱり見当がつかない。

しかし最大の疑問は、手がかりの本当の意味だ。ホルムストランドがそうまでして隠そうとした意味とは何だろう。アルノの真意を理解するには、思いもかけない観点から考えてみなくてはならないことはわかる。ホルムストランドの手がかりを何度も頭のなかで繰り返した。《大学の教会、最古の一つ》。名前に〝大学〟がつく教会となれば、一つしか考えられない。オックスフォードに大学教会はほかにないのだから。もしほかの教会を指してこの手がかりを遺したとするなら、オックスフォードの歴史をさらにさかのぼらなくてはならないということだろうか。大学教会はもう一つ別にあるのか。たとえば歴史上のある時期だけその名で呼ばれていたとか？　歴史の流れはあらゆるものを呑みこむ。もしかしたら、その建物には教会ではなかった時期が存在するのかもしれない。《最古の一つ》に何かからくりがあるのだろうか。

窓の外を観光客の一団が通りかかった。カメラをかまえて、コーヒーショップのすぐ向かいの大学の建物を写真に収めようとしている。エミリーはぼんやりとその様子をながめた。瞬間が切り取られ、デジタル時代のフィルム――メモリーカードに記憶された。エミリーはエスプレッソをゆっくりと味わった。

問題は《大学の教会》のほうだとしたら？　この手がかりの前半部分が目くらましだと仮定すれば、名前に大学が含まれているかどうかにかかわらず、オックスフォード最古の教会を探さなくてはならない。そうなると一大事だ。現存している最古の教会を指すのか、とにかく建立が古いものか。それとも最古の塔？　半径一・五キロほどに的を絞っても、オックスフォードには最古と称する構造物が十くらいありそうだ。最古の塔、最古の塀、最古の基礎、最古の床。遺物がひしめく街では、あらゆるものが「我こそ最古」と声高に主張する。

ほかの視点を試すことにした。《祈ろう、二人の女王のあいだで》。大学教会という枠組みをはずしてこの二つ目の手がかり単体で考えようとすると、解読のとっかかりさえつかめない。オックスフォードは、教会と、聖母マリアの絵や像がひしめく街だ。〝天の女王〟はそれこそ無数に存在する。同時に、ここは歴史的に王家と深い関わりのある街でもあった。建物、通り、掲示物、広場、銅像、教会――何もかもが女王の誰かに捧げられたものなのだ。これもやはり、考え始めたらきりがない。

エミリーはカップを持ち上げて中身を飲み干した。エスプレッソはおいしいが、考えれば考えるほどふくらんでいくフラストレーションを解消するには、散歩でもしたほうがよさそうだ。代金をテーブルに置き、店を出て、通りの反対側に渡った。すぐ前を徒歩ツアー中のグループが歩いている。その後ろについてゆっくりと歩を進めながら、街の見どころを説明しているツアーガイドの退屈そうな声を聞くともなく聞いた。もう何年も前、大学時代に一年間オックスフォードに留学した当初、エミリーもこういったツアーに参加したことがある。そのときの、まるでおとぎ話の世界に迷いこんだような感激を思い出すと心がふわりと軽くなった。見上げるばかりに大きな石の建物、屋根つきの市場、飛び飛びに建つ要塞のようなカレッジに教会の尖塔。学生だったそのときも、安い時給で雇われているに違いないツアーガイドは、観光客を飽きさせないために事実の半分くらいをでっち上げているのだろうと思った。しかし、不思議と腹が立たなかった。オックスフォードは事実と神話が調和する街、形を持った現実と幻のような夢が等分に共存する街だ。

「……このすぐ奥にあるマートン・カレッジと真っ向から対立しています」車の往来が途切れてツアーガイドの声がはっきりと聞こえ、エミリーは現実に引き戻された。「それでも、いま左手に見えているユニヴァーシティ・カレッジは、十三世紀なかばに設立されたオックスフォード大学最古のカレッジであるという主張を変えていません」一ダースのカメラが一斉に左を向き、ガイドの説明にあった石造りのカレッジを撮影した。

いま何て――? エミリーの心臓が跳ねた。考えるより先に口が開き、言葉があふれ出していた。

「すみません、いまのお話、もう一度聞かせていただけますか?」

ガイドはエミリーのほうを振り返ると、慣れた調子で丁寧に応じた。「もちろんです。ユニヴァーシティ・カレッジは、オックスフォード大学の最古のカレッジであると主張している三つのカレッジのうちの一つです。ほかの二つは、このあとご案内するマートンとベリオール・カレッジです」ガイドはにこやかに微笑んだものの、その日には明らかな疑念が浮かんでいた。いま声をかけてきた、ことのほか美しい深いブルーの瞳と魅力的な外見をした女性は、十ポンドのツアー料金をちゃんと支払っただろうか？

しかしエミリーはその場に凍りついていた。ほかの参加者が次々と彼女を追い越していく。エミリーはバッグからホルムストランドの手紙を取り出した。三枚目を一番上にして、いまふいに新しい意味を持ち始めた文言を読み上げた。

「《大学の教会、最古の一つ》」真の意味を隠す、単純でありながら大才的な言葉選び。その言葉が、いままるで書き直されたかのように新鮮に目に映った。

ピーター・ウェクスラーやカイル・エモリーと同じく、エミリーも前半部分を〝大学教会〟のつもりで読んでいた。馴染み深いランドマークの馴染み深い名前だからだ。ホルムストランドも、それを最初に思い浮かべることを期待して書いたに違いない。しかし、彼の表現は正確だった。大学教会（the University's church）ではなく、大学の教会（University's church）。ユニヴァーシティ・カレッジの教会、《最古の一つ》だ。

エミリーは通りを見下ろしているユニヴァーシティ・カレッジの重厚な石造りの壁を見上げた。これだ。ホルムストランドの手がかりが指しているのはここだ。

エミリーが立っているのは、建物の東端にある、いまは学生の出入りには使われていないゲートの前だった。カレッジ内に入るにはもう少し先のメインエントランスまで行くしかないが、その前に少し頭のなかを整理したいと思った。壁に埋めこまれたアーチ形のエントランスに続く階段を上り、向きを変えて一番上の段に腰を下ろした。一瞬だけ目を閉じて視界を遮断した。アルノが遺した小さなミステリーが一気に解けそうな予感に興奮していた。もしかしたらこれは、答えのないなぞなぞではないのかもしれない。

目を開き、手書きの文字にもう一度目を走らせた。《祈ろう、二人の女王のあいだで》。新たな決意が湧き上がった。これもかならず解いてみせる。

その答えは予想以上にすぐに現れた。ふと顔を上げると、石でできた大きな像と目が合った。通りのちょうど真向かいに八本の白い支柱がそびえ、それが支える天蓋《てんがい》の下に、気高い女王がいた。通りに面した装飾つきの壁の上、専用のクーポラに守られて、その像は立っている。女王と目が合ったのは、エミリーがたまたまユニヴァーシティ・カレッジのいまは使われていないエントランスの階段の上にいたからだ。

クイーンズ・カレッジ。鼓動が速くなった。そのカレッジの歴史を探して記憶をたぐり寄せた。一三四一年創設。優れたオルガン学者や歴史学者を数多く育成したことで有名なエドワード三世の妻フィリッパ女王にちなんで、クイーンズ・カレッジと名づけられた。エミリーは修士課程の学生だったころ、クイーンズ・カレッジのゼミに参加したことがあり、その当時からカレッジのメインエントランスの上に立つ女王の存在は知っていた。学問の発展への寄与をたたえて記念碑を建立される女王はそう何人もいない。

よし。ここに一人いた。もう一人は――？

エミリーは右から左へと視線を振った。すでに確信が芽生え始めていた。視線を動かし始めたときにはもう、何を見つけることになるかわかっていた。エミリーから見てフィリッパ女王とちょうど左右対称の位置に、崩壊した聖母マリア大学教会の残骸があった。

エミリーはちょうど二人の女王のあいだに座っていた。左に、聖母に捧げられた教会の形をした〝天の女王〟。右に、十四世紀の君主に捧げられたカレッジという形をした〝王国の女王〟。

そして背後の分厚い壁の奥に、《ユニヴァーシティの教会、最古の一つ》がある。

エミリーはアルノの手紙をバッグに戻すと、入口の扉に飛びついた。

43

午後4時55分（GMT）

謎の解が閃いてからの展開は早かった。エミリーはユニヴァーシティ・カレッジの入口で小額の見学料を支払い、歴史あるカレッジ構内に入った。石灰岩の塀に囲まれた手入れの行き届いた庭園を横切って、カレッジ付属の教会へと一直線に向かう。教会の大きな建物はカレッジのホールのすぐ隣にある。敷地を塀で囲った造りのおかげもあって、二つの壮麗な建物は表の通りからは見えない。

特別な目的を胸に、教会の内部に入った。玄関ホールに並んだ歴代学長の銅像、手の込んだ彫刻が施された木の仕切り、イングランド内戦より前に制作されたファン・リンゲのステンドグラス。装飾の一つひとつがエミリーの目を惹いた――ただし、アルノの手紙にあった図書館の紋章がそのどこかに隠されているのではと探すために。こんな場合でなかったら、神聖な空間のディテールをじっくり鑑賞し、そこに込められた歴史的・宗教的な意味をあらためて確認したり、これまで知らなかったものであれば新しく学ぼうとしたりしていただろう。物心ついて以来、礼拝堂や教会に行けばかならずそうしてきた。長い歴史を見てきたものが目の前にあるのに、それが持つ意味を理解しようとしないのは、ある種の冒瀆《ぼうとく》ではないかという思いさえ抱いている。だが、今日だけは例外だ。

図書館の紋章がどのような形態を取っているかわからない。ステンドグラスのどこかで光を放っているのかもしれないし、石に刻みつけられているのかもしれない。木に彫られているのかもしれないし、布に織りこまれているのかもしれない。それでも、かならずこの教会のどこかに隠されているはずだという確信がエミリーにはあった。あらゆる造作、あらゆる表面がその候補だ。アルノから送られてきた手紙の最後のページをもう一度確かめた。装飾的な小さな四角と、その内側に描かれたギリシャ文字のベータとイータ。

木の仕切りからメインの礼拝堂に入った。数人の先客がいた。立ち止まって驚嘆の目で装飾品を見上げている者、古びた信者席に思い思いの姿勢で座って祈りを捧げている者。エミリーはそのあいだをすり抜けて一番奥の祭壇に近づき、すみずみまで丹念に目を走らせた。アルノが描いた紋章に似たものは見つからない。通路を歩いて戻りながら、右手の信者席、窓、床に目をこらした。何もない。また奥に行って祭壇を確かめた。それからふたたび通路を歩きながら、今度は左側を確認した。何もなかった。

もどかしさを感じながら、ゴシック様式風の装飾が施された高い天井を見上げた。大きなアーチがいくつも連なり、その境目ごとにとがった先端が突き出している。天井は無言で彼女を見下ろすばかりで、何も教えてはくれなかった。

天井から視線を下ろし、身廊《ネーブ》の奥、この教会の焦点と言うべき聖壇までまた目を走らせた。祭壇が置かれた部分は、濃い色の木に繊細な彫刻を施した伝統的な内陣仕切りによって、メインの空間と隔てられていた。何世代も前の熟練彫刻師の手になる格子細工や葉飾りはまるで空気のように軽やかだ。手の届きにくいところに灰色の埃《ほこり》がうっすらたまっていたり、何世紀ものあいだ祈りを捧げる空間として使われてきたがための小さな傷があったりはしても、その美しさは少しも色褪せていなかった。

その仕切りにも念入りに目をこらした。まもなく、片隅に小さなひっかき傷のようなものがあることに気づいた。その木目がささくれたような部分は、いまエミリーがいる祭壇側から見なければ気づかない位置、見学者や信者が通常通る側からは見えない位置にあった。しかも、ほかの部分との対比によって、ようやく何かあることがわかる程度のものだ。ただ、切り口は、周囲の暗い色味の木肌より明るい色をしている。つい最近ついた傷のようだ。もっとよく見ようと近づくにつれて、ただの傷が意味のある形を取って視界に浮かび上がり始めた。ただの小さな傷と見えたものは、粗く刻まれた四角形に変わり、その内側のぎざぎざした線がその正体を現した。

文字だ。おおざっぱに刻まれた四角い枠に囲まれた言葉と、小さな紋章。あの紋章だ。

ついに見つけた。

木製の仕切りに粗く刻まれたそれは、アルノ・ホルムストランドの手紙にあった図書館の紋章とまったく同じものだった。飾り線でできた四角、そのなかに省略を示す記号とギリシャ文字のベータとイータ。《我らが図書館》を表す控えめで簡略なシンボル。そしてその左、小さな四角が刻まれたなかに、互いに脈絡のない言葉が並んでいた。

44

午後5時30分（GMT）

エミリーは不可解な文言を長いこと見つめた。歴史、冒険。それがふいに手で触れることのできる現実として目の前に現れた。そんなつもりはなくても、ハリウッドのアドベンチャー映画を思い出してしまう。張りぼての寺院、黄金でできているように見せかけた銅像。オハイオ州の田舎町の日常は、刺激とは縁がない。エミリーは幼いころから、男の子が好むような冒険映画の大ファンだった。『インディ・ジョーンズ』は大好きで、それこそ数えきれないくらい繰り返し観た。

やっと夢がかなったわよ、インディ――天にも昇る心地だった。

これはエミリー・ウェスの初めての本物の大発見だ。もちろん、これ単体では何の価値もないだろう。教会の仕切りの裏側にひっかき傷を見つけただけのことだ。しかしそれにははるかに大きな意味が隠されている。ついに絶対的な確信を得た。アレクサンドリア図書館についてホルムストランドが書いたことは本当なのだ。これは想像を超える大発見につながるパズルの一ピースなのだ。

ここまで来られたのなら、この先にも進める。

木の仕切りに急いで刻まれたような紋章を見つめた。アルノが描いた紋章とまったく同じだった。その左に、粗い文字で言葉が並んでいた。

プトレマイオスの遺産。
ガラス
砂
光

エジプトのファラオ、プトレマイオスの名はともかく、ほかの言葉の意味はわからない。発見はうれしいが、メッセージの内容は、これまでの手がかり以上にエミリーを困惑させた。とはいえ、前進するための足がかりはできた。ほかの人々の知恵を借りながら、ここまできた。この先へ進む道を探すのにもまた同じように知恵を借りたほうがいい。一人では歯が立たない。

お気に入りのフェラガモのジャケットのポケットから携帯電話を取り出し、銀色のボタンを押してカメラを起動した。画面に表示されるシャッターボタンを押して、木の表面に刻まれた文字の写真を三枚撮った。どれか一枚くらいは細部まではっきり見えるように撮れているだろう。心は決まっていた。ウェクスラーとの夕飯の約束まではまだ少し時間があったが、この重大な発見を伝えるのをそれまで待っていられない。携帯電話をポケットに戻すと、エミリーは教会を出てウェクスラーの自宅に向かった。

45

ニューヨーク
午後0時30分（EST）——午後5時30分（GMT）

二時間ほど前に訪れた、前途が開けたような感覚、何かが閃いたような感覚は薄らいで、淡々とした決意、一点に向けてまっすぐ突き進むような決意に変わっていた。理事長は肩の力を抜き、電話がいくつもの国際中継交換機を経てイギリスのネットワークにつながり、〝ツーツー、ツーツー〟という特有のリズムを持った呼び出し音が聞こえてくるのを待った。

いまから一時間と少し前、ミネソタ州のメンバーからの報告によって、〈キーパー〉の謎めいた最期に関する彼の新たな解釈が正しいことが確認された。〈カウンシル〉は、やはりはめられたのだ。〈ソサエティ〉が別の協力者を得るための隠れ蓑に利用された。〈カウンシル〉のメンバーが瓦礫をせっせとかき分けているあいだに、〈キーパー〉は新たな人物を味方に引き入れていたのだ。理事長はもっとも信頼できる部下をイギリスに派遣したが、そこを探しても何も出てこないだろうという確信は強まる一方だった。だまされたのだ。アルノ・ホルムストランドは死してなお彼を愚弄している。

だが、新しい協力者の正体はわかった。ドクター・エミリー・ウェスがイギリスに向かったこと、彼の部下と同じタイミングでイギリスに行ったことが、理事長の推測を裏づけていた。状況は一変した。事実に変更が加えられた。その意味が変わった。オックスフォードで起きた爆発は、〈カウンシル〉から何かを隠すための企みではなかった。少なくともあの教会には何もない。

〈キーパー〉の策略は悪くはなかったが、万全ではなかった。簡単に手に入る書物から何ページか破り取って焼却したのは、〈カウンシル〉が難なく同じ本を手に入れられるとわかっていたからだ。おかげで〈カウンシル〉は、燃え残りを化学処理して失われたページを再現するという、確実ではあるが費用と時間がかかる処理を省くことができた。代わりに、ジェイソンが近くの書店に出かけ、同じ本を購入した。ホルムストランドは、あれが稀覯《きこう》本などではないことを確認していたのだろう。我々が新品を確実に手に入れられることを知っていたのだ。破り取ったページに何が書かれていたか、新しい本さえ手に入れれば簡単にわかる。しかもそれが指しているものは明白だった。オックスフォードの聖母マリア大学教会。街のランドマークだ。

敵の思惑どおり、理事長がその教会を特定するやいなや、当の教会が破壊されたことが判明した。爆破されていた。〈キーパー〉の暗殺からすぐのできごとだった。その二つが関連しているのは明らかだった。謀略の規模に驚く一方、〈カウンシル〉に意趣返しをしようという〈キーパー〉の意図、宝のありかを指さしておいてその宝を取り上げ、そこにあるとわかっているのに手が届かないもどかしさを我々に味わわせようとしたこと自体には驚かなかった。ホルムストランドからは、過去にも似たような悪意に満ちたいやがらせをされている。〈カウンシル〉が何をすべきかは考えるまでもなかった。しかしいま振り返れば、彼はそこで道を誤ったのだ。ターゲットは明白で、それがどこに隠されているかも明白だった。だから迷わず〈フレンド〉を送り出した――明白な任務を与えて。破壊による勝利を〈キーパー〉から奪い返せ。瓦礫の下に埋もれたものを見つけ出せ。

絶対に認めたくはないが、そう、自分に対しても認めたくないことではあるが、心のどこか奥深いところに、あの時点ですでに気づけたはずだという思いがあった。あのとき、立ち止まってもっとよく考えるべきだった。明らかと思えたものごとの奥にもっとよく目をこらしていれば、自分がもてあそばれていること、敵の術中にはまろうとしていることがわかったはずだ。長いつきあいなのだから、〈キーパー〉の企みそうなことはとっくにわかっていたはずだ。

しかし、まさに〝過去を振り返る目は視力満点〟だ。それは陳腐な決まり文句であっても、真実を言い当てていた。それでも、いまデスクの椅子に座った理事長は自信を取り戻していた。今度こそ敵の計略の裏をかく方法を見つけた。一度はおとりにつられて道をそれてしまったが、遅れを取り戻す近道を新たに見つけた。ミネソタ州にいる部下は、与えられた仕事をりっぱにこなしてくれた。

電話がイギリスの国内ネットワークにつながり、独特の呼び出し音が聞こえ始めた。まもなく相手の声が聞こえた。

「はい、もしもし」

「いまどこだ？」理事長は訊いた。

「現場のすぐ外です」ジェイソンは答えた。「日が落ちて、投光器を設置するあいだ、いったん出てくれと地元警察から指示されまして。さほどの遅れにはなりません。もうそろそろ教会の中に戻れそうですから。ロンドンから完全なリストが届きました。スキャンの結果、怪しい箇所がいくつかあるので、そこを重点的に調べてくれということです。きちんとスキャンしきれていない箇所がいくつかあるとかで。そこで何か見つかるかもしれません」

「そこには何もない」理事長はきっぱりと言った。思ったとおり、その言葉を聞いてもジェイソンは質問一つ、反論一つしなかった。沈黙だけが返ってきた。説明と指示を黙って待っている。彼のもっとも信頼できる部下、若いが、数多くいる〈フレンド〉のうち彼が無条件に信頼するただ一人の部下は、経験豊かで、期待を裏切らない。

「情勢が変わった」理事長は続けた。「教会には何もない。爆破は陽動だ」

大西洋の反対側で、ジェイソンは全身を強《こわ》ばらせた。無言でいたが、腹の底から怒りが湧き上がりかけていた。だまされておもしろいわけがない。

理事長にもジェイソンの怒りが伝わった。

「気にするな。こうしてきちんと見破れたのだから。いつもそうだろう」

「で、次はどうしたら？」ジェイソンは尋ねた。ぶつけどころのない怒りを抑えこむには、新しい目標を定めるのがいい。次のゴールを設定し、それを達成するのが一番だ。

「掘るのはやめだ。狩りにかかれ」理事長はデスクの前で背筋を伸ばした。「いまからそっちの電話に写真付きの資料を送る。この女——ドクター・エミリー・ウェスはオックスフォードに行っている。いまからおまえの最優先事項はこの女だ。ブラックベリーを使っていて、その番号はわかっている。その番号から現在地を割り出せるはずだ」

理事長が話しているあいだにジェイソンの耳もとで携帯電話が震え、新しいメッセージの受信を知らせた。

「ちょっと待ってください」ジェイソンは電話を下ろして画面を確かめた。小型のディスプレイに、ウェスという女の資料が表示された。ざっと目を通したあと、また電話を耳に当てた。「届きました」

「いまこの瞬間から、その女がおまえの最優先事項だ」

「この女はどう関わっているんです？」ジェイソンは訊いた。「どこまで知っているんです？」

「詳しくはまだわからないが、関わっていることは確かだ。しかも核心に」理事長はそこで少し間を置いた。相手がほかの人間なら、自分の落ち度を認めたりなどしないだろう。だがジェイソンになら、すべて打ち明けることにも抵抗を感じない。「その名前は当初から資料に載っていたが、これまでは注目すべき理由がなかった。調査した段階では、〈キーパー〉の職場の同僚の一人というだけの存在だった。ところが、暗殺の直後にイングランドに向かった。しかもあの男が予約していた切符で」ニューヨークの部下が急遽《きゅうきょ》行った追加の調査によって、この二十四時間ほどのできごとのつながりが見え始めていた。「この女は今回のことに関わっている。それは確かだ」ここでまた間を置いた。「いま女の自宅を調べているところだ。何か隠していないか探している。居場所を突き止めたら、ぬかりなく監視してくれ。始末するのは後回しだ。どこまで知っているのかわかってからだ。何か判明したら、報告を頼む」

理事長は電話を切った。ジェイソンはパートナーに向き直った。

「新しい指示だ」エミリー・ウェスのデータが表示されたままの携帯電話を渡す。「この電話番号を追跡して、現在地を特定してくれ」

「地域は？」パートナーの〈フレンド〉が言った。「どこから始める？」

「ここだ。エミリー・ウェスはオックスフォードにいる」

46

オックスフォード
午後6時（GMT）

エミリーはユニヴァーシティ・カレッジを出る前にウェクスラー教授に電話で一報を入れたあと、できるだけ急いで街を横切った。教会で見つけたもののことを話すと、電話の向こうのウェクスラーの声もエミリーのそれに負けないくらい弾んだ。彼の自宅に着くと、ウェクスラーが張り切った様子で玄関を開けた。

「さあさあ、入った入った」

エミリーはヴィクトリア朝様式の家に入り、教授とハグを交わした。気持ちが沸き立っているいま、礼儀作法など二の次だ。

「ここで靴を脱いで」ウェクスラーが言った。「床を汚すと、この家の女主人に追い出されるからな」いくら大発見の直後とはいえ、譲れない決まりというものがある。

エミリーは素直にローファーを脱いで靴下だけになり、ウェクスラーに案内されて、品のよい内装が施されたリビングルームに入った。

ウェクスラーは幼い子供のようにはしゃいだ身ぶりで、女王のようにソファに座っている女性に向かって恭《うやうや》しく頭を下げた。

「エミリー・ウェス、こちらは私の美しい妻、ミセス・ウェクスラーだ」ウェクスラーの妻は立ち上がると、エミリーを温かく抱き締めた。

「主人は無視して」そう言って微笑む。「エリザベスよ。ようやくお会いできてうれしいわ」

エミリーも微笑みを返した。エリザベス・ウェクスラーが続けた。

「ピーターは以前からよくあなたの話をしてたけど、今日はもうずっとあなたの話ばかりよ」夫の熱意について理解のある妻といった印象だった。「エミリー、どうぞ楽にしてちょうだいな。私はオーブンの様子を確かめてくるから、二人でゆっくり話してて」そう言って部屋を出ていく。入れ替わりにウェクスラーがエミリーに近づいた。用意のいいことに、酒のグラスを二つ手にしていた。

「さあ飲もう、ミス・ウェス。まずは座って」

エミリーはグラスを受け取って勧められた椅子に座った。ウェクスラーの自宅の家具調度はオフィスのものよりずっと洗練されていて、手入れも行き届いている。人と会っているときは、身なりにかまわない、研究以外のことに興味がない学者といったイメージをあえて装っているが、自宅でそういった演出は必要ない。

「さっきの電話以来、何も手につかなくてね」自分は座らず、部屋のなかをうろうろと歩き回りながら、ウェクスラーは言った。コーヒーテーブルからくたびれた本を取る。「きみを待つあいだ、気をまぎらわせようとしてみた。アレクサンドリアという街や図書館について復習をしておこうと思って本を読んでみたりもしたが、どうにも集中できない」本をテーブルに戻し、エミリーの正面の椅子に腰を下ろすと、期待のまなざしをエミリーに向けた。

エミリーは無言のままジャケットのポケットから携帯電話を取り出し、画面のスリープを解除してウェクスラーに差し出した。ウェクスラーは画面に表示された写真を食い入るように見つめた。

「驚いたな。すばらしい！」

エミリーは酒のグラスをぐっと握り締めた。

「まさか、もう解読できたなんてことは……？」エミリーはなかば冷やかすように、なかば挑むように言った。木に刻まれたそのメッセージを見つけて以来、エミリーはその意味についてずっと考えている。一方のウェクスラーはまだほんの二十秒ほど見ただけだ。

「いやいや、それはないよ」ウェクスラーはエミリーを安心させるように言った。「どういう意味か、さっぱりわからない。いまのところはまだね。しかし、見つかっただけでもすごいことだ。きみはやってのけたんだよ！　今回の奇妙な計略は、絵空事ではなかったと証明したんだ」そう言ってエミリーを見やり、芝居がかったしぐさで乾杯するようにグラスを持ち上げて大きくあおった。一つ大きく息をつき、ウィスキーが喉を焼き焦がす感覚が通り過ぎるのを椅子にもたれて待った。お祝い気分はすぐに消えて、ウェクスラーの表情は真剣そのものになった。

「きみは――これが何を意味するか、きみに何か考えは？」

「いまの時点ではまだ、気づいたことがいくつかある程度です」エミリーは椅子の上で背を伸ばし、分析に取りかかる姿勢を取った。「まず一つは、メッセージは石に彫ってあったのではなく、塗料やインクで書いたのでもなく、木に刻まれていたということ。しかも、きちんと彫ったというより、引っかいたといった感じですよね。それも最近になって」

最後の一言が二人の心に重みを持って響いた。つい最近、新しく刻みつけられた紋章。それが隠しているものはおそろしく古いものだという事実と釣り合わない。

「つまり、これは新しく作られたメッセージだということだな。歴史ある木製品の一部ではなく」ウェクスラーは携帯電話の小さな画面にじっと目を注いだまま言った。

「そうみたい。木の表面に刻まれたばかりのようです。ほかの彫刻部分と違って、摩耗《まもう》してなめらかになっていないから。それに、たとえば——錐《きり》とか、何かぎざぎざした金属の端を使って引っかいたように見えますね。その場にあった道具を使って大急ぎで刻みつけたみたいに」エミリーはいったん言葉を切って、その推測の意味が相手の意識に浸透するのを待った。興味深い点はそれだけではなかった。

「もう一つ気づいたのは」エミリーは続けた。「言語です。メッセージは英語で書いてある。教会のほかの刻印はほとんどみんなラテン語なのに、これは英語です」

「ああ、私も同じことを思ったよ」ウェクスラーはあいかわらず画像に目をこらしたままうなずいた。

「その二つを考えると、このメッセージは最近刻まれたものだと思います。本当につい最近

――昨日かもしれないし、先週なのかもしれない。古代から存在している手がかりの一部ではないことは確かです」

「つまり、ホルムストランドが自分で教会に刻みつけたものではないことになる」ウェクスラーは言った。「少なくとも、本人の手で刻んだということはありえない。ミネソタ州の大学から一瞬のうちに地球を半周してきて、また戻ったというのなら別だがね。まあ、それはまずないだろう。つまり、協力者がいたんだな」

エミリーはウェクスラーの推測が何を意味するか、考えた。手がかりは、エミリーが発見することを想定して残された。そして、残したのはアルノ・ホルムストランドだが、彼は単独で行動したのではない。

「となると、アルノは殺害される前に、誰かの協力でこのメッセージを刻みつけた。何か目的があって、新しい手がかりを作った」

ウェクスラーはエミリーの言葉を長い時間をかけて検討した。やがて頭のなかの考えをそのまま口に出しているような調子で言った。

「目的があって残した。誰かのために残した」

何を言いたいのか、エミリーにはぴんとこなかった。ウェクスラーは画像から目を上げて、教え子の顔を見つめた。

「きみのために残されたものだということだよ、ミス・ウェス」携帯電話をエミリーに返す。

「この小さな手がかりは、隠されていた。そのありかはきみに宛てた手紙に記されていた。

メッセージは英語だった。きみはほかの言語にも堪能だが、母語は英語だ――おっと、英語が劣化してできたアメリカ語と言うべきかな？」親しみの証として憎まれ口を叩くチャンスをみすみす逃すわけにはいかない。しかしすぐにまじめな口調に戻って本筋に話を戻した。「しかも、メッセージの最初にあるのはプトレマイオスに関する言葉だ。本人に向かってあえて指摘するまでもないだろうが、プトレマイオス朝はきみの過去の研究テーマの一つだね」ウェクスラーはいくぶん語勢を強めて続けた。「アルファベットを何文字並べたところから意味を持ち始めるものか、私には見当もつかないが、ここにはa、b、cがあって、そのいずれもまったく同じ方向を指している。不特定多数を想定したメッセージとは思えない。これは一つの目的、唯一の目的のために残されたメッセージだよ。ドクター・エミリー・ウエスが発見することを想定したメッセージだ」

今度はエミリーが携帯電話の小さな画面を見つめる番だった。教授の話を聞きながら、写真にじっと目をこらす。キーパッドの横についたスライダーを指先で操作して、三枚の写真を順番に表示させた。

「そうなると、これまでとは事情が一変する」ウェクスラーは続けた。「カイルが指摘したとおりだ。ホルムストランドの手がかりは一つしか意味を持たないように作られていて、しかも、よりわかりやすいものの下に隠されている。加えて、きみが解読することを想定して考えられているということだよ、エミリー。きみには意味が通じるが、それ以外の人間にはわかりにくいように作られているに違いない」

無言で考えこんでいたエミリーは、顔を上げてウェクスラーを見た。

「もしそうだとすれば、この新しい手がかりも、私にはわかるように作られているはずですね。でも、私たちにこれをどう解釈しろというのかしら」

ウェクスラーは、自分の現状評価にエミリーが同調したこと、そして今日起きた一連のできごとはエミリー一人に向けられたものらしいとわかってきたにもかかわらず、エミリーが〝私たち〟と言ったことにうれしそうな顔をした。

二人の学者が頭のなかで答えを探すあいだ、沈黙が続いた。

「プトレマイオスの遺産」先に口を開いたのはエミリーだった。「私たちが探しているのはまさにそれですよね。アレクサンドリア図書館そのもの。プトレマイオスが基礎を造って、息子や孫が拡張、発展させた図書館」

「そのとおりだ」ウェクスラーが応じた。本が詰まった書棚を見つめたままウィスキーをまた大きくあおった。「しかし、言うまでもなく、この手がかりが指しているのはそれではないだろうね」

エミリーは目を上げてウェクスラーの表情を探った。どうやら何か考えがあるらしい。

ウェクスラーがエミリーに向き直った。それまでとは一転して、教壇に立つ教師そのものといった顔つきに変わっていた。

「《プトレマイオスの遺産》が古代のアレクサンドリア図書館のことではないとする理由は二つ。第一に、私たちが探しているのは失われた図書館であることはすでにわかりきっているね。したがって、解読すると〝古代の図書館を探せ〟という意味になる暗号は、いまさら役に立たない。それに、たとえアルノ・ホルムストランドがきみを相当に血のめぐりの悪いやつだと思っていて、もしかしたらここに至ってもまだ自分が何を探すべきかわからないかもしれないと危惧《きぐ》していたとしても、ただ探せと言うだけでは、相当に血のめぐりの悪いきみにはどうやって探せばいいか見当もつかないだろう」

　エミリーは噴き出した。ウェクスラーの指摘の内容もおかしかったが、彼のいかにも偉ぶった言い方もおかしかった。いくつの学位を取得しても、恩師から見た教え子は、小学生の女の子を叱るように、つい何か言いたくなる相手なのだろう。

「第二に」ウェクスラーが先を続けた。「《遺産》という表現だ。すでに存在しないものを遺産とは呼ばないだろう？　ふつうは先人が残したもの、次の世代に受け継いだものを指す。いまも存在するもののことを言う」

　ウェクスラーの言わんとすることがエミリーにもわかった。

「なるほど。たとえばある政治家の遺産と言えば、その政治家が死後に遺したもののこと、その人の働きによって――その人がいたおかげで、私たちがいま受けている恩恵」

「そのとおりだ。この手がかり、《プトレマイオスの遺産》は、すでに失われたものではなく、私たちの世代が現に持っているものを指していると考えるべきだろうね。いまの時代に存在しているもの、古代の王にまでさかのぼれるもの」ウェクスラーは立ち上がって部屋の奥の書棚に近づいた。そのあいだも途切れることなく話し続けていた。「そう考えると、一つ興味深いアイデアが湧く」ずらりと並んだ書物のタイトルを一つずつ確かめている。まもなく目当ての一冊を見つけて背表紙を指で軽く叩くと、書棚から抜き取ってページをめくり始めた。「プトレマイオスの功績は図書館だ。そして、プトレマイオスの遺産も図書館だ。ある意味では」

エミリーはウェクスラーがどんな結論を出そうとしているのか先を読もうとしながら、恩師の話に聴き入っていた。

「きみが探しているものは古くて、しかもどこかに隠されているようだね。しかし、そのありかにきみを導くために、ホルムストランド教授は新しいものに注目させようとしている。誰にでもすぐ見つけられる新しいものだ」ウェクスラーは書棚の前から戻ってくると、開いた本をエミリーのほうに向けて差し出した。

エミリーは本を受け取った。モダンで巨大な建物のカラー写真が見開きで印刷されていた。全体は円柱の形をしており、その屋根は、エジプトの活気ある大都市に面した海を表す池に向けて大胆に傾斜していた。

「ご紹介しよう、ドクター・ウェス」ウェクスラーが高らかに宣言するように言った。「プトレマイオスの遺産――アレクサンドリア図書館だ。エジプト政府が二〇〇二年に開いた新しいアレクサンドリア図書館だよ。五対一の確率で賭けてもいい。きみがついさっき発見した手がかりが指しているものはこれだろうね」

本のページから、壮麗な建物がエミリーを見上げていた。エミリーの瞳に、モダンな線と堂々たる輪郭が映っていた。新図書館は、古代の祖先とはまったくの別物ではあるが、オリジナルのアレクサンドリア図書館があったとされる場所に建設された。はるか歴史をさかのぼったエジプト王朝をたたえる壮大な記念碑であり、世界中どこを探しても似たものの見つからない建物が、アレクサンドリアの海岸線を特徴づけている。

エミリーは写真を見つめた。この建物をぜひとも自分の目で確かめなくてはならないという強い思いにとらわれていた。

47

シカゴ
午後2時（CST）——午後8時（GMT）

マイケル・トーランスは、自宅アパートの緑豊かな中庭のベンチに座っていた。厚手のレザージャケットを着込んで、よく晴れた秋の日の空気の冷たさから身を守っている。まもなくポケットに入れていた携帯電話が鳴り出した。画面を確かめると、エミリーの名前が表示されていた。その横に、二年前に彼が撮った彼女の写真が並んでいる。二人でキャンプ旅行に出かけたとき、起き抜けのエミリーを撮影したもので、婚約者でなくては愛おしいとはまず思わないようなぼさぼさの髪で写っている。シカゴの建築事務所に見習い建築士として勤務することになって、日常の大部分の時間を離ればなれに過ごしているが、電話の画面に彼女の顔が映し出されたとたんに二人の距離が縮まったように思えて、寂しさを少しだけ忘れることができた。

とはいえ、この二十四時間で、彼女は地球の反対側まで行ってしまっている。

「エミリー？」マイケルは電話を耳に当て、弾んだ声で言った。「次に電話が来るのはもっと遅くなってからだろうと思っていたよ」

「マイケル。せっかくの休日の午後を邪魔しちゃった？」

「いや、ちっとも。ランチタイムを一人で楽しんでいたところさ」マイケルは先を続ける前にためらった。次に言おうとしていることは、エミリーを感傷的にするだろうとわかっていた。「感謝祭おめでとう、エミリー」

「それ、さっきも聞いた」エミリーはからかうように言った。「前に電話したときにも」その声にはぬくもりがあふれていた。

「愛する人に同じ挨拶を二度してはいけないとでも？　懐かしい国に戻るなり、ミニマリストになったようだね、エミリー。その調子でいくと、結婚式の日に大きな声で〝愛してる〟って宣言したら、夫婦でいるあいだもう二度と言う必要はないと言い出しそうだな」

「あなたも理解してくれてるものと思ってた」エミリーは応じた。「だってお互い忙しい身でしょう。不要な繰り返しは時間の無駄よ」そう言って笑った。ふいに彼との距離を痛切に意識した。今日という日、それが意味することも。話し合いの結果とはいえ、マイケルを一人アメリカに残してきたことにも、あらためて強い後悔の念が湧いた。「感謝祭おめでとう、マイケル。ごめんね、一緒にお祝いできなくて。この埋め合わせはかならずするから」

「ああ、そうしてもらうよ」マイケルの声にもからかうような響きがまぎれこんだ。

「でもいまは」エミリーは続けた。「あなたにお願いしたいことがあって」

「地球の反対側に行ってまで人をこき使うつもりか？」

「こき使ってなんていないわよ」エミリーは無邪気を装って言った。「そうね、やや強い口調でお願いしてるだけ」

マイケルは笑った。「で、頼みたいことというのは？」

エミリーはオックスフォードに来てからのできごとを数分かけて説明した。マイケルは、爆破された建物、古い教会、木に刻みつけられたメッセージの描写に信じられない思いで耳を澄ました。最後に、エジプト政府が建設した、歴史と学問をたたえる壮麗な建物の話題が出ると、言った。

「新アレクサンドリア図書館？　エミリー、過去三十年に建設された最高にすばらしい建物の一つだよ。建築家の夢だ」

「あなたたち建築家の言うことって、本当にワンパターンよね！」エミリーはふざけて言った。爆弾に瓦礫、犯行現場への立ち入り。ドラマチックな要素、エミリーを夢中にさせるような要素はほかにたくさんあるのに、マイケルが唯一反応したのは建築だった。

「心配するなって、エミリー」マイケルが言い返す。「きみの探偵ぶりや、その柔軟かつ優秀な頭脳にもそれなりに感心してるよ。ただ、あの建物は……建築という観点から完璧だ」

「ね、私が自分の目で見て報告できるとしたら？」

「それは行くってことか？」マイケルはふいに悟った。エミリーはただアレクサンドリア図書館の話題を出しただけではない。急に決まった旅行の第二段階を計画している。「エジプトに行くの？」

「ええ、あなたの力を貸してもらえるなら。だって、せっかく手がかりを見つけたのに、それを追わずに帰るなんてできないでしょう？」それは答えの必要ない質問だった。ただ、エミリーの提案には、研究者にとって興味深い手がかりを追跡したいという以上のものが含まれていた。危険だ。自分が危険に巻きこまれかけていることにエミリーはすでに気づいている。今朝、教会で目の当たりにした光景――図書館に近づくにつれ、その危険は高まっていくだろう。

マイケルは長いため息をついた。婚約者がエジプトに行くと知って、彼は不安を感じているのだ。しかしマイケルは、エミリーを止めることはもうできないと知っている。彼が言葉にせずにいることで、かえって彼の内心の不安がエミリーには痛切に伝わってきた。

「用心すると約束するなら」ややあって、マイケルが言った。「アメリカから手伝えることは何でもするよ」

「約束する。絶対に無事あなたのところに帰るつもりだから。でね、飛行機のチケットを予約してもらえない？」携帯電話で手続きするよりも、パソコンを使ったほうが簡単なうえに短時間ですむ。

「いいよ」マイケルは答えた。「ちょうどいい気分転換にもなりそうだ。オンライン予約サイトは、ネット上で唯一、例のニュースと隔絶された場所だろうからね。あの大スキャンダルが報じられて以来、ＣＮＮのトップページをリロードするボタンをクリックするのをやめられずにいる」

「何の話？」

「おやおや、これは驚きだね」マイケルはちゃかすような調子で言った。「あのニュースを知らないとは。それだけ大冒険に夢中ということかな。悪いことは言わないから、飛行機に乗る前にニュースをチェックしたほうがいいよ。大西洋のこっち側では、国を挙げて大騒ぎだ。大統領のスキャンダルだよ。テロリストが複数の政府要人を暗殺したらしい。政界は阿《あ》鼻叫喚《びきょうかん》のちまたと化している」マイケルはワシントンDCに襲いかかったスキャンダルをごく簡単に説明した。

「陰謀にからめとられてるのは私だけじゃないみたいね」最後まで聞き終えて、エミリーは言った。「私もあなたも似たような一日を過ごしてるってことだもの」

48

オックスフォード
午後8時25分（GMT）

結果的に、絶好のタイミングでマイケルと話ができた。この日のトルコ航空アレクサンドリア行きの飛行機は午後十時五十五分発だった。時間を逆算すると、ヒースロー空港に向けて出発する前に、エミリーがさっとシャワーを浴びて着替えをすませる時間がちょうど取れる――せっかくの手料理をごちそうにならずに行くのをウェクスラーの妻が許してくれるなら、だが。しかし、またしても換気の悪い機内に閉じこめられることを思うと、いまのうちに気分をさっぱりさせておきたかった。

マイケルから飛行機のチケットが確保できたという連絡が来ると、ウェクスラーは自分が車で空港まで送っていくと言った。教え子の行く手に待ち受けている大発見を想像して、年老いた恩師は子供のようにはしゃいでいた。

「これも持って行きなさい」エミリーがシャワーと着替えをすませてゲストルームから出ていくと、ウェクスラーは書棚から抜き取った本を彼女の手に押しつけた。これでもう三冊目だ。「これも」つやつやした表紙の旅行ガイドがさらに加わった。「二〇〇二年に新図書館の開館式に行ったとき、向こうで買ってきた。あれはすごい建物だったな。その本を見れば全部書いてある」

エミリーは感謝の笑みを向けた。積み上げられた四冊を読めば、古いほうの図書館の歴史から、新たな名建築を生み出した現代エジプトの政治まで、あらゆる知識を仕入れておける。フライトは八時間の予定だが、四冊とも読破するには集中力を試されそうだ。「お気遣いに感謝します、教授」心からそう礼を言った。「でも、これだけ借りられれば充分ですから。それより早く行かないと……」

「わかっている、わかっている。飛行機に乗り遅れる、だろう」ウェクスラーはようやく書棚の前を離れた。一瞬、二人の視線がからみ合った。ウェクスラーは口もとをゆるめずにいられなかった。「いやはや、わくわくするね！　きみが来るとこれほどおもしろいことになると知っていたら、もっと前から帰ってきなさいとうるさく誘っていたのに！」

二人は笑い合った。それからウェクスラーは車のキーをポケットに入れた。

「おい、行ってくるよ」さっさと玄関のほうに歩き出そうとしながら、キッチンの方角に向けて大きな声で言った。

「あ、ちょっと待って」エミリーは引き止めた。「教授の携帯電話は写真つきのメールを受け取れますか」

「受け取れるはずだ」ウェクスラーは答えた。「一度もやってみたことはないが、最新型だからね。きっと受け取れるだろう。どうして？」

「アルノの手紙を写真に撮って送っておきたいの。念のために」迷ったあげく、いま手もとにあるものをデジタル化してバックアップしておくのが得策だろうという気がした。今日だけで、手に負えないほどの不安と謎を経験した。この先に何が待ちかまえているかわからない。

「なるほど、それはいい考えだ」ウェクスラーが言った。「車のなかでやればいい。さあ、行くとしよう」

エミリーは小さな旅行鞄を提げ、もう一方に借りた本を抱えて、玄関に向けて歩き出した。車へ。空港へ、そして――アレクサンドリアへ。

49

オックスフォード
午後9時35分（GMT）

ハリウッドの娯楽大作やテレビの安っぽい犯罪ドラマから大いに影響を受けている世の中の多くの人々と違い、ジェイソンは現実を知っている。現代社会におけるターゲットの追跡とは、街中を徒歩で尾行したり、車で後を追ったりするのではなく、高性能なコンピュータの画面をじっと見つめることを指す。もちろん、実際に尾行やカーチェイスが必要になる場合もあるが、それはたいがい、作戦の最終段階にさしかかり、あとはターゲットを捕捉するだけ――あるいは始末するだけになってからのことだ。それまではテクノロジーと最新の手法を使って追跡するほうがよほど効率がいい。

エミリー・ウェスの追跡はその好例だ。電話番号から携帯電話のＳＩＭカードを特定できれば、その情報を追跡して半径数十メートル程度の誤差でウェスの所在を知ることができる。通話を盗聴することも可能だ。その結果、ピーター・ウェクスラーというオックスフォード大学の教授と接触し、シカゴ在住のマイケル・トーランスという婚約者と話をしたことがわかった。ウェクスラーを調べたところ、古代エジプト史を専門とする学者で、ウェスとは長いつきあいがあることが判明した。図書館との関連についてわずかでも疑問が残っていたとしても、これで完全に払拭《ふっしょく》された。

婚約者との会話から、ウェスが飛行機でアレクサンドリアに移動しようとしていることがわかった。航空会社のデータベースを検索すると、たしかにアレクサンドリア行きの便を予約していた。座席指定や特別機内食の希望の有無といった情報まで手に入った。ジェイソンは、ウェスのクレジットカードが使用されたら警告が届くように設定し、彼女の携帯電話からもっとも頻繁に発信されている電話番号の盗聴を手配した。これでエミリー・ウェスがどこへ行こうと、何をしようと、誰と話をしようと、〈フレンド〉たちはすべて知ることができる。

そういった手配がすべて完了したあと、ジェイソンは二十分ほどかけてアレクサンドリア関連の情報を整理してまとめた。理事長に連絡する前に、必要な情報をすべて手もとに用意しておきたかった。その準備がようやく整った。

電話機を取ってボタンを押した。

「その後どうだ?」

ほどなく理事長の声が聞こえた。

「エミリー・ウェスはアレクサンドリア行きの飛行機を予約しました。こちらの時間で今夜十時五十五分ヒースロー発のトルコ航空TA1986便です。チケットは、婚約者が所有するシカゴのアパートのパソコンを使ってネット経由で予約されています。婚約者の部屋に何い直行します」


人か向かわせました」

「アレクサンドリアか」理事長は重大な意味を持つ地名を繰り返した。

「向こうに何人か待機させせました」ジェイソンは続けた。「私もこちらの仕事が片づきしだい直行します」

「いますぐ飛んでくれ。オックスフォードの後始末はほかの者にまかせればいいだろう」

「わかりました」ジェイソンはそう答えたあと、パソコンの画面に表示された資料を確かめた。「アレクサンドリアには、数カ月前から監視しているターゲットが四名います。重要な都市ですから、〈ライブラリアン〉が最低でも一人はいるはずです。信頼できる情報源によれば、その四人のいずれかだろうと。四人とも、ウェスの行き先のアレクサンドリア図書館の職員です」理事長にもおそらくこの情報は届いているだろう。アレクサンドリアには長年、監視体制が敷かれている。それでもジェイソンは、念のため詳細を手短に伝えた。「今後四十八時間、その四名を常時尾行するよう指示しておきました。ウェスがそのうちの一人と会う可能性は高いと思います。〈キーパー〉の誘導でアレクサンドリアに向かったのだとすれば、〈ライブラリアン〉である一人と接触するでしょう」

「おまえはどうする？」

「私たちはエミリー・ウェスの監視を続けます」ジェイソンはパートナーにちらりと目をやって答えた。「アレクサンドリアに先回りして、ウェスに張りつきます。四名の〈ライブラリアン〉候補と直接接触しない場合に備えて」

理事長は緊張を解いて椅子の背に体を預けた。ジェイソン以下〈フレンド〉たちにまかせておけば間違いはないだろう。

「もう一つ」ジェイソンが付け加えた。「ウェスはいま車で空港に向かっているところですが、携帯電話の3G通信を使ってさまざまなニュースサイトを閲覧しています。例のワシントンの件を報じた記事を見ているようです」

まずいな――理事長は声に出して悪態をつきそうになった。エミリー・ウェスが図書館と何らかのつながりを持っているのは明らかだ。それに加えて、彼らが展開中のワシントンDCの作戦のことも知っているらしい。リーク元は完全にふさがれたものと〈カウンシル〉は考えていたが、まだどこかから情報が漏れているようだ。

「進行中の作戦についての最新情報を手に入れようとしているわけだな。ホルムストランドから事前に聞いていたのだろう」

「そのようです」ジェイソンは応じた。

理事長はしばし熟考したあと、電話に向かって言った。

「そうなると、ウェスを厳重に監視しなくてはならんだろうな。現状では、図書館の所在地を知る唯一の生き証人かもしれない。このまま生かしつつ、こちらの存在をできるだけ長く知られずにおく必要がある。ワシントンの作戦の進行を妨げるような行動に出るようなら、そのときは介入せざるをえないだろうが、それは最後の手段に取っておくとしよう」

「了解しました」

また短い沈黙があったあと、理事長は会話を締めくくった。

「よし、おまえは即座にエジプトに飛んでくれ。エミリー・ウェスがどこまで知っているか突き止めろ」

50

ロンドン
午後10時55分（GMT）

　チケットの予約がぎりぎりだったため、夜のアレクサンドリア便にマイケルが確保できた座席はファーストクラスだけだった。飛行機に乗ると、エミリーがいまだかつて経験したことのない種類の贅沢が待っていた。ゆったりと余裕のあるふかふかのシートには、あらかじめウールの毛布とアメニティグッズが詰まったウェルカムバッグが用意されていた。飛行機代をウェクスラーが負担してくれたことにあらためて感謝の念を抱いた。異国で起きた爆弾事件のグラウンドゼロを歩き回ったり、亡くなった男性が遺した暗号めいた手がかりの解読に挑んだりして一日があっという間に過ぎたあとだ。ささやかな贅沢が、日常はまだちゃんと存在していることを教えてくれているようでうれしかった。ボトル入りのハンドローションやさわやかな香りのするウェットティッシュにこれほど元気づけられたのは初めてだ。

　ロンドン発アレクサンドリア行きの便は、入国手続きのためにカイロ国際空港の滑走路上でしばし留まったのち、西洋世界最古の空港を飛び立ってきっかり八時間後にエジプト国内最新の空港に着陸する予定だった。アレクサンドリアのボルグ・エル・アラブ空港は、なぜか舟の形をした、ガラスとメタルで造られた最新の建物だ。案の定マイケルは、彼らしい熱意を込めて、建造物としてのすばらしさを電話の向こうからとうとうとエミリーに聞かせた。その時点ですでにエミリーは、空港の建物のディテールなどを愛《め》でるのは、それがいかに斬新《ざんしん》であろうと、世界中で建築の専門家くらいだろうと思った。舟を想起させるデザインが、現代の空の旅と、古代地中海世界のすべての街を結んでいた貿易港として知られたアレクサンドリアの歴史とを歳月を超えて結ぶ象徴なのだとしても、空港であることには変わりがないだろう。世界中の空港につきものの腹立たしさと、舟に似ているこの空港だけが無縁だとは思えない。

エミリーはリラックスした姿勢を取った。空港の腹立たしさと直面するのはまだ八時間も先のことだ。いまのうちに静かで平穏な時間を満喫し、ウェクスラーから渡された資料に目を通しておいたほうがいい。それに、トルコ航空が提供しているなかで一番量の多い食事も楽しみだ。エミリーの胃袋はやかましいほど空腹を訴えている。その音を聞くたびに、アメリカからイギリスに到着して以来、コーヒー一杯しかお腹におさめていない事実をいやというほど思い知らされた。

食事のサービスが始まるのを待つあいだ、備えつけのコンセントに携帯電話の充電器をつないでおいて、本を開いた。アレクサンドリアでは、ボルグ・エル・アラブ空港以外にも、いくつものモダンなビルが次々と建設されているようだ。エミリーがいま膝の上に開いているウェクスラーの旅行ガイドに、その例が無数に掲載されていた。一九九〇年代なかば以降、アレクサンドリア市は街の再生を目標に掲げた。エジプトと聞いて外国人が思い描くイメージ――貧困、高いとは言えない教育水準といった、いかにも〝第三世界〟的ステレオタイプ――からの脱却を図ろうというのだ。古代世界の貿易と学問の中心だったアレクサンドリアは、文化と洗練された娯楽の新たな中心都市に生まれ変わろうとしている。ニューヨークの五番街やロンドンのオックスフォード・ストリートで見かける高級店がいま、アレクサンドリアのコーニッシュ大通り沿いに軒を連ね、市内で新たに建設されるビルはいずれもモダン建築の極みで、日干し煉瓦やピラミッドとは思いきりかけ離れている。

新しい図書館はその典型だ。学問の中心という古代の名声を取り戻すべく、アレクサンドリア市は数十年をかけ、失われた図書館があったとされる場所にできるだけ近いところに新しい図書館を建てる計画を進めた。しかし、新旧アレクサンドリア図書館に共通するものは、所在地のみと言っていいだろう。写真で見る新アレクサンドリア図書館は、エミリーがこれまでに見たことのあるどんな建造物よりも未来的な外観をしていた。メインの建物は、花崗《かこう》岩《がん》の巨大な円柱形をしていて、斜めに切り取ったような屋根は、海を表す池に向けて急傾斜で下っている。旅行ガイドのキャプションにあるとおり、まるで水平線から昇る知の朝日といった風だ。円い外壁には世界の百二十の言語や文字が刻まれ、オリジナルの図書館が世界の英知の結集として知られていたことを象徴している。

マイケルがこの建造物に魅了されるのも当然だろう。

建物に関連する数字は、いずれも桁外れのものだった。円柱の形をしたメインの建物の直径は百六十メートル、大閲覧室の床面積は七万平方メートル、建築費は二億二千万ドル。書架は八百万冊を超える収容力を備えているという。

新生アレクサンドリアで新たに造られるものは、とにかくスケールが大きい。その点では古代のアレクサンドリアに通底する。

新旧の大きな違いは図書館を取り巻く社会環境だ。古代アレクサンドリアにおいて、図書館は王の執心の対象だった。そして社会は、当時のどの社会とも変わらないことをした――王に従ったのだ。プトレマイオスは自らが治める王国の繁栄のために図書館を利用し、彼の民はその王の思想を熱狂的に支えた。王と王が愛情をかけた図書館に対する敬愛の念があったから従ったのか、従わなければ殺されるとわかっていたからなのか、いずれにせよ、結果は一つだった。図書館は国を挙げた支援を得た。

しかし現代エジプトとプトレマイオスの治世とは事情が大きく違っている。国民と政府の両方のレベルで新アレクサンドリア図書館が激論の的になった理由は、図書館建設につけられた度肝を抜くような値札だけではなかった。何のために造るのか。それも同じくらい重大な問題だった。エジプトの識字率はあまり高いとは言えない。アレクサンドリアが学問の首都と呼ばれたのはもう何世紀も昔のことだ。長期政権を維持していた当時の大統領は、古代の名声を取り戻す手段として、図書館の再建を全面的に支持したかもしれない。しかし大統領は王ではない。市民運動の高まりによって退陣に追いこまれた事実がそのことを如実に示している。歴代のプトレマイオス王が命じれば市民が従った時代は過去へと遠ざかり、現代の政権は民主的選挙や海外メディアの批判という現実に直面せざるをえなくなった。世界は変わったのだ。この世界は、移り気で、扇動的で、不安定だ。

エミリーはヒースロー空港に向かう車中で目を通した報道に思いを馳《は》せた。携帯電話の小さな画面に、信じがたいニュースが次々と表示された。アメリカを離れて一日たったかどうかなのに、そのわずかな間に首都ワシントンは陰謀の渦に完全に呑みこまれた。中東の活動家による犯行と思《おぼ》しき暗殺事件が連続で起きた。しかも、大統領の外国との不正取引に対する怒りがその引き金になったと報道されている。いざ帰ることになったとき、帰るべき祖国がまだあればいいけど――エミリーは心のなかでつぶやいた。〝政変〟とか〝大統領の裏切り〟といった、ふだんなら目にすることのない言葉がアメリカ発の記事に並んでいる。その二つはまだ穏やかなほうで、車のなかで見た見出しにはもっと刺激的な表現が使われていた。

だが、いまはほかのことに気を取られている場合ではない。ワシントンのスキャンダルは、世界政治の不安定さの一例だ。同様の不安定さが背景にあって、新アレクサンドリア図書館の建設は難航した。それでも図書館は完成にこぎつけ、二〇〇二年、世界はふたたびアレクサンドリア図書館を迎え入れた。新しい顔、新しいイメージをまとった図書館を。

窓の外に目をやると、運河が背後に去って海岸線が見えてきたところだった。本を読んでいるあいだに、飛行機は早くもフランス上空にさしかかっていた。今日すでに何度も考えたのと同じことをまた考えた。いったいどうしてこんな……大騒動に巻きこまれているのだろう。つい二晩前はいつものクラヴ・マガのクラスで筋肉と集中力を鍛えていたし、昨日の朝はミネソタ州の片田舎の美しい芝生に囲まれたキャンパスでふだんどおり講義をしていたというのに、いまはイギリスの教会の仕切りにひっかき傷のように刻まれた指示に従って、こうしてファーストクラスのシートに納まり、政治スキャンダルに揺れる母国をよそに、トルコ航空の飛行機でエジプトに向かっている。

みぞおちのあたりに、内側をかき回されているような不快感があった。空腹のせいばかりではない。結果的にただ振り回されただけで旅を終えることになっても、それはそれでかまわない。少なくともアレクサンドリア見学はできる。ただ、もしそれ以上の何かがあったら——エミリーは何かがあると確信している——このささやかな探索の旅を成功に導くことになるかもしれない。成功すれば、アルノ・ホルムストランドが掌中にしていたのと同じ情報をエミリーも手に入れることになる。ただし、ホルムストランドはそれと引き替えに胸に三発の銃弾を撃ちこまれた。

エミリーは目を閉じた。エジプトの港湾都市アレクサンドリアまであと七時間。いまこの瞬間は、七時間など短すぎるように思えた。

51

ワシントンDC
午後5時45分（EST）――午後10時45分（GMT）

　高まりつつある危機について話し合うため、国防長官アシュトン・デイヴィスによって招集されたメンバーは、今回もまた国防総省《ペンタゴン》の〝静音室〟に集まった。ふたたび顔をそろえたのは、まもなくこの国の歴史始まって以来の大仕事を引き受けることになるであろう顔ぶれだ。その大仕事とは――アメリカ合衆国大統領の公職からの追放だ。

「弾劾という選択肢はない」デイヴィスは厳然と言った。「時間がかかりすぎる。ようやく手続きが完了しても、その時点での現職大統領の解任が可能になるだけだ。そんな悠長なことをしている時間はない。現大統領の行為は、アメリカの国防に明白かつ危急の脅威を招いた。ホワイトハウス西棟に勤務するスタッフも含め、大統領顧問が次々と暗殺されている。このような蛮行を招いた張本人だ。たとえアメリカ合衆国大統領であろうと、同じ影響力をふるうことが可能な立場にこのあとも置いておくわけにはいかない」

　その理屈には納得がいくが、大統領を解任することを考えると、シークレットサービス長官は逃げ腰になった。

「大統領が世論によって排除された例はあっても、それ以外の理由で地位を追われたことは、アメリカ建国以来まだ一度もありません」

「しかし、大統領が外国で不法行為に手を染め、その報復としてワシントンDCに暗殺者が送りこまれたという例も、アメリカ建国以来、一つとしてないぞ、ホイットリー長官」マーク・ハスキンス将軍は応じた。

「だからこそ、我々は自衛権の発動という形で対応しようとしている」デイヴィス国防長官は言った。「不法商行為あるいは政治的判断の誤りという話ではない。大統領は国家の安全を危険にさらしている。中東の紛争をよりによって我々の民主政治の中枢に持ちこんだのだよ、大統領は」

ホイットリーは椅子に座ったまま小さく身じろぎをした。ほかの二人の主張に間違ったところは一つもない。しかし……前例のない話だ。

「自衛権の発動として現職大統領を解任することについて、憲法的な根拠はあるんでしょうか」

「憲法にそのような規定はない」デイヴィスは答えた。「大統領は合衆国軍の最高司令官ではあるが、軍事裁判で大統領を裁くことはできない。最高司令官という肩書きは、軍の階級でさえない」

「しかし、軍にも規定がないなら、どのような手続きを取るんです？　アメリカ軍が国内で民間人を逮捕できるのは、戒厳令下に限定されます」

ハスキンス将軍はテーブルに身を乗り出した。

「戦時に敵性戦闘員の戦闘行為を支援または助長した国人は逮捕できる」

ホイットリーは目を見開いた。

「まさか、対テロ戦争における敵性戦闘員を支援したとしてアメリカ合衆国大統領を逮捕しようと？」

「同じ根拠でアメリカ市民を逮捕した例がないわけではない。いいか、トラサム大統領の不法行為は、暗殺者集団をよりによってワシントンに呼びこんだんだぞ！　むろん、大統領が招待したわけじゃないだろう。彼らは報復のために来た。しかし、問題は彼らがワシントンにいるということだ。大統領が遵守すべき法を遵守していたら、彼らはいまここに来ていない。大統領を排除するしかないだろう！」将軍は有無を言わせぬ強い口調で言った。

反論しても無駄だとホイットリーは観念した。ハスキンスの言うとおりだ。手のつけられない事態に発展する前に、大統領の手から権力を取り上げるしかない。

「副大統領は？」デイヴィス国防長官が訊いた。「副大統領の関与を示すものは出てきているのか？」

ホイットリーは希望に満ちたまなざしをデイヴィスに向けた。

「前回の会議以降、我々とＦＢＩであらゆる可能性を確認しました。幸いハインズ副大統領は無関係のようです。副大統領の主な後援基盤は、外交政策に限定するなら、アルハウザー、クレフト、それにウェスターバーグ財団です。いずれも、中東における公正な商取引を推し進めてきている団体です。とくにクレフトとウェスターバーグは、イラクとアフガニスタンの復興政策について透明性と説明責任を求めて議会に積極的な働きかけを行っています。副大統領はまっとうな集団と協力関係を築いているようですね。不法行為に対して不法行為で報復するような集団ではなく」

「引き続き確認を進めてくれ」デイヴィスは命じた。「副大統領が清廉潔白であることを祈るよ。そうでないと、大統領と運命をともにすることになる」そう言って立ち上がり、自分たちが負った責任の重大さを強調するようにこう続けて会議を締めくくった。「いいか、指導者の犯罪行為によってこの国の政府が空中分解するなどという事態を許してはならない。我々には国民のためにそれを食い止める責任がある。さあ、仕事だ。副大統領が間違いのない人物であるかどうか、徹底した確認を頼む。週末には、政権における彼の立場は大きく変わることになるだろうからな」

金曜日

52

エジプト　アレクサンドリア　ボルグ・エル・アラブ空港
現地時間午前8時56分（GMT＋2）

トルコ航空機は、定刻からわずか一分の遅れで滑走路に車輪を下ろした。朝日が地平線からちょうど顔をのぞかせたところだった。十一月でも日が昇れば気温は高くなるが、地表はまだ夜の寒気に覆われていた。

それから一時間とたたずに、エミリーはタクシーで空港の北東に位置する街の中心部に向かっていた。前方に横たわる街が見えないかと、首を伸ばして窓の外に目をこらした。着陸前にほんの一瞬だけ上空から見下ろすことができた。子供のころから関心を持って夢中で本を読みあさった街のすぐ近くまで来ているのだと思うと、この数時間、みぞおちのあたりに巣くっていた不安は少しずつ後退していき、慣れ親しんだ冒険と発見の興奮が勢力を広げた。

この道の先にアレクサンドリアがある。アレクサンダー大王の都市。紀元前三三〇年代後期に大王が自分の名を冠して建設して以来、紀元七世紀までには国際的な観点からは相対的に縮小していたとはいえ、それまでずっと世界でもっとも有名な街であり続けた。湾岸を明るく照らして行き交う船を導いていた、アレクサンドリアのファロスと呼ばれる大灯台は、世界の七不思議の一つに数えられている。また、アレクサンドリアは貿易と産業と学問の中核都市としても名高かった。ナイル川のデルタの西端に延びる海岸沿いに横たわる〝地中海の真珠〟は運輸と軍事の拠点でもあった。現在は観光地としてのほうが広く名を知られていて、リゾート地として、また文化の中心地として旅行者に人気が高い。それでも、現在エジプト最大の港である事実は変わらず、貿易拠点として重要な地位を保っている。

アレクサンドリアは三つの帝国の中心都市だった。少なくとも五つの異なる文化の交差点でもあった。最後の王朝プトレマイオス朝に至るまで、古代エジプト王朝が数千年にわたってこの地を治めた。紀元前最後の数世紀には、ユダヤ人のディアスポラの中心となり、世界最大のユダヤ人共同体が形成された。その後、国教がキリスト教に改められると、古代神学の拠点となって影響力を持ち、偉大な司教や神学者を数多く輩出する一方で、歴史に名の残らない異端をも生み出した。最初の公会議であり、キリスト教が現在も教義としているものの原型が定められた集まりでもあったニカイア公会議は、アレクサンドリアから始まってキリスト教世界にたちまち勢力を広げた異端の問題を話し合うために開催された。

アレクサンドリアは数世紀にわたってキリスト教の中心として機能したが、永遠にその座を維持する運命にはなかった。六四〇年代に立て続けに侵攻されたあと、最終的にはイスラム勢力に征服され、北アフリカのイスラム教の中心地に生まれ変わった。イスラム教徒はほどなく、アレクサンドリアとは別に、同規模の新しい街を建設した。古代アレクサンドリアのもっとも有名な従弟であるこの街が、現在のカイロだ。

少しずつ近づいてくるアレクサンドリアの街をエミリーは感嘆の目で見つめた。遠い時代、多くの都市が文化や学問の首都として栄えたのちに衰退した。衰退した都市の多くはそのまま歴史から消えたが、アレクサンドリアは時の流れに抗《あらが》い、いにしえの栄光を取り戻そうとしていた。偉大な復活の兆しをかなたに見つけ、それを目指して前進を続けている。

その情熱が街の地平線を文字どおり一変させた。現代的な大都市が生まれ、アフリカ大陸文化の発展に輝きをもたらした。新たな図書館も建設された。しかし、エミリーが次にその功績についてじっくり考えてみようとしたところで、タクシーは速度を落とし、急カーブを抜けて小さな広場に入った。すぐ目の前に、エミリーの目的地、あの印象的な形をした建物がそびえていた。

そしてその奥の奥で、一人の男がエミリーの来訪を辛抱強く待っていた。

53

午前10時25分

エミリーはまなじりを決してタクシーを降りた。いつもの弾むような足取りは、旅の疲れでほんのわずかに鈍りかけているとはいえ、自分は正しい道筋をたどっているという自信がその分を帳消しにしていた。すぐそこに屹立《きつりつ》する図書館の花崗岩のファサードは、日射《ひざ》しを浴びて白く輝いているように見えた。正面の柱廊玄関には古代エジプトの神々の像が並び、未来に目を向けた現代と、古色を帯びた過去との境界線を曖昧にしている。巧みな設計だと感心せずにはいられなかった。エミリーは目の前に開けた景色に圧倒されていた。畏敬の念に打たれたと言ってもいい。

エントランスにはガラス扉がいくつも並んでいた。はやる心を抑え、エミリーはその一つを押し開けた。空港からの短い旅のあいだに大まかなプランを考えておいた。まずは十五分ごとに出発するガイドつきのツアーに参加して、図書館の造りやレイアウトをおおよそ把握しよう。ここで何を探すにせよ、どこから始めていいか、それさえ見当がつかない。まずは図書館の様子をおおざっぱに把握するのがいいだろう。その感覚がつかめたところで、アルノ・ホルムストランドのパズルの次のピースを探そう。

メインロビーを囲むように案内カウンターが並んでいた。エミリーのような外国からの訪問者に向けて、案内の文言は複数の言語で表記されていた。エミリーは〝見学ツアー〟の文字を探してまっすぐそこに行った。

「入館料と見学ツアーで十ポンドです」エミリーが尋ねる前に、係員が言った。財布を開き、空港の両替カウンターで法外な手数料を取られて両替した現地通貨で料金を支払った。係員は台本を読み上げるような調子で続けた。「ガイドつきのツアーの所要時間はおよそ三十分、図書館の歴史の何もかもを明らかにいたします」エミリーは笑いをこらえた。ネイティブではない人物の話す怪しげな英語は、ときどき本来の意図よりものごとを大げさにする。しかし「歴史の何もかも」を知ることができるのなら、十エジプトポンドは安いくらいだろう。

係員はカラー印刷された小さな案内図を差し出した。

「あいにく、英語のツアーは五分ほど前に出発してしまいました。次回は十一時です。それまでそこの像の近くでお待ちください。ガイドがまいりますので」そう言って、ロビーの真ん中に堂々と立つ白い石の彫像を指さした。デメトリオス・パレレオス――プトレマイオス一世の援助を受けて、黄金期をアレクサンドリアで過ごしたアテネの哲学者だ。

しかし、おとなしく十一時まで待っていられそうになかった。エミリーは腕時計を確かめたあと、係員に視線を戻した。

「出発してしまったツアーを追いかけます。どっちに行きましたか」

エミリーは係員が指さしたほうに歩き出し、ロビーを足早に横切って大閲覧室に続く階段を上った。若くてまじめそうな顔をしたガイドが率いる小さなグループに、階段の途中で追いついた。ツアーの参加者の大部分はアメリカからの旅行者のようだった。どんなに遠くからでも、学生は見分けられる。ツアーガイドを見た瞬間、きっと大学生だろうとエミリーは思った。年のころからすると大学院生かもしれない。アルバイトで学費をまかなう伝統はどこの国でも同じだ。

エミリーはグループの最後尾につき、彼女が加わったことに気づいたガイドに小さく微笑みかけると、料金をきちんと支払ったことを示すためにチケットを掲げた。

「遅れてごめんなさい」エミリーは独り言のように小さな声で言った。ガイドは笑みを返すと、説明を再開した。しっかりしたわかりやすい英語だった。訓練の賜だろう、訛りはほとんど感じられない。

「アレクサンドリア図書館、またの呼び名、アクタバット・アル＝イスカンダリーヤは、現代アレクサンドリアの文化遺産の宝石です。二〇〇二年に正式オープンしたこの図書館は、エジプトのみならず地中海地方全域の知の中心地です」そう話しながら階段をまた少し上る。「アレクサンドリアにはかつて、世界最大の図書館がありました。現在のこの図書館の蔵書は、いまはまだ世界最大には遠いかもしれませんが、速いペースでその数を増やしています。いつの日か、世界最大の図書館に成長することが私たちの目標です」

「いまの蔵書数は？」観光客らしい服装の一人が型どおりの質問を発した。

「ここには八百万冊分の書架があります。そのほかに地図や特殊な書物の収納スペースも数十万冊分用意されています。ただ――」ガイドは、国家機密を明かそうとしているかのように声をややひそめた。「――現在の蔵書数はおよそ六十万冊です。これからごらんいただくように書架の大半が半分空っぽなのは、そのためです。いまある蔵書は、図書館が完成した際に世界各国から寄贈されました。最大の寄贈者は、スペイン、フランス、メキシコの団体です。現在でも中東やアジア、ヨーロッパなどの西側諸国から書物を集めていて、蔵書は日々増加を続けています。いまは半分空っぽの棚も、いつかすべて埋まることでしょう」

何度も練習して計算を尽くした結果だろう、ガイドが最後のひとことを口にすると同時に、一行は階段を上りきった。眼前に図書館の最大の主役が開けた。大閲覧室だ。息を呑む気配があちこちから聞こえた。おかげで、つい感嘆の声を漏らしたエミリーも周囲の目を気にせずにすんだ。

壮観だった。ガラスと石材でできた急傾斜の巨大な天井から外光が射しこみ、宇宙船の書庫ともポストモダンな高級ラウンジともつかない閲覧室を明るく照らしていた。斜めに切り取られたような空間につややかな板張りのフロアが何層も棚田状に連なり、その各階を美しい階段やゆるやかに弧を描くスロープが結んでいる。何列も並んだ淡い色味のトネリコ材の書棚は、つや消しのアルミ材で仕切られ、内側に組みこまれた電球が柔らかな光を放っていた。ところどころに設けられた、ガラスのパーティションで囲まれた小さな閲覧室や学習エリアが、全体にリズムを与えていた。上層階の風雅なバルコニーからは下の階を見下ろすことができる。印象的な屋根を支える銀色の太い柱の森を囲むようにデスクが列をなして、あるいは小さな円を作って並んでいた。いまはまだ何も置かれておらず、書物や書類で覆われるのを待っているデスクもあれば、パソコンやスキャナーやプリンターが設置されたデスクも数百台あった。ガラスの天井の上空で微笑む太陽の光が届かない場所には、天井に組みこまれた照明が図書館にふさわしい穏やかな光を届けていた。

一行が驚嘆の目でその光景をひととおりながめているあいだ、ガイドは無言で待った。

「いまごらんいただいている建物は、アレクサンドリアのランドマークとなるこの図書館の建設に当たってUNESCOが選定した、ノルウェーの建築事務所が設計したものです」

「スノヘッタという事務所ですね？」エミリーはウェクスラーのガイドブックの記述を思い出して言った。

ガイドは感心したような表情を作った。

「そのとおりです」エミリーに挑発的な視線を向ける。「スノヘッタは、古いものと新しいものを一つの建物に融合し、二十一世紀に向けたアレクサンドリアの再生を象徴するというビジョンが評価されて契約を獲得しました。外観デザインがすばらしかったことに加え、現実的な設計も評価されてのことです。

図書館全体では数千の閲覧席が設けられています。本の検索も、目録が完全に電子化されていて、とても簡単です。世界各国の定期刊行物や新聞なども最新のものを所蔵しています。この大閲覧室は棚田状の七階建てになっています。各フロアの周辺に設置されたパソコンを使って、いつでも自由に無料でインターネットに接続することができます」ガイドはそこで間を置いた。最後のパソコンのくだりがとりわけ誇らしいらしい。「アフリカでは、インターネットがすみずみまで普及しているとは言いがたい状況ですが、この図書館ならいつでも誰でも無料で高速回線を利用できます」

ガイドの案内で、一行は柱のあいだを抜け、閲覧席やどこまでも続くような書架の列を縫うようにして奥へと進んだ。

「ふつうの図書館に並んでいるような本のほかに、ここにはさまざまな資料がそろっています。この大閲覧室には地図だけを集めた書架がありますし、マルチメディア資料だけを集めた棟も付属しています。古い本や写本の修復を専門にするラボもあります。また、エジプトで唯一、目の不自由な人のために点字で書かれた本を数千冊そろえている図書館でもあります。最上階には完全デジタルのプラネタリウムもあって、大地から天に手を伸ばすことができます。そこを見学したあとでもまだお時間があれば、この建物のなかに三十を超える特別コレクションを展示した博物館が三つ、併設されています」

一行はまたしても息を呑んだ。エミリーはほかのツアー客と一緒に目を丸くしながら階段伝いに一つ下のフロアに下った。その一角には東ヨーロッパ史に関連する文献だけが収められているようだ。

「もう一つ」ガイドが説明を続ける。「アレクサンドリア図書館は世界で唯一の完全なインターネット・アーカイブを所蔵し、専用のコンピューターに保存しています。使われているコンピューターは二百台以上、当時米ドルで五百万ドル相当、現在ではその十倍以上の価値があるとされています。導入時、一九九六年から二〇〇一年のあいだにインターネット上に存在したすべてのページ、容量にして百テラバイト以上のデータが集められました。現在でもインターネット全体の完全なスナップショットを二カ月ごとに保存していて、その容量は増え続けています。この膨大なデータは、世界各地の数十万台のパソコンを使って収集されています」

ツアーは続いた。光を受けて輝く書棚の列、つややかなファサード、ゆったりとしたラウンジや講堂。ガイドは次々と見えてくるものについていちいち丁寧な解説を加えたが、まもなくエミリーは驚嘆する気力を失っていた。図書館は、なるほどすばらしい。そのスケールの大きさにため息が出る。これに匹敵するものはまず見つからないだろう。しかし、ここには見物に来たのではない。ガイドから新たな事実を一つ告げられるたびに、真の目的が肩に重くのしかかってくるように思えた。たとえここで何を探すべきか正確に知っていたとしても、これだけの広さの建物のなかで見つけ出すのは気が遠くなるような作業だろう。しかもいまのところ、ここで何を探せばいいのか見当もつかないのだ。

一人で動いたほうがいい――ふいにそう確信した。そして即座に行動に移した。それからまもなく、ガイドと一行は角を曲がったが、エミリーはその手前で立ち止まった。ガイドの声がしだいに遠ざかっていく。エミリーは六十万冊の書物のただなかに一人残された。

54

午前10時35分

「……この大閲覧室は棚田状の七階建て……」

二人組の男は若いガイドの声に全神経を集中していたが、内容を聞いているのではない。その声が一定の大きさで聞こえる距離を保ちつつ、ツアー中の一行からはこちらが見えないようにあとを追っていた。到着してから着替えをする暇はなかった。オックスフォードで環境に溶けこむのに役立った黒とグレーのビジネススーツは、エジプトの学究の世界では完全に浮いていた。距離を保ち、不要な注目を集めないよう用心したほうがいい。

つねにあいだに書架を置くようにしながら、一行とともに移動を続けた。二人の〈フレンド〉は、書架をながめ、ときおり本を抜き取ってはぱらぱらめくった。第三者から見れば、図書館の蔵書を探索中の本の虫としか見えないだろう。しかし二人の耳目は、ただ一つの対象——彼らがオックスフォードからここまで追跡してきた若い女だけにひたすら向けられていた。

ドクター・エミリー・ウェスが〈キーパー〉とどうつながっているのか、詳しいことはいまだ謎のままだ。しかし、図書館と何らかの関わりがあることはもはや疑いようがない。エミリー・ウェスを乗せた民間航空便の飛行時間は、二人の〈フレンド〉を乗せたプライベートジェットより一時間長かった。おかげで二人は難なくエジプトに先回りできた。エミリー・ウェスの一挙一動は監視され、彼女の存在はいまや〈カウンシル〉の最大の関心事となっていた。ここで二人が追跡しているあいだにも、ミネソタ州の彼女の自宅に別チームが赴き、追加の情報を探している。

エミリー・ウェス。いま彼女は一行から離れ、一人きりになっていた。

空の書棚を透かして、〈フレンド〉の一人がもう一人に目配せをした。もう一人のほうも、ターゲットがツアーから抜けて単独行動を始めたことに気づいていた。いまなら接近できる。

待て。ジェイソンは強い調子で自分に言い聞かせた。彼のまなざしを見れば、パートナーにも無言のメッセージが伝わるはずだ。待て。このまま尾行を続けよう。まだ行動を起こすな。

彼ら以外の〈フレンド〉も図書館のなかのそれぞれの持ち場――〈カウンシル〉が数カ月前から監視している四名の職員の近く――で待機していた。その四名のうちのいずれかがアレクサンドリアでひそかに活動を続けている〈ライブラリアン〉であろうと〈カウンシル〉はにらんでいる。彼らの敵、〝司書会〟――〈ソサエティ・オブ・ライブラリアン〉がこの街に工作員を置いていることは何年も前にわかっていた。しかし、数えきれないほどいた候補者を少しずつ除外して、ついには現在の四名まで絞りこんだ。しかし、その四名の誰がそうなのか、決定的な証拠をいまだつかめずにいた。とはいえ、いま、思いがけない人物が彼らに代わってその難題を解決しようとしていた。エミリー・ウェスが〈キーパー〉の指示に基づいて四人のうちの一人に接触すれば、その一人が彼らの探している人物だ。この街の〈ライブラリアン〉は、ソサエティの序列のかなり高位の人物――〈カウンシル〉がまだ入手できていない新たな情報の宝庫であるはずだ。エミリー・ウェスが彼らをその一人のもとにまっすぐ導こうとしている。ただ、彼女が持っている情報がそこまでであれば、そのときはその情報と彼女の命を奪うまでだ。

55

午前10時40分

最大の難問は、「どこから始めるか」だった。図書館の規模を思うと、どのみち運まかせで選ぶしかなさそうだが、とにかくどこかから始めなくてはならない。エミリーは、ついさっきまで一緒だった一行が下りていった短い階段を下り、壁に掲げられたプレキシガラスの大閲覧室案内図の前に立った。ポケットから携帯電話を取り出し、画面のスリープを解除して、オックスフォードで撮影してきたひっかき傷のような暗号の写真を表示した。

プトレマイオスの遺産は見つけた――エミリーは手彫りの文字の最初の一行にふたたび目を走らせた。その左に、三つの単語が刻まれている。その三つは、このアレクサンドリア図書館のなかにある何かに彼女を導く道しるべであるに違いない。ガラス、砂、光。

頭から始めよう。ガラスから。しかし、失われたアレクサンドリア図書館の探求にガラスがどう関係しているのかわからない。とはいえ、この図書館の蔵書のなかで、歴史あるこの街に関する文献を集めた棚があれば、そこから始めるのがよさそうだ。

ツアーガイドが誇らしげに話していた、図書館のそこここに設置された誰でも利用できるパソコンのことを思い出し、手近なパソコンの前に座ると、メニューから蔵書検索システムの英語バージョンを呼び出した。使い慣れた検索ページが表示された。仕事でほかの教育機関を訪れたとき何度も目にした学術文献目録にそっくりだった。すばやいクリックを繰り返して目当てのページを表示させ、検索キーワードを入力した。検索結果のリストに目を走らせると——あった。〝歴史：アレクサンドリア（古代）〟。その横に並んだ一連の数字は、四階の25から63番の棚に関連文献があることを示していた。プレキシガラスの案内図の前に戻り、その棚までの道順を確認したあと、向きを変えて歩き出した。

通路を二つ抜け、フロアが流れ落ちるように連なった大閲覧室の四階まで下り、25番の棚を見つけた。この棚に収められている文献は、古代地中海の歴史から始まり、しだいにアレクサンドリアに的を絞っていっているようだ。棚の上にいくつかのグループに分けて配置された本はどれも、ここに来る途中で見たほかの棚よりやや冊数が多い。図書館と聞いて誰もが想像するような光景が目の前にある。そのコントラストは鮮明だった。図書館のほかの区画はたしかにりっぱではあるものの、どことなく空疎で悲しげなものを感じさせた。世界でもっとも壮大な図書館なのに、ほとんど空っぽに等しい。まるで、自らが潜在的に備え持つ圧倒的な学びの力を世界に向けて誇示してみたものの、何を伝えたいのか実はよくわかっていないとでもいった風だった。

タイトルの書かれた背表紙に目を走らせながら、長い棚に沿って歩いた。フランス語、英語、スペイン語、ロシア語、ドイツ語、アラビア語。お願い、探しているものがアラビア語の本ではありませんように。ロマンス語の大半はどうにか理解できる。学術文献に伝統的に使われるギリシャ語、ラテン語もだいたいわかるし、スラブ語もまあまあできるほうだ。しかし、アラビア語は、世界の言語の系統樹から一つだけ大きく伸びた枝だ。その枝に登ってみようと思ったことは一度もない。

63番の五段ある棚をすべて見終える前に、ここでは何も見つかりそうにないと察していた。最後のグループは、アレクサンドリアの衰退期に関する書物だった。タイトルから推測するかぎり、ここまで見てきた本と同じようにガラスに関連するものは一つもない。そもそもそんな本があるかどうかだってわからないのよ――エミリーは心のなかでつぶやいた。

エミリーはかがめていた体を起こし、いまいるフロアと一つ下のフロアを巧妙に隔てているバルコニーの磨き抜かれた手すりの前に立った。発想の方向がそもそも間違っているのかもしれない。ガラスの歴史は古いが、感覚としてはモダンな素材だ。目を向けるべきは歴史ではないということだろうか。現代のガラス？　ガラス製造？　ガラス技術？　エミリーは図書館のどこにいてもかならずそばに一つはあるパソコンの前に行き、共通のインターフェースに新たな検索キーワードを入力した。数分後、〝素材、現代：ガラス〟の棚に向かうルートを頭に入れて、様式美が徹底された別のセクションへと歩き出した。

棚に並んだ本をひととおりながめた結果、歴史の棚で直面したのと正反対の問題に突き当たった。ここではどの本もガラスに関連しているが、アレクサンドリアや図書館とのつながりがいっさいない。失望の種類は違っても、結果は同じだった。

頭を使って、ウェス教授！　頭のなかの声がそのまま口から飛び出しかけた。そのくらいの勢いで強く念じれば、たどるべき道が無理にでも見えてくるはずだとでもいうように。ガラス、砂、光——いったいどういう意味なの？

当たり前に考えてちゃだめ。もしかしたら、一語ずつ切り離して考えていても答えは見つからず、三つの組み合わせで初めて理解できるのかもしれない。ガラスは、誰でも知っているように、砂でできている。少なくとも、ガラス製造の科学について、それだけはエミリーも知っていた。光……光も手がかりに含まれていることを忘れてはいけない。光はガラスを通過する。

まぶたを閉じ、三つの言葉を自由な発想で組み合わせながら、何かが閃く瞬間を待った。

プトレマイオスの遺産とは何らかのプロセスを指すのだろうか。エジプトの砂をガラスに変えるとか？　光を採り入れるとか？　飛躍しすぎと思えたが、何も出てこないよりはいい。

また歴史の棚に戻った。今度はプトレマイオスに関する書物を探すつもりだった。でも、どのプトレマイオスだろう？　歩いているうちからすでに、選択肢が多すぎてこの線は使えそうにないと思い始めていた。プトレマイオスを名乗る王は十五世までいる。さらに、エジプト王朝末期の将軍や王子、支配者、司令官まで含めると、その倍の人数のプトレマイオスがいる。そしてそれぞれが業績を残している。一人につき少なくとも何冊か、その人物について書いた本があるだろう。

だめだ。これも違う。

四階に上る階段の途中で道をそれ、踊り場を横切った。図書館のところどころに何脚かずつ置かれた椅子に座ろうと思った。何か思いつくたびにあちこちの棚を確かめに向かうのでは効率が悪すぎる。少し座ってじっくり考えたほうがいい。何を探すべきなのか、わかるまで動かないほうがいい。

青みがかった灰色の固い椅子に、できるだけ楽な姿勢を探して座った。頭上から射しこむまばゆい陽光が周囲の光景を白く反転させた。ここでもまた目を閉じて考えごとに集中した。

オックスフォードの手がかりはどれも巧妙だった。一見しただけでは意味を誤解してしまうような正確な言葉遣いがされていた。電話を取り出して、もう飽きるほど見たはずの、教会で撮影した写真をまたしても見つめた。

プトレマイオスの遺産。ウェクスラーの《遺産》に関する考察を思い返す。すでに失われたものではなく、現に存在するもの。そのアドバイスが彼女をこの図書館に導いた。それを心にとめて軌道修正を図ろう。王の遺産の鍵となる要素を探して図書館を歩き回るのではなく、この図書館そのものが王の遺産であるという前提で考え直してみよう。私はその遺産の内側に座っている。まぶたを開き、初めて見るような気持ちで周囲を見回した。ここに何がある？　三つの単語を一つに結び合わせるどんなものがここにはある？

すぐ近くのパソコンの前に座った女性が大きな音を立ててキーボードを叩いている。両耳にしっかり押しこまれた小さな白いイヤフォンから音楽がかすかに漏れていた。エミリーの気のせいかもしれないが、女性はその音楽に合わせてハミングしているように聞こえた。音楽、ハミング、タイピング、パソコンが鳴らす電子音。まるでエミリーの注意を散漫にさせるためだけに、その女性がその瞬間にそのパソコンの前に座ったかのように思えた。

エミリーは目を閉じて椅子の固い背に頭を預け、陽光を顔に浴びて気持ちを落ち着けようとした。

その瞬間、閃いた。

陽光。光。上から降り注ぐ光。それを可能にする手段は一つだけだ。エミリーは目を開いた。

ガラス。傾斜した巨大な天井、ガラス板の広大な連なりを透かして、エジプトの日光が降り注いでいる。それぞれ花崗岩の枠にはめこまれたガラス板が格子状の大きなネットワークを作り、黄金にきらめく光を優しい灰色の光に変えて、その下の図書館を満たしている。

エミリーは体を起こして座り直した。ガラス。砂。光。携帯電話の写真をまた確かめる。写真はこれまでとまるで違って見えた。別物に思えた。これまで見えなかったものが初めて見えた。オックスフォードの教会の祭壇の木の仕切りにこのメッセージを刻みつけた人物は、三つの語を横に並べなかった。縦に並べた。《ガラス》はほかの二つの語の横にはない。上にある。

ガラス
砂
光

エミリーははるか頭上で傾斜する天井をもう一度見上げた。ここでは——プトレマイオスの遺産の内側では、すべてのものの上にガラスがある。

三つの語は地図だと考えられないだろうか。この簡略な地図に従って進めということだろうか。

図書館の屋根はガラスでできている。図書館はエジプトの砂の上に建っている。エミリーは写真に目を落とした。砂の下に、光。

地下室だ。地下室に行かなくては。

56

午前11時

階段を一つ、また一つと下っていきながらも、エミリーは司書や案内係の無用の注意を惹かないよう、ときおり階段からはずれて書架のあいだに入ったりした。そうやって下へ下へと向かうにつれ、確信はいよいよ強まっていった。写真に撮った三つの語は断面図だ。建物の砂の下に埋まった部分、地上階より下まで行けと教えている。そこできっと《光》が見つかるのだろう。ほかの二つの手がかりよりも下に置かれた《光》。歴史を研究する者なら誰でも知っている。世界のほぼすべての文化において、光は真実の象徴だ。

真実はこの建物の下にある。

一番下の階が近づいてきて、自然と足の運びが速まった。ほかの階と見たところは何も違わない。日当たりのよい広々としたバルコニーのようなフロアに置かれた無数のデスクとパソコンとテーブル。一つ上のフロアとの境まで続く、電球にほのかに照らされた書架の無限の列。

階段を下りきると、エミリーは書架のあいだに歩み入り、その突き当たりの壁まで一直線に歩いた。上の十フロアの陰になったこの一角はほかのフロアに比べていっそう暗く、棚に内蔵された美しい電球の明かりだけが頼りだ。

奥の壁の前に来た。汚れ一つない広く平らな白壁のところどころに肖像画やポスターが飾られているが、それ以外には木のドアが三つあるだけだった。左右の端に一つずつ、そしてちょうど真ん中に一つ。エミリーは反射的に左のドアの前に立ち、ドアノブを試した。鍵がかかっている。

次は真ん中のドアを試す。左のドアとまったく同じに見えた。やはりしっかりと鍵がかかっていた。まだエミリーの確信は揺らがなかった。最初の二つのドアは開かなかったが、それでもやはり自分は正しい道をたどっていると信じられた。

三つ目のドアに近づいた。心臓が激しく打っていた。

そこに探していたしるしがあった。彼女をそこで待っていた。

ドアの上のほうの隅に、ニスと木面を粗く引っかくようにして、エミリーがもうすっかり見慣れたシンボルが刻みつけられていた。飾りのついた四角い枠、そのなかに並ぶギリシャ文字二つ。図書館の紋章。エミリーはほんの刹那《せつな》、自信に満ちた小さな笑みを口もとに浮かべたあと、三つ目のドアのノブに手をかけた。

今度は、開いた。

57

同じころ——ミネソタ州ノースフィールド
午前3時（CST）

三人組の男は、カールトン大学からほど近い一角にドクター・エミリー・ウェスが借りているこぢんまりとした住宅のあらゆる表面をひっくり返す作業を終えようとしていた。ソファのクッションはナイフで切り裂かれ、マットレスは解体されてスプリングがむき出しになっている。穴や隠し場所がないか、床のカーペットや壁紙まで引きはがされていた。〈フレンド〉の捜索はどんな場合でも徹底している。わざわざすみずみまで調べろと理事長が言うからには、それは必要とあらば建物が骨組みだけになるまで解体して調べろという意味だ。〈フレンド〉たちはその指示どおりの捜索を終えたが、収穫はなかった。何一つ出てこなかった。図書館や〈ソサエティ〉、〈キーパー〉とのつながりを示すものは、エミリー・ウェスの住まいのどこからも何一つ見つからなかった。あったのは、いかにも大学教授らしい本が並んだ図書館ならぬ書棚くらいのもので、それも母校オックスフォード大学大学院に対する尽きぬ愛を感じさせるだけのものだった。大学の歴史や建物や文化に関する本が、リビングルームの書棚の三棚分をほぼ完全に占領していた。

指示にあったとおり、三人組はパソコンのハードディスクを抜き取り、書棚にあった本も残らず持ち去った。そのどちらかに何か隠されているなら、〈カウンシル〉のミネアポリス支部のブルーライトの下で見つかるだろう。

三人とも、この家捜しから何か一つでも収穫があることを祈った。理事長の日には、ニュースがないのは悪いニュースと映るだろう。

一人が携帯電話を開いてキーを押した。まもなく相手が応答した。どちらも名乗らなかった。

「終わったか」相手はいきなりそう尋ねた。

「終わった。何も見つからなかった。この家には何もないな。本とハードディスクは一時間以内にラボに届ける」少し前までエミリー・ウェスの住まいだった略奪の跡を見回す。ここまでやってまだ見逃したものがあるとは思えない。

また電話に注意を戻した。

「そっちは——もう現場に？」

「ちょうど男の自宅に着いたところだ」電話の相手が答える。

「ならいい」男は答えた。「フィアンセから必要な情報を聞き出したら、すぐに結果を報告してくれ」

「もちろんだ」二人は電話を切った。

シカゴの中心部のごく標準的なアパートの四階にエレベーターが停止し、真鍮の扉が開こうとしていた。二人の〈フレンド〉はプロらしく姿勢を正した。エレベーターを降りてすぐ、二人は四〇一号室のドアの前に立った。リーダー格の〈フレンド〉がノックした。

「ラストネームは何だった？」パートナーが小声で訊いた。これから始まる事情聴取では、プロらしい態度と言葉遣いを維持する必要がある。「ラストネームをど忘れした」

「トーランス」もう一人が答えた。「ターゲットの名前はマイケル・トーランスだ」

58

アレクサンドリア
午前11時5分

エミリーは木のドアを押した。蝶番によく油が注《さ》してあるらしく、軽い力で開いた。書架が並んだ図書館の地上階の奥の白壁の向こう側には、まるで違った光景があった。長いスロープが建物の奥底に向けて下っている。左右の壁は暗いねずみ色で、電球の温かな光に満ちあふれていた閲覧室とは違い、ちらつく蛍光灯の青白い光に照らされていた。クリーム色と淡いグレーの業務用のカーペットも、ドアのすぐ手前のスチールの見切り材までで終わっていて、スロープの床はコンクリート打ちっ放しだ。その床は、荷物を運ぶ台車がさかんに行き来したせいだろう、すでに黒く汚れている。

このドアは、輝くばかりのアレクサンドリア図書館の下腹部に隠された職員専用エリアへの入口のようだ。スロープを下り、無数の廊下とオフィスが押しこまれた地下に向けて歩き出しながら、エミリーは、自分はいま、中東が誇る英知の殿堂の心臓部に足を踏み入れようとしているのだと考えずにはいられなかった。

中央の廊下を目指して下っていると、右手に部屋やオフィスが並ぶ一角への入口が見えてきた。小さな部屋をおそるおそるのぞいて、誰もいないことを確かめた。開いたままのドアの前をただ通り過ぎれば、こちらの姿を見られてしまう。幸い、部屋は無人だった。次の部屋も同様だった。ほっとして、そのままスロープを下り続けた。閲覧室には専用設計の書架が並んでいたが、ここにあるのは古びた業務用のスチールラックだ。世界中どこででも見かけるような味気ない緑色に塗られたもので、大量に詰めこまれた本や書類の重みで棚板がしなっている。

ほとんどのオフィスや作業室は寒々としていたが、このどこかで人が働いていること、ここにいるのはエミリー一人きりではないことを思い出させるかのように、ときおり物音が聞こえてきた。廊下のすぐ先の部屋からはくぐもった話し声が漏れている。エミリーは足音を忍ばせて近づいた。ドアの小窓に左目だけをそっと近づけてなかをのぞく。ありふれた会議の最中のようだった。職員が手もとの資料を確認したり、ほのかに光を放つパソコンの画面に向かって文字を入力したりしていた。

誰かに気づかれないうちにと、エミリーは身をかがめてその部屋の前を通り過ぎた。こんな状況でなければ、集まっている人たちに交じって専門家同士の話をしてみたいところだが、いまはここにいることを知られたくない。一般の来訪者の立ち入りが許されるエリアでないのは明らかだし、エミリーは何らの許可も得ていない。規則にこだわるタイプの職員であれば、エミリーが室内に入るなり追い払うだろう。せっかく見つけたこの場所から追い出されるわけにはいかなかった。

この廊下の先に答えがあるはず。エミリーはそう自分に言い聞かせた。光。真実。何であれ、私が見つけなくてはならないものがこの奥で待っている。

壁や床、戸口、棚など、あらゆる表面に目を配って何らかのしるしを探しながら、突き当たりまで進んだ。

廊下に面したドアのほとんどは、部屋番号だけが書かれているか、何も書かれていないかのどちらかだった。しかしなかには、〝ドクター〟〝教授〟といった肩書きのついた名前を彫りこんだプレートがかけられているドアもあった。エジプトの学界では英語が公用語として使われているらしいとわかって、エミリーはなんとなく安心した。オハイオ州ローガンで過ごした子供時代の記憶がふと脳裏に閃いた。中学校のフランス語の教室で、担当教師は胸を張ってこう宣言した。フランス語こそ万国共通の言語、文字どおりの共通語《リンガ・フランカ》なのだと。生徒たちはその言葉を素直に受け取り、エミリーもそれから何年もフランス語の勉強を続けた。しかし、あれから世界が変わったのは明らかだ。

廊下は突き当たりに来た。右手にまた新たな廊下が続いている。先へ進むにつれて照明はどんどん乏しくなっていく。この廊下にもオフィスが並んでいた。しばらく行くと、やや短い廊下が三本、左方向に延びていた。上から見ると、ちょうど巨大なEの文字を裏返しにしたような配置だ。物音が聞こえるたび、棚の陰や無人の部屋に隠れてやり過ごしながら、エミリーはそろそろと進んだ。複雑な構造をした廊下や部屋に用心深く目を配り、地下全体に驚くほどの数が設置された防犯カメラの視線をかわす。

砂の下に、光。ここでどんな光を見つけることになるにせよ、太陽の光でないことは確かだろう。頭上の味気ない青白い蛍光灯のちらつく光は、弱々しくて、エミリーが探している光り輝くような閃きは与えてくれそうにない。見つかるのはきっとシンボルだ。何かの象徴。現実そのものではなく、それをかたどる何かのしるし。

光を象徴するものは何だろう？

地下深く進めば進むほど、両側の壁は古びていく。初めはコンクリートだったのに、これは——石？　石ではないとしたら、どこかの建物のお下がりの煉瓦だろう。長方形のブロックの縁はどれも摩耗して崩れかけているように見えた。

もともとあった古い建物の残骸の上に新図書館を建設したということだろうか。

エジプト政府は、この新図書館を古代の図書館があったとされる場所のできるだけ近くに建設しようとした。エジプトは、シャベルで土を掘るたびに古代の遺物が出現する土地でもある。新図書館のこの壁の一部が、地上部分ほど新しくないとしても、すんなり納得できる話だ。

三本ある短い廊下の真ん中の一つに入った。壁際のスチールラックにはほとんどものが置かれておらず、奥の壁がそのまま見えている。エミリーは先へと進んだ。明かりは一つもついていないが、目が慣れてくると、石を積んだ壁に落書きらしきものがされているのがわかった。文字や模様が描かれている。ただ、どれも塗料で描いたものではない。引っかくようにして刻みつけられていた。

引っかくようにして。

鼓動が速くなった。これまでに見つけた二つの手がかりは、どちらも引っかくようにして刻まれていた。オックスフォードの教会の木の仕切りに。そして、この上の大閲覧室のドアに。地下に足を踏み入れて以来初めて、確かに前進しているのだという手応えを得た。

壁の落書きのような文字に目をこらした。大部分はアラビア語だ。一部はラテン語のように見えるが、意味はわからない。それでもほとんどは人の名前のようだった。

古代の文字ではという期待は、ふくらんだときと同じ勢いでしぼんだ。そして目の前の落書きの正体に思い当たって、つい微笑んだ。カールトン大学ウィリス・ホールに引き戻されたかのようだった。何年も前、まだ学部生だったころ、エミリーは友人たちと一緒に、古くから伝わる尊い伝統を引き継いだ。五月のある深夜、大学の神出鬼没の警備員に見つからないよう懐中電灯さえ持たずに、ウィリス・ホールの黄煉瓦の塔にこっそり上り、ふだんは人目に触れることのない壁にペンで名前を書いた。そこにはすでに数百の名前があった。大学の歴史のどの時点から始まった伝統なのかはわからない。通過儀礼のようなものだった。人生の次のステップに進む前に、その石壁に名前を書き残す。いま、地下通路の石壁に刻まれた数十の名前を見ながら、ふと思いついた。これはもしかしたら、ウィリス・ホールの伝統に似たものなのかもしれない。エジプト人の建設労働者が、歴史に、自分たちが造り上げたが、自分たちは二度と入ることのない建物に、自らの名前を刻みつけたのかもしれない。

短い廊下の奥のほうに、ドアがあった。名前を書いたプレートなどはなく、鍵がかかっていた。ドアノブを二度がちゃがちゃさせてみたが、ドアはびくともしない。意外なほどの焦りにとらわれた。もしここだったら？　この奥に探しものがあるのに、なかに入れないのだとしたら？　このこととはまるきり関係ないかもしれないのに、石壁に刻まれたたくさんの名前を見たせいでなぜかアドレナリンが放出され、期待感が高まっていた。しかし、ドアは開きそうになかった。

さらに奥へ進んだ。突き当たりまで来たところで向きを変え、今度は反対側の壁に注意しながら来た道を戻った。さっき開かなかったドアのちょうど正面に別のドアがある。やはり部屋番号やネームプレートはない。

だが、そのとき、あるものに目が吸い寄せられた。石に一語だけ刻まれている。英語で。小さく、素朴に。しかもつい最近そこに刻みつけられたばかりのように見えた。

LIGHT

どうやら今回は暗号を解読する必要はないらしい。探していた光は、これまでに比べるとずっとわかりやすかった。文字の一つひとつを目でたどった。視線をねじこめば、文字のどれかが秘密を明かしてくれるのではないかというように。

ここだ。そう確信した。このドアがそうだ。視線を下ろして、すぐ前の木のドアを見つめた。まもなく、全身の皮膚に冷たい感覚が走った。

ドアが内側から開いた。男が一人立っている。黒い顎ひげが濃い色をした肌を隠していた。そして黒い瞳は、まっすぐにエミリーを見つめていた。

59

午前11時35分

男の鋭い視線は、青ざめたエミリーの顔にじっと据えられている。コンサバティブなスーツにネクタイという服装だった。それぞれ濃さの違う茶色をしている。浅黒い黄褐色の肌、よく手入れされた黒く短い顎ひげ。生え際が後退しかけた髪はひげと同じ漆黒だが、こめかみや耳のあたりが灰色になりかけている。鋭い目は揺らぐことなくエミリーを見据えていた。「何の用だ？」男は唐突に訊いた。ぞんざいな口調にアラビア語の喉音が混じって、威圧的に聞こえた。

エミリーは言葉に詰まった。この男が誰なのかによって、答えはまるきり違ってしまう。エミリーの調査やこのオフィスのドアの上の石に刻まれた言葉に関係のある人物なのかどうかがわからないと、返事のしようがない。ホルムストランドが図書館の一階の奥のドアに遺したメッセージやしるしと何らかの関係があるのか。それとも、たまたまこのオフィスを与えられただけの図書館の職員なのか。どこから話を切り出していいのかさえわからない。

「あ、あの……」エミリーは口ごもった。

エミリーが言葉を探してまごつき、先を続けられずにいると、男は遠慮のない目つきでエミリーの全身をながめ回した。それからようやく視線を上げてエミリーの目を見た。無言で先を待っている。何か意図があってのことなのか、単に無愛想な人物というだけのことなのか、エミリーが困っているのを見ても助け船を出そうとせずにいた。

ここを通してもらわなくちゃ。この人に邪魔させるわけにはいかない。エミリーの頭は返すべき言葉を探してもう回転し始めていた。しかし何の言い訳も浮かんでこない。しかたなく、気楽な調子を装って言った。

「見学ツアーのほかの人たちとはぐれてしまって、迷子に――」

「あいにくだが」男がさえぎった。「忙しいのでね」そう言いつつも、戸口をふさぐように立っている。目はエミリーの目をぴたりと見据えたまま動かない。話したくない相手を追い返したいなら、腕で払うなり、デスクのほうを見やるなりしそうなものだが、それらしいしぐさもしない。両手を体の脇にまっすぐ下ろして、無表情のまま立っている。

ぎこちない沈黙が続いた。エミリーが何か言うのを待っているかのようだった。やがて、制限時間はここまでとでもいうように、男の手がふいに動いてドアノブをつかんだ。

「何も言うことがないなら、悪いが帰ってくれ」男はもう一度だけエミリーの目に視線をねじこんだ。奇妙な目つきだった。哀願しているようにも見えた。それから無造作にドアノブを引きながら室内に大きく一歩下がり、ドアを閉めた。

エミリーはすぐ目の前で無情に閉ざされたドアをぼんやりと見つめた。心臓は早鐘を打っている。しかしさっきまでとは違って、不安のせいだけではなかった。不思議な興奮も覚えていた。いまの男性は何か知っているのだと思った。ドアをノックした。だがすぐに気づいた。開けてもらえたとしても、何を話せばいいのかわからない。

しかし、どのみち話す機会は訪れなかった。ドアは閉ざされたままだった。

頭を使いなさい！　エミリーは自分を叱咤した。男はいま、奇妙なことを言った――「何、も、言、う、こ、と、が、な、い、な、ら、、悪いが帰ってくれ」。不思議な言い方ではないか。状況がよくのみこめないなりに、何かが引っかかった。「何も言うことがないなら」？　何を言えというのだろう？

エミリーはヒントを探して周囲を見回した。ドアの上に刻まれた言葉が目に留まった。《光》。これが合い言葉とか？　盗賊がいない隙に洞窟に忍びこもうとしたアリババと同じように、入るには合い言葉が必要なのだろうか。

さっきの男と話ができなければ何かのチャンスを逃してしまうのではないかという不安に駆られて、エミリーはとっさに叫んだ。「光！」せまい廊下にその声が反響した。

何も起きない。ドアはぴたりと閉ざされたままだ。聞こえるのはエミリー自身の声の残響だけだった。単純な答えは、どうやら単純すぎたようだ。アルノ・ホルムストランドが遺した手がかりを文字どおり読めば答えになるというパターンは、ここではもう当てはまらないらしい。少し考えればそのくらい察しがついただろうに。

さて、そうなると、いったい何を言えばいい？

壁に刻まれた文字以外に頼れるものは、バッグに詰めてオックスフォードから持ってきた手紙しかない。アルノの手紙二通と手がかりが並んだ一枚を取り出し、手書きの文字をすばやく目で追った。焦らないこと、ここにヒントがないかよく見ることと自分に言い聞かせる。しかし手紙にはここで使えそうなヒントはなさそうだった。この手紙はエミリーをオックスフォードに行かせ、教会にあった小さな刻印へと導いた。しかし、ここで何をすべきかは一言も書かれていない。

少なくとも、書いてあるようには思えなかった。それもきっと計算のうちなのだろう。オックスフォードのことを考えた瞬間、一つの記憶が火花のように光を放った。エミリーは紙をめくり、これは探求の旅らしいと初めて彼女に思わせた一枚を上にした。二つの都市で道しるべの役割を果たした小さな紋章、解読を迫られた暗号めいた三つの手がかり。そのページの一番右に、短い文章がある。《2はオックスフォード、1はまたあと》

カイルは何と言ってた……？　エミリーは自問した。ウェクスラーのカレッジの部屋で話し合ったとき、カイル・エモリーは何と言っていただろう。「このページの左のほうに手がかりらしきものが三つ並んでいますよね。となると、右の二つはオックスフォード大学内の場所、一番下の一つは別のどこかを指しているのではないかと」。彼の言葉が脳裏に蘇《よみがえ》った瞬間、エミリーはオックスフォードで知り合った青年の慧眼《けいがん》にあらためて恐れ入った。もし彼女の勘が当たっているなら、道を見失いかけたところでカイルが正しい方角を指し示してくれるのはこれで三度目だ。

エミリーは同じページの左のほうに目を走らせた。紋章の左、アルノ・ホルムストランドの筆跡で記された三つのフレーズ。最初の二つはもう見慣れている。真の意味も解読ずみだ。その左に、三つ目の、そして最後の手がかりがあった。

《朝なら15》

エミリーから見てとくに意味をなさないフレーズだが、いまこの場面では、意味を考える必要はない。言うべきことを探しているだけだ。

顔を上げてドアを見つめた。それから、ドアの向こう側のオフィスにいる人物に話しかけるように、できるかぎりしっかりした声で何の意味も持たないフレーズを読み上げた。「朝なら15」

永遠に続くかと思うような静寂があった。エミリーが抱いている希望のすべてが消え、暗闇の奥からあらゆる不安が押し寄せてきたように思えた。このフレーズではないとしたら？これで手がかりはすべて使い果たしてしまった。

次の瞬間、かちりという音が聞こえた。

エミリーは反射的にドアノブを見た。ノブはかすかなきいという音とともにゆっくりと左に回り、まもなく止まった。ドアが音もなく開く。その奥に、さっきと同じ男がさっきと同じく通せんぼするように立っていた。その目はやはり鋭い視線をエミリーの目にねじこんでいる。まばたき一つしないまま、男は言った。

「どうぞ」

60

午前11時40分

　ジェイソンとパートナーは、つかず離れずの距離を保ちながらターゲットを尾行していた。いくつもの廊下を歩きながら、ターゲットが無人の部屋やオフィスにひょいと入るたびに足を止めて様子をうかがった。女は目的を果たそうという気迫に満ちた様子でいるが、意外なことに、ここで何を探すべきなのか自分でもわかっていないらしい。〈フレンド〉二人のほうが彼女の探しているものを明快に知っていると言っていいくらいだった。ただ、ほんの数分前までは、彼女が探している人物の正体がわからずにいた。

　エミリー・ウェスが図書館の地下に足を踏み入れた瞬間、彼女が探している〈ライブラリアン〉の身元が明らかになった。〈カウンシル〉が在アレクサンドリアの〈ライブラリアン〉の候補者として四人まで絞りこんでいた人物のうち、三人はアレクサンドリア図書館の地上階に勤務している。地下にオフィスを持っているのは一人だけだ。〈キーパー〉が遺した手がかりがエミリー・ウェスを図書館の地下深くへと導くにつれ、四人の候補者のうちのその一人が当たりらしいというジェイソンの確信も深まった。

　〝アントーンだ〟――ジェイソンはチーム全員に宛ててSMSメッセージを一斉送信して伝

えた。図書館の地下は石の壁とコンクリートの床に囲まれている。どんなに小さな声でも反響して、エミリー・ウェスに聞かれてしまうかもしれない。図書館のあちこちに散っていた〈フレンド〉たちは、ジェイソンの短いメッセージの意味を即座に理解し、それに従って自分の位置を変えた。アントーンに張りついていた〈フレンド〉は、あえて持ち場を離れた。彼がターゲットであると判明したいまとなっては、ほどほどの距離を置いたほうが無難だからだ。怯えた〈ライブラリアン〉は怯えたエミリー・ウェスより始末が悪いだろう。ジェイソンはパートナーとともにエミリー・ウェスの追跡を続けた。

一つだけ懸念があった。エミリー・ウェスまたは彼女が会おうとしている人物にこちらの姿を見られることだ。ウェスは廊下を歩いているところを図書館の職員に見られないかとびくびくしている様子だったが、〈フレンド〉たちにはその心配はなかった。彼らがエジプトに到着したときには、偽造のアクセスカードやＩＤバッジがすでに用意されていて、いまもスーツの襟にそれをピンで留めている。旅行者や学生が大勢いる図書館の上階ではグレーのスーツが浮いていたが、オフィスが集まった地下では好都合だった。たとえ身分を問われることがあっても、ＩＤを確かめれば、スキャナーなどの光学装置の検査と在庫確認――補充の必要はない――に訪れた技術者であることが証明される。二人はいかにもそれらしく見えた。どちらの〈フレンド〉も経験豊かで、与えられた役割を説得力を持って演じることができる。

しばらくあちこちを探し回ったあと、ターゲットは一つのドアの前で立ち止まった。そこにある何かに目が留まったらしい。ジェイソンはパートナーにハンドサインを送り、二人は長短の廊下が交わる角の両側に立った。こちらからターゲットは見えるが、向こうからは暗がりのせいでこちらの姿は見えない。

ドアが開いて男が現れた瞬間、ジェイソンはすばやく行動した。携帯電話を取り出し、シャッター音を鳴らさずに男の写真を撮ると、ボタンをいくつか操作して、即座に理事長に送信した。

アントーンで決まりだ――ジェイソンは思った。〈ライブラリアン〉を突き止めた。

エミリー・ウェスはどうやら男が誰なのか知らないらしかった。ドアが閉ざされ、ドクター・ウェスが書類をめくって独り言をつぶやくという、奇妙な一幕があったあと、ドアがふたたび開いた。褐色の肌をしたアントーン、表向きは図書館のりっぱな職員であるアントーンは、ウェスを冷ややかな目で見て言った。「どうぞ」

いまがチャンスだ。ウェスがオフィスに入り、アントーンがドアを閉めた瞬間、ジェイソンは小型のデジタル装置をポケットから取り出しながらドアに近づいた。音を立てないようにしながら特殊なマイクをドア枠に固定し、左耳にイヤフォンを押しこんだ。装置のディスプレイを確かめながら指先で何度かボタンに触れて、マイクを最適な状態に設定した。装置は持てる性能を存分に発揮して、ドアで隔てられた奥の会話がドアなどないかのようにはっきりと聞こえた。

さらにいくつかボタンを押す。装置は近距離Ｗｉ－Ｆｉを利用して、デジタル化された会話を送信し始めた。もう一人の〈フレンド〉はすでにパームトップパソコンを取り出して開き、受け取ったデジタル信号を携帯電波経由で理事長のオフィスに送信した。

オフィス内の二人が交わす言葉の一つひとつがリアルタイムでデジタル空間の広大なネットワークを横断し、数ミリ秒後にはニューヨークのオフィスに届いて、きわめて明瞭な音声として二本のスピーカーから流れ出した。

理事長はオーク材の重厚なデスクの前でその一語一語に聴き入った。

61

午前11時45分

「どうぞ」男はゆっくりとそう発音した。命令するように。どこかためらうように。〈キーパー〉が発動した一連の計画は正念場にさしかかっている。エミリー・ウェスを新たな役割に就かせるための準備は——本人の与り知らぬまま——最終段階を迎えようとしていた。

男は一歩脇によけた。エミリーはコンクリートと煉瓦でできた窓のないオフィスに入った。男はドアを閉め、小さな差し錠をかけた。

「座ってください」男は片隅の木の椅子をエミリーに勧めた。その椅子の座面を除いたあらゆる平面に、書類や本、紙ばさみ、コンピューター機器が積み上げられていて、ここが日常的に使用されているオフィスであることをうかがわせた。

エミリーは椅子に腰を下ろした。男はデスクの奥に回り、きいきいと音を立てる回転椅子に座ると、彼女と向かい合った。開いた両手を膝に置き、無言でエミリーを見つめた。

長い沈黙のあと、エミリーのほうから口を開いた。

「私の名前は——」

「名前なら知っています、ドクター・ウェス」

エミリーは思わず男を見つめた。最初にドアを開けたときから、彼女のことを知っていたのだ。

「どういうこと？」エミリーは訊いた。「私が誰なのか知ってたなら、初めにノックしたとき、どうして入れてくれなかったんですか。あのおかしな問答はいったい何だったの？」

男はエミリーをまっすぐ見つめたまま答えた。

「これが我々の流儀だからです。我々は……信頼で動いている。あなたが信頼すべき人物かどうか、確証が必要だった」その言葉の陰に、確信と安堵が感じ取れた。

「どういうこと？」エミリーはそう繰り返した。「信頼できると思ったのはどうして？」

「それは」男は答えた。「私の名前を知っていたからです」

「あなたの名前？」

「《朝なら15》」男は自分の胸を指した。「私のことです」唇の片端がほんのわずかに持ち上がって、笑みに似た表情を作った。

エミリーは反応に困った。意外な事実を明かされたはいいが、あいかわらず釈然としない。

「これは失礼、ドクター・ウェス」彼女がまだ警戒していることを察して男は言った。エミリー・ウェスに事情を理解させること。いま何より重要なのはそれだった。このあと彼女を支援しなくてはならないのだから。

「もちろん、本当の名前ではありません。私の名前はアタナシウスです。図書館の同僚からはドクター・アントーンと呼ばれています」

誠意のこもった声だった。さっきまでより率直な態度がエミリーの不安をいくらか和らげた。

「じゃあ、《朝なら15》は？」

「仲間内の呼び名みたいなものですね。コードネームとでも言うのかな。正体を明かすことなく相手を認識する簡単な方法です」彼はそこで間を置いて、話についてきているかどうか確かめるようにエミリーの表情を観察した。しかしエミリーの困惑と懐疑心はまだ完全には消えなかった。

アタナシウスは立ち上がった。エミリーの信頼を勝ち取るためには説明だけでは足りない。たった一歩分の隙間しかない小さなオフィスを横切ると、膨大な書類が詰まったファイルキャビネットから紙を一枚抜き取った。

「先週、これが届きました」そう言ってエミリーに差し出す。手書きの短い手紙だった。

《ドクター・エミリー・ウェスがまもなくそちらに行く。何を言うべきか知っていたら、彼女の質問に答えてやってくれ》

エミリーは息苦しいような感覚にとらわれた。筆跡はアルノ・ホルムストランドのものだ。いまバッグに入っている手紙の筆跡とまったく同じだった。茶色のインクの色まで一緒だ。

アタナシウス・アントーンは回転椅子に戻って腰を下ろした。

「で、ドクター・ウェス、何から？」

エミリーは顔を上げた。

「何からって——何？」

「何を知りたいですか」

唐突に質疑応答に切り替わって、気持ちが追いつかない。

「何を知りたいか？　何でも。何もかも。この二十四時間ほどのあいだに、文字どおり世界を半周しました——何が何やらわからないまま。私が知ってるのは、私はどうやら、失われたアレクサンドリア図書館と——《それに付随するソサエティ》を探してるらしいということだけ」エミリーはバッグからアルノの手紙を引き出し、一通目に目を落とした。「——」

顔を上げて、正面に座った男の顔を見つめる。「あなたはこの〈ソサエティ〉の一員なんですね？」手持ちの札をすべてテーブルに並べたうえで、自分が持っているわずかな情報を頼りにこの男から話を聞き出すのが手っ取り早いだろう。

アタナシウスはためらった。本来、〈ライブラリアン〉は自分の立場について語らない。〈ソサエティ〉や図書館についても同じだ。崇高な大義においてどのような務めを果たしているのか話せと迫られて、それを明かすより投獄や死を選んだ者は、長い歴史のうちには数えきれないほどいる。しかし〈キーパー〉の指示は明快だった。エミリー・ウェスはある役割のために選ばれた。たとえ何世紀も続く規則を破る結果になっても、彼女には真実を話す必要がある。

「そうです」アタナシウスは逡巡ののちに率直に認めた。「ただ、いまあなたがおっしゃったことには一つ誤りがあります、ドクター・ウェス。あなたが探している図書館は、失われていません」エミリーが彼の言葉を消化するのを待ってから続けた。「隠されているだけです」

エミリーは即座にその点を追及した。

「とすると、アルノは図書館を発見したんですね。あなたとアルノは協力して秘密を守り続けているということ？」

「それは少し違います」アタナシウスは椅子の上でそわそわと体を動かした。このエミリー・ウェスとやらの現状の理解はかなりお粗末なようだ。「発見する必要はありませんでした。一度も失われていませんから。ずっと隠されてきたんです。ずっと隠されてきた。意図的に隠されているんです」

エミリーはその新しい事実について考えをめぐらせた。カイルはその点でも正しかったようだ。「いつから？」

「ずっとです」アタナシウスは強調するように繰り返した。「図書館は破壊された、失われたという神話は、私たちにとって好都合でした。しかし、図書館は死んでいません。一度も死んでなどいない。ずっと生きて活動を続けている。この上にある図書館と同じように、私たちの蔵書もつねに増え続けています」

エミリーの視線はアタナシウスに注がれていたものの、心の目は別のところをせわしなく見つめていた。歴史をさかのぼり、伝説や神話、文献や新発見を一つずつ確かめる。カイルやウェクスラーと一緒に検討した仮説がいま、おそろしいほどの説得力を持ち始めている。

エミリーが今日まで住んでいた世界では、アレクサンドリア図書館に何が起きたのか誰一人として知らないが、図書館は消えたという点ではみなの意見が一致していた。図書館はいまから何世紀も前に失われたというのが共通認識だ。

ただ……いま目の前にいるこの男と、彼が所属する集団はそうではないことを知っている。

「私たちの役目は」アタナシウスが話を続けた。「図書館を生かしておくことです。〈ソサエティ〉は、図書館をこれまでどおり存続させていくために存在している。人類の発展に役立てる目的で、歴史を経て蓄積された世界最大の知識を維持していくために」

エミリーの意識は現在へ、そして脳裏にくっきりと刻みこまれた疑問へと引き戻された。

「じゃあ、どこにあるか知ってるんですね？」身を乗り出しながらそう訊いた。答えを早く知りたい。しかし、返ってきた答えは、期待していたのとは違っていた。

「いいえ」アタナシウスは答えた。予想どおり、エミリーの顔に失望の色が浮かんだ。「図書館の所在地は、私たちの誰も知りません。それは〈ソサエティ〉がもっとも厳重に守ってきた秘密です。〈ソサエティ〉に属して務めを果たしている私たちにも知らされていない。所在地を知っているのは二人だけです」そう言ってから小さな誤りに気づいて言い直した。「二人だけでした。その二人は、この一週間のあいだにどちらも命を奪われました」

エミリーは胸が締めつけられるような思いがした。そうだった。アルノ・ホルムストランドは自分のオフィスで殺された。ほかにも殺された人がいるというのか。ほかにも命が失われたのか。エミリーを巻きこんだ何ものかのスケールは、予想をはるかに超えた広がりを見せ始めていた。

しかし、あまりに壮大な話を聞かされ、しかもそれに関係する人物が二人も殺されたと知らされてもなお、やはり好奇心が恐怖に勝《まさ》った。アタナシウスの説明から一つの疑問が、ある重要な疑問が浮かび上がってエミリーの口をついて出た。

「仕組みを教えて」真剣そのものの声で、エミリーは言った。「隠された図書館をどうやって運営してるのか」

62

午前11時55分

アタナシウスはオフィスチェアに深く座り直した。話すとなれば、順を追ってきちんと話したほうがいい。彼が〈ライブラリアン〉として〈ソサエティ〉に加わったのは二十五年以上前のことだ。人生の働き盛りの時期のすべてを〈ソサエティ〉の務めと仕事に捧げてきた。エミリー・ウェスがその存在を知ったのはほんの数分前だが、〈ソサエティ〉の今後は彼女にゆだねられている。アタナシウスがその務めについてどう話し、それを彼女がどう受け入れるかが重要な意味を持つ。

「仕組みについて話す前に」アタナシウスは口を開いた。「〝誰〟なのか、〝なぜ〟なのかを先に説明しましょう。〈ソサエティ〉の正式名称は、〈アレクサンドリア図書館司書会〉です。その役割は十五世紀のあいだ変わっていません。図書館が所蔵する過去の知識を管理することと、それをつねに最新の状態に保つことです。この図書館には――」片手を上げて、真上にある巨大な図書館を指し示す。「――一九九六年以降のアーカイブがあって、彼らはそれを誇りにしている。しかし、私たちのアーカイブは……もう少し時代をさかのぼります」

「プトレマイオス二世の時代まで」エミリーは古代アレクサンドリア図書館の有名な創設者

の名を挙げた。

「いいえ、ドクター・ウェス。それよりもっと前です。図書館が作られたのはその時代ですが、情報や文献、記録の収集を始めたのは、それより何世紀も前でした。私たちの知識のコレクションには、数千年前にさかのぼるものもある。一部の文化の、初期の歴史文献などです。プトレマイオス王にはビジョンがありました。人は真実に従って生きるべきであり、すべての真実、あらゆる時代の真実に接する機会を与えられるべきだと考えていた。私たちはその理想を実現しようと努力し続けています」

アタナシウスの物腰や言葉遣いには、何か気高さのようなものが感じ取れた。彼の説明は、エミリーをここに導いた死をあらためて思い起こさせるものだったが、その気尚さがそれを不思議と相殺《そうさい》しているように思えた。古代のアレクサンドリア図書館建設は、崇高な思想に基づいて始められたものだった。それを継承する努力も同じように崇高だ。

「暗黒時代は過ぎました」アタナシウスは先を続けた。「しかし、もっとも暗い時代はこれからやって来ます。人々が過去に目を向けなくなったとき、それは訪れる。プトレマイオスの時代、彼の始めたプロジェクトは〝新しい夜明け〟と呼ばれました。カオスのなかから知恵という朝日が昇り、知識が体系化され、誰にでも入手しやすくなった。しかし、新しい夜明けがつねに歓迎されるとはかぎらない。あなたは歴史学者でしたね、ドクター・ウェス？」エミリーはうなずいた。「だったら、歴史上の盛衰をよく知っているでしょう。部族と部族が戦い、国と国が戦う。イデオロギーは別のイデオロギーを屈服させようとする」

人類史のその趨勢《すうせい》ならよく知っている。歴史に魅了されるのはそれゆえだ。紛争が絶えないという事実は人類の憂慮すべき状態を象徴しているが、それでもやはり歴史はエミリーを惹きつけた。いま平和な文化を二つ挙げてみてとエミリーはよくジョークを言う。文化を二つ挙げ、数百年の範囲を指定すれば、歴史学者はかならずその二つの文化が戦っていた時代を示すことができる。それはまだ楽観的なほうかもしれない。数百年どころか数十年に短縮しても、その法則が当てはまる事例はいくらでもあるのだから。

「四世紀から五世紀のキリスト教の異端弾圧の高まり」アタナシウスは続けた。「イスラム教の出現、七世紀のイスラム勢力の攻勢、私たちの図書館が存立する土台の不安定さ。私たちが所有していた知識、収集した文献は、数多くの文化や勢力に妬《ねた》まれ、あるいは害悪と見なされるようになりました。よく知られた場所の開放された書架にその財産を並べておくのは不用心すぎます。それに図書館が所有していたような知識は、人類にとっても危険な存在だった。忘れてはいけないのは、ドクター・ウェス、図書館の棚を埋め尽くしていたのは文学作品だけではないということです。そこには——」

「軍事情報も集められていた。政治資料、国家や政府に関する情報も」エミリーは王ならば誰でも手もとに置きたがるような情報の種類を挙げた。とはいえ、いま話していることと現実とのあいだには隔たりがあるように思えてならなかった。

「最新の科学、技術研究」アタナシウスはエミリーのリストを補うように言った。「そういった情報は……危険だ」

その言葉を耳にした瞬間、エミリーは身を乗り出した。アタナシウスの発言を正せる立場ではないとは思いながらも、彼の最後の一言は、エミリーが日ごろからこだわっている問題に触れていた。

「〝脅威〟ですよね」エミリーは言った。「情報自体は危険ではありません。危険なのは、人がそれを利用して何をするかだもの」そんな区別にこだわるなんて子供っぽくて世間知らずと言われたこともある。しかし、その二つが同じだは思えないのだからしかたがない。

「言い間違いではありませんよ、ドクター・ウェス」アタナシウスは口もとを引き締めた。「脅威と、差し迫った危険とは別物です。情報は無害な理念ではありません。未加工の情報は凶器になりかねない」

エミリーは居心地の悪さを感じた。それが顔にも表れた。これは知識人が何世紀にもわたって議論してきた問題であり、この先もおそらく決して結論の出ない問題だ。危険なのは、危険だとわかっているものなのか。それとも、人がそれを使ってする行為なのか。これまでにいったい何度、マイケルと同じ議論を繰り返したことだろう。マイケルは、本人が言うところの〝より慎重で、一歩下がって見守るような観点〟から、情報そのものに力が備わっている、人は情報を所有しているがために行動するのだと言う。「邪悪な人間でも、道具がなければ大して邪悪なことはできない」――彼は繰り返しそう言った。エミリーの見方はそれとは異なっている。情報を隠すことより、言論統制による抑圧や精神的苦痛、支配のほうがよほど大きな悪を招くと考えていた。

知識と行為の明確な違いについて観念的な議論を始めようとしたとき、アタナシウスが先手を打って言った。

「近代史を振り返ってみてください。核爆弾の製法、運搬法、起爆法の詳細は一九四四年に公開されました。世界が三つの陣営に分かれ、どんな犠牲を払ってでも相手を破滅させようとしていた時代です。そのような情報は単なる脅威ですか。それとも、差し迫った危険ですか？」

エミリーは黙りこんだ。ナガサキやヒロシマの上空に広がるキノコ雲のイメージが脳裏に描き出された。

「帝国同士が激しく争っていた」アタナシウスは古代に話を戻して続けた。「新しい文化が発展し、古代の文明を征服し、破滅させた。仮にある一つの勢力だけに、ほかのすべての勢力の軍事力の詳細が与えられたとしたら？　ある国の政府の機密が——末端の作戦の詳細までが漏れて、敵国の手に渡ったら？　図書館には、そういった種類の情報まで集まっていました。集まった情報を蓄積することと、積極的に情報を収集することとは本来別の行為かもしれませんが、図書館が何世紀にもわたってその二つを区別なく続けてきた結果です。〈ライブラリアン〉は、情報を処理して分類するだけの存在ではなくなっていた。世界中に出向いて偵察したり、実際に行動したりするところまで仕事の範囲を広げていたんです。そうやって桁違いの量の資料を集めた。いや、それどころではなく、戦争にあけくれる時代の世界が保持するには危険な量に達していることは明らかだった。自分たちが集めた知識から世界を守る必要が生じたんです」

　エミリーは黙って耳を傾けていた。心は畏敬と戦慄のあいだで揺れていた。どこか奥深いところから、これまで経験したことのない、締めつけられるような感覚が湧き上がってこようとしていた。知識は、彼女にとってかけがえのないものだ。それを世界から隠すのは——別の言い方をするなら、言論統制だ。アタナシウスが例に挙げた危険は確かに存在するにしても、言論統制が最終的に何をもたらすか、世界はいやというほど経験してきている。

「決定が下されました」アタナシウスが言った。「〈ライブラリアン〉の長である〈キーパー〉——図書館長によって、図書館を地下に潜らせるという決定が。〈ソサエティ〉が生まれたのはこのときです。移行が行われたのは七世紀初めでした。それ以来——世界から図書館が〝失われて〟以来、私たちはひそかに運営を続けてきました。図書館は失われたのではなく、コンスタンティノープルに引っ越したんです。そのころの帝都コンスタンティノープルは建設からすでに数世紀たっていましたが、アレクサンドリアに比べればまだまだ新興の都で、帝国の知の中心に成長しようとしていました。

　引っ越しはたいへんな作業だったでしょう」アタナシウスは視線を泳がせ、その苦労を思い描こうとした。「何百万という数の巻物に写本に書物——すべてをこっそり船に積みこみ、人目を忍んで地中海を横切り、ボスポラス海峡を通って、そのために建設された新しい地下施設へと運んだ」

　エミリーの想像力もアタナシウスのそれを追った。図書館が何世紀もかけて集めた文献の量を考えれば、その移送に必要な船も相当な数に上ったはずだ。闇にまぎれ、こっそりと引っ越しを終えるのは、不可能に近い大仕事だっただろう。ただ、それ以降の千数百年分の歴史の記録に、その大プロジェクトについて触れたものは一つとしてない。図書館は引っ越したというアタナシウスの話は真っ赤な嘘なのかもしれない。一方で、遠い昔に行われた途方もないスケールの計画がいま初めて部外者に明かされたということなのかもしれない。

「図書館のコレクションは十六世紀なかばまでコンスタンティノープルに保管されていました。何十年、何百年のあいだ、図書館を発見しようという試みが絶えず行われましたが、所在が暴かれることはなかった――ただ、それも時間の問題でした。〈ソサエティ〉はいつか情報が漏れるのではないかと不安を募らせた。〈ライブラリアン〉も人間ですからね。買収や脅しに負けたり、だまされたりする可能性という意味では、ほかの誰とも変わらない。たった一人でも誘惑に負けたら、何世紀も守り続けてきた秘密が表に出てしまう」

この話がどこへ向かっているか、エミリーにも察しがついた。

「それを防ぐために、隠すしかなかった――身内からも」

「図書館の隠蔽レベルをもう一つ先に進めました。このときの移転先は、一握りの幹部しか知らなかった。たった二人です。この二人は遠く離れた場所、帝国のまったく別の地域で暮らし、一方が死んだら、図書館の所在地を知る人物はもう一人だけになる。その一人が新しい〝二人目〟を選ぶ。図書館の所在を知っているのが一人だけだったら、その情報が失われてしまうこともあるかもしれない。しかし、大勢が知っていては情報が漏れる可能性が高まる。だから二人とされたわけです」

少なくとも――とアタナシウスは考えた。通常ならそういう仕組みで運営されている。二人目を選定する前に〈キーパー〉が自分の死を予期した場合には、即席で特別な対策を取るしかない。だが、アタナシウスは言葉を呑みこんだ。エミリー・ウェスにその裏事情を知らせるのはまだ早い。

「旧ビザンツ帝国の宮殿の地下に迷路のように張り巡らされていたトンネル、何世紀にもわたってアレクサンドリア図書館の蔵書庫でありつづけたトンネルは、十六世紀終わりにはすっかり空になっていました」

63

ワシントンDC
午前5時15分（EST）――アレクサンドリア現地時間午後0時15分

シークレットサービス長官のブラッド・ホイットリーは副大統領の執務室に来ていた。ドアには鍵がかけられ、窓のカーテンはすべて閉めきってある。シークレットサービスの人員には、執務室内の盗聴器をすべてオフにするよう指示しておいた。このあと行われる会話は聴かれたくない。いまは注意を乱すものや詮索《せんさく》好きな耳を意識せずに話し合いたい。

「とにかく信じがたい話だね、ホイットリー長官」ハインズ副大統領が言った。「たった二日のあいだにこれだけのことが？」

「おっしゃるとおりです、副大統領閣下」ホイットリーは応じた。「国防長官や軍司令官も、これは即座に対処すべき国防上の問題であるとの認識で一致しています。スキャンダル発覚以降、大統領自身はマスコミを通じて身の潔白を訴えていますが、軍法の定めるところに従って解任されることになるでしょう。外敵を本土に引き寄せたのは大統領です。大統領の不法行為がなければ、テロリストや暗殺者がワシントンDCで政界の実力者を何人も殺害するなどという事件は起きていなかったでしょうから」

「関連していることは確かなのかね」

「はい、副大統領閣下。反駁《はんばく》の余地のない証拠があります。軍の調査によって、連続暗殺事件とアフガニスタンのテロ組織とが結びつきました。弾丸の痕跡の比較分析、トラサム大統領のサウジアラビアとの取引を裏づける書類。疑う余地はありません。副大統領閣下もごらんになったはずです」

「もちろん見たよ」ハインズはうなずいた。報道が始まって以来、ハインズのデスクには最新の情報が途切れることなく届いている。ハインズは困惑の視線をシークレットサービス長官に向けた。「どういった手続きになる？　軍による大統領の逮捕・勾留に関して規定はあるのか？」

「ありません」ホイットリーは答えた。「しかし、軍司令官は通常の軍法や愛国者法を援用すれば、対象が現職大統領であれ、逮捕、勾留、起訴は可能だと判断しています。今回のような罪状で逮捕されれば、大統領特権はただちに停止されます」

「逮捕後は？」

「憲法の定めに則《のっと》って権限委譲の手続きが開始されます」

ハインズはその中立的な表現に隠された重みを噛み締めた。大統領が何らかの理由で一時的に執務不能な状態に陥った場合、副大統領がその代理を務める。大統領の執務不能状態が長引けば、大統領の職そのものが副大統領に継承される。

「副大統領閣下、念のためお伝えしますと」ホイットリーは続けた。「デイヴィス国防長官はあなたの身辺を徹底的に調査しました。背任や反逆といったキーワードが取りざたされていますので、国防長官としては――我々としては――大統領がこれまでにもたらした異常な混乱が行政機構に及ぶのを食い止めたいと考えています。あなたの政治家としての人生のあらゆる側面が詳細に吟味されていることをご承知置きください」

その言葉を聞いて、ハインズはわずかに背筋を伸ばした。

「ありがたい助言だ」政治家らしい誠意と責任感にあふれた調子で言った。「隠さなくてはならないようなことは私にはない」

「存じております、副大統領閣下。我々のこれまでの調査でも同じ結論が出ています」

「外交政策に関する主要な助言者や後援基盤は、ウェスターバーグ、アルハウザー、クレフトだ。それも調査の対象としたのなら、彼らがガラス張りの外交政策を目指していることも知っているだろう。ウェスターバーグ財団は――」

「はい」ホイットリーはさえぎった。「ウェスターバーグ財団は、復興支援に関する説明責任の徹底を目指しています。財団の周辺を調査しました。トラサム大統領がちょうどいま責任を追及されているような種類の裏取引を指弾する立場を公にしていますね」

ハインズ副大統領はうなずいた。自身の後援団体のことは熟知している。どれほど掘り下げようと、疑わしい材料はどこからも出てこないはずだ。

「というわけで」ホイットリーが続けた。「あなたの胸にしまわれている秘密が明るみに出るということがないかぎり……」まるで何かを促すように言葉を宙に浮かせた。

「後ろ暗い秘密などない」ハインズは断固とした口調で言った。少なくとも、きみが知ることはない。

「そういうことでしたら、副大統領閣下、いまのうちから心の準備を整えておいてください」シークレットサービス長官は立ち上がりながら付け加えた。「週明けには、肩書きから〝副〟がはずれることになるでしょう」

64

アレクサンドリア
午後0時2分

　エミリーは、どう控えめに言ってもこれまで学んできた歴史と大きく食い違う話をどうにか呑みこもうとした。歴史と、いまの現実を否定するような話だ。アタナシウスが語った内容、おそらく二件連続して起きた殺人事件、そして教会の爆破事件。にわかには頭がついていかない。恐怖と興奮がない交ぜになって、もはやその二つの区別がつかなくなっていた。こんな経験は初めてだ。

「〈ソサエティ〉は」エミリーは言った。「旧図書館の司書の仕事を引き継いで、いまも続けているということ？　いまも新しい文献を探しては、隠されたコレクションに加え続けている――？」

「部分的にはそういうことになります」アタナシウスは答えた。「〈ライブラリアン〉個々人の役割は、情報を探して集めることです。古代アレクサンドリア図書館の創設当初に司書がアレクサンドリアでしていたことと変わりませんが、その後、〈ライブラリアン〉は世界中に散って情報収集を続けています。しかし〈ソサエティ〉全体は戦略的な活動を行っていた」

「戦略的な活動？」その言葉に虚を衝かれた。書物や知識や文献の話とはあまりにもかけ離れているように思えた。そうでなくてもふくらんでいた不安がいよいよ大きくなって、思わず身を乗り出した。

「一つ理解しなくてはいけないのは」アタナシウスが続けた「図書館はかなり前から、単なる知識の収納庫から世界を動かす勢力の一つに変わったということです。紀元一世紀の時点ですでに、世界の動きに影響を与え始めていました。世に出さないほうがいい知識もあれば、共有されるべき知識もあります。適切な情報が、適切なタイミングで、適切な人々の判断に影響を与えれば、人類の利益につながります。〈ソサエティ〉の目的は図書館を維持することであり、また同時にそれを活用することでもあります」

エミリーは椅子の背にもたれた。あ然として言葉も出ない。いま知られているアレクサンドリア図書館の歴史とはまったく次元の違う話だ。図書館は世界で起きている物事の情報を集めていただけではない。世界を動かす隠れた力となっていたのだ。

「どの程度まで？」エミリーは尋ねた。「〈ソサエティ〉は、莫大な情報を使ってどこまで世界情勢を左右してきたの？」

「〈ソサエティ〉の関与の程度は、時代によって異なります。理想的な状況であれば、直接的な役割を果たすことはない。しかし、歴史には理想とはかけ離れた時代もあります」

「具体的に教えて」エミリーは自分でも意外なほど自信に満ちた声で言った。脈が速くなっていた。いま知らされた新しい事実をどう考えていいものかわからない。

アタナシウスは驚いたように片方の眉を上げたが、すぐに答えた。

「ネロ」

「ネロ?」

「人類史上最悪の皇帝の一人に挙げられるネロです。ローマ大火の際、バイオリンを弾きながら炎を上げる街をながめていたと言われるような、精神の混乱した男というイメージを持つ人が大多数でしょうね。しかしネロの治世下では、彼の非道な行為の数々は宮廷によって隠蔽されていたんです。指導者の暴君ぶりを知らない帝国市民は、さまざまな苦難を耐え忍びました。しかし〈ソサエティ〉は事実を把握していた。そして〈ソサエティ〉が鍵となる情報を適切な人々に明かしたことがきっかけで、帝国が弱体化した責任はネロにあるという事実が知られるようになり、最終的には世論が一変して、ネロは自害に追いこまれました」

エミリーはあっけにとられて聞いていた。

「もう少し近代の事例のほうが説得力がありそうなら、ナポレオンの例があります」アタナシウスは言った。「一七九九年のクーデターのあと、ナポレオンは止めることのできない勢いをもってヨーロッパ全土に覇権を広げました。エゴイズムむきだしの支配者で、〝大陸軍《グランド・アルメ》〟に多くの国々が征服されました」

「でも、〈ソサエティ〉が干渉した――?」エミリーは訊いた。

「〈ソサエティ〉は、偵察の結果手に入れた重要な情報を第六次対仏同盟に提供し、同盟は一八一三年のライプツィヒの戦いでナポレオン軍を破りました。この敗北によって潮目が変わり、ナポレオンの王朝は衰退しました」

「〈ソサエティ〉がナポレオンを止めた？」すんなりとは信じられない。

「〈ソサエティ〉は、その時代のできごとに影響を与えました」アタナシウスはエミリーの表現を正した。「情報の戦略的共有が広く人類の利益になると判断すれば、どの時代でも同じように世界の流れに影響を与えてきました」

　エミリーは背もたれに体を預けた。驚いてすぐには言葉も出なかった。

「つまり、〈ソサエティ〉の望みどおりに世界の流れを操るために、情報を利用したわけね」このときもつい非難がましい言い方になった。道徳的に許されることなのかと問いたい気持ちは大きくなる一方だった。

「流れそのものを操ったわけではありませんよ。知識を提供しただけです。それに、私なら〝利用〟とは言わない」アタナシウスはエミリーの感性に沿った表現を探した。「たとえば……そう、共有と言ったほうが近い。害より益が多いと判断できた場合、慎重に吟味したうえでしかるべき知識を共有する。図書館はもともと善を推進するための組織です。人類のためになる道徳的判断をつねに心がけている」

　胃が締めつけられるような感覚が戻ってきた。さっきよりもずっと強い。〈ソサエティ〉に崇高な道徳的信条があることは理解できる。しかし、限度を超えた言論操作はどうなのか。想像を超えた情報資源を持つ図書館は、世界情勢に積極的に関わり、変化させる一大勢力となったらしい。それだけの力を誰に制御できるというのか。

胸のうちでふくらみ始めた不安を遠ざけるために、実務上の疑問に話を戻した。

「図書館が〈ライブラリアン〉からも隠されてしまったあと、〈ライブラリアン〉はどうやって仕事を進めてきたんですか。自分たちが保有する情報資源にアクセスできないとしたら、世界情勢に影響を及ぼすなんて不可能に思えますけど」

「図書館の物理的な所在地を知らなくても、〈ライブラリアン〉の仕事には関係がない」アタナシウスは答えた。「時代とともに、図書館の情報に物理的にアクセスできるかどうかはあまり重要ではなくなったからです。いまではまったく無意味になっている。個々の〈ライブラリアン〉は収集した情報を送るのみで、蓄積された情報を閲覧する必要があるのは指導的立場にある者だけです。〈ソサエティ〉は分業制の組織です。率いているのは、いまも〈キーパー〉と〈アシスタント〉で、図書館の物理的な所在地を知っているのは代々この二人だけなんです。組織全体を監督して、適切な情報を公開するのは〈キーパー〉です。〈キーパー〉を支援する者が世界各地に何人もいて、組織の運営と新しい情報の処理を手伝っています。それ以外の仕事をするのは一般の〈ライブラリアン〉です。つねに総勢百名ほどの〈ライブラリアン〉が世界各地にいて、たった一つの任務をこなしている。受け持ちの地域で情報を集める仕事です。〈ライブラリアン〉が集めた素材や情報が、各国の、あるいは国際的なできごとへの〈ソサエティ〉の関与につながることもある。〈ライブラリアン〉の一部は、現実に図書館に勤務しています。私もその一人です」アタナシウスは漠然と自分の周囲を示しながら言った。「私はずっと図書館の仕事をしてきました。私の仕事は、伝統的な司書のそれです。エジプト国内の大手出版社や報道各社が出した本、新聞、専門誌、雑誌、パンフレットやポスターのすべてを図書館のコレクションに追加する。通常の流通ルートに乗らないものも探して手に入れます。図書館に勤務している〈ライブラリアン〉は十名ほどいますね。たとえば大英図書館、アメリカ議会図書館などに。しかし〈ライブラリアン〉の大部分は、もっと専門的な仕事に就いていて、それぞれの地域の政治社会活動に関連した情報も集めますが、主としてその社会の〝善良な有力者たち〟を見いだすのが仕事です。世界を動かしている人たちですね。重要人物に目星をつけ、丹念に追いかけ、周辺を探り、基礎情報を整理し、発言を集め、人脈を細かく調べる」

エミリーはその組織の影響力の大きさにあらためて驚嘆した。もしアタナシウスが話しているとおりのものだとするなら、〈ソサエティ・オブ・ライブラリアン〉は比類なき情報と知識の宝庫を守る個人の集合体であるだけでなく、人類史上もっとも大規模かつ最古のスパイ組織ということになる。

プロジェクトのスケールは、ありえないほどの規模と思えた。エミリーの血圧と脈拍は上昇を続けていた。それでも、何もかも知りたいという衝動には抗えなかった。

「〈ライブラリアン〉はどうやって選ばれるんですか。どうやって養成するんですか」

「古くからあるやり方にいまも厳密に従っています」アタナシウスは言った。「それに従えば、〈キーパー〉をはじめとする幹部たちは、身分を隠したまま新しい〈ライブラリアン〉

候補を選び、訓練して一人前に育て上げることができます。候補者は、最短でも五年間、本人にはわからないよう観察され、調査されて、人柄や適性、信頼性を吟味されます。〈キーパー〉は候補者に一人の〈ライブラリアン〉を割り当て、その〈ライブラリアン〉は動機や正体を隠して候補者に接近します。同僚になれれば一番です。友人になれたらさらに理想的だ。〈ソサエティ〉は、指導者《メンター》たる〈ライブラリアン〉を介して候補者の人となりを知ることができます。時期が来たら、メンターとは別の〈ライブラリアン〉、別の国の〈ライブラリアン〉から、〈ソサエティ〉の詳細を伝え、彼らに期待されている役割について詳しく説明します。この方法なら、候補者に接近して適格審査をした同地域の〈ライブラリアン〉は、候補者に正体を知られないままですみます。もし候補者が、これこれこういう組織から声をかけられたとか、こんな仕事に誘われたというような話をメンターにするようであれば、〈ソサエティ〉が管理しているような種類の情報を預けられるほど口の堅い人物ではなさそうだと判断できます。すべて順調に進むと、遠くのどこかにいる〈キーパー〉から〈ライブラリアン〉に任命され、正式に〈ソサエティ〉に加わる。規則と宣誓、任務を与えられて、〈ライブラリアン〉として出発するのです。メンターと会うことは二度とありません」

「じゃあ、新しい〈ライブラリアン〉は、〈ソサエティ〉の説明をした一人しか知らないままということ？　ほかのメンバーについては名前さえ知らないままになるの？」

「そのとおりです」アタナシウスはうなずいた。「〈キーパー〉の素性が明かされることはない。アメリカ式の表現を借りるなら〝トップの座にいる人物〟の素性を知る者がいてはならないのです」

〈ソサエティ〉はそうでなくても謎めいた存在だったが、その仕組みの複雑さを知ってますます謎めいたものに思えた。しかもそこに不吉な気配さえ加わった。エミリーは愕然とする一方で、好奇心と期待が湧き上がるのを感じてもいた。

「とても想像できない」長い沈黙のあと、エミリーは言った。「それほど長い歴史と膨大な情報資源を持った組織に声をかけられるなんて。そんな仕事に誘われるなんて。いったいどんな気持ちがするものかしら」

「そうでしょうか」アタナシウスが言った。「あなたには想像できると思いますよ」エミリーは驚いたように眉を吊り上げた。「自分で思っている以上に具体的に」

「え？　どういう意味ですか」

「いま私が話したような、当人も知らないうちに養成訓練を受けた人物を少なくとも一人知っているはずですから」

エミリーは困惑した。

「誰？」

アタナシウスはまたしても鋭い視線をエミリーに向けて答えた。

「あなたです」

65

午後0時20分

「私？」それまで高鳴っていた心臓が、アタナシウスの一言で今度は急停止したように感じた。「いったい何の話？　私は誰からも教育なんて受けてない！」

「あなたが知るわけがないでしょう？」アタナシウスは質問に質問で答えた。「候補者に気づかれないよう教育するのが肝心なんですから。本人に知らされるのは、最終段階が来て、信頼に足る人物だと判断されたあとです。一人前と認められるまでに通常は五年かかりますが、図書館や〈ソサエティ〉について教えられるのは、最後の半年に入ってからです」

「でも、私は――」

「あなたはまだその段階まで到達していなかった」アタナシウスはさえぎった。「あなたは候補者になってまだ一年と少ししかたっていなかった」

「一年！」信じがたかった。〈ソサエティ〉に観察されていたとは。それも一年以上も。「でも、いったい誰が私を〝モニター〟してたの？」

アタナシウスの表情が険しくなった。

「通常なら、最後まで気づかないままだったはずでしょうね。しかし、ドクター・ウェス、今日我々が置かれた状況は、ふつうとは言いがたい。あなたを観察し、教育を施していた人物に、心当たりがあるでしょう。〝トップの座にいた人物〟。〈キーパー〉です」沈黙が続いたが、アタナシウスは言葉を続けてそれを埋めることはしなかった。

エミリーも察していた。考えられるのは一人しかいない。

「アルノ・ホルムストランド」エミリーは目を見開いた。とはいえ、納得がいった。〈ソサエティ〉についてアタナシウスが説明を始めたときから、〈キーパー〉の正体には見当がついていた。それが確信に変わっただけのことだ。「アルノ・ホルムストランドが〈キーパー〉だったんですね」

その名前が出た瞬間、アタナシウスの表情が和らいだ。

「そのとおりです、ドクター・ウェス。アルノは〈キーパー〉であり、あなたのメンターでもあった。そしてすばらしい人物でした」最後の一言に追慕がにじみ出ていた。

本当なら、同じ気持ちをアタナシウスと分かち合っているところだっただろう。アルノ・ホルムストランドの名前が出るたびに、エミリーの胸も新たな悲しみに締めつけられた。しかもその悲しみは、彼女が知らないあいだにアルノが自分の人生に直接関わっていたと知らされて、いっそう深いものになり始めていた。だがさしあたってエミリーの心にあふれているものは、困惑と不安、そしてそれらと相反する高揚感だった。この二日ほどのあいだに彼女の身に起きたできごとは、偶然でも何でもなかったのだ。彼女は一年以上前から〈ソサエティ〉に観察されていた。その〈キーパー〉であるホルムストランドは、一年以上前から彼女を見守っていた。彼女を指導していた。

でも、何のため？　エミリーは何を期待されているのだろう。心の一部は恐怖に打ち震えながら叫んでいる――しっぽを巻いて逃げろ。経験したことのないこの状況からできるだけ遠くに逃げろ。しかしもう少し強靭な一部は、新しい知識によって力を得て、もっともっと知りたいと切望していた。本当に〈ライブラリアン〉の候補と目されているなら、その役割の内容を知っておく必要がある。

顔を上げてアタナシウスを見つめた。

「通常なら、次の段階は？　その凝りに凝った採用プログラムを終えた一人前の〈ライブラリアン〉は、具体的にどんな仕事をするんですか。いまの話を聞くかぎり、図書館の所在地を知らないまま情報を集めてそこに加えるなんて、とても不可能に思えます」

「集めた情報は、月に一度、包みにまとめて〈キーパー〉に提出します」

「包み？」

「そうです。郵便小包のように、紐でくくって」

エミリーは反応に困った。しかし、懐疑的な感想を口にする前にアタナシウスが先を続けた。

「もちろん、郵便で送るわけではありませんよ。情報が漏れるリスクが高すぎる。集める人間がいるんです。毎月一度、〈ライブラリアン〉は新しい情報を包みにまとめて、所定の収集場所に置いておく」

「どこに？」

「〈ライブラリアン〉それぞれの場所が決められています。いつ、どこに、どうやって提出するか、養成期間中に教えられます。その後は毎月毎月、その指示に従って荷物を届ける。〈キーパー〉は、〈ライブラリアン〉一人につき三人の助手を割り当てます。〈ライブラリアン〉はその三人が誰なのか知らないし、じかに会うこともありません。しかし三人は〈ライブラリアン〉の仕事ぶりを見守り、月に一度、所定の場所に置かれた包みを受け取ります。その手順は〈ライブラリアン〉一人ひとりの事情に合わせて決まります。あなたのための手順も同様です」

最後の一言を聞いて、エミリーは目をそらした。アタナシウスの目を見るのは気まずい。自分のために特別な手順が策定されていると思うと、全身にうっすらと汗が浮き、腕には鳥肌が立った。詳細を聞けば聞くほど圧倒されてしまう。そのうえ図書館が過剰なまでの秘密主義を貫き、また責任を分担するために、厳格なシステムが作られている。〈ライブラリアン〉は図書館のありかや同僚たちの素性を知らされないばかりか、自分が集めた情報がどう活用されているかを知ることもない。〈ソサエティ〉のメンバーはひたすら特定のデータを収集して渡すだけだ。それがどのような意味を持ち、ほかの情報と併せてどう活用されたか、全体像を知ることは決してない。

エミリーを驚愕させたその事実は、しかし、高まる鼓動やぴりぴりする皮膚の陰で頭をもたげた疑問に直結していた。その疑問を解決しないかぎり、先に進めない。

「善の組織だとするなら、どうしてそこまで秘密主義を貫くんですか？」椅子から身を乗り出すようにして、真剣に尋ねた。「管理、偽装、分断された組織構造。ちょっとやりすぎのように思えますけど」

アタナシウスはエミリーの真摯《しんし》な態度を見て目の表情を和らげたが、どこか困ったように眉間に皺を寄せた。

「それは、ドクター・ウェス、真実を追究しようとすると、かならず敵を作ることになるからですよ。真実のスケールが大きくなればなるほど、敵対する勢力も巨大になります」そう答え、エミリーの表情を観察して理解の兆候を探す。「秘密主義を徹底しているのは、敵がいるからです」

アタナシウスが〝敵〟という言葉を発すると同時に、地下オフィスの不気味な静寂が破られた――ドアの外でどすんという大きな音がした。エミリーは心臓がぴょんと跳ねて口から飛び出しそうになり、思わず椅子から立ち上がった。エミリーが口を開く前に、アタナシウスがその口を手で覆った。

「静かに」

66

午後0時29分

「下がれ！」ジェイソンは噴出しかけた激情をささやき声に変えてパートナーに命じた。一秒とかからず、二人は角を曲がってメインの廊下に戻り、書棚二台の陰に身を隠した。そこならドクター・アタナシウス・アントーンのオフィスからは見えない。

ジェイソンはパートナーに向き直って怒りを爆発させたい衝動を懸命に抑えつけた。〝いまの音はいったい何だ？　おまえはいったい何をした？〟しかしこの局面ではそんなことは後回しだ。深呼吸をしていらだちを腹の奥底にしまいこむ。角から片方の目を出してオフィスの入口の様子をうかがった。細い廊下の床に本が一冊落ちていた。ドアと向かい合わせに置かれたスチールラックにあった本の山が崩れたらしい。予期せぬ物音はパートナーの不注意の結果ではなかった。たまたまこのタイミングで落ちただけのことだ。理事長の前では決して口にしてはならない表現を使うなら〝偶然〟だ。

木のドアがそろそろと開き始めたのを見て、ジェイソンはすっと首を引っこめた。パートナーを振り返って唇に指を当てた。二人は息を止めた。せまい廊下では息づかいさえ反響して大きく聞こえ、自分たちの存在を相手に教えかねない。

小柄なエジプト人学者はドアの隙間からそろそろと頭を突き出して廊下の様子を確かめた。右を見たあと、視線をゆっくりと左に移す。暗い廊下に侵入者の気配、予期せぬ来客の気配はなかった。

アタナシウスは視線を下に向けた。本が一冊、床に落ちていた。表紙が開いて、伏せた状態になっている。今度は視線を上に向けた。スチールラックのなかほどの段の上で、本と書類の山が崩れていた。それを見て、鼓動が落ち着きを取り戻した。安堵のため息をつく。その音が廊下に反響した。アタナシウスは念のため廊下の左右にもう一度視線をめぐらせたあと、首を引っこめてドアを閉めた。

そのかちりという音が聞こえるのを待って、ジェイソンともう一人の〈フレンド〉は、ためていた息をゆっくりと静かに吐き出した。

やれやれ、いまのは危なかった。

ジェイソンはかがめていた背を伸ばし、廊下の角から向こう側をのぞいた。暗がりに目をこらす。ドアに取りつけておいたマイクと送信機がかろうじて確認できた。アントーンがあれに気づいていないことを祈るのみだった。

67

午後0時32分

「ドクター・ウェス、どうぞ座ってください」アタナシウスはドアに鍵をかけ、デスクの奥の元の位置に戻った。

エミリーは目を大きく見開いていた。息が詰まり、心臓は苦しいほど速く打っている。全身にあふれ出したアドレナリンのせいだ。経験したことのないレベルのストレスに、体が懸命に対応しようとしている。

「座ってください」アタナシウスは繰り返した。肩に手を置いてエミリーを座らせた。

「何でもありませんでした」そう付け加える。「申し訳なかった」

「何の音だったの？」

「本です。棚からあふれて床に落ちた。それだけです。過敏に反応したせいで、怖い思いをさせてしまって申し訳ない。このところ少しばかりぴりぴりしていて」

「そうみたいですね」エミリーは何度か深呼吸を繰り返し、衝撃が引き起こしためまいと軽い吐き気を追い払った。「誰が来たと思ったんですか」

アタナシウスは元の椅子に座った。

「ちょうど図書館が秘密主義を貫く理由を話していましたね。私たちの仕事は敵を作りやすい」

エミリーはストレスを追い出そうとするように両手を握り締めた。

「その敵が来ていると思ったということ?」エミリーはアタナシウスの目を見つめた。「敵というのは、いったいどんな人たちなんですか」

「〈カウンシル〉がいつ、どのような経緯で生まれたのか、正確なことは私たちにもわかりません」アタナシウスはわずかに肩をすぼめた。「彼らは〈カウンシル〉と自称しています。図書館が地下にもぐった直後の一世紀ほどのあいだに生まれた組織であることはわかっています。図書館の文献中に〈カウンシル〉が初めて登場するのは七二二年です。ダマスカスの〈ライブラリアン〉が提出した短い文献によると、指名された指導者と効率的な組織構造を持ったグループがその時点で存在していました。当時からいまと同じように、単に〈カウンシル〉と称していました」

エミリーはその組織名を聞いて片方の眉を吊り上げた。アドレナリンのせいで強ばった手首をほぐす。不安はまだ消えていないが、一三〇〇年の歴史を持つ敵の組織にはそのくらい平凡で無害な名称がふさわしいような気がすると考えずにはいられなかった。

「図書館のコレクションは」アタナシウスが続けた。「国同士、あるいは王と反対勢力との権力闘争に大きな影響力を持っていました。そもそも図書館を世界から隠した理由はそこにあったわけです。しかし、図書館の内部で派閥が生じてしまった。〈カウンシル〉の起源は図書館内部の反主流派にあります。〈ソサエティ〉の一部に、図書館はその影響力を適切に活用していないと考える者が現れました。情報資源や影響力をもっと……積極的に運用しようという声が組織内から出た」

「世間で言う権力の腐敗ですね」エミリーは言った。ついさっき心底震え上がるような一件があったばかりだ。何事もなかったように建設的な会話に戻るのは難しい。本が一冊落ちただけのことだと自分に言い聞かせた。ドアの外には誰もいないのだ。

「〈ソサエティ〉は、保有する情報資源を金銭的な利益や倫理に反する軍事行為などの目的に使うことを許しません」アタナシウスは先を続けた。「反主流派は指導部を一新しようと試みましたが、クーデターは失敗しました。その後、首謀者が集まって新たな組織を設立しました。〈カウンシル〉の誕生です。

彼らを排除した結果、不幸にも、〈ソサエティ〉に対抗する勢力がまとまって一つの組織が生まれてしまいました。何世代にもわたって争いを繰り広げてきた指導者たちが一致団結した。武装勢力、反体制派、国軍の将軍や指導者までもが結束したんです。ただし、彼らが目指したものはより大きな善ではありません。彼らは一つの明快な目標のために手を結んだ——図書館が隠したものを再発見することです。蓄積された知識の所有権を手に入れようとした。いざ手に入ったら、迷うことなく相手の不利益のために利用するだろうと誰もが知っている、まさにその知識です。彼らは絶対的な力、打ち破ることのできない力を再発見するために団結しました。

その勢力に加わる者が増えるにつれ、目標も大きくふくらんでいきました。彼らの最大の望みは図書館を見つけてその知的資源を獲得することでしたが、その目的は新たな野望を生みました。秘密結社〈カウンシル〉は、さらなる権力や影響力を手に入れるのに役立ちそうなあらゆる団体や組織に食指を伸ばしました。軍、政府、ビジネス界――それらを利用して、全世界に影響力を広げたんです」

「世界で起きるできごとを操ろうとしている組織がもう一つ別にあるということですね。〈ソサエティ〉だけではなく」エミリーがそう言うと、二つの組織が同列に並べられたことに反発を感じたのだろう、アタナシウスは表情をわずかにゆがめたが、すぐに平静さを取り戻した。

「〈カウンシル〉の望みは権力だけです。支配することだけですよ。彼らの〝至高の目標〟、世界を支配できる潜在力を秘めた図書館を発見して知識を手に入れるという野心は、この千数百年、少しも色褪せていない。こちらが何としても隠しておこうとしているものを、彼らは何としても見つけてやろうとしている」

「とすると、〈カウンシル〉も〈ソサエティ〉と同じで、いまも活動を続けてるわけですね」

アタナシウスは嫌悪に顔をしかめた。

「ええ、ドクター・ウェス。彼らは活発に活動を続けていますし、絶大な権力を握っています。さっきの物音は本が落ちただけのことでしたが、私が警戒するのには根拠があります」

エミリーはアタナシウスを見つめた。彼はどこか具合が悪いのではないかと心配になるような表情で先を続けた。

「〈カウンシル〉を率いる理事会には、一ダースほどの国の裁判官や政府高官、政治家が名を連ねていることがわかっています。そのうちの何人かについては身元まで判明していますが、大部分は素性がわかりません。彼らも〈ソサエティ〉と同じように秘密主義を採っているからです。

ただ、キーパーソンが一人いることはわかっています」アタナシウスはとっさに声をひそめた。「〈カウンシル〉のトップは理事長と呼ばれていて、組織運営に絶大な権勢をふるっています。形式の上では理事会によって運営されていますが、〈カウンシル〉の場合、理事長一人がひときわ大きな権力を持っています。しかもこの理事長の配下には、〈フレンド〉と呼ばれる、理事長の命令を非情なまでに効率最優先で遂行する実行部隊まで控えている。数十年かけて理事長の正体を探ってきましたが、半年ほど前、ついに突き止めました。〈カウンシル〉の理事長は、ユアン・ウェスターバーグというニューヨーク在住の実業家で、世界各国のビジネス界や政界の発展に寄与することを謳《うた》った大きな財団の会長の座にあります」

アタナシウスはデスクに置いてあったマニラ紙の分厚いファイルから写真を一枚抜き取ってエミリーに差し出した。「ひじょうに危険な人物です」

名前を聞いたこともなく、写真の顔を見てもエミリーにはぴんとこなかった。ビジネスや企業の世界との接点はまったくない。

「この人物の身元が判明して」アタナシウスは続けた。「その知識をこちらの有利に使えないかという検討が始まりました。こちらは敵を率いている人物を知っているのに、向こうはこちらの〈キーパー〉や〈アシスタント〉の正体を知らないわけですから。少なくとも、こちらはそう考えていた」アタナシウスはいったん言葉を切ると、顎ひげをなでながら事実関係についてあらためて熟考した。それから視線をエミリーに戻した。「それは間違っていた。〈カウンシル〉もこちらの身元を突き止めていたんです。ちょうどウェスターバーグの身元が判明したころにね。こちらの〈アシスタント・キーパー〉はコリン・マーレイク。ワシントンDCの特許局の官僚です。三十七年前から〈ソサエティ〉に属していて、特許局の定年が迫り、〈ソサエティ〉からも引退することが決まっていました。ところが一週間前、始業からまもなく二人の男が彼のオフィスに現れ、彼の心臓に二発撃ちこみました」アタナシウスはうっかり口にした毒を吐き出すような口調で付け加えた。「じつに手際よく」

エミリーは無言で新しい情報を咀嚼《そしやく》した。

「彼が突然殺された理由はすぐにはわかりませんでした。しかし、それからまもなく、〈キーパー〉はそれを知ることになりました。マーレイクが最後に図書館に提出した情報に、アメリカ副大統領の補佐官のパソコンから盗み出したリストが含まれていたんです」

「副大統領の補佐官？」エミリーは目を見開いた。背筋をまた寒気《さむけ》が駆け上がった。「リストというのは？」

「二つのカテゴリーに分かれていましたが、どういう分類なのかは書いてありませんでした。それでも、調査の結果、まもなく見えてきました。一つのグループは、サミュエル・トラサム大統領周辺の有力者のリスト、もう一つのグループは〈カウンシル〉を支援している人物のリストでした。後者には副大統領周辺の有力者も含まれていた。そこまではわかっても、リストの意味はすぐにはわかりませんでした――一つ目のリストに載っている人物が、一人、また一人と命を落としていることが判明するまでは」

「とすると、暗殺予定者リストのようなものだったわけですね」エミリーは言った。

「そう、その類のものです。ただし、ただの報復ではなく、もっと悪辣《あくらつ》な目的を持ったリストでした。暗殺の目的は……もっとずっと大がかりなものだった」

エミリーの脳裏に、ワシントンDCの政治スキャンダルの報道がふいに閃いた。大統領顧問が次々と暗殺された。いずれもテロ組織による犯行であり、大統領の不正取引、大統領の背任行為がアメリカ本土の安全を脅かしているという報道だった。政権はまもなく崩壊すると言われている。

「待ってください。もしかして、クーデターとか？　陰謀？」

アタナシウスは意味ありげにゆっくりとうなずいた。目はエミリーをまっすぐ見つめたままだった。

「情勢を考えると、トラサム大統領は今回のスキャンダルを切り抜けられそうにない」

「でも、いまの話を聞くかぎり、今回のスキャンダルは作られたものだということでしょう」エミリーは言った。「ネットのニュース記事を読みましたけど、大統領顧問は外国の反政府組織に殺害されてるって――大統領の不正行為に怒った反政府組織がアメリカ本土に攻撃をしかけてきてるって書いてあった。でも、いまのお話だと、それは違う。犯人はテロリストじゃないとおっしゃりたいんでしょう?」

「そうですね、一般的な意味でのテロリストではないでしょう。あなたのお国の人々を殺しているのは、ドクター・ウェス、中東から送りこまれたヒットマンではありません。これであなたも〈カウンシル〉の悪事を目撃した一人になったわけだ。こちら側の世界へようこそ」

68

午後0時38分

あまりの衝撃的な展開に、エミリーの頭はまだ追いつけずにいた。同僚教授の殺害と失われた図書館から始まった物語に加えて、今度は二つの秘密結社、古代から現在に至るまで誰かが世界の流れを操っているという話、ワシントンDCで現在進行中の政権転覆計画まで加わった。しかもその混乱のなかに、エミリーが果たすべき役割があるらしい。募る一方だった不安と期待は、最高潮に達しようとしていた。

「でも、どうして?」エミリーはささやくような声で尋ねた。「その〈カウンシル〉とかいう組織は、どうしてそこまでして大統領の名誉を汚そうとしてるんですか。そんなことをしていったい何の利益が?」

「自然は真空状態を嫌ってそれを埋めようとするという話は聞いたことがあるでしょう?」アタナシウスは答える代わりに質問を返した。「この一週間に起きたことを振り返ると、アメリカ合衆国政府の最上層にまもなく真空状態が生じることになりそうです。権力を握るには、政治の真空状態を作り出すのが一番でしょう。そこにあらかじめ配置しておいた自分の手の者を吸い上げさせる」

「でも、そううまくはいかない」エミリーの頭脳は猛スピードで回転し始めていた。「アメリカでは大統領権限継承順位が明確に定められてるから。大統領が辞職したり解任されたりしても、外部の人間が次の大統領に就くことはできない。副大統領が自動的に昇格する」

アタナシウスは目を大きく見開き、ささやくような声で、エミリーがまだ知らない最後の情報を明かした。「二つ目のリストの一番上にあった名前は誰のものだと思いますか」そう言ってエミリーをじっと見つめ、この陰謀のスケールの大きさが彼女の意識に浸透するのを待った。いま彼女の頭のなかでは古代世界と現代世界が激しく衝突し合い、入り乱れて、大混乱が生じていることだろう。「手に入れた情報を活用するすべを知っているのは、〈ソサエティ〉だけではないということです」

「でも……信じられない」エミリーもささやくような声で応じた。その情報の重みに押しつぶされて、それ以上の言葉は一つも出てこなかった。

「〈キーパー〉は」アタナシウスは静かに話を続けた。「リストを受け取ったあと、パズルのピースを組み合わせるようにしてその意味を探り当てました。しかしそのときには、リストが彼の手もとにあることを〈カウンシル〉も把握していた。そして二日前、彼も〈アシスタント〉と同じ運命をたどったんです」感情の詰まった長い沈黙があった。やがて涙に濡れた瞳に固い決意を浮かべて、アタナシウスは続けた。「〈アシスタント〉のときとの唯一の違いは、彼らの襲撃を予期していたことです。アルノは現実的な考えの持ち主でした。〈アシスタント・キーパー〉を見つけたなら、自分の正体も彼らは突き止めるだろう、それは自分の死を意味するだろうと知っていたんです。彼らの陰謀を知っていて、しかも図書館の力を自在に使うことのできる〈キーパー〉を生かしておくはずがない。図書館の所在を知る最後の人物を殺すことになると承知の上で、彼らは思いきった措置を取るだろうと。そこで、アルノは残された時間を自分の身を守るためではなく、新たな計画を準備することに費やしました」

この話は最後にエミリー自身に戻ってくるのではないかという予感は、アタナシウスの次の言葉によって裏づけられた。

「アルノは、ドクター・ウェス、あなたの適性を見きわめる期間を短縮することに決めました。本来ならあと四年かけるところですが、その時間はない。アルノに残されたのはほんの数日でした。その数日のあいだに、あなたを〈ソサエティ〉の一員として迎え入れなくてはならなくなった」

「だったら、直接話をしてくれればよかったのに」エミリーは言った。「その最後の数日で、私と話すこともできたはずでしょう。自分でこの話をしてくれればよかった。必要なことを教えてくれたらよかったのに」アルノ・ホルムストランドは彼女のことを考えて人生最後の数日を費やしたのだと思うと、ふたたび喪失感にとらわれた。しかしこのとき感じたのは、感情としての悲しみばかりではなかった。本物の危険が身に迫っているいま、自分を救う力になってくれたかもしれない人物を失ったのだ。

アタナシウスは気遣うような笑みを作った。

「それは私たちのやりかたではありませんから。ただ与えるということができない物事もあります。自分の力で見つけなくてはならない。アルノは最後の数日を費やして、ある計画を練りました。〈カウンシル〉の目をほかへそらすと同時に、あなたが図書館や〈ソサエティ〉、そしてあなたの役割を自分で見つけるのを後押しする計画です」

さまざまな思いがあふれかけたエミリーの心は、またしても二つに引き裂かれた。〝あなたの役割〟とはいったい何なのか——何世紀にもわたって続けられてきた欺瞞と死と破壊に満ちたドラマのなかで、どのような役を演じることを期待されているのか、知りたいという気持ちは確かにある。しかし一方で、心のもう半分、不安に打ち震えている半分は、こう叫んでいた。立場を明快にし、強靭な意思を持って大義に尽くすことを求められるその役割は、自分の手に余ると。エミリーは二つの気持ちのあいだで引き裂かれかけた。これまでは血湧き肉躍る大活劇、名声獲得の第一歩となるような学問的発見につながるかもしれない刺激に満ちた冒険の旅にすぎなかった何かは、非現実的な重さを持つくびきに変わって彼女の肩に食いこもうとしている。そのような重荷を進んで引き受ける覚悟が自分にあるだろうか。それ以前に、その役割をまっとうするだけの力が自分に備わっているだろうか。

アタナシウスはエミリーの迷いを察したかのように身を乗り出すと、真剣そのものの表情で言った。

「断るという選択はないと思ってください」アタナシウスは言った。「迫っている危険の大きさを思えば、このまま続けるしかない。このまま先へ進んで最後までやり抜くしかないんです」表情を探るような目でエミリーを見つめる。「それに、現実的に考えても選択の余地はない。〈カウンシル〉がすでにあなたの身元を突き止めていることは絶対に確実です。あなたが図書館につながっていることを突き止めたら最後、あなたを見つけるまで――あなたが知っていることをすべて聞き出すまで、決してあきらめないでしょう」

　漠然としていた不安が、アタナシウスの言葉によってはっきりとした形を持った。

「でも、私は何も知らないのに！」

「知っていますよ。その証拠に、いまここにいる。私と話をしている」アタナシウスは応じた。「〈キーパー〉はあなたを信じて使命を託した。あなたにしか果たせない使命です。果たし終えるまで、一瞬たりとも用心を怠ってはいけない」

　エミリーは魂が凍りつくような恐怖を感じた。その一方で、好奇心に抗いきれなかった。それは追っ手が迫っていることをつかのま忘れるほど圧倒的な力を持っていた。

「〈ソサエティ〉の何もかもが厳重に守られた秘密なんだとしたら」エミリーはアタナシウスのほうに身を乗り出して言った。「何もかもがあなたのような〈フイブラリアン〉にさえ隠されているんだとしたら、あなたがそこまで知ってるのはどうして？　いま私に聞かせてくれたみたいな詳しいことを知ってるのはなぜ？」

　アタナシウスは困ったような顔をした。悲しげにも見えた。

「それは、ドクター・ウェス、私は新しい〈アシスタント・キーパー〉として修業中だったからです。前任のマーレイクはあと二カ月で引退することになっていた。私はその後任として勉強中でした。しかし彼が亡くなって、スケジュールは前倒しされた。その後、また事情が変わりました」アタナシウスはいっそう声をひそめた。聞き取れるかどうかのささやき声になっていた。「副官は司令官あっての副官です」アタナシウスの視線は揺らぐことなくエミリーを見つめていた。エミリーは釣りこまれるように身を乗り出した。

「新しい〈キーパー〉を探すことと、私が〈ライブラリアン〉候補に選ばれたことに関係があるということ？」エミリーは尋ねた。「彼を――新しい〈キーパー〉を探すのを手伝うことが私に与えられた役割なの？」

「ええ、あなたが候補に選ばれたことに大いに関係があります」アタナシウスはうなずいた。

「ただし、〝彼〟は存在しません」アタナシウスはエミリーに負けないくらい大きく目を見開いて続けた。「もうおわかりでしょう、ドクター・ウェス。おわかりのはずだ。あなたが〈ライブラリアン〉候補だとは、私は一度も言っていません」

69

午後0時45分

　そもそもスケールが大きすぎて、これ以上広がりようがないと思っていた話が、たったいまなおもその規模を広げた。

「〈キーパー〉？　アルノは私を自分の後任に考えてた――？」

「彼はあなたを選びました」アタナシウスはうなずいた。「もちろん、あなたの加入はこれほど……劇的なやり方で行われるはずではなかった。もっと時間をかけて進めるはずだった。しかし〈カウンシル〉の攻撃が始まって、〈キーパー〉が本来考えていた予定を前倒しせざるを得なくなったんです」

　エミリーは話のなりゆきにどうにかついていこうとしていた。

「でも、どうしてあなたではないの？」本当に疑問だった。「〈アシスタント・キーパー〉になる準備を進めてたわけでしょう。それに、私よりはるかにいろいろなことを知ってる。なのにどうしてあなたを〈キーパー〉にして、新しい〈アシスタント〉の候補を別に探そうとしないの？」

「ええ、理解しがたい話だというのはわかります」アタナシウスは応じた。まるで慰めるような調子だった。「しかし、〈ソサエティ〉の運営には規則と理由があります。私の経験やスキルは、特定の役割を念頭において身につけてきたものです。重要な役目、行動力を必要とする役目ですが、サポートに徹するためのものでもある。〈キーパー〉はあなたに別の素質を見いだした——誰かをサポートするために必要なものではなく、ほかの者を率いるのに必要な素質をね。経験がないとしても、生まれ持ったものがそれを補って余りあるという場合もあるでしょう。経験はあとから積むことができます。足りない知識は学べばいい。しかし〈キーパー〉はあなたを信頼できる人物と考え、〈キーパー〉の役割に必要であると彼が思う素質があなたには備わっていると判断したんです」

周囲からの評価を熱望しながら学者として生きてきた。知的で、創造性に富んでいて、知識豊かな人物という評価を求めてきた。しかしいまアタナシウスが話したような観点から評価されたと聞くと、何か空恐ろしいような気持ちになった。そのような期待に応えられるかどうか自信がない。それに、そのハードルを越えようとして失敗したとき自他に与える影響は、論文を酷評されたり、試験で悪い点を取ったりした場合のそれよりはるかに大きい。

それに、図書館の歴史や〈ソサエティ〉の運営についてたったいまアタナシウスから聞いた内容は、エミリーの考え方とやはりそぐわない。〈ソサエティ〉に強大な敵が存在するのは間違いないようだが、それを運営する人々は言論操作に近いことをしているという印象をどうしても否定できない。彼らは〝情報の共有〟と世界の勢力図を思いのままに描き替える行為との境界線を曖昧にしている。後者は、〈カウンシル〉がいま大統領の周辺で進めている陰謀と大して変わりがない。エミリーは、道徳の灰色の雲に包まれたように感じた。その雲の色は黒ではないにせよ、真っ白でもない。

そのような行為は正しいのか。私がいまその一員になるよう——その指導者になるよう誘われている集団は、いったいどのような性質のものなのか。

一方で、アルノ・ホルムストランドから託された責任を途中で放り出すことはできない。永遠に失われるかどうかの瀬戸際にあるものの価値は、あまりにも大きすぎる。〈ソサエティ〉が守り続けているものは、人類史上もっとも価値ある財産だ。アタナシウスがいま話したとおりの規模のものであるとするなら、今日にいたってもなおそれに匹敵する知的資源はほかにないだろう。このまま葬り去るわけにはいかない。〈カウンシル〉に命を狙われるかもしれないという背筋が凍るような恐怖は克服するしかない。

いつもどおり、自分が置かれた状況を理解すると同時に、エミリーの決意は固まった。自分から望んだものではないとはいえ、やるべき仕事ができたのだ。思いきってやってみようと心が決まった。

「どうすれば見つかるの？」時間が止まったかのような沈黙を破って、エミリーは言った。

アタナシウスは顔を上げた。図書館の歴史にここ何日かで加わった新たな事実をエミリーに話したことで、彼の心は悲しみに染まっていたが、エミリーの決意に勇気づけられてもいた。

「これまでと同じことを続ければいい。〈キーパー〉があなたに遺した指示に従うだけです」

エミリーはためらった。

「ここまで来られたのは、アルノがアメリカに手紙を二通と手がかりのリストを遺してくれていたからです。それを頼りに、イギリスやアレクサンドリアに刻みつけられたしるしを見つけたから。でも、こうしてあなたにたどりついた時点で、アルノが遺した手がかりは尽きてしまった。次に進みたくても、もう何もない」

アタナシウスは背筋を伸ばした。「そんなことはありません」またファイルキャビネットを開けて、エミリーが来たら渡すようにとアルノ・ホルムストランドから預かった手紙を取り出し、エミリーに渡した。

「このあとも〈キーパー〉の指示に従うのが一番だと思います」

エミリーは渡された封筒を見つめた。

「私宛の手紙に同封されていました」アタナシウスは説明を加えた。「〈キーパー〉はつねに二歩先を考える人でしたからね」

便箋の表には、これまでのアルノからの手紙と同じ茶色のインクの筆跡があった。几帳面な文字で、簡潔にこう書かれていた。《ドクター・エミリー・ウェスへ——到着時に手渡しのこと》。エミリーならここを探し当てると確信していたのだろう。

封筒を裏に返して封を切った。折りたたんだ便箋が一枚だけ入っていて、そこに一行だけ文字が並んでいた。エミリーはそれを読み上げた。

《二つの大陸のあいだ、水に接する王の家》

「我らが〈キーパー〉は、いつも自分の頭で考えさせようとする人でした」アタナシウスは唇の端をほんのわずかに上げて笑みを作った。

アタナシウスと会って以来初めて、エミリーは自信ありげな笑みを浮かべた。

「それは言えてる」エミリーは言った。「でも今回は、考える必要はなさそう。私にはこの意味がすぐにわかるはずだとアルノも知ってたはず。それに、あなたの話を聞いたあとだから、きっと間違いないと思います」アタナシウスは先を待った。エミリーはじっとしていられずに立ち上がると、小さなオフィスを行ったり来たりしながら、アルノ・ホルムストランドの謎めいたメッセージの意味を説明した。

「二つの大陸をまたぐようにして王の宮殿が建つ都市は世界に一つしかない。しかもその都市は、さっき話してくれた図書館の歴史にも登場する。コンスタンティノープル、現在のイスタンブールです。トルコのヨーロッパ部分とアジア部分を分けるボスポラス海峡に突き出した半島に建設された街。大陸と大陸にはさまれているせいで、過去に何度も大きな震災を経験してる」学生時代に二度、イスタンブールに旅行していた。あの街の様子はよく覚えている。

エミリーはふいに立ち止まると、勢いよく振り返ってアタナシウスと向かい合った。

「《王の家》。アルノが指してる場所は一つしかありません」

70

一時間後――アレクサンドリア
現地時間午後1時45分

ジェイソンは空港のコーヒーショップの小さな丸テーブルに何気ない様子で座っていた。ふだんとどこも変わらない一日だった。どちらを向いても大勢の旅行者が忙しく行き交っている。もう一人の〈フレンド〉も中庭の反対の奥に目立たないように座って、ジェイソンとは無関係の人物を装っていた。

穏やかで何気ない表情とは裏腹に、ジェイソンの胸の内では相反する感情が激しく闘っていた。彼の心の一部は、エミリー・ウェスが〈ソサエティ〉の新しい〈キーパー〉となるべく仕組まれていたこと、彼女を追っていれば図書館そのものに彼らを案内してくれるかもしれないことを知って、興奮に沸き立っている。しかし、その可能性はあくまでも理屈の上のものでしかなく、ワシントンDCで展開中の作戦の成否に直接の影響を及ぼしかねないという不安があった。知りすぎた人間の数は多すぎ、ここまで深く関わった〈ソサエティ〉がいまさら手を引くとは思えない。ウェスやアントーンがよけいなことをしゃべれば、その時点ですべてが破綻《はたん》する。

携帯電話を開いて、連絡先の一番上にある人物に――〝理事長〟とだけ表示された――電話をかけた。数秒後、ニューヨークのユアン・ウェスターバーグのオフィスに電話がつながった。

「さっきの会話をお聞きになりましたか」ジェイソンはいつもどおり挨拶抜きでいきなり用件を切り出した。理事長の直通電話番号を知っている人物はこの世にほんの数人しかいない。どちらもこの電話の目的は口に出さずともわかっている。

「ああ、一言漏らさず聞いた」ウェスターバーグの声は冷静でビジネスライクだ。どんな局面であろうと――同僚にただ挨拶をするときであろうと、誰かの処刑を命じるときであろうと――強硬な態度を崩さない。それが恐るべき人物との評価を彼に与えた。「思ったとおりだったな。ホルムストランドはエミリー・ウェスをアレクサンドリアの〈ライブラリアン〉にまっすぐに導いた」

「しかも、ただの〈ライブラリアン〉ではなかった」ジェイソンは言った。「次の〈アシスタント・キーパー〉です。まさかそれほどの大物がかかるとは思ってもみませんでした」

「アレクサンドリアが重要な都市であることはわかっていた」理事長はそう応じたものの、アタナシウス・アントーンが〈ソサエティ〉内でそのような高い地位にあったことは驚きだった。「一つ決定的な連結環《リンク》が見つかったな」

それは大きな収穫だった。ただ、会話を盗聴した結果、より懸念すべき事実が判明したこともまた明らかだった。しかもワシントンの作戦に関することばかりではなかった。

「連中が我々について握っている情報は——きわめて詳細でした」ジェイソンはいくぶんこわばった声で言った。

「こちらの組織について、考えていた以上に知っているようだな」理事長は認めた。アントーンの説明を聞いて、〈カウンシル〉の仕組みを〈ソサエティ〉があそこまで把握していることも初めて知った。「しかし、彼らがまだ知らない事実を考えれば、いま知っている事実の重要度はかすむ」

ジェイソンの不安は消えなかった。

「でも、連中はあなたの素性を知っているんですよ、父さん」うっかりそう呼んだ瞬間、ジェイソンは凍りついた。取り返しのつかない失言だった。理事長と話す際のルールは厳格で不動のものだった。口がすべったのはこれが初めてだ。

ユアン・ウェスターバーグの反応は氷のように冷たかった。ふだんの抑制の利いた声音より、その思いがけない冷ややかさのほうがはるかに恐ろしかった。

「私をそう呼ぶなと言ったろう?」それは質問というより警告に聞こえた。脅しを含んだ警告だ。

ジェイソン・ウェスターバーグが〈カウンシル〉でのし上がり、理事長の側近中の側近、少数精鋭の〈フレンド〉の一員にまでなれたのは、理事長を実父と考えることを自分に許さず、雇い主としてのみ見てきたからだ。血のつながりは関係ない。肝心なのは仕事ぶりだけだ。二人の関係はあくまでも雇用主と雇用人のそれであり、どちらも——とくに父親は——

その状態を好んだ。ジェイソンが若いころからそうだったし、おそらく死ぬまで変わらないだろう。

「申し訳ありません、理事長」ジェイソンは冷静さを取り戻そうとして言った。「しかし、私の指摘の内容には変わりがありません。〈ソサエティ〉はあなたの素性を知っている。いまとなっては新しい〈キーパー〉見習いのエミリー・ウェスも知っています」

「そんなことは気にするな、ジェイソン」理事長は応じた。ジェイソンは、珍しく名前を呼ばれたことを意外に思った。ついさっき突き放すような声でいましめたのとは大違いだった。ユアン・ウェスターバーグとしては珍しく父親らしい愛情を示した。息子の動揺を察したからだろう。「我々の情報の一部を知られたにすぎない。こちらは〈ソサエティ〉に関して、もっと決定的な情報を握っているんだぞ。こうしているあいだにも、〈ソサエティ〉に関して、アントーンの経歴をつぶさに調べている。〈ライブラリアン〉候補として注目した当時の調査はさほど詳細ではなかった。しかし今日の会話から判明した情報を手がかりに調べれば、アントーンという人物を丸裸にできるだろう」一瞬の間があった。「アントーンに気づかれてはいないだろうな？」

「はい」

「しばらくは用心することだ。身辺を徹底的に探り終えるまで、我々に見破られたことを悟られずにおいたほうがいい。そのあとは――」ここで間を置いて、次に発する言葉に込められた二重の意味を強調した。「知っていることを洗いざらい話しやすいようお膳立てをしてやれ。ウェスにどこまで話すか、慎重に探っている様子だっただろう。知っていることはまだまだあるはずだ。〈ソサエティ〉の同僚に関する情報も持っているはずだ。身辺の調査を進めるあいだ、カイロのほかのチームに指示して見張らせろ。アントーンに協力を承服させる段階が来たら、またおまえが指揮を執れ」

「それまでのあいだは？」ジェイソンは小さな中庭の反対側にいるパートナーを見やった。

身辺調査がすむまでのあいだ、こうしてぼんやり座っているわけにはいかない。

「おまえたちはメインの標的の尾行を続けろ。ドクター・ウェスは、〈キーパー〉が遺したささやかな入門試験に従って、すでに次の行き先を決めている。女から決して目を離すな」

「ウェスが乗るイスタンブール行きの飛行機はおよそ一時間後に出発する予定です」ジェイソンは言った。「こちらの飛行機は二十分早くイスタンブールに到着します。現地での足はすでに手配しました。念のため、人員も四名確保してあります」

「必要なものは自由に使え」理事長は応じた。「〈キーパー〉が後継候補のために用意したつまらないゲームがいつまでも続くとは思えないからな」

ジェイソンは思案をめぐらせた。このゲームが早く終われば、それだけ早くエミリー・ウェスを排除できる。あの女は、〈カウンシル〉にとって新たな脅威というより、二重の贈り物なのかもしれない。彼らを図書館のありかに案内することができる存在であり、彼女が死ねばワシントンの作戦もこのまま闇に葬ることができる。そして〈カウンシル〉は図書館の情報資源を手の内に収め、最後の超巨大勢力として世界を支配することにもなるだろう。

どれほど強大な力が彼らに与えられるか。それを考えただけで、ジェイソンの全身を興奮が駆け巡った。

その興奮は、大西洋の反対側にいる理事長にも伝わった。

「目の前のことに集中しなさい、ジェイソン。もう少しの辛抱だ。エミリー・ウェスは、我々が千三百年にわたって追い求めてきたものへの扉を開くことができる。その扉が開かれたら、息子よ、なかへ入るのは、女ではない。我々だ。そのためならどんな手を使ってもかまわない」

71

イスタンブール
現地時間午後4時55分（GMT＋2）

　エミリーを乗せた飛行機は、午後四時五十五分にアタテュルク国際空港に着陸した。短時間のフライトは順調だったが、イギリスからエジプトに飛んだときのように白昼夢に浸っている心のゆとりはなかった。アレクサンドリア図書館の地下オフィスでアタナシウスから得た情報を整理するだけで頭がいっぱいだった。

　アルノ・ホルムストランドが彼女に宛てた手紙、手がかりをもう一つ遺していたと知らされた瞬間、全身にアドレナリンがあふれ出した。また暗号の解読に挑戦できるのだ。古代キリスト教世界最大の都市コンスタンティノープル、イスラム教国トルコの世俗的首都である現代のイスタンブールは、あらゆる視点から見て納得できる行き先だった。二つの大陸のあいだに突き出した半島の先端に、スルタンの宮殿が建っている。学問の歴史的中心地の一つでもあり、アタナシウスによれば、図書館の古い歴史の一部に深い関わりも持っている。アレクサンダー大王にちなんで名づけられたアレクサンドリアと同様、建設者――コンスタンティヌス一世――にちなんだ名を冠している。共通点は数えきれない。次の目的地はイスタンブールで間違いないとエミリーは確信していた。

アタナシウスが手伝ってくれたおかげで、イスタンブール行きの飛行機もぎりぎりで手配できた。行き先が決まったあと、チケットを手配し、搭乗して、数時間後には目的地に着陸する。この二十四時間ほどのあいだにそれを二度も繰り返した。インターネットもたまには役に立つ。

アタナシウスは空港に迎えの車も手配してくれた。おかげで、旅行者と見ると、できるかぎり遠回りをして料金を吹っかけようとするイスタンブールの悪名高きタクシー運転手と闘わずにすむ。丘と谷が迷路のように入り組んだ街では、乗客をだますのは簡単だ。時間こそが最重要であるという点でアタナシウスとエミリーの意見は一致した。不要な回り道をして時間を無駄にするのは避けたい。

「ドライバーは友人です」アタナシウスはそう話していた。「リムジン乗り場で、私の名前を書いたカードを持って待っていますから」

彼と話すべきことはすべて話し終えた。それ以上語らうことはなかった。アタナシウスとのあいだに連帯意識のようなものが生まれたのは確かだと思うが、いまは差し迫った危険を解消するほうが優先だ。友人のように打ち解けることもないまま別れた。

アレクサンドリアから千キロ以上離れた街に着き、エミリーはタラップを下りてアタテュルク国際空港のターミナルビルに入った。平日の夕方とあって大勢の乗降客であふれていた。

小さなバッグを肩にかけ、黄色が目印の英語が使える入国審査カウンターと出口を探した。

入国審査は予想していたよりもスムーズにすみ、数分後には税関も通過してガラス張りの通路を歩いていた。パスポートには、オリエンタルラグ風の華やかなデザインのトルコ入国スタンプが押されていた。次の行き先は両替カウンターだ。今日すぐに困らずにすむ額のトルコリラを用意しておかなくてはならない。アタナシウスから、トルコではよほど大きな店でないかぎりクレジットカードを使えないと聞いていた。

しわくちゃの札の束を手に入れると、携帯電話の電源を入れてマイケルに連絡した。イギリスを発って以来、一度も彼と話しておらず、その間《かん》にエミリーの目に映る世界は激変していた。いま何がどうなっているのか、マイケルに知らせるのは当然だろう。それに、彼の声を聞けば元気が出るはずだ。

呼び出し音が何度か聞こえたものの、マイケルはなかなか出なかった。何かおかしいとエミリーは直感した。マイケルの電話には発信者番号が表示される。それを確かめてあえて着信を無視することはあるが、エミリーからだとわかればいつでも即座に出る。マイケルはたいがい呼び出し音が二つ鳴り終える前に彼女の電話を取った。それはエミリーが初めて彼の番号に電話をかけ、最初のデートの約束をしたとき以来の習慣だった。あのとき、珍しくエミリーから先に異性を誘った。マイケルは三度目の呼び出し音で電話に出た。あとになってエミリーは、三度目が聞こえ始めたところで急に怖じ気づいてあやうく電話を切るところだったと打ち明けた。三つ目の呼び出し音が二人の運命の分かれ道だった。マイケルはそのことをいまでも忘れずにいて、三度目が鳴る前に電話を取る。

四つ目の呼び出し音が聞こえ始めた。五つ目も。エミリーは腕時計を確かめた。こちらは午後五時……指を折りながら数えて八時間さかのぼった。シカゴは朝の九時。もう起きてるはず。マイケルの金曜の日課を頭のなかで確かめた。家を出て事務所に向かうまでまだ一時間くらいあるはずだ。この時間に電話に出られないような日課がほかに何かあっただろうか。

そこまで考えたところで、電話がつながった。

「もしもし？」距離のせいなのか、マイケルの声はひどく小さく聞こえた。

「私よ」エミリーは安堵とうれしさにあふれた声で言った。

「エミリー！」ふだんどおりのマイケルの声が耳に届いたとたん、エミリーの不安は霧散した。

「いてくれてよかった」エミリーは言った。「オックスフォードから最後に電話して以来、信じられないことばかり起きたの」

わずかな時間差ののち、マイケルが尋ねた。「いまどこ？」

「イスタンブール」

「トルコ？　エジプトに行ったんじゃなかったの？」

「行った。ついさっきまでエジプトにいたわ。ほんとよ、マイケル。でも、エジプトでいろいろあって、その結果トルコに来てる」今日一日のできごとをマイケルに話した。アレクサンドリア図書館を探索したこと、紋章を見つけたこと、アタナシウスから聞いた話。図書館、〈ソサエティ〉、〈カウンシル〉。そういった要素を付け加えたとたんに書き換わる歴史。アルノ・ホルムストランドの最新の手がかりのことも話した。イスタンブールに来るのに買った飛行機のチケットのこと、フライトの様子も。彼女に課せられた新たな役割のことも。話していると、不安が募って背筋がぞくぞくした。それでも事実をはっきりと明確に伝えた。

同時に、この四十八時間ほどで、人生が急にスピードを増したことを痛感した。今日一日だけに限っても三つのまったく違った国に足を踏み入れた。

空港の長い通路伝いにタクシー・リムジン乗り場を目指して歩きながら、できるだけ簡潔に、だができるだけ詳しく、一連のできごとを話した。熱を帯びたような説明が一段落したところで、ようやく一息ついた。

マイケルはずっと黙っている――不自然なほど長い沈黙だった。本来、無口なほうではない。なかなか電話に出なかったときに感じた不安がエミリーの胸にぶり返した。いつのまにか〈キーパー〉見習いになっていたことを話したのに何も言わずにいる。〈カウンシル〉や、〈ソサエティ〉で今後果たすことを期待されている奇妙な役割について話しても、やはり一言も返ってこなかった。

「マイケル。どうかした?」エミリーはついにそう尋ねた。

彼の答えが返ってくるまでに、また微妙なタイムラグがあった。

「エミリー、カールトン大学のきみのオフィスのことだ。泥棒が入った。きみの家にも。五時間か六時間くらい前、真夜中に警察から連絡があって、きみと連絡が取りたいと言われた。オフィスと家に何者かが侵入して、派手に荒らしていったらしい。棚にあったものは全部落とされて、抽斗《ひきだし》もひっくり返されていた。徹底的に家捜しをしたみたいだよ」

エミリーの歩く速度がゆっくりになった。その知らせを聞いてたちまち気持ちがくじけそうになった。少し前まで胸が高鳴っていたのに、それも消えた。マイケルのいまの話によって、これまでに判明した事実のながめも感触もすべて変わってしまった。

何か言わなくてはと思い、最初に頭に浮かんだ疑問を口にした。

「犯人はわかってるの？」〈カウンシル〉、その非情な指導者、指導者の命令を忠実に実行する集団。それらが次々と脳裏を駆け抜けていった。

「いや。ただ……」マイケルはためらった。

「マイケル、ただ、何？　話して」ほかにもまだ何かあって、マイケルは動揺しているのだ。

エミリーの歩く速度はいまにも止まりそうなくらいまで落ちていた。

そしてマイケルの次の言葉を耳にしたとたん、その場で立ち止まった。

「エミリー。その連中は――その連中が僕のところに来た」

72

午後5時15分

　舌が喉に張りついたかのようだった。心理的パニックに襲われたのは初めてだ。マイケルの言葉の意味が意識に染み通るにつれて、なじみのないその感覚はいっそう際だった。皮膚は体温を失い、周囲の空間から音という音が消え、彼女の心は混乱の霧に覆われた。生まれて初めて無力感に組み伏せられた。無力感と、絶望的なまでの混乱が押し寄せてきた。

「どういう意味？　来たって、どういうこと？　誰が？　いつ？　あなたは無事なの？」確かめたいことが一気に噴出したかのような早口になった。空港の通路の真ん中に突っ立った彼女をかすめるようにしてほかの乗降客が追い越していき、腕に何度もぶつかられた。それでもエミリー・ウェスの全神経は婚約者の返事一つに注がれていて、周りを気にする余裕はなかった。

「五、六時間前かな、二人組の男が事情聴取だと言って訪ねてきた」マイケルは答えた。「ここに——このアパートの部屋にね。夜中に。初めはきみのオフィスと家に泥棒が入った件で来たんだと思った。でも、おかしいだろう？　シカゴの僕の家までわざわざ来るなんて。

　それでも、質問はどれもきみに関するものばかりだった。いまの大学にはいつから勤めているのか。その前はどこで研究していたのか。どんな分野を専門にしているのか。僕の知らない人々と行動をともにすることはあるか。何の説明もなく旅行に出るようなことはあるか」マイケルはそこで言いよどんだ。自分が受けた印象をエミリーに伝えるべきか迷った末に、正直に話すのが一番だと思った。「邪悪な連中だ。ほかに表現する言葉を思いつかない」

エミリーはその言葉を冷静に受け止めようとした。しかし心臓はアタナシウスのオフィスで最後に経験したのと同じ、破れんばかりの勢いで打っている。電話で話し始めたときからずっとマイケルが言葉少なでいた理由がようやくわかった。

「きみの旅行の日程を訊かれた」マイケルが続けた。「どの便に乗ったか、とか。チケットをどうやって予約したかまで知りたがったよ。ネットで予約したのか、カウンターで直接予約したのか、友人に頼んだのか。きみの家を荒らした犯人を捜すのに、それが何の役に立つのかと言いたくなるような質問ばかりだった」

「マイケル、ごめんなさい。本当にごめんね」

「ほかに、きみの仕事の政治的な側面についてもあれこれ訊かれた」

「政治的な側面？」

「ワシントンに仕事のパートナーがいないか、閣僚や政府高官に知り合いがいないか、政党やロビー団体から資金を受け取っていないか。ばかばかしい質問ばかりだが、態度は喧嘩腰《けんかごし》だった」

「どういうこと、信じられない」マイケルの説明を聞いていると、彼らに――アレクサンドリア図書館を手に入れるために彼女個人を攻撃し始めた集団に対する憎悪が芽生えた。彼女がどこの誰か、敵はすでに知っているだろう、彼女を標的に据えているだろうと、アタナシウスから警告されてはいた。その警告は早くも現実になろうとしている。

「その男たちは」マイケルは先を続けた。「どことなく妙だった。何というか……気負った雰囲気だった。グレーのスーツもそっくり、髪型もそっくり、物腰もそっくりなんだ。互いのクローンみたいだったよ。二人とも警察官じゃないのは確かだと思う。政府の関係者でもない。まっとうな人間じゃないだろうな」

マイケルの口調に軽蔑を聞き取って、エミリーはそっと安堵の息をついた。マイケル・トーランスは、決して臆病な人間ではない。押しが強くて頑固なエミリーが主導権を握っていると思われがちだが、実際には二人の関係は対等だった。マイケルは強くしなやかな精神の持ち主であり、それがエミリーのなかの同じ性質を表に引き出す。

「とにかく」マイケルが付け加えた。「二度とお目にかかりたくはないね。あらかじめ正解を知っている質問をあえてしているといった風だった。試験でもされているみたいな気分だったよ」マイケルはここで意味ありげな長い間を置いた。「僕がもし連中の期待とは違う答えを一つでも返していたら何をされていたのか、考えたくもない」

エミリーは、渦を巻きながら押し寄せてきたさまざまな感情をなだめようとした。怒り、憎悪、恐怖、混乱。マイケルにならって、一連のできごとがいったい何を意味するのか、冷静に考えてみなくてはならない。この背後には〈カウンシル〉――図書館に敵対する集団をアタナシウスはそう呼んだ――の存在があるのは間違いない。エミリーのオフィスと自宅を荒らしたのも、マイケルに〝事情聴取〟したのも、〈カウンシル〉だろう。彼らがエミリーの行方を捜しているのは明らかだ。

彼らは彼女を捜している。彼女を捕らえるためなら、どんな手段もいとわないだろう。彼女の婚約者だって利用する。体の奥底からまたもや憎悪が湧き上がり、硬い玉のように胸につかえた恐怖を押し流した。エミリーはもはや命の危険と無縁ではない。すでに、傍観者でもなかった。いまのいままで、アルノ・ホルムストランドがお膳立てした旅は、エミリーが物心ついて以来夢見てきた冒険、誰からも注目されない小さな人間に歴史を思う存分経験させるような旅でしかなかった。一介の新米教授にすぎないエミリー・ウェスは、古代のファラオから現代の大国の政府まで、大陸をまたいで何世紀も続く壮大なドラマの主人公に大抜擢されている。ここまでは思い描いたとおりの完璧な冒険だった。しかしマイケルが襲われたいま――彼らはマイケルを質問攻めにしただけかもしれないが、エミリーは〝襲撃〟〝侵攻〟ととらえていた――その構図はひっくり返った。エミリーが歴史のなかに入りこんでいるのではない。歴史のほうがエミリー・ウェスの世界に割りこんでこようとしている。これまではあくまでも他人事だったできごとが、逃げ出したくなるほど完全に彼女個人の問題に変わろうしていた。

「マイケル」エミリーは現実に返って言った。「その人たちは、彼らは、とても危険なの。でもまさかあなたのところにまで行くとは思わなかった」

「連中の正体を知っているのかい？」安心していいのか。それともエミリーの身をいま以上に心配すべきなのか。

「見当はついてる」エミリーは答えた。「今日話をした人から、その組織――〈カウンシル〉には、工作員の集まりみたいなものもあるって聞いたの。彼は〈フレンド〉って呼んでた」

「でも、ワシントンの話を訊かれたのはどうして？」マイケルが言った。「図書館とアメリカ政府がどこでどうつながる？　今回のスキャンダルと何か関係があるのか？」

エミリーは答えようと口を開きかけた。今世紀最大の秘密を婚約者に教えたい。だが、寸前で思いとどまった。〈カウンシル〉と副大統領をめぐる陰謀の詳細を知れば、マイケルがいま以上の危険にさらされるだけのことだ。これに限っては、自分の保護本能の意見に耳を傾けたほうがいい。その秘密を知ったがためにアルノ・ホルムストランドは殺された。そしてアタナシウスによれば、ほかに少なくとも四人が同じ理由から命を落としている。

そこで、秘密を打ち明ける代わりに、力を込めて言った。

「すぐにそっちに帰る」考え抜いた末のことではなかった。計画的な話ではない。とっさにそうすべきだと思っただけのことだ。自分と婚約者の命に危険が迫っているのを知っていて、宝探しの旅など続けられるはずがない。きっと冒険は楽しいだろう。しかし、自分はそこまで身勝手な人間ではない。「まだ空港なの。いまから手配すれば、今夜のうちに発つ飛行機に乗れるはずよ」

また沈黙があった。しかし次に電話の向こうから聞こえたのは、エミリーが予期していた返事とはまるで違っていた。

「だめだ。それはだめだよ」

「マイケル、大きな危険が迫ってるのよ。あなたと離れて探偵ごっこなんて続けられないわ。もともとは同僚に頼まれて図書館を探しに来ただけのことだったわけだし」

マイケルの口調はそれまでとは打って変わって強固なものになっていた。いまの状況を試練と考え、彼のためだけにエミリーがそれを放り出すのは許さないという強い意思を感じさせた。

「エミリー、順序立てて考えよう。彼らは僕の〝事情聴取〟をすませた。愉快な経験じゃなかったよ。だが、終わったんだ。彼らは帰っていった。また来て僕と話す理由はないはずだよ。しかし、きみは――きみはまず――」彼は適切な言葉を探した。「――子供だましの探偵ごっこだという考えを捨てなくちゃいけない。これは昨日今日に始まった話じゃないことは僕にだってわかる。しかもいまワシントンＤＣで起きてる騒ぎと関連があるとするなら、遠い昔の歴史の話じゃないだろう」

「でも、やっぱり私は帰ったほうがいいと思うの」エミリーは言った。「アメリカにいたって調査は続けられるわ。リサーチをしたり、情報を整理したりすることはできる。あなたのそばで」

「よしてくれ」マイケルは答えた。「僕を言い訳に使うなよ。帰ってきたいなら帰ってくればいい。だが、僕の家のドアには鍵をかけておくからな」

エミリーはようやく心から微笑んだ。声を立てて笑った。この人を未来の夫に選んだのは正しかったと思った。冒険心と闘志にあふれた強い精神の持ち主。最高の男性だ。しかしエミリーの笑い声がやむ前からすでに、マイケルは、飛行機に飛び乗って帰ると彼女が言い出したのは、彼を心配してのことだけではないと察したらしい。強い女だからといって、不安を感じることがないわけではない。

「僕がそっちに行こうか」マイケルはとっさにそう提案した。「これから何が起きるにせよ、きみと一緒にいたい」

いくつもの感情が湧き上がって、思わず〝イエス〟と言ってしまいそうになった。だがエミリーはその言葉を呑みこんだ。この先に危険が待っているのだとするなら、彼までそれに巻きこみたくはない。

「ううん、あなたは留守を守ってて」逡巡ののち、エミリーは答えた。「でも、私もこの件に関わるのはあと一日だけにする。あと一日だけ。それに、万が一、彼らがあなたにかかってきそうとしたら、その時点で切り上げるわ。心当たりのない電話一本でもあなたに手を出したら、すぐに飛行機に乗るから。帰るときはかならず未来の夫に出迎えてもらいたいもの」

「わかった」マイケルは答えた。彼も引き下がるべき時を知っている。

あまりにも陳腐なせりふだと思いながらもエミリーは続けた。

「気をつけてね、マイケル。愛してる」

「僕なら、このあと三日間は一日二十四時間、事務所にこもる予定だからね」マイケルは応じた。「プレゼンの準備をきっちり終わらせる。うまいこと契約が取れたら、今度は設計図を抱えて走り回る。だから心配はいらないよ。きみこそ気をつけてくれ。彼らはわざわざ僕の家まで来たんだ、エミリー。どこへだって行くだろう」短い間を置いて、エミリーの意識にその言葉が染み入るのを待った。「油断は禁物だよ」

73

午後5時25分

マイケルとの会話は、エミリーの胸に強い不安を残した。

健康な心身の持ち主であっても、怯えてすくみ上がるような強烈な不安。足の運びさえ慎重になった。混雑した空港は、電話をかけるまでは安全な場所と思えたのに、いまはすれ違う人にいちいち警戒の目を向けてしまう。

パニックを起こしちゃだめ。自分にそう言い聞かせた。過剰に反応するのは愚かよ。とはいえ、それは言うのは簡単だが、実行するのは難しい類のことだった。リムジン乗り場では、大勢が小さなカードを掲げて待っていた。背後には磨き上げられた黒塗りのセダンが控えている。金で買った完璧さとプロ意識を絵に描いたような光景だった。

しかし、例外が一人だけいた。車列の右端に停めたグレーの小型のアウディに、〈ドクター・アントーン〉と書いたカードを掲げた小柄な男性がもたれていた。着ているスーツはすり切れてしわだらけで、櫛《くし》を通したことが一度もないような髪をしている。ただ、顔はにこやかな笑みを浮かべていた。その笑みは顔からはみ出さんばかりに大きくて、まるで作り物のように見えた。すぐ前を人が通り過ぎるたびに微笑みかけ、軽くうなずいて、同じようにうなずきながら自分のほうに近づいてくる人物を待っている。

アタナシウスが友人にエミリーの出迎えを頼んでおいてくれたのは確かなようだが、かなり安上がりな友人を選んだようだ。

エミリーはそのドライバーに軽く会釈《えしゃく》をしながら小型車に近づいた。

「エミリー・ウェスです。ドクター・アントーンの――」何だろう？　ぴったりの言葉が思い浮かばなかった。「――同僚です」小柄な男性は笑顔でアウディの後部ドアを開け、エミリーを乗せたあと、またドアを閉めた。乗りこんだエミリーはシートベルトを締めた。

車はすぐに縁石際を離れて走り出した。エミリーはふいに身を硬くした。視界のすみをある色の塊がかすめたからだ――正確には、色の欠けた隙間がちらりと視界をかすめた。地味なせいでかえって異彩を放つグレー。それに気づくと同時に、勢いよく振り返って歩道際に視線を走らせた。二人組の男が見えたと思った。グレーのスーツを着た男が二人、少し離れた場所に何気なく立っているのが見えたように思えた。しかしよく目をこらすと、そこにいるのは客待ちのドライバーたちだけだった。

怯えているせいで、ありもしないものが見えただけよ――エミリーは自分をそう叱りつけた。シートにまっすぐ座り直し、心臓の鼓動がふだんどおりのペースに戻るのをじっと待った。

74

午後5時29分

三つほど後ろの交差点で、ジェイソン・ウェスターバーグは、黒いセダンのスピードをやや落とした。エミリー・ウェスを乗せた車に近づきすぎてはいけない。後部座席には、パートナーの〈フレンド〉が乗客のふりをして静かに座っている。ジェイソンの膝にサイレンサーつきの拳銃が置かれていなかったら、ふつうの空港への送迎車と何の変わりもないように見えただろう。

〈フレンド〉二人組は、無言でターゲットの車を追跡した。

75

ワシントンDC
午前10時30分（EST）――イスタンブール時間午後5時30分

リムジンに揺られながら、マーク・ハスキンス将軍は副大統領をそれとなく観察した。あわただしい状況下にあっても、副大統領は冷静で自信にあふれ、何事が起きようと備えは万全といった風に見えた――いずれも一国家の政治リーダーに望ましい資質だ。

「大統領の逮捕状執行は日曜の午前十時の予定です」国防長官のアシュトン・デイヴィスが告げた。副大統領の隣に座ったデイヴィスは、車が走り出して以降の五分間のほぼすべてを使い、彼らが――国が――取るべき今後の手続きを説明していた。「軍法の規定に基づく逮捕ですので、軍の人間が執行することになります」

「私が自分で逮捕しましょう」ハスキンス将軍は言った。

副大統領はうなずき、ブラッド・ホイットリーのほうに顔を向けた。

「ホワイトハウスのきみの部下が抗議したり邪魔をしたりする懸念はないだろうね」

「はい、ありません」シークレットサービス長官のホイットリーは答えた。「大統領と副大統領を担当する職員には、今日の午後、前もって説明がなされる予定です。また、執行後数秒以内に、ワシントンに常駐する職員全員に新たな任務が発令されます」

「シークレットサービスが大統領の前に身を投げ出したりして、円滑でトラブルのない逮捕がぶちこわしになるような事態はごめんだぞ」将軍は言った。

「そのような問題は起きないでしょう」ホイットリーは強気に言った。「うちの職員の任務はアメリカ合衆国大統領の警護です。正当な大統領を守ることです。国を裏切った人物の合法的な排除に抵抗することはありえません」

ハスキンス将軍とデイヴィス長官は、それもそうだというようにそろってうなずいた。デイヴィスはリムジンの色のついた反射ガラス越しに外をながめた。大理石でできた国会議事堂が陽光を受けてきらめいていた。その向こうに、建物は小さいが、今日はひじょうに重要な役割を果たすことになる連邦最高裁が見えた。

「あと数分でアンジェラ・ロビンス最高裁判所長官のオフィスに到着します」デイヴィスは車内に目を戻して同乗者に伝えた。「行政権の移行とその手続きについて定めた法規について詳しい説明があります。トラサムから大統領の職務を即座に引き継ぐことになるのか、さしあたっては副大統領の地位のまま職務を代行し、トラサムに有罪判決が出て免職されるのを待って大統領に就任するのか、決定するのは彼女です。いずれにせよ、実務上は同じことですが」

「ショーを取り仕切るのはあなたということですよ」ハスキンス将軍は大まじめに言った。

しばらく沈黙が続いた。リムジンが最高裁の通用口に到着したところでようやくその沈黙は破られた。

「建国以来、最大の試練になります」ブラッド・ホイットリーが言った。

「あなたのように清廉潔白で、理路整然とした思考の持ち主の指導のもとでならば、この国はそれを乗り越えられるでしょう」

76

イスタンブール
午後5時35分

　アタナシウスが手配した小型の車はエミリーを乗せて、空港とイスタンブール中心街を結ぶ海岸沿いの幹線道路を走っていた。現代的でよく整備された自動車専用道路で、ケネディ通り《カデッシ》というおよそ似つかわしくない呼び名がついている。二十年くらい前のものと思しき古びたアウディは、きしんだり低くうめいたりしながらその道をたどっていた。あいかわらず顔に大きな笑みを張りつけた、英語はひとことも話せないいらしいドライバーは、目的地に一秒でも早くエミリーを送り届けようと猛スピードで車を駆っている。

　エミリーは今日手もとに集まった情報を整理しようとした。現実のデータに意識を集中していれば、マイケルのことを心配したり、この先に何が待っているのかとくよくよ考えたりせずにすむ。目の前に広げたパズルのピースだけに目を向けるようにしていなければ、頭がどうかなってしまいそうだった。マイケルが心配で。彼と離れて冒険の旅をまだ続けている自分が後ろめたくて。自分の身に迫っている危険、目に見えないが確実に存在する脅威に怯えて。だから、新しく手に入れた情報を整理することに無理にでも意識を集中しようとした。

理由はどうあれ、古代のアレクサンドリア図書館がアレクサンドリアから移転したのは明らかだ。学者たちは、図書館は失われたか破壊されたと考えた。しかしいまのエミリーは、図書館は地下にもぐり、ひそかに移転したことを知っている。その移転先がコンスタンティノープルだったとすれば、納得がいく。帝国の新首都なら安全だ。コンスタンティノープルはローマ帝国衰退後の世界の中心都市となり、およそ千百年後、一四五三年にオスマントルコに征服されるまでその地位を維持した。征服されたのちも、帝国の重要な都市の一つであることには変わりがなく、強大なスルタンと不敗の軍隊が治めるイスラム帝国の中心となった。しかしオスマン帝国もやがて消滅した。一九二三年のトルコ共和国成立を境に情勢は一変する。三三〇年にコンスタンティヌス一世によって首都と宣言されて以来初めて、イスタンブールは王族の統治拠点ではなくなった。

図書館が本当にこの地にあったのなら、アルノ・ホルムストランドがその発見の過程の一つの通過点としてエミリーをイスタンブールに導いたことにも筋が通る。ホルムストランドは故意に図書館の歴史をたどる旅を彼女にさせているのではないかと思えてならない。そうやって足跡を追うことを通じて、図書館に……そう、親近感や絆を感じるようになるだろうとでもいうように。

動機はどうあれ、とりわけ興味深い事実が一つある。アタナシウスの話によれば、図書館は十六世紀なかばまでコンスタンティノープルにあった。それが事実なら、十五世紀の権力の大変動のさなかもずっと、図書館はこの街に存在していたことになる。権力はビザンツ帝国の皇帝によってこの街にもたらされた。そしてオスマン帝国の旗によってこの街を追われた。

そう考えると、ホルムストランドの最新の手がかりにある《王の家》が指し示すものは、アヤソフィア大聖堂、現在の博物館で即位したビザンツ帝国の皇帝の住まいではありえない。車がアヤソフィア大聖堂の前を通り過ぎたとき、ホルムストランドの手がかり――容易に読み解けるように見えて、字面だけを解釈すれば間違った方角に進むはめになる手がかりは、表向きこの建物を指しているに違いないとあらためて思った。コンスタンティノープルの王たちは栄華を極めた。そのほとんどが廃墟と化し、大々的な発掘が行われているコンスタンティノープル大宮殿は、現代イスタンブールの観光の目玉になっている。イスタンブールで《王の家》が見たいと言えば、間違いなくこの宮殿までの道順を教えられる。

しかし、ビザンツ帝国とコンスタンティノープルが衰退し、イスラム帝国に支配されていた時期に図書館がこの街にあったのだとすれば、《王の家》は別のどこかを指しているはずだ。エミリーの考えでは、別のどこかとはオスマン帝国の皇帝の住まいに違いない。いま小型のアウディが全速力で向かっている先は、その住まい――トプカプ宮殿だ。

77

午後6時5分

車がきついカーブを曲がってカバサカル通りを走り出したところで、ジャケットのポケットから短い着信音が二つ鳴った。一瞬置いて、また二つ。エミリーは携帯電話を取り出した。小さな画面のバックライトが点灯し、新着メールが二件あることを知らせていた。すぐにリストを確かめた。メールのすぐ横に見覚えのない国番号と電話番号が表示されていた。

一件目を開封した。送信者はすぐにわかった。書き出しはこうだ――〈アタナシウスより――ゴールに到着したとき、必要な情報が手もとにそろっていたほうがいいと考えて〉。

親指でトラックボールを操作してメールをスクロールすると、大勢の名前が書かれたリストが表示された。知らない人物ばかりだった。二通目を開封すると、こちらも同じようなリストだった。ただし、二通目のリストには、知っている名前があった。

一番上は〈ジェファソン・ハインズ〉。アメリカ合衆国副大統領のハインズだ。

アウディがトプカプ宮殿の前で停まった。エミリーはたったいま届いたものが何なのか察していた。アルノ・ホルムストランドを死に追いやったリストに違いない。

78

ニューヨーク
午前11時（EST）――イスタンブール時間午後6時

黒いテーブルを大勢の男たちが囲んでいる。理事長は彼らの肩越しに手もとをのぞきこみ、専用のパソコンに接続されたキーボードの上で躍る指を見つめた。〈カウンシル〉のスタッフはみなそうだが、彼らもやはりそれぞれの分野のエキスパートで、アタナシウスとエミリー・ウェスとの会話から彼らが拾い集めた情報はすでに膨大な量に達していた。いまもまだ、会話を書き起こした記録にある人名や地名を追跡調査し、個人情報や通信履歴などをハッキングし、顔認識プログラムを利用して身元を突き止めたアレクサンドリア図書館に出入りした人々の情報と突き合わせる作業を進めている。コンピューター・ハッキングという技術が出現して、調査や捜査における〝あらゆる可能性をつぶす〟範囲は広がる一方だ。

ユアン・ウェスタースバーグはすでに判明している事実をあらためて思案した。

「アントーンが〈ソサエティ〉のナンバー2となるべく養成訓練を受けていたことはわかっている」誰にともなくそうつぶやいた。「本人も認めているとおり、図書館の所在地を知る二人の人間の一人になる予定だということだ」

「しかし、まだ正式な引き継ぎは完了していません」アドバイザーの一人が指摘した。「引き継ぎが行われる前に、我々がマーレイクを抹殺しましたから」

「アントーンもそう言っていたな」ウェスターバーグはうなずき、テーブルの上の会話の記録に目を落とした。「しかしおそらくここ数カ月は、引き継ぎの仕事にほとんどの時間を割いていたと考えていいのではないか。知っておくべき情報を仕入れたり、人脈を築いたり、さまざまな下準備をしたり」

「通話履歴は膨大です」コンピューター技術者の一人が声を上げた。「発着信数は二月に急増して、以降、その水準を保っています。アレクサンドリア図書館の通信システムの盗聴記録をランダムにチェックしましたが、通話の内容からはめぼしい情報は拾えていません。これまでアントーンが〈ライブラリアン〉であると特定できなかったのはそれも一因でしょう。図書館に関するやりとりが含まれているとすれば、符丁を使って話しているのではないかと思われます。電話での会話はすべて書籍一般や新着図書、通常業務に関するものでした」

「むろん、図書館の話を誰にでもわかるようにするわけがない」ウェスターバーグは応じた。「符丁を使ったりもしないだろう。我々が即座にその通話に注目するとわかっているだろうからな。〈ライブラリアン〉だと自分から明かすようなものだ」

そのとき、ふと思いついた。

「リチャード」ウェスターバーグはハッカーの一人のほうに顔を向けた。「通話相手を地図上に描きこんでもらえないか。アントーンがどの地域にいる人物と電話で話したか、視覚的に見せてくれ」

「了解しました」リチャードと呼ばれたハッカーは答え、猛烈なスピードでキーボードを叩き始めた。まもなく、標準的なメルカトル式投影図法の世界地図が画面に展開され、そこに赤い点が次々と表示され始めた。一つひとつが特定の都市を示している。赤い点がすべて表示されると、今度は青い点が同じように地図上に現れた。

「赤はアントーンから電話をかけた先、青はアントーン宛の発信元です」リチャードが説明した。「いま表示されているのは直近の半年分です」

一同はリチャードの席の周囲に集まった。全員が無言で画面を見つめる。数秒後、ウェスターバーグは口を開いた。

「この地図を見て、何か思いつくことはないか？」彼の頭のなかでは一つの考えが急速に形をなし始めていたが、ほかの者の目にも同じように見えているかどうか確かめたかった。

「そうですね」アドバイザーの一人が画面に目を向けたまま言った。「かなりの数の電話をかけています」

「それは事実だな」ウェスターバーグはいらだちながら答えた。そんなことは見ればわかる。「もっとよく見ろ。アントーンとウェスの会話の内容を考えると、この地図には疑わしい空白がないか？」全員の目が新たな観点から画面を見つめた。

ようやく別のコンピューター技術者が気づいて言った。

「ああ、なるほど」興奮した口調だった。「イスタンブールですね。この半年のあいだに、イスタンブールにもその周辺の都市にも一度たりとも電話をかけていないし、かかってきたこともない」

　その見解はウェスターバーグの認識と一致していた。エミリー・ウェスも、ジェイソンが指揮するチームも、イスタンブールに行っている。ところが通話履歴を見ると、イスタンブール周辺は完全な空白だ。そこから導き出される結論は一つしかない。

「図書館はイスタンブールにはないということだ」ウェスターバーグは言った。「かつて書庫が置かれていたことがあったにせよ、現在は使われていない。新〈アシスタント・キーパー〉の通信記録がそれを裏づけている」

「つまり、エミリー・ウェスは〈キーパー〉のヒントはイスタンブールを指していると解釈しましたが、それは間違っていると？」

「いや、間違ってはいない」ウェスターバーグは答えた。「その解釈は合っているだろう。だが〈キーパー〉は、これまでとまったく同じやり口を繰り返している。人を惑わせ、操り、肩すかしを食らわせる。これもまた、〈キーパー〉の得意な追いかけっこの一つのステップだ。ウェスはいまのまま泳がせろ。老いぼれがイスタンブールにどんな褒美を残したか知らんが、それを見つけさせるんだ。そのあいだに我々は一歩先を行く」また地図に視線を戻した。それにつられて全員が地図に目を向けた。

「イギリスを拡大してくれ」ウェスターバーグは指示した。数秒後、イギリスの地図が画面いっぱいに表示された。赤と青の点がオックスフォードシャーを埋め尽くしており、その大半が州都オックスフォードに集中していた。

オックスフォードか。ウェスターバーグの頭にまた一つ考えが閃いた。「おい、誰かウェスの家にあった本の一覧表を見せてくれないか」別の技術者が蔵書の分析報告書を画面に呼び出した。ウェスターバーグは蔵書リストに目を走らせた。書棚の縦一列全部をオックスフォードに関する書物が占めていた。エミリー・ウェスはオックスフォードの大学院博士課程を修了している。

「ウェスはオックスフォードにいたことがある」独り言のようにつぶやいた。思考のスピードはしだいに上がっていった。「〈キーパー〉も長いキャリアのなかで何度かオックスフォードに滞在している。アントーンの通話先もオックスフォードに集中している……」

「しかし、オックスフォードは昨日調べました」アドバイザーの一人が言った。「教会の爆破跡を調べましたが、おとりでした」

「わかっている」ウェスターバーグは答えた。「あの教会は計略のうちだったな。しかしオックスフォードはどうやらそうではないらしい」

ウェスターバーグが話しているあいだ、リチャードはキーボードを叩きながら、アタナシウス・アントーンのメールの全履歴に目を通していた。一瞬、タイプする手が止まった。それから顔を上げてウェスターバーグを見やった。

「理事長、ちょっと見ていただきたいものが」

ウェスターバーグはリチャードの隣に立って画面をのぞきこんだ。

「これはヤフーの無料アカウントからアントーンに宛てて送信された空メールに添付されていた画像なんですが、送信元のＩＰアドレスはオックスフォード市内です。当時はとくに注目する理由がなかったので、そのままになっていました」リチャードがマウスをクリックすると、ロンドンのウェストミンスター寺院の絵はがき風の写真が表示された。ウェスターバーグは意外そうに眉を吊り上げた。

「ウェストミンスター寺院？」

「そうです」リチャードは答えた。「ただ、本当の写真はこれではありません。よく調べたら、暗号化されたＪＰＥＧファイルでした」

「素人《しろうと》にもわかるように言ってくれ」ウェスターバーグは言った。技術的な問題はそっくり技術屋にまかせている。専門語には詳しくない。

「ふつうに開いたときは別の写真を表示するように作られた画像ファイルです。復号すると、本来の写真が見えるようになります」

　ウェスターバーグはふくらみかけた期待を抑えつけるようにして言った。

「復号とやらはできるのか」

「もちろん」リチャードは答えた。「もう復号しました。世界一単純な暗号化アルゴリズムではありませんが、もっとも複雑ということでもありません。ＪＰＥＧファイルの暗号化は、さほど高度なエンコード方式ではないですから。通常は、本来相手に見せたい写真を単純に隠す用途にしか使いません。何かあると疑って探さないかぎり、もう一枚別の写真が隠れているとは誰も考えないでしょう」

「能書きはいい」ウェスターバーグはもどかしげに言った。「隠してあるという画像を見せろ」

リチャードが何度かマウスをクリックすると、画面上にまったく別の写真が表示された。見たことのないシンボルだった。石に彫られたそれを、はるか下から見上げて撮影したようだ。象形文字のように抽象的な彫刻が、凝った装飾の施された石造りの天井に固定されている。その形状は特徴的だった。

それを目にした瞬間、どこへ行くべきか、何をすべきか、鮮明に見えた。図書館の所在地がわかった。目の前の画面に表示された写真と同じようにはっきりと。

ちょうどそのとき、技術者の一人が自分のパソコンの画面から顔を上げ、おずおずと言った。

「エミリー・ウェスがイスタンブールで携帯電話を使用したようです」

「詳細は?」ウェスターバーグは怒鳴るような声で促した。技術者は何度かクリックを繰り返し、キーボードを叩きながら報告した。

「たったいまショートメールを二通受け取りました。どちらも発信者は同じ——エジプト国内の電話番号です。まもなく発信者の調べがつきます」

「本文は見られるか」

「もちろんです」技術者がひとしきりキーを叩くあいだ、会話は中断した。ほどなく技術者が顔を上げ、重苦しい表情でウェスターバーグを見た。「いずれもリストです」

ウェスターバーグはその技術者の背後に近づき、肩越しに画面を見た。メッセージの内容が表示されていた。二通分を合わせるとあのリストになる。流出したリスト。流布し始めたリスト。

部屋に集まった技術者にそれ以上ひとことも発しないまま、ウェスターバーグは胸ポケットから薄型の携帯電話を取り出し、ボタンを押して電話を耳に当てた。

「ターゲットが変わった」イスタンブールを走る車を運転中のジェイソンに電話がつながるなり、そう告げた。

「エミリー・ウェスを生かしておく理由はなくなった。ほかに知っていることがないか確めたら、この世に別れを告げさせろ」

79

イスタンブール　トプカプ宮殿
現地時間午後6時15分

エミリーは宮殿入口のゲートで入場料二十トルコリラを支払って切符を買い、植栽が美しい中庭を横切って宮殿本体に向かった。

この二日間にエミリーが見たほかの建造物と同様に、トプカプ宮殿も強い印象を残す建物だ。ただしその趣は、知を象徴する荘厳なオックスフォード大学とも、ガラスと石でできたモダニズムの極みのようなアレクサンドリア図書館とも異なっている。トプカプ宮殿は、キリスト教徒からコンスタンティノープルを奪い、ビザンツ帝国を滅ぼした〝征服者〟メフメト二世によって一四七八年に建設されて以来、スルタンの住居として使われた、さまざまな様式が混じり合った伝統的なオスマン建築だ。同じ外観の建物は二つとなく、オスマントルコの装飾の特徴である鮮やかな色彩にあふれている（オックスフォード大学やアレクサンドリア図書館の建物に色はまったく使われていない）。建物の内も外も、青、赤、黄金色の縁取りが施され、金箔を張った鋭角の屋根を色つきの列柱《コロネード》が支えている。ちょっとした空間があればかならず噴水が水音を立てていた。セラグリオ岬の丘の上に建つ総面積およそ八万平方メートルの宮殿は、一つの建物というより、王族の邸宅や館が集まって作る小さな村だ。

エミリーはトプカプ宮殿についてはさほど詳しくない。歴史を研究しているわけではないふつうの旅行者よりは知っているが、知識量としては入口ゲートでもらったパンフレットの内容と大差はなかった。

オスマン朝のスルタンは、〝征服者〟メフメト二世以降、一八五六年まで代々この宮殿を住まいとした。スルタンの妻、スルタンの血縁者やその配偶者、子供たちを含めた大家族がここで暮らしていた。スルタンその人と近親者は、伝統的なスルタンの居城にかならず設けられていた〝ハレム〟と呼ばれる一画に住んでいた。宮殿は同時に〝官庁街〟の側面も持ち、スルタンは、官僚や顧問らの全員を文字どおり隣人として住まわせていた。宝物庫や馬小屋、閲兵場、武器庫、病院、浴場、モスク、講堂など、一国の王に必要なものはすべて城壁内にそろっており、スルタンはどうしても必要なとき以外、統制不能な一般庶民があふれた宮殿の外に出るという危険を冒さずにすませた。

スルタンが居を移したのち、一八四〇年代ごろから宮殿は博物館として開放された。一九二四年にはケマル・アタテュルク大統領によって新トルコ政府博物館管理局の一機関となり、現在に至っている。博物館としてのトプカプ宮殿は、オスマン帝国最盛期の生活ぶりを旅行者に紹介する観光スポットであると同時に、イスラムとオスマン両帝国より前にさかのぼるさまざまな美術品コレクションの保管と展示という役割も担っている。彩色された陶磁やタイルという伝統的な美術品をたっぷり見られるのはもちろん、宮殿のモスクの一つの近くに設けられた聖遺物館にはイスラム教の貴重な文化遺物が多数所蔵されている。目玉の一つは、専用の一室にあるガラスケースに収められたムハンマドのひげ一本で、そのかたわらではイスラム聖職者が休むことなくコーランを朗読している。

エミリーは景色を楽しみながら敷地を歩いた。今日は緊張の連続だったが、それでもこの宮殿の美しさに感嘆せずにはいられない。そろそろ夕暮れの冷たい空気が忍び入ろうとしていた。左右に手入れの行き届いた花壇のある石畳の通路を進み、宮殿の北東の角にあるバーダット・キョシュキュに向かう。どちらを向いても噴水がある。渦巻く思考の底から歴史の断片が一つ浮かび上がってきた。噴水が設置されたのは、そのかすかで美しい水音で人の心をくつろがせるためではない。水音は〝ホワイトノイズ〟にちょうどよかったからだ。大勢の人々が行き交う宮殿で、スルタンが顧問と相談事をするときなどに、その声を聞き取りにくくするのに使われた。宮殿内の噴水は、主立った接見室や諮問室の窓や出入口の近くに配置され、スパイの盗み聞きを妨げた。少なくともスルタンの発言そのものは水音がかき消した。

美しい景観と歴史は、しかし、今日は脇役にすぎない。それよりずっと大きなもの、畏敬の念を起こさせる一方で、恐怖をも抱かせるものが主役だ。エミリーはときおり背後を振り返り、不審な人物がついてきていないか確かめた。空港で見た二人組の男は、強い不安の産物だったかもしれないが、だからといって現実を見て見ぬふりをすることはできない。アタナシウスの言う〈カウンシル〉は現実の存在であり、目的を達成するためならどんな行為もいとわない。彼らはマイケルを探し出した。それを考えると、エミリーのことは何もかも知られていると思ったほうがいい。ついさっきリストを受け取ったことも、すでに知られているかもしれない。〈カウンシル〉のいまの行動のすべてはあのリストに端を発しているようだ。彼らは〈ソサエティ〉だけの敵ではなくなった。エミリーの敵でもある。いまこの瞬間も彼らが獲物を追跡しているのは確かだろう。

赤と白の大理石でできたキョシュキュに入る。十七世紀にバグダッドを占領した記念に建設されたもので、現在はきれいに整えられた木々や花々に囲まれている。宮殿の奥まった場所、入口のゲートから一番離れた一角にひっそりと建っており、帝国の最盛期にはごく一部の特権階級しか目にすることができなかったであろうすばらしい景色が開けている。帝国の絶対的な力を象徴するかのような高みから、街と海を一望できるのだ。スルタンは、文字どおり、自分の家の庭から帝国全体を見下ろしていた。

その景色を見た瞬間、エミリーは胸騒ぎを感じた。

宮殿のなかでも高い位置にあるここからは、一方にイスタンブールの街が、もう一方には三つの海の交差点が見える。街の真ん中に位置する半島の突端で、マルマラ海、ボスポラス海峡、ゴールデンホーン湾の三つが合流する。イスタンブールが貿易と海運の一等地であるのはそれゆえだ。エミリーは水の上にぽつんと突き出したような丘の上から、はるか下方の海を見つめた。

はるか下方の海。

いや、いや。

その距離が、いまここでは不穏な風をエミリーの胸に呼びこんだ。しっくりこない。エミリーは下方の海から目をそらさずにいたが、ここが正しい宮殿だという確信は急速に揺らぎ始めていた。自分は何か読み違えたのだろうか。

　トプカプ宮殿は丘の上に建って海を見下ろしている。しかしアレクサンドリアで受け取ったアルノの手紙には、《水に接する王の家》と書いてあった。《接する》。奇妙な言い回しだ。しかし、その言葉遣いこそが重要だと思えてならない。この二日間でアルノ・ホルムストランドについて新しく知ったことは何かと言えば、正確すぎる言葉の選び方にはかならず意味が隠されているということだ。彼は使う言葉を選び抜く。彼の言葉は、字義どおりの意味を持つ。

　アルノの言葉を頭のなかで繰り返し、その正確な意味を聞き取ろうとした。すると、ありのままの事実が眼下に広がる海のように鮮明に見えてきた。この宮殿は海に近い。だが、その二つは接していない。触れ合っていない。その意味するところは一つだ。

　トプカプ宮殿ははずれだ。

80

午後6時30分

エミリーは来た道をたどってメインゲートに戻った。一歩踏み出すごとに、トプカプ宮殿はホルムストランドの手がかりが指し示す《王の家》ではありえないという確信が強まった。これはオックスフォードで聖母マリア大学教会の廃墟を歩き回ったあのときと同じ――アルノ・ホルムストランドの陽動作戦のイスタンブール版だ。すぐに思いつきそうな答えはどれも、エミリーがいましっかりと胸に抱き締めている手がかりが間違った人間の手に渡った場合に備えたおとりなのだ。今回の正解は、二重にカムフラージュされている。コンスタンティノープルにある宮殿と聞いてほとんどの人が最初に思い浮かべる宮殿――ビザンツ帝国の皇帝《エンペラー》の宮殿――を指しているのではない。オスマン帝国皇帝《スルタン》の住居だ。ただし、目くらましはその一つだけではない。

《水に接する王の家》。それが指すのはここではない。別の宮殿があるはずだ。しかし、ホルムストランドができるだけ念入りに手がかりを隠す必要に迫られていたことはいまならよく理解できるが、新たな謎を解かなくてはならないことに変わりはなかった。

切符売場に近づくと、プレキシガラス張りの窓口にまじめそうな若い男性係員が座っているのが見えた。人が喜ぶ顔が見たくて接客業に就いているタイプではないか。このあとの会話の奇妙な展開を考えると、この男性に話しかけるのがいいだろう。

「すみません、ちょっと教えていただけますか」エミリーは窓口のだいぶ手前からそう声をかけた。

「ええ、私でお役に立てれば」男性はすっと背筋を伸ばし、営業用の満面の笑みを作った。

エミリーの推測は当たっていたようだ。

「この宮殿ではないみたいなの」

窓口係は、悪気はなかったとはいえ、面食らったような表情を作った。英語は母語ではないが、たとえそうだったとしても、エミリーの言葉はとっさには理解できなかっただろう。

「えっと……？」

「あ、ごめんなさい。私が見たかった宮殿はここではないみたいって言いたかった。この宮殿は――」エミリーは適当な言葉を探した。「――あらかじめ聞いてた説明と違ってて。まったく、あわて者の観光客よね！」エミリーは係員に人のよさそうな笑顔をどうにか取り戻させたくてそう言った。熱意をむき出しにして質問攻めにするのではなく、自分の勘違いに困惑している旅行者を装ったほうが求めている答えを引き出しやすいだろうし、手っ取り早くすむだろう。「イスタンブールにはほかにもスルタンの住居はある？」

「二つあります」窓口係は口ごもりながら答えた。「イルディズ宮殿とドルマバフチェ宮殿です。でも、一番有名なのはここですよ」自分の職場に誇りを持っているのだろう、いくぶん胸を張って言った。

「その二つはどこに？」エミリーは尋ねた。「どちらかが海に近かったりします？」

「イルディズは街のなかですが」青年は答えた。「ドルマバフチェ宮殿は海沿いです」そのひとことは、エミリーの耳に魔法の言葉に聞こえた。

「重要な場所でもあります」窓口係は褒め称えるように続けた。ただし、あくまでも自分の勤務先であるトプカプに次ぐ二番手という扱いだ。「アタテュルクが住んでいたところですから。トルコの歴史上、とても重要な場所です」

「ここからならどうやって行けばいいかしら」

「バスや車でも行けますが、一番早いのはフェリーでしょう。エミノニュから乗れますよ。この丘を下ったところです」そう言いながらかたわらのスタンドに手を伸ばし、ドルマバフチェ宮殿の小さなパンフレットとフェリーの時刻表を取ってエミリーに差し出した。

「ありがとう。助かりました」エミリーは感謝の笑顔を向けた。

「ただ」青年が言った。「明日まで待たないといけません。ここは七時まで開いていますが、ドルマバフチェ宮殿は五時で閉まります。今日は終わってしまいました」

エミリーの沸き立つような興奮は、驚くべきスピードで一気にしぼんだ。明日の朝か――途方もなく遠い未来に思える。マイケルに電話で伝えたことは本気だった。あと一日だけ。彼と離れていられるのはあと一日だけだ。

窓口係はエミリーの失望を察したらしい。

別ですよ」

「でも」そう言ってまた先を続けた。「フランスとトルコの国際関係に興味があれば、話は

　エミリーは顔を上げた。

「え？　何に？」

「ドルマバフチェ宮殿で今夜、過去一世紀のフランスとトルコの関係がテーマの講演会があります。話をするのはフランスの政治家で――」デスクからチラシを取って名前を確かめた。「ジャン゠マルク・ルトルク」チラシをエミリーに手渡した。「講演会は七時からです。最終のフェリーに乗ればぎりぎり間に合うかもしれません」

　エミリーは青年を見つめた。感謝してもしきれない。プレキシガラスの板で隔てられていなかったら、手を伸ばして彼を抱き締めていただろう。

　ふだんのエミリー・ウェスはフランスとトルコの関係になどまるで興味を抱いていないが、今夜だけは例外だ。宮殿に入れるのなら――正しい宮殿にもぐりこめるのなら、口実は何だっていい。

　パンフレットをまとめて抱え、窓口係のほうにチップとして小銭をひとつかみ分押しやってから、エミリーは海の方角へと歩き出した。

81

午後6時35分

　ジェイソンはしかつめらしい顔でパートナーに向き直った。胸の奥から早くも期待感が湧き上がり始めている。理事長との電話は簡潔に終わっていた。

「目標の変更だ」もう一人の〈フレンド〉にそう告げる。「エミリー・ウェスは次の機会をうかがって始末する。持っている情報を吐かせるだけ吐かせてから」

　パートナーの〈フレンド〉は意外そうに眉を吊り上げただけで何も言わなかった。エミリー・ウェスの追跡に、すでにかなりの時間とエネルギーを費やしている。しかも女は〈キーパー〉が残した手がかりをいまもまだ追っているようだ。このタイミングで女を殺すというのは予想外の展開だった。ワシントンの件がいままさに成否の分かれ道にさしかかっているのは知っているが、エミリー・ウェスはそれよりずっと大きなものに彼らを導こうとしている。そう、図書館そのものに。

「次に女が一人になったところで捕らえる」ジェイソンは続けた。「短時間だけ尋問して、我々がすでに把握している以上のことを知っているかどうか確かめろという指示だ。おまえは携帯電話と私物を取り上げてくれ。あのリストをほかに転送していないか、念を入れて確認する。知りたい情報がすべて手に入ったら、一気に仕事を終える」

「いますぐやっちまってもいいんじゃないかな」パートナーは応じた。

二人はいま、急な坂を下って港に向かうウェスを尾行しているところだった。手がかりが指し示しているのはトプカプ宮殿ではないと判断したらしく、今度はドルマバフチェ宮殿に向かっている。ほんの数分前まで、二人の〈カウンシル〉は、その二つの宮殿を何年も前から繰り返し調べてきた。ほんの数分前まで、二人の〈フレンド〉は、エミリー・ウェスを追ってフェリーに乗りこみ、宮殿を捜索する様子を監視するつもりでいた。しかしその必要がなくなったのなら、いますぐターゲットを始末してもいいはずだ。

「次の幹線道路を渡ったところで始末すればいい」

「だめだ」ジェイソンは答えた。「理事長は目立たないようにやれと言っている。目撃者がいない瞬間を狙って、死体がすぐには見つからないような場所でな。警察が乗り出してくると、我々が動きにくくなる」

パートナーはうなずいた。それならそれでいい。エミリー・ウェスは人気のない場所で一人さびしく死ぬ。いまもまだ重要な情報を握っているのなら、それをすべて手放したあとで。

ジェイソンの表情をうかがった。目の奥が燃えるように輝いている。情報を漏らした人物の処刑に向かうときよりずっと激しい怒りが見えた。しかし、それだけではない。ほかにも何かある……期待、か。そう気づいたとき、〈フレンド〉の胸に希望があふれた。新たな指令、数分前の理事長からの電話。ジェイソンのあの表情が意味することは、たった一つしか考えられない。

理事長は図書館のありかを探し当てたのだ。

82

午後6時45分

トプカプ宮殿の敷地を出て丘を下り、イスタンブールの中心から海へ張り出した半島の北岸を目指した。誰かに見られている、尾行されているという感覚を振り払えない。しかし最終のフェリーに乗らなくてはならないことを考えると、危険を冒してでも大きな通りを行くしかなかった。もらった時刻表によると、ドルマバフチェ宮殿に近いベシクタシュ行きの最終便は、エミノニュから午後七時ちょうどに出港する。所要時間は短い。たった十五分の旅だ。最終フェリーに間に合えば、そして邪魔されたり捕らえられたりせずにすめば、今夜の講演会の開始から二十分ほど遅れるだけで宮殿に到着できる計算だった。講演者の紹介や挨拶に少なくともそのくらいの時間は取られるだろう。前置きで聴衆をどれだけ自分の話に引きこめるかが講演の成否を握る。学者であるエミリーはそのことをよく知っていた。あとは今夜の講演会が、開始時刻になると同時に出入りを制限するような格式張ったものでないことを祈るのみだ。

とにかくなかに入ってしまうことよ。あとは講演会場を抜け出す口実さえ何か考えれば、宮殿の敷地内を探索できる。

しかし、街の中心にそびえる急な丘を下る道のりは思っていたよりも遠かった。腕時計の針は七時ちょうどにじりじり迫っている。エミリーは歩くペースを上げた。最終フェリーを逃すわけにはいかない。

角を曲がると、半島の北岸に沿って走る大通りに出た。その通りの向こう側に、エミノニュの港が海に向けて突き出していた。船着き場、船、売店。人も大勢見える。行き交う車のあいだを縫って大通りを渡り、木のタラップを下ろした二階建ての小型フェリーが並んだ一角に向かった。

「ベシクタシュ？　ドルマバフチェ？」いかにも港の職員といった身なりの男性を見つけて、エミリーは尋ねた。男性は脂じみたシャツを着てくたびれた帽子をかぶり、切符と紙幣の束を持っていた。

太鼓腹の男性は吸いかけの煙草を口にくわえたまま、埠頭《ふとう》の一番奥につけたフェリーを指さした。「切符は船で」そう言って、また札を数え始めた。

エミリーは急ぎ足でフェリーに向かった。すでにエンジンを始動させて出航しようとしていた船に飛び乗り、十二トルコリラの料金を支払って二階のデッキに上った。駆け込み乗船の客が全員乗りこむのを待って、フェリーは動き出した。半島の美しいスカイラインが遠ざかっていくのを見ながら、エミリーはようやく肩の力を抜いて呼吸を整えた。フェリーに間に合った。動き出しかけていたフェリーにぎりぎりで飛び乗ったのだから、尾行されていたとしてもきっとそれで振り切れただろう。デッキの白い金属の手すり際に立って景色をながめた。

背後にはさっき下ってきたばかりの丘がそびえ、そのてっぺんにアヤソフィア大聖堂とブルーモスクの大きなドームが見えた。その両脇にトプカプ宮殿の壁や高欄も見える。街と空との境にいくつものモスクの尖塔が並んでいた。中世東洋の本の挿絵を見ているようだと考えずにはいられなかった。

向きを変えて、船の進行方向に視線をやった。左手にヨーロッパがある。右手にはアジア。ボスポラス海峡は二つの大陸の境界線をなし、千年のあいだ貿易で栄えてきた。どちらの街並みにも近代化の痕跡は明らかで、ラジオやテレビの衛星受信アンテナが点在し、往来の激しい道路からは車のクラクションの音がやかましく聞こえているが、それでもイスタンブールには時代を超越した趣が感じられた。二つの大陸を結ぶ街、二つの大帝国の首都だった街。いまもトルコ共和国の中心地であり続けている。政治の中心はアンカラにあるとはいえ、トルコの心臓はやはりイスタンブールだ。

視界の左側にドルマバフチェ宮殿が見えてきた。トプカプ宮殿とはまったく異なる外観だ。エミリーは探索に備えて基本的な情報を頭に入れておこうと、切符売場の係員からもらった小さなパンフレットを開いた。

ドルマバフチェ宮殿は、ほかのヨーロッパ諸国の王宮に似た見栄えの宮殿を求めたアブデュルメジト一世によって建設され、一八五六年、トプカプ宮殿から王宮としての役割を引き継いだ。アブデュルメジト一世の希望を取り入れて、設計に当たっては伝統的オスマン建築を採用せず、西欧のさまざまな建築様式を取り入れた。バロック、新古典、ロココ。スルタンの宮殿らしい特色は、建物の形ではなく装飾で表現された。

　まもなく宮殿の全体が見えてきた。確かにアブデュルメジト一世が望んだヨーロッパ風のかまえではあるが、どことなく奇妙な印象を受けた。ヴェルサイユ宮殿とバッキンガム宮殿を掛け合わせ、そこにイタリアの大邸宅の要素まで加えたような外観をしている。マイケルならおそらく、醜悪な建築物と切り捨てるだろう。異なった様式をいくつも取りこんだ結果、個性らしい個性を失っている。それでも壮麗な建物ではあった。〝息を呑むような〟という表現も大げさではないと思えた。

　もらったパンフレットによると、宮殿の内部は伝統的オスマン建築を受け継いでおり、今日見たトプカプ宮殿と同じように、公式行事が行われる空間と私生活の場であるハレムを明確に分離した造りになっている。いずれの空間の内装も豪華そのもの、目をみはるしかない華やかさだ。ドルマバフチェ宮殿でもっとも有名な二つの見どころ、クリスタルの階段《ステアケース》とシャンデリアがその典型例だ。階段の呼び名の由来は、手すりの支柱がすべてバカラ製のクリスタルでできているからだ。イギリスのヴィクトリア女王からスルタンに贈られた、やはりバカラ製のシャンデリアは重量四・五トン、使用電球は七百五十個で、当時も現在も世界最大とされている。宮殿内のあらゆるものに金箔が張られ、宝石が埋めこまれ、浮き彫り細工や鮮やかな彩色が施されており、すべてが値のつけられないほど貴重で、どちらを向いてもそのまばゆいばかりの絢爛《けんらん》さに圧倒される。

内部を見学するには宮殿主催のガイド付きツアーに参加するしかないという記述を見ても、エミリーは意外には思わなかった。トプカプ宮殿のように、敷地内を自由に歩き回れるわけではない。

営業時間が終わっていてかえって幸運だったのかもしれない。ガイド付きのツアーに参加してグループから一人だけはぐれるより、講演会の会場から抜け出して無人の宮殿内にまぎれるほうがきっと簡単だろう。

この宮殿も現在は博物館になっているが、トルコ共和国の成立後も政治の中心であり続けた。トルコ史においてドルマバフチェ宮殿が重要な建造物とされるのは主に、現代トルコの父であり初代大統領でもあるムスタファ・ケマル・アタテュルクが晩年をここで過ごしたからだ。トルコの人々もトルコという国家も、建国の父を偶像化して崇拝している。アメリカ人も初代大統領ジョージ・ワシントンほか建国の父たちを敬慕しているが、その比ではない。アタテュルクが息を引き取ったドルマバフチェ宮殿内の寝室は現在も当時のまま保存されており、記念碑や祭壇のように崇められて、見学ツアーでもかならず案内されるスポットになっている。

しかし、今日のエミリーにとって注目すべき事実は、宮殿の立地だ。アブデュルメジト一世が新しい王宮の建設地として選んだのは、ボスポラス海峡に面した埋め立て地の一角だった。その前の世紀に数十年かけてオスマン帝国の庭師たちが埋め立て、そこに王族の庭園と保養所を造った。その起源は〝埋め立てられた庭〟を意味するドルマバフチェという名前にいまも残されている。その埋め立て地に建つ宮殿は、文字どおり《水に接》している。建物の基礎のすぐ下まで海が迫っているのだ。

エミリーはフェリーの船首のすぐ向こうにそびえる宮殿を見上げた。間違いない。アルノの手がかりが指し示している場所はここだ。

フェリーが港に入って速度を落とす。下船するには一階のデッキに下りなくてはならない。すぐそこの階段から下りようとそちらに向かいかけたとき、一回り広くなった下の階のデッキの手すり際がちらりと視界に入った。そこに二人組の男がいた。

洗練された身なりの二人組。一人はジャケットを脱いで腕にかけていたが、二人ともスーツを着ていた。

グレーのスーツを。

髪をきちんと整えた二人は、そっくりの見かけをしていた。〝クローンみたいだった〟。マイケルの言葉が耳に蘇った。

全身の血液が凍りついた。空港で二人組の男たちを見たように思ったのは、怯えていたせいだけではなかったのだ。そのあと尾行されているようで不安だったのも、錯覚ではなかった。実際に尾行されていたのだ。マイケルの家に押しかけた二人組とは別人だろう。この短時間にアメリカからここまで来られるはずがない。しかし、無関係ではないはずだ。

〈カウンシル〉は彼女を追跡している。尾行している。そのとき、頭のどこか奥のほうから悲鳴にも似た声がこう命じた──〝このまま尾行させておきなさい〟。

エミリーは二人組に気づかれないようすばやく後ろに下がった。心臓がどきどきしている。姿を見られたことに、男たちは気づいただろうか。自分たちの存在に感づかれていないつもりでいるのなら、直接対決を避けられるかもしれない。

フェリーのエンジンのうなりも、満員に近い乗客の話し声も遠ざかった。いまエミリーに聞こえるのは、耳の奥でハンマーのように鳴っている自分の拍動だけだった。

一階に行って、船を降りて、宮殿に向かう。一階に行って、船を降りて、宮殿に向かう――いますべきことを頭のなかで繰り返しながら、気持ちを落ち着かせることはできないまでも、意識をそれに集中させようとした。

ごくりと喉を鳴らし、一つ深呼吸をして、鉄の階段を下り始めた。目はまっすぐ前、やや下方に向けて動かさない。そのままフェリーのタラップを下って上陸した。

尾行させておくこと。自分にそう言い聞かせて前進を続けた。尾行したいなら、尾行させてやればいい。

83

午後7時15分

陸に降り立つなり、エミリーは左手に見えている壮麗なドルマバフチェ宮殿のほうに向きを変え、心臓がやかましく鼓動してなどいないふりを装って、落ち着いた足取りで歩き出した。人通りの多い歩道の真ん中を行くよう心がける。

宮殿に入って講演会場から抜け出してしまえば、あの二人も振り切ってしまえるかもしれない。

彼らは少なくとも、彼女がトルコに入国して以来ずっと尾行しているのだとエミリーは自分に言い聞かせた。トプカプ宮殿にもいたことになるが、これまでのところ彼女を襲おうというそぶりは示していない。姿さえ見せていなかった。その方針をこのまま貫いてほしい。怪しまれるような行動を控えること。彼らの存在に気づいていることを悟られたら、情勢は一変する。

エミリーは、夕方の散策をのんびりと楽しんでいる周囲の人々と歩調を合わせた。周囲に溶けこもうとした。

宮殿までの道のりはほんの数分だった。首を伸ばし、もうすぐそこに見えている宮殿の全体像をながめた。ドルマバフチェ宮殿は思わず見とれずにはいられない美しい建造物だった。身の安全に不安を抱きながらも、エミリーは考えていた。この堂々たるファサードは、要するに帝国の力の誇示、十九世紀オスマントルコ式の〝衝撃と畏怖〟作戦ではないか。

案内板に従って宮殿のメインエントランスを目指した。今夜の特別講演会に遅れて到着した参加者を歓迎するように入口のドアは開け放たれ、明かりが灯っていた。そちらに向けて歩きながらさらにペースを落とし、ブランドもののジャケットの裾を整え、やや乱れた髪を後ろできりりと束ねてポニーテールにした。このいくぶんくたびれた外見で、フランスとトルコの国際関係について知識を深めたいと考える学者に見てもらえるだろうか。そう願うしかない。

入口を入ってすぐのところに置かれた小さなアンティークの木のテーブルが登録受付カウンターになっていた。そこで法外な参加料金を支払った。遅刻したことを丁寧に謝ったが、受付係の反応は鈍かった。エミリーはチケットを受け取って奥へ進んだ。

想像していたとおり、即座に圧倒された。日中のガイド付きツアー参加者のために掲げたままになっている小さな案内板によると、メダル・ホールと呼ばれるメインエントランスを見ただけでも、宮殿の豪華さがよくわかる。とにかく広く、ゆったりとした階段があり、頭上には巨大なシャンデリアが下がっていて、彫刻入りのテーブルやりっぱな絵画が並んでいた。いまのいままで、イギリスから乗った飛行機のファーストクラスでもらった無料のシャンパンや化粧用品のセットで〝贅沢〟な世界をのぞき見たつもりでいたが、それがふいに色褪せたように思えた。

　彼女を取り巻く豪華絢爛さから目を引き離し、ほかの少数の遅刻者とともに講演会場に向かった。入口に着くずっと手前から、玄関ホールと同じように贅を尽くした部屋だとわかった。赤いベルベット地を張った木の椅子がずらりと並んでいるが、ほぼ全席が埋まり、参加者は講演に熱心に耳を傾けていた。部屋の一番前の優雅な演台に男性が立ち、フランス語で話をしているのが見える。講演はすでに始まっているようだ。

　会場に入ろうとしたところで、エミリーは計画を実行に移した。トイレに行きたかったことを急に〝思い出し〟、ドアマンに化粧室の場所を尋ねた。

「右手の二つ目のドアがそうです」

　エミリーは二つ先のドアまで歩いた。それから、誰にも見られていないことを確かめたあと、すぐ先の角を曲がって、宮殿の敷地を覆う闇にまぎれた。

84

ドルマバフチェ宮殿
午後7時27分

まもなくエミリーは、闇に包まれた広大なドルマバフチェ宮殿の廊下に一人きりになっていた。トルコ最大の宮殿はアレクサンドリア図書館以上の広さがあって、それを探索すると思うと尻込みしたくなる。アルノ・ホルムストランドが総床面積十一万平方メートルを誇るこの宮殿のどこかに隠した手がかりを見つけなくてはならないのだ。

宮殿のメインブロックの部屋や回廊を見て回った。心臓がどきどきしていた。二人組の男に尾行されているからというだけではない。次々と目の前に開ける華やかで美しい光景に圧倒されていたせいもあった。開館時間終了後の薄暗い照明のなかでも、宮殿は輝き、きらめいているように見えた。総計十四トンの金箔が、ほのかな光を跳ね返している。

有名なクリスタルの階段まで歩き、階段の端のほうを忍び足で上った。これだけ広大な宮殿だ。すみずみまで完璧に見て回るのはとうてい無理だろう。アルノ・ホルムストランドにしても、それを想定してはいなかったはずだ。いまエミリーは宮殿内を自由に歩き回る機会を手に入れたが，ホルムストランドがそれを前提に計画を立てたとは考えられない。エミリーがかならず見つけることができる場所、宮殿主催の見学ツアーの道順にある場所、またはその近くに手がかりを置いただろう。どこか容易に入れる場所に。

見学ツアーのルートを示す案内板や赤いロープがある。エミリーはそれに沿って歩きながらあちこちに目をこらし、これまでのホルムストランドの手がかりを象徴していた小さな紋章を探した。

私の注意をかならず惹くと予想できたものが何かあるはず――エミリーはそう考えた。探索の範囲を限定する何かがどこかにあるはず。

《王の家》に手がかりを隠すとしたら、どこを選ぶ？　王が出入りする玄関の間？　それはありえない。日中はつねに大勢の観光客が集まっていて、手がかりをじっくり探す機会はなさそうだ。では、有名な大使の間なら？　そこではないことをエミリーは祈った。ツアーのルートのところどころに設置された見取り図を見るかぎり、ちょうどいま講演が行われている会場が大使の間なのだ。アルノがあの部屋に手がかりを置いたのなら、今夜、それを探すのはまず不可能だろう。

ほかにはどこ――？　エミリーはアレクサンドリアで受け取ったメッセージを頭のなかで正確に繰り返した。《二つの大陸のあいだ、水に接する王の家》。前半の《二つの大陸のあいだ》はイスタンブールで合っているだろう。ドルマバフチェ宮殿は《王の家》で、《水に接》してもいる。説明がついていないものはまだあるだろうか。

《王》か。手がかりのうち、どことなくしっくりこない文言はそれだけだ。ドルマバフチェは何十年ものあいだスルタンの住居だった。しかしオスマン帝国の君主が〝王〟という称号を使ったことはない。その前のビザンツ帝国の時代も同じで、どの君主も〝皇帝〟という称号しか使っていなかった。もちろん、〝王〟と〝皇帝〟はほぼ同義と考えていいだろうが、アルノ・ホルムストランドの言葉に対するこだわりはすでに何度も実証されている。ここで〝王〟を使っているのは、それが正しい表現だからだろう。わざわざ〝王〟という言葉を選んだのだ。

この街を治めていた人物のうち、皇帝《スルタン》ではなかったのは？　エミリーは自らにそう問いながら角を曲がった。すると目の前に答えが現れた。

アタテュルクだ。トルコ共和国の建国者、一九二二年にトルコの施政権を世襲君主の手から剝奪《はくだつ》する宣言に署名すると同時にドルマバフチェ宮殿に居を移したアタテュルク。スルタン一族を追放したあとも、当の一族の栄華を象徴する王宮を官邸として共和国政府を率いたアタテュルク。この宮殿で病に臥し、この宮殿で亡くなったアタテュルク。より具体的に言うなら、現在〝アタテュルクの寝室〟として知られる部屋で息を引き取った。いまエミリーの目の前、廊下の真ん中に置かれた案内板の矢印は、まさにその部屋を指していた。

アタテュルクは、彼以前の支配者や君主の誰よりもトルコ国民の記憶にくっきりと刻まれた英雄だ。トルコの人々のアイデンティティそのもの、トルコ国民が誇る〝偉大なる指導者〟だ。死去したのは、一九三八年十一月十日午前九時五分だった。それは現代東ヨーロッパ史を学んだ者であればかならず記憶している日付と時刻だ。宮殿のすべての時計はアタテユルクが息を引き取った時刻に合わせて止められ、何十年ものあいだ、国民の哀悼の象徴となっていた。最近になってようやく喪が解かれ、宮殿の時計は実際の時刻を示すようになった――ただ一つを除いて。アタテュルクが死去した寝室のテーブルの上の小さな時計は、いまも九時五分を指したまま止まっている。

わかった。どこを探せばいいか、わかった。

85

午後7時45分

案内板に従ってアタテュルクの寝室に向かった。寝室は宮殿のハレムの区画にある。距離は近い。歩きながら何度も背後をうかがったが、尾行されているかどうか、確かなことはわからなかった。わからないがゆえに足の運びが速くなる。

目的の部屋には仰々しい目印がつけられていたが、実際に入ってみると、宮殿のほかの空間に比べて地味な印象だった。とはいっても、贅沢で装飾過多なことには違いないが、ここに来るまでにのぞいた部屋とは違い、富を見せつけるような悪趣味さは感じなかった。

この部屋の主役はアタテュルクのベッドだ。木製のヘッドボードを備えたキングサイズのベッドは血のように赤いトルコ国旗で覆われ、共和国の初代指導者の逝去の場の記憶をとどめていた。部屋の壁もやはり板張りで、さほど広くない空間に、凝った織りのオリエンタルラグや花柄の生地を張った椅子やソファがびっしりと置いてある。

見学者が崇拝の対象たるベッドに手を触れたりしないよう、入口に赤いロープが張ってあったが、エミリーはそれをまたいでなかに入った。アルノ・ホルムストランドが遺した手がかりを探して歩き回らなくてはならない面積は、これでかなり限定された。この四枚の壁の内側のどこかに目的のものがあるはずだ。

布や国旗が大部分を占めるベッドそのものに手がかりを刻んで隠すのは難しいだろう。念のためざっと見たものの、労力はほかに割いたほうがよさそうだ。いまにも暴走を始めそうな不安と期待を抑えつけ、視線をゆっくりと室内にめぐらせて、紋章が隠れていそうな場所を探した。ベッドの両側の小さな木のナイトスタンドを調べた。何もない。ベッドの左側の象眼細工のテーブルにある小さな四角い置き時計は、九時五分を指して永遠に凍りついていた。そのテーブルにも何も見つからなかった。板張りの壁も隅から隅まで目をこらしてみたが――イギリスとエジプトでは木に紋章が刻みつけられていたこともあって、この部屋の最有力候補が壁の板だった――やはり収穫はなかった。

エミリーはいったん頭を冷やして考えてみようと、窓のある角に置かれたソファに腰を下ろした。この部屋の何を見逃しているのだろう？

そのとき、視界の隅を何かがかすめた。手の込んだ刺繍《ししゅう》が施されたクッションの陰にソファの木の肘掛けが見えている。クッションでちょうど隠れる部分に、流れるような木目を邪魔しているものがちらりと見えた。

エミリーは背筋を伸ばし、手を伸ばしてクッションをどけた。肘掛けにホルムストランドの最後の手がかりが薄く刻まれていた。これまでに見つけた手がかりと同じように、図書館の紋章が一番右にある。その左に一行だけ文字が刻まれていた。すっかりおなじみになった暗号めいた書き方がされている。

《一周回って出発点に戻る：オックスフォードの神の天井、図書館のありか》

その文章の左に、意外にも、もう一つ紋章が刻まれていた。

86

午後8時2分

　エミリーはジャケットのポケットから携帯電話を取り出し、ソファの肘掛けに刻まれた手がかりを撮影した。小さなキーパッドを慣れた手つきで押し、あとでわかりやすいよう手がかりの文章を書き写しておこうとしたが、何文字か入力したところでその手を止めた。メモの必要はない。アルノの言葉が指しているもの、そして新たな紋章が意味するものは、目にした瞬間にぴんときていたからだ。

　オックスフォードの学生なら、在学中に一度はディヴィニティ・スクールに行ったことがあるはずだ。神学の講義と討論と口頭試験を主な用途に、ボドリアン図書館に増築する形で造られた建物で、オックスフォード大学内に特定の使い道を前提にして建設された最初の講堂だ。十五世紀なかばにこの講堂が建設されたとき、オックスフォード大学そのものはすでに何世代も前から存在していたが、神学校はさまざまなカレッジやほかの建物で講義を行っていた。そのなかには、エミリーが昨日——いまとなってははるか遠い昔のできごとに思える——廃墟のなかを歩き回ったあの聖母マリア大学教会も含まれる。学生の討論がしだいに荒れて激しくなっていくのを見て、大学は教会で講義を行うのはもはや不適切であろうと判断し、ディヴィニティ・スクールをそのための専用講堂として建設した。それから二百年後、西端にコンヴォケーション・ハウスと呼ばれる部屋が一つ増築された。現在でも人工照明が一つも設けられていない、凝りに凝った設計がなされたこの空間には、大学総長の椅子が置かれている。またチャールズ二世時代、イングランド内戦がもっとも激しかった十五年ほどのあいだ、国会議事堂として機能していたこともある。

オックスフォードの学生であればかならずディヴィニティ・スクールを知っている。この街で暮らすなら一度は見ておくべき奇妙きわまりないデザインの建物だからだ。だが、理由はそれだけではない。数十年前からここでは講義は行われていないが、卒業式のためには使われているからでもある。卒業生は、歴史ある講堂で栄光の一瞬を享受したあと、扉を抜けて旅立っていく。

ディヴィニティ・スクールでもっともよく知られた見どころは、天井だ。〝垂直式建築〟と呼ばれる様式を採用したこの建物の丸天井のつなぎ骨は精巧に造り上げられ、全面に数百個の謎めいたシンボルが散らされている。なかには吊り飾りとして天井から下に向けて突き出しているシンボルもあって、天井に指が生えて下にいる人々をつまみあげようとしているかのように見える。エミリーは、初めてディヴィニティ・スクールを訪れたとき、天井を設計した人物――ゴシック建築の巨匠ウィリアム・オーチャード――に関する主任チューターの解説を聞きながら、いくぶん不気味な空間だと感じたことを思い出した。

ディヴィニティ・スクールの天井を埋め尽くすさまざまなシンボルがそれぞれ何を意味す

るのか、正確なところは誰も知らない。それもあって無数の陰謀説が生まれた。シンボルの一部は、建設当時に存在した講堂やカレッジの紋章だ。また一部はおそらく、建設資金を寄付した人物のイニシャルと思われる。だがそれ以外の数十個、数百個は、まったくの謎だった。何の意味もなさそうに見えるところが、かえって見学者や研究者の想像を刺激する。

エミリーはアルノがアタテュルクの寝室に残した二つ目のシンボルをもう一度確かめた。《一周回って出発点に戻る：オックスフォードの神の天井、図書館のありか》という一文がディヴィニティ・スクールを指していることは間違いない。文言はこれ以上ないほど明快だ。新しいシンボルは、十中八九、あの建物の装飾的な天井のどこかに彫りこまれているものだろう。

そのとき、部屋の外、長い廊下の先のほうから話し声が聞こえてきて、自分が申し開きのしにくい状況にいるという事実をあらためて痛感した。彼女はトルコ国民がもっとも大切にしている部屋の一つに置かれたソファ――すり切れかけてもあえてそのままにされているソファに座っているのだ。見つかったらどれほどの大事《おおごと》になるか、想像もつかない。トルコの刑務所の噂はいくつも聞いたことがある。どれもあまり好ましい種類のものではなかった。だが、それは幸運に恵まれた場合の行き先だ。あの話し声がフェリーで見かけたグレーのスーツの男たちのものだとしたら、監獄に放りこまれる程度ではすまないだろう。

さっとクッションを取ってアルノの彫り物を隠し、部屋を横切って赤いロープをまたぎ、外の廊下に出た。そこで一瞬だけ立ち止まって、話し声が聞こえてくる方角を確かめた。どんどん近づいてきている。エミリーはその反対の方角に歩き出した。あの話し声は、夜の巡回中の博物館の職員のものでありますように。あるいは、やはり講演会場を抜け出したほかの参加者でありますように。いずれにせよ、姿を見られたくない。ホルムストランドが用意した手がかりを無事に見つけたいまは、とにかくこの宮殿を出て安全な場所に逃れたかった。

入り組んだ廊下をたどっていくと、二階に上がるときに使った大きな階段が見つかった。急ぎ足で階段を下って角を曲がり、メインエントランスのロビーに出た。広々とした空間の先に、イスタンブールの通りに面したゲートが見えていた。

しかし右手を見ると、広大なロビーの端に並んだ大きな柱の陰にグレーのスーツの二人組が立っていた。

エミリーが二人に気づくと同時に、男たちの一人と目が合った。男の鋼のように冷たい表情に変化はなかったが、体の向きを変えてエミリーとまっすぐ向き合った。腰が一つにつながっているかのように、もう一人も一緒にこちらを向いた。自分たちの存在を隠そうという意思はもはや感じられなかった。

逃げろ！　エミリーの頭のなかで絶叫に似た声が響いた。全身の血管にアドレナリンが放出された。だが、急に走り出せば無用の注目を集めてしまうだろう。宮殿からあわてて逃げていく女。外に出る前に捕まってしまうに決まっている。あとはあの二人のなすがままだ。

落ち着いて歩きなさい。出口にまっすぐ歩いて、外に出る。

男の目から視線を引きはがし、ロビーの反対側に向けた。駆け出したい衝動に抗いながら、できるだけ大股で歩いてロビーを横切った。

まっすぐ出口へ。まっすぐ出口へ。自分にそう言い聞かせ、そのリズムに合わせて一定のペースで足を前に出した。

ロビーは無限に続いているかに思えた。一歩進むごとに、次を踏み出した瞬間に背後から肩をつかまれるか、押し倒されるだろうと思った。出口だけを見据えて歩き続け、ようやくそこにたどり着くと、自分でもびっくりするような強い力でドアを押し開けて外に出た。

宮殿の敷地に沿って走る通りに出てすぐに反対側に渡った。歩道はほどよく混雑していた。エミリーは人込みにまぎれるようにしながら一定の速度で——走り出す一歩手前の速度で歩き続けた。行く手をふさいでいるグループがいれば肘で押しのけて進んだ。怒りの視線が向けられ、怒鳴り声もいくつか浴びせられたが、一度も立ち止まらなかった。

五分ほど歩き続けたころ、やっと速度をゆるめた。もしかしたら、あの二人組もがむしゃらに追いかけてきてはいないかもしれない。ここまでエミリーは一度も振り返っていなかった。無数のアクション映画を観て学び取った教訓——歩きながら振り向くと速度が落ちる。

しかし、そろそろ一度は背後の様子を確認したほうがいい。通りの角を曲がってすぐのところで立ち止まった。それから勇気を奮い起こすと、向きを変えて建物の角から頭だけを出し、いま来た道の様子をうかがった。

三つ後ろの角に、まっすぐこちらに向かってくる二人組の姿が見えた。

87

午後8時20分

できるかぎりすばやく体を引いて、建物の陰に身を隠した。二人組はあっという間に追いついてくるだろう。いますぐ対策を考えなくては。

フェリーに戻るという選択肢はない。来たときに乗ったベシクタシュ行きが今日の最終便だった。それに、閉ざされた空間はだめだ。逃げる先がある場所を移動し続けなくてはいけない。尾行をまくなど初めての経験だが、十代のころから日課のランニングを欠かしたことはなかった。あの二人組にとっても体力勝負になるだろう。

脚に動けと命じて、細い脇道を走り出した。海岸沿いの道を南へ――街の中心部に向かう。アヤソフィア大聖堂やブルーモスクのある有名な半島と川をはさんで向かい合うガラタ地区は、市場や商店が密集したにぎやかな一画で、複雑に交差するせまい路地や曲がりくねった通りに屋台やテーブル、呼び売り商人が場所を奪い合うようにして並んでいる。以前イスタンブールを旅行したときの記憶では、夜になっても日中と変わらず大勢の買い物客がいて、つねに活気に満ちている。

あそこなら理想的だ。ガラタ地区を突っ切って尾行を振り切り、橋を渡って対岸にある市の中心部に逃れよう。

エミリーは足を速めた。まもなく全速力で走り出した。宮殿を出たいまとなっては、全力疾走を控える理由はない。エミリーも、背後の二人組も、相手の存在に気づいている。ここからは追いかけっこだ。今回の旅で、歩きやすいローヒールの靴を好んで選ぶ習慣が思いがけず移動に有利に働くのは、これで二度目だった。

曲がりくねったせまい道を猛スピードで駆け抜けると、広場に出た。電球の明かりに照らされた市場は買い物客でにぎわっていた。たくさんの屋台が並び、かごに入ったカラフルなインドのスパイスから安手の電化製品やリサイクルを繰り返した電池まで、さまざまな商品を売っている。

エミリーは屋台や人々のあいだを縫うように走った。広場の反対側まで来たところで、振り返った。二人組は同じせまい路地から飛び出して広場に入ったところだった。二人の動きはあらかじめプログラムされているかのようだった。足が地面を蹴るリズムまでぴたりと合っている。頭のなかで広場が格子状に区切られているとでもいうように、即座に二手に分かれて市場をしらみつぶしに探し始めた。一人は周囲に視線を走らせながら小型の携帯電話で話をしていた。二人が正義の集団の工作員ではないことをエミリーは知っているが、まるでCIAものの映画のワンシーンを見ているようだ。

二人は効率よく広場の捜索を進めている。エミリーは衣類や靴を陳列している背の高い屋台の陰に隠れたが、一瞬遅かった。携帯電話を耳に当てているほうの一人が彼女を見つけ、広場の反対側にいる相棒に指さして教えた。相棒が向きを変えた。次の瞬間、二人はテーブルのあいだを縫ってエミリーがいるほうに移動を始めた。彼女から一瞬たりとも目を離さないままこちらに突進してくる。行く手を邪魔していた屋台や買い物客は、ためらいもなく、視線をそちらに向けることさえなく、手で払いのけられた。

エミリーは身を翻して屋台のそばを離れ、市の立つ広場から下り坂になった別の路地に駆けこんだ。全速力で走りながら、新しい道を見つけるたびにそこに飛びこんで進行方向を変えた。脚力には自信があるが、それでもスピードだけで二人組を振り切るのは無理そうだと悟り始めていた。頭を使ってまくしかない。

次の路地に飛びこんだ。脇腹がきりきりと痛む。アドレナリンを大量に注ぎこまれ、唐突に一〇〇パーセント以上の出力を求められた筋肉が悲鳴を上げている。日課にしている朝のランニングと、命を懸けて全速力で走り続けるのとは別物だった。壁にもたれて呼吸を落ち着かせようとした。だが、走るのを急にやめると、脚が攣《つ》ってしまいそうだ。その前に、壁を両手で押しのけるようにして体を起こした。本能の命令がはっきりと頭のなかに聞こえていた――〝立ち止まるな!〟

追っ手の二人は、一歩ごとにエミリーとの距離を着実に縮めていた。エミリーが思いつくまま進行方向を変え、細い通りやせまい路地を突っ切って走るのは、全速力の勝負になればおそらくあっという間に追いつかれてしまうだろうと考え、二人組がフルスピードに達する前に速度を落とさなくてはならないように仕向ける作戦だったが、それでもなお、追いかけっこは二人組に有利に進んでいた。あの二人にとってターゲットを追跡するのは日常茶飯事なのだろう。

エミリーは急に右に向きを変え、また新たな裏路地に飛びこんだ。彼女の長い脚で数歩の距離しかなかった。ここまでに通った路地の大部分と同じく、出口は別の広い通りにつながっていた。そして出た先の大通りはやはり商店や屋台、買い物客であふれていた。しかしこの大通りには一つ決定的な違いがあった。道の端を全力で走り抜けながら次に飛びこむ先を目で探したが、一つもない。脇道の一本、路地の一本も接していなかった――出口がない。商店やビルが延々と連なり、道の両側はどこまで行っても壁でふさがれていた。

しまった、出口がない。

逃げ場を求めて視線を左右に振った。まもなく、右側の数メートル先に脱出口が見つかった。この地区では数少ないキリスト教会――イスタンブールにイスラム教徒とキリスト教徒が同時に暮らしていた時代の名残《なごり》――の入口の両開きの扉が開け放たれていた。

路地ではないが、何もないよりはましだ。

エミリーは向きを変えてそこに飛びこんだ。

教会は暗かった。年配の女性のグループが灯した小さな蠟燭《ろうそく》が燭台に何本か立っているだけだ。その奥の壁にロマン派の絵画が並んでいる。キリスト、聖母マリア、聖人たち。細長い空間の一番奥に、木の板と聖画で作られた腰高の仕切りが設けられ、そのさらに奥に祭壇が見えていた。アルメニア教会だ――こんな切羽詰まった状況だというのに、エミリーのなかの歴史学者は世界中のアルメニア教会に共通する内装の特徴を即座に見分けた。

身廊《ネーブ》の両側に大きな柱が並んでいるのを見て、エミリーはほっと息をついた。柱が作る暗がり。それこそいまエミリーに何より必要なもの——身を隠す場所だ。祈りを捧げに来たふりをして場に溶けこむ必要が生じたときのために入口に置いてある箱から火のついていない蠟燭を一本取ると、左側の壁に沿って奥に進み、祈りを捧げている少人数のグループから適度に離れた柱の陰に隠れた。

冷たい石の柱に背中と後頭部をぴたりと押しつけ、汗で顔に張りついた長い髪を払いのけた。荒い息づかいが聖画だらけの壁に大きく反響しているように思えてならない。

落ち着いて。深呼吸をして。ゆっくり深呼吸を繰り返すの。気配を聞かれてはいけない。姿を見られてはいけない。

まぶたをしっかりと閉じて、体を動かさないよう全身に意識をめぐらせた。これほど怖い思いをするのは生まれてこのかた初めてだ。どう反応していいのか、体が当惑しているのが伝わってくる。二人組が角を曲がる前、二人に見られる前に、教会に飛びこめたことを全身全霊で祈った。

エミリーの心にはもう疑念はひとかけらも残っていなかった。図書館が現存すること、〈ソサエティ〉の歴史、〈カウンシル〉の存在。どれもいまなら信じられる。アルノ・ホルムストランドが彼女を導こうとしているものは確かに実在している。あと少しでそれに手が届く。しかしそれと引き替えに、彼女にはコントロールできないできごとを招き寄せる情報を知ってしまったわけだ。あの二人組は彼女を殺すつもりで追ってきているのだろうか。それは、彼女が図書館のありかを知っていると思われているからか。それとも、あの二人はアメリカ政府を倒す陰謀に関わっているのか。

エミリーはゆっくりとした呼吸を繰り返し、脈拍が正常に戻るのを待った。永遠とも思える数分が過ぎた。教会は静まり返っている。新たに入ってきた者はいない。祈りを込めた静けさが破られることはなかった。

ゆっくりと静かに柱の陰から身をのぞかせて、入口のほうをうかがった。物音がしないのは気のせいではなかった。教会はほぼ無人になっていた。二人組は彼女を追ってきてはいない。追っ手は教会に入ってこなかったのだ。

さらに数分そこでじっとしていた。二人組は教会の入口を通り過ぎ、いまごろは幻のターゲットを追ってどこかの通りを疾走しているころだろう。やがて教会の管理人が現れて、両開きの扉を閉じようと身廊を歩いていった。エミリーはそこでようやく柱の陰から出て出口に向かった。

通りの様子を慎重に確かめてから教会を出た。左右にすばやく視線を走らせる。不審なところはない。エミリーは通りを歩き出した。まもなく丘を下る路地を見つけ、ガラタ地区の大通りを埋める人込みにまぎれた。

88

午後9時10分

ガラタ地区に戻ると、エミリーはできるだけいろいろな脇道や路地をたどって大勢の人でにぎわう一帯から少しずつ遠ざかり、人通りの少ない路地が網の目のように張り巡らされた周辺地域に向かった。恐怖と身体的な疲労から噴き出した汗で全身がぐっしょり濡れていた。教会を出て以降はあの二人組の姿を見ていないが、甘い幻想を抱くようなことはしなかった。まだ安心はできない。イスタンブールを離れなくては。それも急いで。

人気《ひとけ》のない脇道を選んでしきりに進行方向を変えていると――それが尾行を振り切る彼女なりの作戦だった――ガラタ地区の長い坂を下ってイスタンブール市街に渡る橋まで行く道のりはおのずと遠くなる。イスタンブール市街に戻らないことには空港にも戻れない。ただ、その遅れにも効用はあった。距離を歩けば歩くほど、そして時間が過ぎれば過ぎるほど、恐怖感は和らいだ。初めは文字どおり何かに追われるような急ぎ足で歩いていたが、少し前まで全身にあふれていた興奮が引いて心が落ち着きを取り戻すにつれて、歩く速度は少しずつゆっくりになった。

しかし、体は疲れていても、頭はフル回転を続けていた。追跡劇の興奮のせいだけではない。尾行される恐怖が波のように引いていったあとも、ホルムストランドの最新の手がかりについての奇妙な違和感が思考の奥に居座っていた。

メッセージの何かに据わりの悪さを感じる。

手がかりそのものを読み違えてはいない。アルノの術にかかって宮殿を間違ったりはしたが、今回のメッセージに関しては絶対的な自信がある。新しい紋章の存在、それに添えられた文章。疑念の入りこむ余地はない。最新の手がかりはオックスフォード大学のディヴィニティ・スクールを、そしてその天井に彫りこまれている特定のシンボルを指し示している。

問題は、ディヴィニティ・スクールを指し示しているということ——またしてもオックスフォード大学を指していることだ。一周回っていること。ぐるりと一周して、今回の図書館を探す旅が本格的に始まった地点に戻っている。この最後の手がかりは、エミリーが送り出された旅そのものを無益な空回りにしてしまった。アルノのメッセージはそのことを強調し、嘲《あざけ》るような文面になっている。《一周回って出発点に戻る：オックスフォードの神の天井、図書館のありか》。一周回る。一周回って、よりによってスタート地点に戻ろうというのだ。

何かが……どこかがおかしい。

その違和感をじっくり検討しようとしたとき、突然訪れた恐怖によって思考は中断した。すぐ後ろで、かちりという音、聞き間違いようのない音が聞こえて、エミリーは唐突に現実に返った。高層ビルにはさまれたせまい路地の真ん中で立ちすくんだ。実際に耳にするのは初めての経験ではあったが、銃の撃鉄を起こす音なら映画で聞き慣れている。うつむいて石畳の地面を見つめていたエミリーは、ゆっくりと顔を上げた。

すぐ目の前に、グレーのスーツの二人組の小柄でずんぐりしたほうの男が立っている。その手に握られた拳銃の狙いは、エミリーの頭に定められていた。

89

午後9時30分

　ジェイソンはグロック26の狙いをエミリー・ウェスに定めていた。小型の拳銃は、旅行時の携帯用として愛用しているものだった。全長十六センチ強、重量はおよそ七百四十グラム、装弾十発のマガジンにはフルに弾を込めてある。衣服に隠して携帯しやすく、サイズのわりには驚くほど正確な射撃が可能な拳銃だ。世界中の警察官や保安要員から〝ベビー・グロック〟と呼ばれているが、そのニックネームとは裏腹に高い威力を持っている。

　自分の眉間を狙う銃口が目に入った瞬間、エミリーは反射的に後ろに下がろうとして背後に目をやった。そこで初めてもう一人が路地の向こう側の出口に立って逃げ道をふさいでいることに気づいた。

「逃げようと考えるだけ無駄だ、ドクター・ウェス」ジェイソンは自信に満ちた声で断言した。女の眉間に銃を突きつけ、引き金にかけた指を軽く動かすだけで相手の命を奪えるというのに、まるで型どおりの挨拶でもしているかのようにくつろいだ穏やかな調子だった。

「今日のランニングはもう充分だろう」

　エミリーは追跡者と正面から向き合っていたが、目は小型の銃の角張った銃身に注がれたままだった。

「何が目当てなの？」

ジェイソンの視線はまっすぐエミリーを見つめて揺らがなかった。

「あんたが持っていないものまでよこせとは言わない。俺たちがもらいたい以上のものは取らない」ジェイソンは目を細めた。その顔が作った表情は笑みとはほど遠かったが、劣勢に立たされた人間を哀れみ、困惑しているようにも見えた。

「まず、宮殿で見つけたものをよこせ」ジェイソンは命令するように言った。彼の父は、宮殿で見つかるものはなんであれ〈キーパー〉の策略の一部にすぎず、彼らの探索に重大な影響を及ぼすものではないだろうと言っていた。〈カウンシル〉はすでに、アントーン宛のメールに添付されていた画像ファイルを復号して必要な情報を手に入れている。それでも、アルノ・ホルムストランドの最後の手がかりがどんなものだったか知っておいて損はない。

エミリーはせいいっぱい虚勢を張った。

「何の話かしら」この男たちには図書館のありかを知られたくない。

ジェイソンは右腕を伸ばし、銃口をエミリーの額に押し当てた。

「俺を怒らせないほうが身のためだぞ、ドクター・ウェス。携帯電話をもらおうか」銃を軽く振って、エミリーのジャケットを指す。「俺たちが預かる」

〝俺たち〟という言葉を耳にした瞬間、エミリーは、もう一人が音もなく近づいてきていたことに気づいた。すぐ背後で息づかいが聞こえている。エミリーの首筋に息が吹きかけられそうな距離だ。ふいに閉所の恐怖に襲われた。逃げ道を完全にふさがれた。

二人組は予想以上に利口だった。でたらめに情報を探っているわけではない。彼女がどんな情報を持っているか、その情報はどこにあるか、ちゃんと知っているのだ。

「俺はあまり気の長い人間ではなくてね、ドクター・ウェス」ジェイソンは続けた。「宮殿で見つけた情報が携帯電話に入っていることは知っている。あんたが見ちゃいけないリストも入っているな。同じことを何度も言わせないでくれ」掌を上に向けて左手を差し出す。エミリーはその手の動きを目で追った。背後から新たな銃口が、今度は背中に押しつけられたのを感じた。

「わかった。わかりました」強気な態度はたちまち引っこんだ。生き延びたいという欲求は強力で抗いがたかった。マイケルに約束したのだ。かならず彼のもとに帰ると。その約束を破ることはできない。「いま渡す」ジャケットのポケットから携帯電話を取り出し、前に立った男に渡した。いま所持しているものを奪われること自体はかまわない。アルノの手紙はコピーしてウェクスラーに送ってあるし、オリジナルのうち二枚はいまもマイケルの手もとにある。さっき宮殿で見つけたばかりの手がかりは、不思議なシンボルも含めて彼女の記憶にしっかりと焼きつけられている。リストにあった名前も覚えているし、アタナシウスに頼めば送り直してもらえるだろう。携帯電話を奪われても、探索の旅はまだ続けられる。唯一悔しいのは、こんな男たちの手に情報が渡ってしまうことだった。

ジェイソンはエミリーの携帯電話をパートナーに渡した。

「データを全部抜け」そう指示を出す。「リストが転送されていないか、よく確かめろ。二通に分けて送られてきている。重要なのは二通目だ。そっちに我々の同志の名前が載っている」

エミリーははっとした。〝我々の同志〟？　心臓は猛烈な速さで打ち、二丁の拳銃に狙われているというのに、その言葉がエミリーの思考を貫いた。〝我々の同志〟。

ジェイソンはエミリーのほうに向き直った。パートナーは自分の銃をホルスターにしまい、いまは渡された携帯電話を操作することに全神経を注いでいた。

「協力する気のあるうちに、書類も渡してもらおうか」

エミリーは時間を稼ごうとしたが、ジェイソンの銃がまたしてもいっそう間近に突きつけられた。携帯電話と同じで、この男たちは彼女の所持品を正確に把握しているらしい。どこまでも周到だった。

観念して、ホルムストランドの手紙の束と、手がかりが並んだファクス用紙をバッグから取り出し、男が差し出した手に渡した。

ジェイソンは口の端を持ち上げた。

「どうもありがとう、ドクター・ウェス。協力的で助かったよ」そこで間を置く。「しかし、あんたのおかげでさんざん走らされた。それは……不運だったな」ジェイソンは背筋を伸ばし、プロフェッショナル然としたかまえを取った。「〈カウンシル〉は目標達成に多大な貢献をしてくれたことに感謝している。しかしあいにく、あんたの協力はこれ以上必要ない。この件についてあんたは用済みだということだ」エミリーの肩越しにパートナーを見やった。

「やれ」

90

午後9時40分

かすかな衣ずれの音が聞こえた。エミリーの背後に立った男が銃を持ち上げる気配だった。

「待って！」エミリーは叫んだ。頭のなかがパニックになりかけていた。「殺すと後悔することになるわよ！」

「それは大きな勘違いだな」ジェイソンはおもしろがっているような声で答えた。

「本当よ、後悔することになるわ」思考が追いつかないような速度で、言葉が勝手に飛び出していく。「ワシントンDCの陰謀を成功させたいならね」

聞き捨てならない発言だった。ジェイソンは左手を軽く持ち上げて、撃つのは待てとパートナーに伝えた。どうせ時間稼ぎのために言っていることだ、もはや避けられない運命を少しでも先に延ばそうとしているだけのことだとわかっていても、この女の言いたいことを最後まで聞くべきだと思った。

「馬鹿なことを考えるな」ジェイソンは言った。「あんたが死のうが生き延びようが、我々のプロジェクトの成否に影響しない。ワシントンの作戦はそろそろ完結する。あんたには止められない。誰にも止められないよ」

「あなたたちの陰謀だって世間に知らせることはできる」エミリーは言い返した。「作戦とやらがどこまで進んでいようと、あなたたちが何をしたか、誰が陰謀に関わったかを知ったら、世間は黙っていないでしょうね」

「だからこそ、ここであんたと楽しいひとときを過ごしているわけだろう。あんたさえ死ねば、いま言ったようなことは起きない」

「それはどうかしら」エミリーは答えた。パニックが喉もとまでせり上がってきていたが、いまこそ彼女のほうが自信ありげにふるまう番だ。「あのリスト。あれを送ってきた人なら、あなたたちの悪事を世界に知らせることができる。しかも、私からの連絡を待ってるのよ。ほかの……ほかの件の進捗に関する報告をね」エミリーは大きく息を吸いこんで全身の神経をなだめ、可能なかぎり冷静な態度を装った。「私から連絡がない場合、あのリストを公開すると思って間違いないわよ。彼が持ってる情報はすべて、数時間のうちに世界中のマスコミに渡ることになる」

ジェイソンはエミリーの目をじっと見据えた。この女の言っていることは、本当だろうか。彼が知らないあいだに、アントーンとそんな打ち合わせをしたなどということはありうるだろうか。不可能ではない。互いの耳もとでささやいたとしたら、仕掛けておいた盗聴器もその声を拾えなかっただろう。あるいは筆談したのかもしれない。しかし、死ぬのが怖くて、何もないところから強引にひねり出した作り話だという可能性のほうがずっと高いだろう。ジェイソンは吐き捨てるような声で言った。「くだらない。いいか、アレクサンドリアであんたがあの男と交わした会話は一言残らず聞かせてもらった。それに、アントーンの口はいまごろ封じられているはずだ。つまり、作戦をリークできるのはあんたと、あんたの勇ましいフィアンセ、ミスター・トーランスだけになったわけだ。しかし、まあ、心配はいらない。ミスター・トーランスも近いうちに口がきけなくなるはずだからな」ジェイソンは目をきらめかせながらそう付け加えた。その脅し文句で、エミリー・ウェスの人生最後の数分間はいっそう耐えがたい拷問になることだろう。

「殺したいなら殺せば？」エミリーは言い返した。マイケルに対する脅しは聞かなかったことにしよう、この男に立ち向かうことに気力のすべてを注ごうと自分に言い聞かせた。背筋を伸ばし、このとき初めて銃から目をそらしてジェイソンの目をまっすぐに見ると、毅然《きぜん》とした声で言った。「ただ、いまさら言わなくてもわかってることでしょうけど、私が死ぬと同時に、あなたたちのこれまでの努力もすべて水の泡になるから」

エミリーには永遠と思える長い沈黙が続いた。目の前に立った、小柄だがよく鍛えられた筋肉をした男は、エミリーを殺すべきか、生かしておくべきか、じっと考えている。生と死のあいだで揺れているあいだ、エミリーの胸には奇妙な静けさが訪れた。心は凪《な》いだように穏やかだった。

「これまでだ」ジェイソンの声が静寂を鋭く切り裂いた。結論は出た。不思議と威厳を感じさせるしぐさでパートナーにうなずいた。「やれ」

その言葉の意味がエミリーの意識に染み通る前に、背後からがつんと殴られた。金属の物体が皮膚と骨にぶつかり、後頭部が砕けたかと思うような衝撃が弾けた。エミリーの耳に最後に届いたのは満足げな笑い声だった。その声は、一瞬前まで彼女の視界のなかでくっきりとした輪郭を持っていたのに、いまは渦を巻き始めた二人の男から発せられていた。まもなく笑い声もその渦に呑みこまれ、二人の姿とともに遠ざかって、彼女を取り巻く世界は闇に変わった。

次の瞬間、エミリー・ウェスの体は地面に崩れ落ちた。

91

午後9時45分

ジェイソンはもどかしげにもう一人の〈フレンド〉を見やった。

「終わったか?」

「あと少し」パートナーは、エミリーの携帯電話の全データをダウンロード中の小型デバイスに目を落としたまま答えた。プログレスバーが〝完了〟に届くと、携帯電話のデータをすべて消去し、ケーブルを抜いて、路面に力なく横たわったエミリーのそばに電話機を放り捨てた。エミリーが集めた資料は自分のパソコンにコピーしたほうが使いやすく、内容を改めるのも容易だ。

それからエミリーの携帯電話を踏みつけて破壊した。

「終わった」彼はジェイソンに向けて言った。「データを全部コピーした。メールは二通ともまだ削除されていない。転送された形跡もなかった。いま、メモリーに保存されてたデータを見てる。宮殿で見つけたものも、このなかのどこかにあるはずだ」

ジェイソンはパートナーに近づいてすぐ隣に立った。

「見せてくれ」

〝テック〟というニックネームで呼ばれているパートナーは、カスタマイズされた超小型パソコンのタッチスクリーンを慣れた手つきですばやく操作した。物心ついたときにはすでに〈カウンシル〉の一員だったジェイソンと違い、テックが〈フレンド〉に採用されたのは三十代なかばになってからだった。それ以前はハッカーとして裏の世界で名の通った存在だった。ふと顔を上げると冷たい表情をした不吉な男たちに取り囲まれていたあの午後のことは、忘れようにも忘れられない。男たちはとても断れない条件と額を提示した。二十一世紀の索敵撃滅戦術においてはコンピューターハッキングのスキルが欠かせないものになるとすでに確信していた〈カウンシル〉は、早くから彼に目をつけ、彼の〝キャリア〟を追っていた。〈フレンド〉がこなしている仕事の性質を考えると、彼は理想的な候補者だった。才能があって頭も切れるが、自分の行為が合法と違法の揺らぎやすい境界線のどちら側に属するかという問題にはまるで頓着しない。理事長が呼ぶところの〝可塑性の良心〟の持ち主だ。外から力をかければ、いかようにも形を変える。

〈カウンシル〉に都合よく成形された結果、〝テック〟は、理事長が精鋭の〈フレンド〉を送りこむような重要な任務にジェイソンとともにかならずと言っていいほど選ばれるようになった。ジェイソンは理事長の息子だが――そのことは〈カウンシル〉の全メンバーが知っているものの、誰一人として理事長の前では口に出さない――たまに弱音を吐きたくなったときなどに、自分はジェイソンと同じ地位まで上り詰めたではないかと自分を励ます。毎日のように重要な任務を託される〈フレンド〉は数えるほどしかおらず、彼はその一員なのだ。

エミリー・ウェスの携帯電話からコピーしたデータを保存したフォルダーを開き、小さな画面をジェイソンのほうに向けた。二人は全データにざっと目を通した。

すべて見終えたとき、ジェイソンはまたにやりと笑った。ウェスは彼らがすでに知っている以上のことは何一つ知らないらしい。ドルマバフチェ宮殿で見つけたらしい木材に刻まれた手がかりの写真は、オックスフォード大学を指し示しており、新しい紋章も提示されていた。しかし、最終目的地がオックスフォードであることは〈カウンシル〉も把握している。新しい紋章にしても、アントーンのメールに添付されていた暗号化された画像ファイルを復号してすでに持っていた。ウェスよりも〈カウンシル〉のほうが先を行っている。

それでも、手がかりを実際に見ることができたのはありがたい。〈カウンシル〉が見つけたものと一致しているうえ、〈カウンシル〉の全メンバーが何世紀ものあいだ探し求めてきた魔法の言葉が含まれていた――《図書館のありか》。

我々の仲間はすでに現地に向かっている。もう手に入ったも同然だ。

ジェイソンの胸に誇らしい気持ちがあふれた。小型のパソコンをパートナーに返す。

「理事長に送れ」そう指示をした。「全部送るんだ」〝テック〟がコピーしたデータを理事長に転送する作業に取りかかった。大した分量ではなく、内容も目新しいものではないが、子細に吟味され検討されることになるだろう。

ちょうどそのとき、ジェイソンの電話が鳴った。発信者の番号を確かめてから応答した。

「完了したか」ユアン・ウェスターバーグは尋ねた。エミリー・ウェスの始末がすんだか早く確かめたい。

「まだです。いま進めているところです。とりあえず眠らせてあります」携帯電話で殺人をおおっぴらに話題にするのは賢明なことではない。しかし、本題を別の言葉で隠すのにさほどの独創性は必要なかった。

理事長はその報告を意外に思った。

「なぜだ？　明快な指示を出したつもりでいたが」

「一つ問題が発生しまして。想定外のちょっとした不都合が生じました」彼女から連絡がない場合、ワシントンの作戦とリストを——同志の名前が載ったリストも——公表する手はずになっているとエミリー・ウェスが言い張ったのだと説明した。そこですぐには殺さず、失神させるにとどめて、理事長の考えを確かめようと考えたのだと付け加えた。話しているあいだも、ジェイソンの目はエミリー・ウェスを見下ろしていた。哀れなながめだ。愚かな女は意識を失って足もとに転がっている。この女にとどめを刺すことを考えただけで気持ちが沸き立つ。すぐには行動に移せないことが焦れったい。

息子の報告を聞き終えたユアン・ウェスターバーグは、納得した様子でこう答えた。

「そのまま眠らせておけ。マスコミに情報を流すという脅しが実行不可能になるまで、女を排除したくない。ミスター・アントーンとの話し合いを担当している者に、予定を繰り上げて早めに終わらせろと伝えておく。そのあと、エミリー・ウェスの昼寝を永遠に延長するが、それはイスタンブールに残る予定の者たちにやらせる」

「わかりました」ジェイソンは応じた。アントーンが死ねば、エミリー・ウェス殺害に対する報復のおそれも葬ることができる。そのあとウェスを片づければいい。そこまで慎重になる必要はないように思えたが、少しでも後悔することになるくらいなら、初めから安心できるほうがいい。

「おまえは」理事長が続けた。「オックスフォードに直行しろ。ウェスはトルコのチームにまかせればいい。おまえたちの現在地はすでに伝えてある。一時間以内に到着するはずだ。それまでのあいだ、女は人目につかない場所で拘束しておけ。おまえも我々に合流しろ。図書館を手に入れるために必要なものはすべてそろった。おまえにも我々のものをついに取り返す瞬間に立ち会ってもらいたい」ジェイソンの返事を待たずに電話は切れた。

ジェイソンはふたたびエミリー・ウェスを見下ろした。力なく横たわった女の胸はゆっくりと上下を繰り返している。息絶える間際にこの女の目に浮かぶ表情——もはや自分には何もできないこと、すべてが終わろうとしていることを悟り、受け入れる瞬間——を見ることができないのは残念だ。その達成感に満たされる瞬間は、別の誰かに譲ることになる。しかし、そのようなつまらない損失にこだわっている場合ではない。これから彼が目撃するもの、彼が分かち合うことになる瞬間は、そんなものよりはるかに大きな意義を持つ。〈カウンシル〉の何世紀分もの努力がついに実を結ぶのだ。図書館を手に入れた暁に彼らに与えられる力、彼らがふるうことになる権力は、無限だ。図書館の知識、大統領執務室《オーバル・オフィス》の主となる男、そして〈カウンシル〉のメンバーで固められた政権。〈カウンシル〉の栄光の時代の幕開けとなるだろう。

後ろポケットから手錠を取り出し、エミリー・ウェスを路地の端まで引きずっていくと、壁伝いに地面まで延びている排水管に左手首を固定した。アレクサンドリアのチームはアントーンとの面談を完了させ、ここイスタンブールのチームはまもなくこの女の始末のために到着する。

「引き上げるぞ」ジェイソンは顔を上げ、大きな声で言った。パートナーはうなずいた。二人の〈フレンド〉はエミリーの運命を当地のチームにゆだねて立ち去った。栄光の瞬間はもうすぐそこまで来ている。

92

四十五分後――ニューヨーク
午後3時30分（EST）――イスタンブール時間午後10時30分

ユアン・ウェスターバーグは焦燥感をもてあましていた。車のドライバーにはできるだけ飛ばせと指示してあるが、期待で胸がはやっているいま、ニューヨークのジョン・F・ケネディ国際空港脇に延びる専用滑走路までの道のりは、このまま永遠に着かないのではないかと思えるほど遠かった。〈カウンシル〉理事長のウェスターバーグには耐えがたいほど時間の歩みはのろかった。

イスタンブールにいる〈フレンド〉たちから電話で報告が入ってからいままでの四十五分のあいだに、エミリー・ウェスが見つけた最新の手がかりを撮影した鮮明な写真が送られてきて〈カウンシル〉が独自に発見した情報は裏づけられ、必要な手配はすべて整った。〈カウンシル〉のアドバイザーの意見も、理事長の推測と一致していた。すべての情報はイギリスのオックスフォード大学にある講堂を指し示している。歴史、建築様式、建物の構造、目立つ特徴など、ディヴィニティ・スクールに関する詳細はすでに資料としてまとめられ、一足先に飛行機に届けられているはずだ。彼の部下が情報の一つひとつを精査しながら彼の到着を待っているだろう。

ロンドンのチームも、いまから彼の到着に備えて作業を始めている。オックスフォードのチームも、現地で必要な手配を進めているはずだ。彼の組織の運営は効率的でスムーズだ。そこに属する者は入念な訓練を受けている。これから始まることはどれも、〈カウンシル〉の創設以来、何世紀もかけて彼らが心血を注いできたことの延長だ。

歴史のすべてがこの瞬間に収束しようとしている。

ジェイソンと彼のパートナーはすでにロンドンのヒースロー空港に向かっていた。ユアン・ウェスターバーグの飛行機も、緊急のフライトに備えて燃料補給などの準備を始めている。連邦航空局に離陸許可を申請している暇はないが、心配はないだろう。絶大な権力と影響力があれば、政府機関に規則を曲げさせる程度のことはできるし、航空局をねじ伏せるのはこれが初めてではない。それに〈カウンシル〉は副大統領の最大の経済的支援者だ。その地位には当然、特権もついてくる。彼の飛行機は準備が完了した瞬間に離陸するだろう。

〈カウンシル〉史上最大の勝利が二つ、わずか一日のあいだに訪れようとしている。土曜の朝には図書館が、日曜にはアメリカの大統領が手に入るのだ。大統領執務室の執務机〝レゾリュート・デスク〟の奥の有名なガンロックチェアに彼自身が座ることはもちろんない。だが、それは初めから計画には含まれていなかった。しかし、〈カウンシル〉のメンバーの一人がその主になれば、ユアン・ウェスターバーグの影響力は、スポットライトをじかに浴びない場所に控えているがゆえに、これまで以上に強力なものになる。彼は千年以上かけて蓄積された知識と情報も掌中に収める。世界のどの政府諜報機関も手にしたことのない、そしてこの先も手にすることがないであろう、最新かつ膨大な量の知識と情報と、世界史上もっとも強大な権力を持つ国家元首の両方が、ユアン・ウェスターバーグの思うままになるのだ。

そう、この世の全員が、この世のすべてが、まもなく彼の支配下に置かれようとしていた。

93

イスタンブール
午後10時5分

　エミリーはようやく目を開いたが、視界はぼんやりとにじんでいた。イスタンブールのガラタ地区の細い裏通りの路上で意識を取り戻した瞬間、彼女の視野に最初に映ったのは、白い雲にうっすらと覆われたようにぼんやりしたイメージだった。焦点が合ったかと思えば、次の瞬間にはぼやけてしまう。耳もうまく働いておらず、近づいてはまた遠ざかるくぐもった低いうなりが聞こえているだけだった。まもなく、頭骨の付け根のあたりからうずくような激痛が放たれ、脈打ちながら全身に広がった。これほど激しい痛みは生まれて初めてだ。

　片手を地面について体を起こした。反対の手は、背後にある煉瓦の壁に固定されたパイプのようなものにつながれている。動かせるほうの手を持ち上げ、後頭部にそっと触れた。凝固しかけてどす黒く変色した血が指先をどろりと濡らした。固まりかけているんだから、大丈夫――自分をそう励ました。出血はすでに止まったということだ。何度かまばたきを繰り返し、目を細めて焦点を合わせようとしながら、周囲を見回した。路地には見覚えがあるが、彼女をさんざん追い回したあげくに襲撃してきた二人組の男の姿は消えていた。

彼女を殴って失神させ、このまま死ねとばかりに放置した。きっとそういうことだろう。あいにくだったわね、死ななくて。身体的な痛みはどうにもできないとしても、威厳と不屈の精神を取り返すことはできる。

髪を留めていたヘアピンを抜き取り、排水管と手をつないでいる手錠に目の焦点を合わせた。錠前師でも何でもないが、子供のころ、夏休みに親戚の家に遊びにいくたびに、従弟のアンドリューの部屋やデスクの鍵を開けてなかをのぞいていた。ピンを使って錠前をこじ開けなければならない状況に直面するのは初めてではない。加えて、標準仕様の手錠の仕組みは単純で、錠前界の最高峰にはほど遠かった。確信を持ってピンを何度かひねっただけで手錠は開いた。自由になった左手をさすり、痺れた指の感覚を取り戻した。

足のすぐそば、石畳の路面に、携帯電話が画面を下にして転がっていた。ふいにマイケルのことで頭がいっぱいになった。二人組にマイケルを殺すと脅されたときは、そのことは考えまいとしたが、いまはそのことしか考えられない。彼に連絡して警告しなくては。安全な場所に行ってもらわなくては。

携帯電話を取ろうと手を伸ばしたとたん、全身のすみずみまで激痛が貫き、視界がまたしてもにじんだ。電話を拾って元の姿勢に戻った。視野が晴れるのを待って画面を表に返し、状態を確かめた。画面は暗く、真ん中から割れていた。警告しようにも間に合わないかもしれない――そう思うと心が震えた。祈るような気持ちで電源ボタンを押した。だめだ。壊れている。

ああ、もう。心のなかで悪態をつきながら、もう一度後頭部に触れてみた。ポニーテールにしていた髪がクッションの役割を果たし、殴られた衝撃をいくらか吸収したらしく、痛みは強烈だが骨は折れていないようだった。

最大の痛手は、情報と持ち物をあの二人組に奪われたことだ。何もかも彼らの手に渡ってしまった。何もかも。あの二人組が〈カウンシル〉——アタナシウスが鮮やかに描写してみせた組織——のメンバーであることは間違いないだろう。彼らは彼女が何を持っているか正確に知っていた。あの手際のよさに感心すべきか、それとも恐れをなすべきか。欲しいものを手に入れるために必要なスキルを完璧の域まで研ぎ澄ましている。

彼女は最後の手がかりを渡してしまった。一番肝心な手がかり、図書館の所在地を示す手がかりが彼らの手に渡ってしまった。そう考えると、自分でも意外なほどの罪悪感にとらわれた。

彼らはまもなくオックスフォードに到着して、図書館を手に入れるだろう。彼らの〝狩りと追跡〟の輪は一周回って完結し、何世紀も探し求めてきたものをついに——

胸のうちでそう嘆いていたエミリーは、ふと身動きを止めた。また同じキーワードが出た。〝一周回って〟。二人組から逃げているあいだ、ホルムストランドの最後のメッセージのことを考えながら抱いた違和感はそれだ。裏路地にへたりこんで、殴られた傷の痛みが引くのを待っているいま、あらためて同じところに引っかかりを感じた。《一周回って出発点に戻る：オックスフォードの神の天井、図書館のありか》。輪。堂々巡り。空回り……エミリーは痛みをこらえて立ち上がった。真の疑問が心を熱くあぶっている。なぜ、その表現から危険信号が発せられているように思うのか。

アルノ、お願い。私に何か伝えたいことがあるんでしょう。いったい何を伝えようとしてるの?

今回の旅の途中にアルノ・ホルムストランドが配置していた手がかりのことを考えると、この最後の手がかりについてもあらゆる側面を検討し尽くさなくてはならないのは間違いない。どこか据わりの悪いところがあると思ったら、それがシグナルだ。ホルムストランドが手がかりに別の意味を隠したというサインだ。この手がかりには、エミリーが気づいていない何かがまだ隠されている。

近くの商店のごみ容器が並んだ木の棚にもたれて目を閉じた。このがらんとした路地を脱出して、もっと人通りの多いところに逃れるべきだという焦りは確かにあるが、体を動かすこともままならないような痛みがそれを脇へ押しのけていた。激痛を少しでもやわらげようと、ゆっくりとした呼吸を繰り返しながら、エミリーは記憶をたどり、ホルムストランドについて知っているかぎりのことを思い出そうとした。偉大な教授の業績、遺産。エミリーが耳にしたことのある彼の発言。

彼の発言、か。エミリーの意識は、引力に導かれるようにそこに向いた。最後の手がかりは、ホルムストランドが過去に話していた何かと食い違っている。

アルノは何と言っていた?

そう自分に問いかけたとき、記憶の断片がふっと浮かび上がった。アルノ・ホルムストランドが話すのを初めて聞いたときの記憶。カールトン大学の教授に就任した際のスピーチの冒頭でアルノ・ホルムストランドが述べた言葉。

〝知識は円ではない。円を描くのは無知だ。知識は、古いものの上に立って新しいものを指し示す〟

何かを嘆くとき、アルノはそのキーワードをたびたび口にした。〝真実は円を描かない〟。〝円を描いているように見えても、だまされてはいけない〟。いま、出発点である大学都市オックスフォードを指す彼の最後の手がかりは、無意味で自明な円を描いてみせている。それはアルノ自身が公然と、そしてはっきりと、嘲っていたものだ。

アルノ・ホルムストランドがそんな帰結を導くはずがない。

エミリーの頭のなかで、ある事実がはっきりと像を結んだ。ほかのことはどうあれ、一つ絶対に確かなことがある。アレクサンドリア図書館は、オックスフォードにはない。

94

午後10時25分

二十分後、シカゴにあるマイケルのアパートの電話の呼び出し音が鳴り出した。エミリーは壊れた携帯電話の代わりに買った安手のプリペイド携帯でその音を聞いていた。いまこの瞬間に必要なその電話番号は、確かめずともしっかりと頭に入っていた。長い電話番号を一桁ずつ入力し、通話ボタンを押して、新しい電話機を耳に押し当てた。二度目の呼び出し音が鳴り出したところで、地球の反対側にいるマイケル・トーランスが応答した。

「私よ」電話がつながると、エミリーは言った。

「エミリー！」彼のそのうれしそうな声は、まるで傷を癒やす薬のようだった。マイケルと電話が通じた。自分は生きている。彼に警告する力がまだ心身に残っている。

「マイケル、いますぐ家を出て」いつもの挨拶のやりとりは省略した。事情を詳しく説明している時間もない。

「いきなり何の話だ、エミリー？　何かあったのか？」

「マイケル、とにかく私の言うとおりにして。お願いだから。そこにいちゃだめ。危険なの。事情聴取に来た男たちのこと、覚えてるでしょう」

エミリーの声に切迫したものを感じ取って、マイケルの脈拍は急加速を始めた。

「もちろん覚えてるよ」

「また来るわ、マイケル。それに今回はあれこれ質問するためじゃない。すぐにそこを出て。どこか安全な場所に移って」

「でも、エミリー、どうして彼らが僕のところに来る？」彼は電話機を耳に当てたまま、部屋の真ん中で凍りついたように立ち尽くした。婚約者が懇願するような調子で逃げろと繰り返すのはなぜなのか。

「私とつながりがあるからよ。私には彼らの悪事を暴く力があると知ってるから。あなたは……リスクなの」

マイケルはエミリーの言葉をどうにか呑みこもうとした。

「もしかして、大統領の失脚と何か関係があるの？」全米のメディアがすでに、現政権の崩壊を予言するような報道を始めている。〝失職は秒読み〟というのが今日のキーフレーズだ。事情聴取と称して押しかけてきた男たちから、エミリーの政治的傾向についてしつこく訊かれたことをマイケルは思い出した。

「大いに関係があるわ。図書館にも。〈ソサエティ〉や〈カウンシル〉にも。全部つながってるの」エミリーは、この数時間に起きたできごとをまるで箇条書きにするように簡潔に伝えた。

マイケルは彼女の無事を何度も確かめはしたものの――「ほんとに、マイケル、私は無事だから」——それ以外はよけいな言葉を差しはさまず、落ち着いた様子で彼女の話を最後まで聞いた。

「いますぐそこを出て、マイケル」エミリーは哀願するように言った。お願い、わかって！

「でも、どこなら安全かな」マイケルはすでにエミリーの忠告に従おうと決め、頭のなかでさまざまな可能性を検討し始めていた。「そうだ、たとえば——」

「待って、言わないで」エミリーはさえぎった。「口に出さないで。この電話も盗聴されてると思ったほうがいいわ。あなたがイリノイ州に移ったあと、一緒に過ごした最初の週末を覚えてる？」シカゴの建築事務所で見習い建築士として働くことが決まり、マイケルがシカゴに引っ越した最初の週末、二人でイリノイ州の景勝地スターヴド・ロック州立公園にキャンプ旅行に出かけた。日常を離れた最高にロマンチックな週末だった。彼もきっとあの旅行のことは覚えているはずだ。

「もちろん」

「あそこがいいわ。私から連絡があるまで、あそこに行ってて」〈カウンシル〉ならどうやって彼の行き先を探り出そうとするだろう？「事務所の同僚の車を借りて。きっとあなたの車はもう知られてる。携帯電話は家に置いていってね。たとえ電源を切った状態でも、持っていっちゃだめ。もう安全だとわかったら誰かに迎えにいってもらうから。クレジットカードは使わないこと。いっさいだめ。とにかく急いで行って、私を待ってて」

マイケルはほんの一拍だけためらった。

「わかった。行くよ、エミリー。きみはこのあとどうする？　オックスフォードに戻るの？」

　エミリーはどう答えるべきか迷った。それから、決然とした声で、だが曖昧な言葉で応じた。

「できたばかりの友人にもう一度会いにいく」


　いつも以上に真心を込めて「愛してる」と伝え、マイケルとの電話を終えた。それから二分後、エミリーはイスタンブールのガラタ地区の幹線道路の一つ、にぎやかなテルサーネ通りに立ち、手を上げてタクシーが通りかかるのを待った。

　アタナシウスにはまだ話してくれていないことがあるはずだと思った。古いもの、過去についてては知っていることを話してくれた。でも、新しいことがまだ何かあるはずだ。そうよ、私が知っておかなくてはいけないことがまだ何かあるはず。

　図書館や〈ソサエティ〉とその歴史について、アタナシウスが何もかも話したとは初めから思っていない。しかしアルノのパズルの最後のピースを手に入れたいま、その内容についてアタナシウスに確かめなくてはならない、彼なら何か知っているのではないかという気がする。

　最初に通りかかったタクシーを止めた。ドアを開け、ぼろぼろの後部シートに乗りこんだ。「空港までお願いします」頭の奥の鈍い痛みをやわらげようと、また目を閉じた。「急いでくれたら、いまお財布に残ってるトルコリラを全額お礼にあげるわ」

一時間半後、午前零時三十分発のアレキサンドリア直航便に乗っていた。午前二時三十分にはエジプトに戻れる。しかし離陸したあとになって、あの小柄な男が立ち去り際に脅した相手はマイケルだけではなかったことを思い出した。アタナシウスのことも殺すと言っていた。彼にも警告しなくては。いまは手遅れにならないことを祈るしかない。

95

エジプト　アレクサンドリア
午後11時46分

二人の〈フレンド〉は息の合った動きで暗い廊下を進んだ。二人のいずれにも軍隊経験はないが、まるで元兵士のように歩調を合わせることができる。ただ、軍人なら遮断するであろう感情が二人には残っていた。彼らの行動の陰につねに個人的な理由があった。彼らが仕えているのは〈カウンシル〉、世界で唯一、真の権力と支配力を持つ組織だ。〈カウンシル〉は何世紀にもわたって影響力と支配権を追い求めてきた。図書館とその無尽蔵の情報を手に入れるだけでなく、それを人間らしい用途に――他者を支配し、征服するために――援用できるだけの権力を追求してきた。

今夜、その目標は、〈フレンド〉二人がよく知っている形で、そして彼らの専門技術が生かされる形で、また一歩近づこうとしている。世の多くの人々にとって、彼らの仕事は不道徳であり、身の毛もよだつ種類のものだろう。しかし当人たちにとっては神聖で気高いものだった。

アレクサンドリア図書館はすでに閉館しており、ところどころに非常灯があるだけで真っ暗だ。しかし、目的地までの道順は正確に頭に入っている。二人は迷うことなく地下に下りて廊下を歩き出した。アタナシウス・アントーンは徹夜で仕事をしている。つまり、彼らの目的地に確実にいるということだ。おかげで彼らの任務はいっそう容易になりそうだ。

　アントーンのオフィスの前で二人は足を止めた。一人がドアノブを回してみた。ドアには鍵さえかかっていなかった。ふん、愚か者めが。

　もう一人の〈フレンド〉がグロックを抜き、最初の弾を薬室に送りこんだ。一瞬置いて、一人目が勢いよくドアを開けた。二人は小さなオフィスに同時に飛びこんだ。いずれの目も、冷酷残忍な光を放っていた。

96

午後11時58分

アタナシウスは照明が一つもない長い廊下を全力疾走しながら、図書館の構造を熟知していることが自分に有利に働くことをひたすら祈った。あの二人は物音を立てていないつもりだったのだろうが、アタナシウスはその気配に先に気づいた。彼のほかには誰もいないはずの真夜中の地下通路では、足音さえ大きく伝わってくる。彼らの来訪は予期していた。話をしにやってくるのではないことも知っていた。だから、来たとわかった瞬間、全身にあふれ出したアドレナリンのせいで痙攣《けいれん》しかけた筋肉をなだめながら靴を脱ぎ、靴下一枚になってオフィスを出ると、暗闇に逃げこんだ。

「おい、いないぞ！」背後から怒鳴り声が聞こえた。オフィスが無人なのを見た追っ手は、悟られないように彼に接近するという作戦をかなぐり捨てたらしい。「追え！」また大きな声が響き渡った。

急な角を曲がり、短い階段から地下二階に下りた。非常灯は灯っているが、その緑色の光は頼りない。それでもアタナシウスは全速力で走った。背後から、コンクリートの床を蹴る追っ手の足音が聞こえていた。地下の廊下に反響するその音は刻一刻と大きくなっていく。

アタナシウスは地下階で一番大きな廊下に出たところで、オフィスのドアの一つに飛びついた。鍵がかかっている。血圧の上昇を感じながら、階段のほうに少し戻って別のドアを試した。今回は開いた。なかに入って静かにドアを閉め、アタナシウスは暗がりに目が慣れるのを待った。それから真ん中にあるテーブルらしきものを迂回して、部屋の奥の角に向かった。そこでしゃがんで体を小さく丸めると、できるだけ音を立てないようゆっくりと呼吸をした。自分の脈動が大音量で全身に響いていた。

重たい足音が廊下を進んでいく。ときおり進行方向を変えながら、廊下を近づいてきて大きく聞こえたり、また遠ざかったりを繰り返していたが、やがて小さくなって、ついにはまったく聞こえなくなった。長い静寂が続き、アタナシウスはゆっくりと安堵の息をついた。〈カウンシル〉から派遣されてきた男たちは、アタナシウスの即席の隠れ場所を見つけられずにあきらめたらしい。

そのまま長い時間じっと動かずにいたあと、彼らは本当に立ち去ったようだと納得して、アタナシウスは立ち上がった。ぐっとつばを呑みこむ。銅に似た恐怖の味がした。

そのとき、小さなオフィスのドアが吹き飛びそうな勢いで開き、まばゆい光の条《すじ》が二本、アタナシウスの目を射貫いた。何が起きたのかアタナシウスが理解するより先に、銃を握り締めた〈フレンド〉が一つ大きく跳躍してオフィスに入ってくると、アタナシウスの髪をつかんで後ろに向けて乱暴に引っ張った。銃身が口に押しこまれ、喉の奥に食いこんだ。

「騒ぐな」もう一人が穏やかな声で言い、天井のライトをつけた。喉の奥を銃口で突かれ、アタナシウスは吐きそうになった。

「ドクター・アタナシウス・アントーン。ずいぶん探したよ」〈フレンド〉が言った。「ようやく会えたな」パートナーにうなずく。パートナーはアタナシウスの口に突っこんでいた銃を抜き、髪をきつくつかみ直すと、アタナシウスを部屋の隅に突き飛ばした。アタナシウスはファイルキャビネットに叩きつけられ、床に力なくくずおれた。リーダー役らしき〈フレンド〉は手近な回転椅子にリラックスした様子で腰を下ろすと、くるりと向きを変えてアタナシウスと正対した。

「エミリー・ウェスという人物とあんたがつい最近交わした会話を踏まえると」〈フレンド〉は続けた。「ちょっとした……そう、腹を割った話し合いが必要かと思ってね」

アタナシウスは恐怖にすくみ上がり、無言で〈フレンド〉を見つめた。

「ただ、この部屋は」〈フレンド〉はさらに続けた。「じっくり語り合うにはぬくもりに欠けるな。あんたもそう思うだろう？　このあとすぐ、私の同僚があんたを自分のオフィスまで送り届ける。そこで私と二人きりで建設的な話し合いを持とうじゃないか」男の表情にはサディスティックな期待感がにじみ出ていた。

「だがその前に」〈フレンド〉はなおも続けた。「私との関係におけるあんたの立場というものを理解してもらったほうがよさそうだ。というわけで、一つ提案がある。このあとの話し合いに備えて、二つ三つ条件を設定しておこう」そう言って片手を挙げた。パートナーがグロックを握らせた。〈フレンド〉は一瞬の躊躇もなくグロックをアタナシウスに向けると、胴体に一発撃ちこんだ。その衝撃でアントーンの体は後ろに飛び、ファイルキャビネットにぶつかった。彼は恐怖に目を見開いた。

〈フレンド〉は何事もなかったかのように銃をパートナーに返した。

「条件はこうだ」〈フレンド〉はアタナシウスを見下ろした。傷口から血がどくどくとあふれ始めていた。「協力すれば、このあとあんたが見る地獄は、少しだけ短くてすむかもしれない」

土曜日

97

イギリス　オックスフォード
午前7時45分（GMT）

理事長を乗せた車はオックスフォードのブロード・ストリートと直角に交差してボドリアン図書館に沿って延びるキャット・ストリートに入った。ほぼ正方形をした巨大な図書館は大学の中心であり、鼓動を続ける心臓でもある。学部生と大学院生の両方に向けた閲覧室をいくつも備え、ハンフリー公図書館と呼ばれる有名な一室には稀覯本や古代の書物、写本など、オックスフォード大学の金銭には換算できない宝物が収蔵されている。独特の建築様式が目を惹くディヴィニティ・スクールは、まるで図書館の脇腹に生えたゴシック様式の珍妙な付属肢といった風情だ。

朝のラッシュアワーがすでに始まっていた。街の住人たる大学生は、まだ土曜の朝寝を楽しんでいる時間帯だろうが、それでも小さな街は早くもにぎわいを見せている。ブロード・ストリートは〝夢見る尖塔の街〟、西欧世界の最高学府の一つを一目見ようと世界各地から集まってきた旅行者であふれ、その旅行者の財布を目当てに、オックスフォード大学や各カレッジの紋章をあしらった陳腐な土産物を売る商店は朝のこの時間から早くも客の呼び込みを始めていた。ガイド付き徒歩ツアーの参加者が歩道のところどころに集まり、週末に向けて商店に売り物を届ける配達のバンが石畳や赤い舗装を踏んで忙しく行き交っている。

理事長ユアン・ウェスターバーグの指示で、ボドリアン図書館全体に立入禁止の措置が取られ、一行の到着を待っていた。車窓から外の様子を確かめると、図書館の入口ゲートやフェンスで守られた中庭はいずれも赤と白の柵《さく》で囲んであった。そのところどころに〈緊急補修作業のため本日閉館〉と書いた札が下がっている。こちらの建物でガス漏れ発生、あちらの建物では電気設備の不具合。そういった架空のトラブルをでっち上げ、〈カウンシル〉は図書館全体を終日閉館にさせた。抗議らしい抗議はどこからも出なかった。

それだけの権力が自分にあると思うと気持ちが高ぶった。その力はまもなくいっそう強大になるのだ。それも一足飛びに。

一瞬、子供時代の記憶が蘇った。やはり〈カウンシル〉の独断的な理事長だった父は、幼いユアンに、おまえはいつの日か絶大な権力を手にすることになると繰り返し言い聞かせた。ユアンがただ〝サー〟と呼んでいた父、ウィリアム・ウェスターバーグ三世は、自宅のオフィスの片隅に置いた小さな木の椅子に息子を座らせ、そこで黙って見ていなさい、聞いていなさいと厳しい指示を与えた。幼いユアンは熱心に見て学んだ。父がふるう権力の大きさを目の当たりにして有頂天になった。父はＦＢＩに電話をかけ、勾留中の容疑者の釈放を命じた。〈フレンド〉の一人が任務中にＦＢＩに逮捕されており、ユアンの父はそれに立腹していた。高価なスコッチを注いだグラスを片手に電話をかけ、驚くほど短いやりとりを交わしただけで、ＦＢＩは父の要求に屈した。幼いユアンは、釈放された〈フレンド〉が報告に訪れるまで父とオフィスでじっと待った。父は、逮捕されるという失態を犯した〈フレンド〉を叱りつけたあと、彼の釈放の経緯を知っているＦＢＩ捜査官を残らず始末せよと命じた。父が釈放に関与したことが外部に漏れるのを防ぐためだ。

その日、ユアンは権力というものの本質を知り、以来、今日までずっと権力を追い求めてきた。それは彼が生まれながらに持っている権利であり、ライフワークともなった——あらゆる行動を積み重ねて自らの権力を増強していくことが。さらに大きな権力を手にするたびにあの原体験の記憶が蘇った。父もかならずや息子を誇りに思っていることだろう。

車が停まった。ユアン・ウェスターバーグは降りるなりまっすぐボドリアン図書館のゲートつきのエントランスに向かった。建物の東面の平石張りの壁面をアーチ形にくりぬいた部分がエントランスになっていて、ゲートの手前の扉にオックスフォードの最古のカレッジの鮮やかな色をした紋章が並んでいる。その扉も建物の見どころの一つで、よく旅行者がその前で記念撮影をしているが、今日は理事長の関心を惹くことはなかった。彼は一顧だにせず開いた扉を抜けて建物内に入った。

アーチ形のエントランスの奥にはボドリアン図書館の中央中庭が開けていた。屋根のない石畳の中庭の四方を図書館の翼棟が囲んでいる。その中庭をまっすぐ突っ切った先に、図書館そのものに入るメインエントランスが見えていた。そのガラス張りの入口を抜けると、そこがオックスフォード大学の学びの中枢だ。

部下を左右に従え、ユアン・ウェスターバーグは中庭を横切り、エントランス前にそびえる図書館の創設者トーマス・ボドリーの銅像の脇を通り過ぎた。両開きのガラス扉からなかに入ると、すぐ目の前、こぢんまりとした玄関ロビーの正面に、もう一組、古びた木の扉がある。左手には閲覧室入口、右手には図書館の絵と法外な値札がついた土産物を売る売店があった。

まっすぐ前に向き直る。見上げるように大きな木の扉は、ディヴィニティ・スクールへの入口だ。

「開けろ」彼は部下に命じた。グレーのスーツ姿の男が進み出て、ドアの恐ろしいほどの重さに逆らうようにゆっくりと引き開けた。ドアが完全に開いて止まる前に、ユアン・ウェスターバーグ一行はディヴィニティ・スクール内に足を踏み入れた。

98

同じころ――エジプト　アレクサンドリア
午前9時45分――午前7時45分（GMT）

真夜中にアレクサンドリアに到着したエミリーは、アタナシウスに電話をかけてみたもののつながらず、しかたなく空港のロビーで数時間の仮眠を取った。電話帳にはアタナシウスの職場の直通番号しか載っていなかった。図書館は朝の常識的な時刻まで開かない。それもアタナシウスが土曜日に出勤すればの話よね――エミリーは思った。ただ、会って話してみた印象では、アタナシウス・アントーンは週末であろうと休まず仕事をするタイプの人物だ。

開館を待ちきれず、空港の洗面所でできるかぎり体の汚れを洗い流し、いくらかリフレッシュすると、とりあえずアレクサンドリア図書館まで行ってみた。職員が続々と図書館に入っていく。エミリーはそのなかにアタナシウスの特徴的な顔を探した。何度か似た人物を見つけたが、そのたびに人違いだとわかって、エジプト北部には〝黒い顎ひげをたくわえてスーツを着た男性〟は数限りなくいる現実をいやというほど思い知ることになった。ようやく開館時刻が来て受付カウンターの係員がガラスのエントランスの鍵を開けに来たのが見えたが、そのときもまだアタナシウスは出勤してきていなかった。

いやな予感がする。ものすごくいやな予感がする――エミリーの頭はまたもや猛烈な勢いで回転を始めた。遅かったのだろうか。イスタンブールでエミリーを襲った男たちは、アントーンを殺すという脅しの文句を吐いた。それがすでに実行されてしまったのだろうか。何世紀も続く権力闘争の最新の犠牲者として、またしても〈アシスタント・キーパー〉候補が命を落としたということか。

調べもせずに帰ることはできない。アタナシウスの立ち寄り先としてエミリーが知っているのは、地下にあるあのオフィスだけだ。彼には恩義がある。それに、彼の助力がまだ必要だ。図書館の薄暗い地下に降りて、彼の無事を確かめなくてはならない。もしかしたら昨日から寝る間も惜しんで仕事をしていて、出勤するまでもなくあのオフィスにいるということも考えられる。

りっぱな図書館にふたたび入り、前日にたどった道筋を歩いて大閲覧室を通り抜けた。地上階の書架の奥に三つ並んだドアのうち右の一つを開け、図書館の地下にある職員専用エリアに入った。初めて来たときよりはるかに自信に満ちた足取りで奥へ進み、壁に建設労働者の名前が刻まれた短い廊下を探し当てた。まもなく見覚えのあるアタナシウスのオフィスの木のドアの前に立っていた。ドアの上を確かめた。エミリーをアタナシウスと引き合わせたキーワード、ホルムストランドが刻んだ《LIGHT》の文字は変わらずそこにあった。

ドアをノックする。前回とは違って迷いはなかった。

「ドクター・アントーン。エミリー・ウェスです」じりじりしながらドアが開くのを待った。

アタナシウスが持っているはずの最後の情報が何なのか、一刻も早く知りたくてじっとしていられない。

だが、応答がない。エミリーはさっきより大きな音でもう一度ノックした。

「アタナシウス。お願いだからここを開けて。大事な話があるの」静寂が続いた。初めて来たときのことを思い返す。そうだ、〝合い言葉〟があった。

でも、いまさらまた同じ手順を繰り返すの？　そう思うと焦れったくなった。だが、あれこれ考えている時間はない。

「朝なら15！」叫ぶような声で言った。ノックをやめて耳を澄ます。やはり返事はない。ドアは閉ざされたままだった。

「いいかげんにして！」そう考えただけのつもりだったが、もどかしさが爆発して、つい口に出して言っていた。ドアの前に膝をつき、ノブに目をこらした。安物の手錠とは違うのよ——彼女のピッキングのスキルでも手錠は開いたが、ちゃんとした錠前を開ける自信はなかった。しかし、ノブに手をかけると、意外なことに、あっさり回った。

鍵をかけていない。よい兆候だ。アントーンがいるということだろう。だが、いるならなぜ返事をしないのか。何かあったのだ。エミリーはノブを完全に回しきると、勢いよくドアを開けてなかに入った。小さなオフィスに灯っている明かりは、散らかったデスクの上の小さなランプ一つだった。

床にアタナシウスが力なく横たわっていた。一瞬、ファイルキャビネットに不自然な姿勢でもたれて眠っているのかと思った。しかし、よく見ると彼の体の下に血だまりがあった。茶色いジャケットがその血を吸って赤く染まっていた。次にエミリーは、彼の顔に裂傷がいくつもできていることに気づいた。それに、手の指がそろってありえない方向に反っている。彼女の目は、拷問の痕跡を一つずつ順番に見つけていった。

恐怖と怒りが同時に湧き上がった。またしても血が流された。またしても人が殺された。彼女の周囲で次々と人が殺されていく。彼女自身も襲われた。だが、こんなことは望んでいなかった。残虐な行為を重ねる男たちは、彼女が持っている情報を狙っている。だが、彼らにそれを渡すわけにはいかない。目的を達成させるわけにはいかない。

エミリーはアタナシウスのかたわらにしゃがみこんだ。とっさに、まだ息があるか確かめようと思った。だが、これは傷害事件の現場、おそらくは殺人の現場だ。そして彼女はそこに入りこんだ第三者だ。そう気づいて、不用意なことはしないよう自分に言い聞かせた。血だまりを踏んではいけない。服の袖が彼の血に濡れた胸に触れないよう用心しながら、彼の両肩に手を置いてそっと押しやると、胸にだらりと垂れていた頭が動いて体の前が見えるようになった。ジャケットの下の白いシャツは血で真っ赤に染まっている。右胸に銃創があった。そこから大量の血があふれ出している。服や床にも、この小柄な体から流れ出たとは信じがたいほどの量の血が広がっていた。

だが同時に、思いがけないことに気づいた。掌にアタナシウスの体温を感じた。肩から一方の手を離し、首筋の動脈を探った。指先に脈動が伝わってきた。弱々しいが、確かに脈打っている。

アタナシウスは生きている。

99

オックスフォード
午前8時（GMT）

　ディヴィニティ・スクールの装飾的な天井が、はるか高みから理事長と部下たちを見下ろしている。見る者を驚嘆させるために設計されたそれは、建築家の意図を忠実に具現化していた。優美なアーチやところどころに突き出した鋭くとがった先端は、まるで石でできた細長い指が下に向かって伸びているかのようで、何世紀ものあいだ、その下を通り過ぎる学生や旅行者をすくませてきた。背の高い窓から射す朝の光がオレンジ色の輝きと灰色の影で彫刻入りの天井を彩って、三次元的なデザインにいっそうの立体感を与えていた。

　ユアン・ウェスターバーグの目は、部下のそれと同じように、天井に刻みつけられた数百のシンボルに即座に引き寄せられた。計四百五十五個の突起が天井の全面に規則的に並んでいる。向きやかたむき具合はばらばらで、空間全体が謎めいた異様な雰囲気を醸し出していた。

「探せ」理事長は命じた。ここに来るフライトのあいだ、部下たちはネット上を探せばいくらでも見つかるディヴィニティ・スクールの天井の高解像度の写真とにらめっこして過ごした。彼らが探しているシンボル、アタナシウス・アントーン宛のメールの添付画像に埋めこまれていたシンボルは、メインのアーチの中心線上、このホールの西奥の壁から二つ目のくぼみの近くにあるはずだ。徹底したリサーチを行ったものの、シンボルそのものの意味はわからないままだったが、この際、意味などどうでもいい。〈キーパー〉はエミリー・ウェスをこのシンボルへと導こうとした。その事実こそが重要なのだ。数百もあるシンボルのうち、ユアン・ウェスターバーグにとって価値があるのはその一つだけだった。

〈フレンド〉たちはすぐにそのシンボルを見つけた。図書館のすぐ外に駐めたバンから背の高い脚立を持ってくるようジェイソンが指示した。バンには、この先の探索に備えて、さまざまな工具や器具を積んできている。まもなく脚立は組み立てられ、目指すシンボルの真下に設置された。ジェイソンは即座にその最上部に立った。天井が、そして目当てのシンボルがすぐ目の前に迫った。

「何か変わったところはないか」理事長は訊いた。

「いえ、まだとくに」ジェイソンは天井の表面から十センチほど突き出した位置にある円形の彫刻を丹念に観察した。その不思議な形をした表面に、下から見たとき気づかなかった特徴はないように思えた。だが、何かあるはずだ——ジェイソンは自分に言い聞かせた。その何かはおそらく隠してあるだろう。ジェイソンは彫刻のあらゆる表面、あらゆる角に視線を注いだ。

「何か書いてあるということはなさそうですね」下で見上げている父親と同僚たちに向けて

言った。「少なくとも、いま見える範囲では」

「もっとよく探せ」理事長は鋭い口調で言った。「書いてあるとは限らないぞ。文字だけでなく、ふつうと違うところがないか探すんだ」

ジェイソンはいっそう目をこらした。しかし彫刻の表面に何か書いてある様子はない。〝文字〟や記号の類は、シンボルそのものに彫られたアルファベットだけのようだ。

文字や記号ではないらしいな――ジェイソンは右手を伸ばしてシンボルに触れた。表面に何か刻みつけてあるとか？　目では確認できず、触れてみて初めてわかるものという可能性もある。しかし、石の表面はなめらかそのもので凹凸一つない。

理事長と同僚たちがいらだちを募らせているのが下から伝わってくる。そこには期待も混じっていた。これに何かヒントがあるはずだ。ジェイソンは自分にそう言い聞かせた。表面をそっと押してみた。メッセージなどではなく、もっと直接的なものかもしれない。そうか、このシンボルそのものが図書館に入る手段だという可能性もある。指で彫刻の表面や輪郭をさらに強く押してみた。ボタンのようなものはないか。何か落ちてきたりはしないか。この彫刻自体に何か仕掛けがあるのではないか。

だが、何も見つからなかった。

残る可能性は一つだけだ。てっぺんの段に腰を押し当てるようにして脚立の上で慎重にバランスを取ると、ジェイソンは両手でシンボルをつかんで引っ張った。彫刻はびくともしない。あきらめる前に、ものは試しと力いっぱいひねってみた。彫刻がわずかに動いたのがわかった。興奮が全身を駆け巡った。彫刻そのものが右回りに回転しかけている。

「動くぞ！」ジェイソンのはるか下で、理事長自らが脚立を押さえ、手を差し伸べて頭上の息子の体を支えた。

ジェイソンはシンボルを回し続けた。九十度回ったところでかたりという音が鳴って、シンボルはその向きで固定された。

同時に、すべてが動き始めた——文字どおり、すべてが。どこか下のほう、ホールの奥の角のあたりから、何かがこすれ合う音がしてホール全体に響き渡った。ジェイソンが脚立を下りたときには、理事長と〈フレンド〉たちは音の出どころを確かめようとすでに移動を始めていた。奥の角に近いあたりで、床の大きな石材の一枚が動き、やはり石でできた壁にゆっくりと吸いこまれていった。長方形の石材があったところに、真っ暗な穴が口を開けていた。

そこから階段が下に延びて、暗闇へと消えていた。ユアン・ウェスターバーグは興奮を隠しきれなかった。

部下が二人、先に階段を下りて安全を確かめようと動きかけたが、理事長はそれを許さなかった。これは彼のための、そう、彼一人のために用意された瞬間だ。彼が先頭を行く。ほかの者は——ほかの者たちはすべて、彼の歩いた跡をたどるのだ。

理事長は近くの一人が持っていた懐中電灯を受け取ると、部下たちを押しのけ、最初の段に足を下ろした。階段はどこまでも下へと続いていた。驚くほど長い。二階分ほど下ったころ、ようやく終わりが見えた。最後の一段を下りると、今度は細い通路が延びていた。埃とクモの巣に覆われた通路を照らす明かりは、彼が手にした懐中電灯一つだった。

さほど長い通路ではない。突き当たりに古びた木の扉が見えていた。いったい何百年前に作られたものなのか見当もつかないが、地下にあるこの建造物は、地上の図書館よりもっと古びて見える。

理事長は木の扉に向かって足を踏み出した。〈フレンド〉たちも続々と階段を下りて通路を歩き出す。扉に金属の飾り板が取りつけてある。埃が分厚くたまっていて、書いてある文字は読み取れない。懐中電灯を肩の高さまで持ち上げ、空いたほうの手で埃を払いのけると、下から真鍮の板が現れた。

そこに、かつて目にした何よりも美しい言葉が並んでいた。

Repositum Bibliotecae Alexandrianae

アレクサンドリア図書館の書庫。ついに見つけた。ようやく。人生をかけてこの瞬間を待ち続けてきた。

木の扉に掌をそっと当てた。それから、息を殺してゆっくりと押し開けた。

100

同じころ——エジプト　アレクサンドリア
午前10時——午前8時（GMT）

「どうしたの、何をされたの！」エミリーは叫び、アタナシウスの頭を背後のキャビネットにそっともたせかけた。彼の意識は少しずつ戻ろうとしていた。アタナシウスは、脈拍を確認しようとエミリーが首筋に指を当てた瞬間、ぴくりと動いて目を覚ました。苦労してまぶたを持ち上げ、またしても彼を引きずりこもうとしている深い眠りの底からどうにか這い出した。エミリーの顔が見えた。大きな希望を、彼が多くの犠牲を払って守ろうとした希望を象徴する顔。二度と見ることはないとあきらめていた顔がそこにあった。

「〈フレンド〉……が二人……来た」アタナシウスは声を絞り出した。胸の銃創のせいで、声を出すのは難しい。「真夜中に。話……をしに」話そうとすると、泡が立つようなおぞましい音が胸に開いた穴から漏れた。弾丸が肺を貫いたのだろう。エミリーは立ち上がって、デスクの上の電話に手を伸ばした。いますぐ救急車を呼べば、間に合うかもしれない。

「いいんだ」床に横たわったアタナシウスが引き止めた。エミリーは振り返り、彼の視線を受け止めた。アタナシウスは苦しげな声で、だがしっかりとした口調で続けた。「もう間に合わない。いまは……自分のことを考えている場合では……ない」

エミリーは迷った。助けを呼びたいという衝動は抑えがたいほど強烈だ。しかしアタナシウスは懇願するような目で彼女を見上げている。死を受け入れる覚悟を固めた人間の顔、残された貴重な時間を有益なことに費やしたいと望む人間の顔だった。エミリーはデスクに背を向け、彼のかたわらに戻って膝をついた。

「どうしよう、彼らは知ってるということね」エミリーは言った。「あなたを殺しに来たということは」アントーンが顔をゆがめてうなずいた。

「何時間も質問攻めにされた……だが……奴らは……心臓を外したんです」アタナシウスは苦しげに言った。彼の苦しみを思って、エミリーの胸はつぶれそうになった。アントーンは、何時間も一人きりでアレクサンドリア図書館の地下室の床に横たわっていたのだ。陰惨な拷問を受けたあと、一人きりで、静寂のなか、瀕死の状態で血を流し続けていたのだ。

「何も話さなかった」アタナシウスは続けた。本来は浅黒い黄褐色の肌は青ざめ、目鼻立ちの影の部分が強調されて、すでにどこか亡霊じみた気配を漂わせていた。それでも力を振り絞って先を続けた。「連中は……話させようとした……が、私は……秘密を守りました」

「わかってる。わかってるわ」エミリーはアタナシウスの腕をつかんだ手にぎゅっと力を込めた。慰めの気持ち、信頼の気持ちを少しでも伝えたいと思った。「あなたは強い人だもの」

アタナシウスは笑みを浮かべた。自分に課せられた使命をまっとうできて、心は満ち足りていた。しかし、その笑みはすぐに消えた。エミリーがなぜまたここに来ているのか、疑問に思うだけの冷静さはまだ残っていた。

「なぜ……どうしてここに？」くぐもった声だった。

彼にはもうあまり時間が残っていない。そう悟ったエミリーは、できるだけ簡潔に答えた。

「最後の手がかりを見つけたの。ドルマバフチェ宮殿に行ったのよ。ボスポラス海峡に面した宮殿。手がかりはアタテュルクの寝室にあった。彼が亡くなったベッドのすぐ隣のソファに」

アタナシウスはありったけの力をかき集め、意外そうに眉を吊り上げてみせた。

「ほかの手がかりと同じだった」エミリーは続けた。「図書館の紋章と、一行だけのメッセージ。でもね、今回はもう一つ紋章があった。その紋章も、《一周回って出発点に戻る：オックスフォードの神の天井、図書館のありか》というメッセージも、出発点だったオックスフォードを指してる」

アタナシウスには、もう一つ質問を発するだけの体力が残っていなかった。だが、表情が代わりに質問を繰り返した――〝で、どうしてここに？〟

「また来たのは」エミリーは答えた。「アルノ・ホルムストランドがいくつもの手がかりを用意したのは、私を一周回らせたあげくに出発点に戻すためじゃないと断言できるから。彼は堂々巡りの議論、回りくどい議論は嫌いだという話を何度もしてた。なのに、いくつも手がかりをたどらせたあげく、出発点に――この旅のスタート地点になった聖母マリア大学教会と目と鼻の先の場所に戻らせるようなことをすると思う？　ありえない。絶対に信じられない」

アタナシウスはうなずいた。しかし頭は力なく揺れ始めていた。息づかいもますます苦しげになっている。時間がない。必要なことを訊かなくては。彼が払った犠牲を無駄にしないために。

「あなたが話してくれたことは、どれも過去についてだったわね、アタナシウス。図書館のこともそう。〈ソサエティ〉のこともそう。何もかも過去を向いた話だった」エミリーは身を乗り出し、彼の顔の近くでささやくように言った。「あなたの話はもう半分残ってるんじゃないかと思ったの。まだ話してくれていないことがあるんじゃないかって。お願い、いま話して。私がまだ知らずにいることがあるんでしょう。図書館の新しいことを話して――過去と違うところは何？　それがわかれば、堂々巡りから抜け出せる」

アタナシウスは、エミリーの深い青色をした瞳を見つめ返した。自分にはもう数分しか残されていないだろう。それに、エミリー・ウェスはよくやった。彼は体力が許すかぎり強くまばたきをした。遠ざかろうとする意識を少しでも引き止めておきたい。

「覚えていますか……ドクター・ウェス。図書館の……司書としての私たちの仕事について……話しましたね。月ごとにどうやって……集めた情報を〈キーパー〉に届けていたか」

エミリーは大急ぎで前回のやりとりの記憶をあらためた。

「覚えてる。ちゃんと覚えてるわ。小包にしておくと、誰かが回収に来るんだったわね」

「そうです。私たちは情報を集めて、小包にして届ける。〈キーパー〉は……〈キーパー〉

は受け取った資料を確かめながら図書館の情報を最新の状態にする」アタナシウスは大きくあえぎ、咳をした。唇から、胸の傷から、血が霧のように広がった。

「デスク」ようやく声を絞り出し、首を軽くかたむけて、散らかったデスクを指す。「私の……今月の包み。あとで……今日、受け渡し場所に届けるはずだった」

エミリーはデスクを見た。書類にまぎれて小さな包みがある。茶色い紙でくるみ、縒《よ》り紐で郵便小包のように縛ってあった。手を伸ばしてその包みを取った。

「開けて……」アタナシウスが言った。「開けてみてください」

101

オックスフォード
午前8時15分（GMT）

　ユアン・ウェスターバーグは、ゆっくりと開いていく扉を目で追った。歴史の重みが己の両肩にのしかかってくる。いま彼は、〈カウンシル〉の創設以来、何人もの前任者たちが探し求めてきたものを目にしようとしているのだ。彼は〈カウンシル〉の第五十代理事長だ。そのきりのよい数字を誇りに思っていた。しかし今日の栄誉によって、彼の名は初代理事長と並んで語り継がれることになるだろう。もっとも偉大な指導者として。ほかの者ならとうてい不可能だとあきらめていたであろうことを成し遂げた人物として。父親のオフィスで初めて味わった権力と影響力、歴代理事長の誰も手にすることがかなわなかった絶大な権力と影響力を、いま、彼は掌中に収めようとしている。

　扉が完全に開き、左手の石の壁にぶつかって鈍い音とともに止まった。いよいよその瞬間が訪れた。一つ深呼吸をしてから、ユアン・ウェスターバーグは頭《こうべ》を垂れ、図書館の書庫、図書館の中枢に足を踏み入れた。

　初めは彼の懐中電灯の光だけが内部を照らしていたが、まもなくほかの者たちの懐中電灯の光がそこに加わった。明るさに目が慣れたとき、それに照らし出されたものを見て、彼は息を呑んだ。

歴史ある街の地下深く、懐中電灯の光が届く距離のさらに先まで、天井に届く高さのある丁寧な造りの木製の書棚が何列も何列も整然と並んでいる。そのあいだには、細長い閲覧台や見上げるような高さのファイルキャビネットも見えた。えもいわれぬ美しさだった。そして信じがたいほど広大な空間だった。ここになら何十万冊、いや何百万冊の書物さえ収めておけるだろう。

しかし、息もできないほどの衝撃を彼に与えたのは、古びた美しい書棚が並ぶ光景ではなかった。その書棚のいずれにも、ただの一冊も本が並んでいないという事実だった。

102

同じころ――エジプト　アレクサンドリア
午前10時15分――午前8時15分（GMT）

包みは小さくて薄かった。紐を切り、茶色い紙をはがし取りながら、エミリーは、図書館に加えるべき重みを持つ情報がこれほど軽いわけはないだろうといぶかしく思った。

しかし、なかから現れたものを一目見るなり、疑念は吹き飛んだ。出てきたのは、小さなビニールケース入りの銀色に輝くＤＶＤ一枚だった。

目を上げてアタナシウスを見た。だが瀕死の〈ライブラリアン〉はそれを待たずに話し始めていた。

「図書館は古いものですが……ドクター・ウェス……つねに新しい考えを指し示してきました……新しく生まれたものを利用してきたんですよ。私たちは情報を本や書類ではなくディスクで提出します。アレクサンドリア図書館はもはや……写本や紙や書物を並べた書庫ではないからです。図書館は、ドクター・ウェス……ネットワークです」

エミリーの頭にあったアレクサンドリア図書館の歴史は、このときふたたび書き換えられた。それはまったく予想外のひとことだった。

「ネットワーク？」エミリーは驚いてアタナシウスを見つめた。次に手に持った銀色のＤＶＤを裏返して見た。「それって、オンラインということ？　インターネット上にあるの？ウェブ上に？」

「ええ、そんなところです」アタナシウスは答えた。呼吸が弱々しくなっている。それでも、顔には満足げな笑みが浮かんでいた。「ただ、もちろん、インターネット上に置いておくのは危険だ……オープンすぎる。無防備もいいところです。私たちのバージョンは……そう……もう少し安全に保管されている。もう少し……セキュリティがしっかりした場所に」

また咳が出た。今回は口から血があふれ出した。激しい痙攣が起きて、アタナシウスは苦しげに体をよじらせた。エミリーはＤＶＤを放り出し、身を乗り出してその体を両腕で抱き寄せた。人が死ぬところに居合わせるのは初めてだ。この善良な男性に、最後の数分間を少しでも安らかに過ごさせてやりたいと強く思った。

「安心して、アタナシウス」彼の耳もとでささやいた。抱き寄せた体から少しずつ力が失われていくのがわかる。「必要なことはもう教えてもらった。あなたは使命をりっぱに果たしたわ」

わずかに残された力を振り絞り、アタナシウスは顔を上げてエミリーを見た。彼女の肩にすがるようにして、彼女の耳もとに唇を寄せた。

「ねえ、ドクター・ウェス……私たちがいまも木の棚やファイルキャビネットを使っていると本当に思っていましたか。二千年前でも、図書館は一つの大都市に収まりきらなかった……なのに……いまの時代、物理的な書庫にすべての情報が収まると思っていましたか」彼はエミリーの目をのぞきこんだ。気力が続くかぎり。自分の言いたいことを彼女の心にまっすぐ届けるために。潮が引くように生命が体から流れ出し、永遠に目覚めることのない眠りに沈んでいく直前に、アタナシウス・アントーンの目に最後に映ったものは、図書館の新しい〈キーパー〉の瞳だった。

103

ワシントンＤＣ　大統領執務室
午前8時30分（ＥＳＴ）――午後1時30分（ＧＭＴ）

アメリカ合衆国大統領は、執務室のデスクの向こう側に整列した男たちを見つめた。この三日間、あまりにも予想外のことばかり起きた。大統領はただ驚き、衝撃に打ちのめされるしかなかった。そしてついに、この状況が訪れた。ワシントンＤＣの最有力人物のうちの三人が目の前にそろっている。国防長官、統合参謀本部の一員でもある四つ星の陸軍参謀総長、シークレットサービス長官。そしてもう一人、副大統領まで。しかも彼らはこの難局を切り抜けるための戦略を話し合いにきたのではない。今回の陰謀はすべて暴かれたとの報告を持ってきたのでもない。違う。この四人がいまここに顔をそろえているのは、この数日に起きた一連のできごとは終わりの始まりだったと伝えるため、そしてその終わりは明日訪れると告げるためだった。明日か。どうやら彼の大統領としての任期は明日、終止符を打たれることになりそうだ。

「一切合切の指揮は陸軍が執ります」国防長官のアシュトン・デイヴィスが言った。その口調は、このやりとりが始まって以降ずっと、節度は保っているが、一歩たりとも譲ってなるものかという決意を匂わせていた。「あなたを国家の安全を危うくする脅威と見なしているのは軍です。したがって、あなたの逮捕の手続きも軍が中心となって進めます」

「脅威だと！」大統領は噴き出しそうになった。「何を馬鹿な！　私は脅威などではない！　笑わせないでくれ！」

「側近中の側近が立て続けに殺害されているんですよ、大統領閣下」ハスキンス将軍が口をはさんだ。「笑い事ではありません。テロ組織は我が国の政界の主立った人物を周到に暗殺しています。アメリカ本土でというだけではない。よりによって首都ワシントンＤＣで」

「そうは言っても、私はまったく関与していない」トラサム大統領は傲然《ごうぜん》と言った。「みな善良な人物だった。私は彼らの命を危険にさらすようなことはいっさいしていない」

「それには同意しかねますな」デイヴィスは応じた。「彼らの暗殺を指示してはいないかもしれない。しかし彼らを殺害したアフガニスタンの組織は、復興支援に関するあなたの不法行為に何らかの形で関与した側近全員に対して聖戦《ジハード》を宣告しているんです」

大統領の顔は怒りに燃えて真っ赤に染まっていた。

「アシュトン、何を言い出すんだ！　私が中東で不法な取引に手を染めてなどいないことは、きみだってよく知っているだろう。いいか、私はな、大統領に就任して以来、前任者によって破壊されたアフガニスタンを再興することに心血を注いできたんだぞ！」

「その一方で、あなたはサウジアラビアと手を組んだ」ハスキンスが指摘した。「祖国内での営業権や建設権をあなたが敵国に売り渡したと知ったら、アフガニスタン人がどのような反応をするか、あなたはいったいどういうつもりでいたんです？」

「よしてくれ、ハスキンス。私はサウジアラビアと取引してなどいない！」

「そう主張するのはけっこうですが、我々は――そして全世界は、それに真っ向から対立する証拠を手にしています」

「マスコミが書き立てている戯れ言のことか？」トラサム大統領は激怒しながら訊き返した。「どれもこれも中傷だよ。作り話だ。少し考えればわかることだろう！　あんな話がどこから出てきたのか、こっちが教えてもらいたいくらいだ。誰かが私をはめようとしてやったことだろう」

「何を言うんですか」ハスキンス将軍もかっとなって言い返した。「あなたの署名入りの書類がある。取引記録も、あなたのサウジアラビアとの取引相手の証言も、メールも――」

「でたらめだ！」大統領は嚙みつくように言った。「あれだけのものを捏造《ねつぞう》できる人物とはいったい誰なのか見当もつかないが、サウジアラビアの〝取引相手〟にメールを送信したことなどただの一度もない」

　将軍がまた何か反論しようとしたが、国防長官は片手を挙げてそれを制した。しばし黙って一触即発の状態が落ち着くのを待ったあと、落ち着いた、しかし断固とした調子で言った。

「もういい。大統領閣下、いかにも往生際の悪い言い訳はそのくらいにしてください。我々が今日集まったのは、あなたとこの問題を話し合うためではない。あなたが引き起こした問題を決着させるために、これから何が起きるかを説明するためです。今後の方針はすでに固まっています。あなたの逮捕は明日の朝の予定だ。本来ならいますぐ逮捕すべきでしょうが、特別の配慮として明日まで待ちます。今日の午後は身辺の整理に充ててください。ご家族の引っ越しの手配など、必要な手続きをすませることです。ただ、ひとこと申し上げておきます。マスコミと話をしようとしたり、ワシントンDCから離れようとしたり、あるいはご自分の行為に対する責任から逃れようとしたりするようなら、そのときはこちらも即座に対処します」そう言って、信じがたいという表情で見返している大統領の目を見つめた。「そのような緊急事態が発生しないかぎり、あなたは明日の朝十時にハスキンス将軍によって逮捕され、フォート・ミードの勾留施設に連行されることになります」

トラサム大統領はゆっくりと息を吸いこみ、長く吐き出した。それから、大統領執務室の真ん中に勢ぞろいした小さな反乱軍に視線を据えた。目の前に並んだ男たちに対する憎悪が胸にあふれかけていた。

「日曜に？」大統領はそう尋ねた。「合衆国大統領の誤認逮捕を、わざわざ日曜の朝に？アメリカ国民がそんな暴挙を許すとは思えないね」

アシュトン・デイヴィスは決意を込めた目で大統領を見つめ返した。

「アメリカ国民なら、トラサム、一刻も早くあんたの首をワシントン記念塔のてっぺんにさらせと言っているよ」表向きの敬意をふいに捨て去ってそう言った。「ついでに言っておくと、いまこの瞬間から、あんたはアメリカ国民の代弁者ではなくなったんだ」

日曜日

104

アレクサンドリアとオックスフォードのあいだ
午前0時30分（GMT）

アタナシウスの死から数時間、エミリーは忙しく動き回った。アタナシウスの最後の〝包み〟、DVDをバッグにしまい、図書館に関連した書類や品物がないか、オフィスを短時間だけ、しかし徹底的に調べた。何一つ見つからなかった。アタナシウスは秘密を守ることにかけて完璧なまでに几帳面だったようだ。そのあと、その場に長時間とどまればとどまるほど、殺人事件の現場にいる姿を見られる可能性も高くなることを痛切に意識しながら、オフィスに来てから手を触れたところをすべて大急ぎで拭い、自分の痕跡を消した。最後に、図書館を守るために命を差し出した人物に、状況が許すかぎり礼を尽くして別れを告げた。遺体を床に横たえて腕を胸の前で組ませた。アタナシウスがどの宗教を信仰していたのかわからない。ただ、デスクの上にコプト正教会の小さな十字架があった。エミリーは目を閉じて、アタナシウスの魂のために短い祈りを捧げ、ようやくオフィスを出た。ほかの職員に見つけてもらいやすいよう、入口のドアはわざと少しだけ開けておいた。一人きりで長く放置されることがないように――それがエミリーにできるせめてもの配慮だった。

　いまエミリーは、トルコ航空の夜行便に乗り、夜の闇のなか、地中海上空を飛んでふたたびイギリスに向かっていた。アレクサンドリア図書館を出てから、二つのことを心がけた。人目につかないように行動すること、イギリスに到着したあとの準備を進めること。前者は、コーニッシュ大通りでタクシーを拾い、ボルグ・エル・アラブ空港近くの商業地域までまっすぐ行くことで解決した。タクシーを降りたあと銀行のＡＴＭを探し、自分の口座から可能なかぎり現金を引き出した。次に銀行の窓口に行き、下ろしたばかりの現金を英ポンドに換えてもらった。次にクレジットカードを使って、二百英ポンド分を両替し、六百エジプトポンドを引き出した。カードを使うのはこれが最後だ。イギリス行きのチケットはカウンターまで行って現金払いで購入する予定だった。しかも搭乗が締め切られるぎりぎりまで待ってから買う。それでもエミリーがどの便に乗ったか〈カウンシル〉にはわかってしまうだろうが、彼らがエミリーの行動を見て新たな計画を整えるのに使える時間をできるだけ短くしたかった。

　そこまですませたところで、今度はイギリスに着いてからのことに考えを集中した。イギリスでなら――オックスフォードでなら、エジプトにいるより頼れるものが多い。図書館の書庫がオックスフォードにないことはわかっている。あるように見せかけたのは〈キーパー〉の計略のうちだ。オックスフォードにないばかりではない。図書館には書庫というものがそもそも存在しないかもしれないのだ。アレクサンドリア図書館が発見されたのかもしれないと知ったとき、エミリーの頭のなかの歴史は書き換えられた。次に、図書館はそもそも失われていないと知って、歴史はふたたび書き換わった。そしていま、図書館は歴史を通して、歴史とともに、歴史の先を行く形で進化を続け、デジタルと銀色のディスク、ネットワーク、宇宙の時代にたどりついたと知ったいま、歴史はまたしてもまったく別のものに姿を変えた。

飛行機の出発前、エミリーは空港近くのインターネットカフェに入り、できるだけ人の少ない一角に設置されたパソコンの前に陣取ると、アタナシウスのDVDをドライブに挿入した。図書館が保有する情報とはどのようなものか、じかに見ておきたかった。ディスクに保存されたデータが暗号化されているのを見て、そうか、それもそうだと納得した。だが、暗号化されていて開けないフォルダーの隣に簡潔な名前のついたテキストファイルがあった。〈エミリーへ〉。アタナシウスはこの包みをエミリーが受け取ることになると予想して、命があるあいだに伝えきれなかった助言を書き残したのだ。このファイルは、拷問を受けたあと、血を流し、少しずつ死に向かいながら、力尽きる寸前にDVDに追加したのだろうか。そう思うと胸が締めつけられた。

ファイルには、アタナシウスが瀕死の状態で話した内容を詳しく伝える文章が入っていた。エミリーは一文字一文字を真剣に目で追った。

図書館が最初にデジタル化されたのは一九五〇年代終わりごろで、それを可能にしたのは〈ソサエティ〉が収集した最新の情報工学の広範な知識でした。当初の目的は、紙などの形式に保存された膨大な情報の電子的なバックアップを作成することだけでしたが、一九六〇年代初期、アメリカの〈ライブラリアン〉二名が、マサチューセッツ工科大学リンカーン研究所で行われていたパケット交換に関するリサーチや、カリフォルニア大学ロサンゼルス校とアメリカ国防高等研究計画局《ARPA》が進めていた革新的なネットワークシステム構築プロジェクトに関する情報を収集し始めました。後者の研究の成果であり、現代のインターネットの原型であるＡＲＰＡＮＥＴがようやくリアルタイム通信に初めて成功したのは一九六九年秋のことですが、図書館は彼らの研究の可能性に早くから注目し、ソビエトが研究開発していた技術と併せて、一九六四年にはすでに最初のネットワークシステムを稼働させていました。

読み進めていると、アルノ・ホルムストランドの言葉が脳裏に蘇った。〝知識は円ではない。円を描くのは無知だ。知識は、古いものの上に立って新しいものを指し示す〟。二十世紀後半に起きた図書館の変化は〈キーパー〉の世界観とぴったり重なっている。図書館は二千年以上にわたって継続的に活動を続け、気の遠くなるような歳月分の情報を集積していた。その歴史をよりどころとしてデジタル時代を見据え、世界に先駆けて移行の道筋を作った。

世界がデジタル化に向かっているのは明らかでした。図書館は、ほかの誰より早くそのことを確信し、率先して第一歩を踏み出したのです。その後、機が熟したと判断すると、ガイド役を務めて世界を新しい時代へと導きました。その際、最先端テクノロジーの開発がバランスを欠くことがないよう目を光らせもしました。結局のところ冷戦の根幹にあったのはそれだからです。いずれかの勢力がそのテクノロジーを独占することは、図書館の本意ではなく、世界の利益にもなりません。だから、テクノロジーの進化を支援しつつ、公平に分配されるよう手助けしたのです。

ここでもまた、アレクサンドリア図書館司書会《ライブラリアン》――〈ソサエティ〉は戦略的役割を果たした。単に情報と知識を収集するだけでなく、それを実際に使った。アタナシウスの表現を借りるなら共有し、、、、エミリーが受ける印象で言うなら操作し、、、たのだ。〈ソサエティ〉は世界情勢に積極的に介入してきたと初めてアタナシウスから聞かされたとき、エミリーは抵抗を覚えた。それ以来、〈ソサエティ〉がその影響力をどのように使ってきたかを考えるたびに同じものを感じた。その種の情報管理には危険が伴う。

図書館のデジタル化が進むにつれ、そのネットワークは世界規模に拡大しました。のちのインターネットの原型となった通信ネットワークと同様、図書館のネットワークも冗長性を備え、フェイルセーフ設計されました。図書館はどこにでも存在し、どこにも存在しない。世界中にノードを持っているものの、それにはデータを送受信するだけの機能しかありません。データそのものの保存場所、保存方法は、私も知らないのです。私が知っているのは、〈キーパー〉がこのシステムは絶対に発見されないという絶対の確信を抱いていたことだけです。図書館のネットワークシステムを構成する物理的なマシンの一つを見つけ、ばらばらに分解して調べたとしても、何一つわからないでしょう。データは一つとしてハードコードされていないし、物理的なドライブに保存されていないからです。すべてのデータは、図書館のネットワーク内のメモリー上を〝漂って〟いるだけです。たとえ誰かがその構成要素の一つを見つけて乗っ取ろうとしたところで、それはただのコンピューターにすぎません。単なる空っぽの箱なのです。

しかし何より意味深いのは、〈キーパー〉はどこからでもそれにアクセスできたことでした。地球上のどこにいてもデータにアクセスし、新しい情報を追加し、必要なときにデータをネットワーク外にリリースすることができた。いつでもどこでもアクセスが可能になるインターフェースがあったのです。しかし、それが何なのか、私は知りません。

ファイルの終わりに近づくにつれて、楽観的な気分はしぼんでいった。図書館の情報と知識はネットワーク化されていると聞いて、図書館を探し出すのはこれまでの数日、彼女が考えていたより実は簡単なことなのではないかと思い始めていた。巧みに隠された物理的な金庫や書庫を探す必要はなく、ネットワークに接続するだけで何世紀分もの知識が手に入るらしいと楽観していた。しかしこのアタナシウスの文章を読むかぎり、〈ソサエティ〉は図書館が発見されることがないようにさまざまな予防措置を講じている。しかも、たとえネットワークの物理的な構成要素の一つが見つかったとしても、そこから先へはそう簡単に進めそうにない。さらに、図書館や〈ソサエティ〉の実態について誰よりも詳細に把握していた人物でさえ、どのようなインターフェースを使ってアクセスできるのか知らないというのだ。図書館がふいにこれまで以上に遠くに行ってしまったように感じた。

図書館はどこにでもあります。この建物から。私のオフィスから。しかし、その手段を私は知りません。あなたが探さなくてはいけないのは、ドクター・ウェス、図書館の〝入口〟です。

読み終えてファイルを閉じ、DVDをパソコンから取り出した。この四日間で、誰からも尊敬される人物が二人、残されたわずかな時間を費やして彼女に手紙をしたためた。そしてエミリーの人生は、その二人の臨終の願いによって大きく変わろうとしている。自分は気高い何か、偉大な何かの一部になろうとしているのだ——あらためて身が引き締まる思いがした。

エミリーは飛行機の小さなシートの背にもたれ、ゆっくりと背後に去っていく景色を小さな窓からぼんやりとながめた。西ヨーロッパの丘や山並みは夜の闇にうっすらと覆われている。〝入口〟を探す。そう言うと、しごく簡単なことのように聞こえる。だが、現実にそのパズルを解くのは困難をきわめるだろう。とはいえ、思いをめぐらせているうちに、アタナシウスの手紙を読んだときの驚きは少しずつ薄らいでいった。現代社会を取り巻く環境の変化に合わせて図書館が〝アップグレード〟されるのは当然ではないか。古代のアレクサンドリア図書館は、その当時の最先端、革新的なアイデアだった。それだけの規模の情報の保管庫が造られ、稼働したのは史上初めてだった。人材が中央から派遣され、帝国と世界の各地に散り、情報を集める活動に従事し、人類の英知を集めたデータバンクに貢献し、その英知が人類の進歩のために戦略的に活用されたのも、史上初めてだった。その図書館が、成長を続ける過程で、本旨に添うために――斬新さと創造性が必要とされる産業の最先端をリードするために――新しい手法を取り入れていたとしても不思議はない。

その思いは少しずつ確信に変わっていった。自分は殺されかけたが、逃げ延びた。いまはもう、自分が何を探すべきかちゃんと知っている。これ以上の目くらましはない。この四日間は、アルノ・ホルムストランドが組み立てた複雑な舞台装置、エミリーをその確信、その理解へと導くための仕掛けだった。このあとの探し物に必要な情報もかならず見つかるはずだ。エミリーを無事にここまで案内するためにアルノが用意した小道具を書き出したとしたら、長いリストになるだろう。

リスト、か。その一語が頭を離れなくなった。いまエミリーが置かれている状況を描く全体像にうまくはまらない問題が一つ残されている。名前のリスト――二つのグループに分けられた人々のリスト。メール二通に分けて送られてきたリスト。アタナシウスによれば、アメリカ政府内で権力を掌握するための〈カウンシル〉の陰謀の一部だということだった。この三日間の報道を見ていれば、現職アメリカ大統領がその職から引きずり下ろされかけていることは推測がつく。〈カウンシル〉が何を企んでいるにせよ、成功に向かっていることは確かだろう。

あの二種類のリスト。また別の記憶が蘇った。イスタンブールで襲撃されたとき、二人組の片方が何気なく口にした言葉。エミリーの携帯電話を奪い、それをパートナーに渡したとき、リストが添付されたメールが二通あるはずだと言った――〝二通に分けて送られてきている。重要なのは二通目だ。そっちに我々の同志の名前が載っている〟。

それだ。〝我々の同志の名前〟。アタナシウスの話を聞いて、一つ目のリストに載っている人物が、大統領をホワイトハウスから追放する陰謀の一環として襲撃され殺害されたということまではエミリーも知っている。二つ目のグループに載っているのはおそらく〈カウンシル〉が味方につけたい人々――新しい閣僚のうち、彼らの言いなりになりそうな人々だろうと思っていた。しかし、あの男の言葉は、もっと具体的だった――〝我々の同志の名前〟。二つ目のリストに載っているのは、〈カウンシル〉が買収して好きに動かそうと狙っている人物ではない。〈カウンシル〉のメンバーそのものなのだ。大統領が失職したのち、〈カウンシル〉から新しい政権に送りこまれる予定の顔ぶれだ。

全身の皮膚が氷のように冷たくなった。もしその考えが正しければ……〈カウンシル〉は彼女の想像をはるかに超えて政界に食いこみ、国を裏切っていることになる。リストにある名前は、どれも彼女もよく知っている名前だった。アメリカ中に――いや、世界中に知られている名前だ。〈カウンシル〉の陰謀は巧妙なだけではない。彼らの影響力は思っていた以上に高く、そして深いところまで及んでいる。〈カウンシル〉はアメリカの政治システムの最上層に権力の空洞を生じさせようとしているのだろうとアタナシウスは予想していた。そこまではおそらく正しい。しかし、〈カウンシル〉は、アタナシウスが言っていたように、自分たちの息のかかった人物がその空洞を埋めることになるのではと期待しているのではない。手駒はすでに配置済み、現政権内にすでに入りこんで待機しているのだ。副大統領はほんの手始めにすぎない。

彼らを止めなくては。〈カウンシル〉を止めなくてはならない。どれほど困難であろうと、何か方法を見つけなくてはならない。エミリーはまもなくイギリスに、オックスフォードに戻る。オックスフォードに着いたら、目的のものを探し出すための最後の段階を踏まなくてはならない。図書館はネットワークであるというのはどういうことか、なんとしても突き止めよう。そして〝入口〟を見つけるのだ。

105

オックスフォード
午前4時（GMT）

飛行機がヒースロー空港に着陸して一時間後、エミリーはオックスフォードの住宅街でタクシーを降り、真っ赤な公衆電話ボックスに入った。トルコで購入したプリペイド携帯はバッテリーを抜き、本体も壊してエジプトに捨ててきた。もちろん、〈カウンシル〉は別の方法で彼女を追跡しているだろうが、その追跡を少しでも困難にするための努力を惜しむつもりはなかった。

五十ペンス硬貨を投入して、すっかり記憶に刻みつけてある六桁の番号を押してピーター・ウェクスラーの自宅に電話をかけた。朝の四時だ。教授はまだ起床していないだろう。裏返せば、確実に自宅にいる時間帯だということでもある。それにエミリーの話を聞けば、早朝から叩き起こされた憤懣《ふんまん》もたちまち吹き飛ぶに違いない。

「おいおい、こんな朝早く電話だって？　いったい誰だ？」ピーター・ウェクスラーは、礼儀にかなった挨拶の言葉らしきものはすっかり省き、頭のなかに浮かんだ思考をそのまま受話器に向かってつぶやいた。

「ウェクスラー教授。エミリー・ウェスです」

たちまち目が覚めた。

「ドクター・ウェスか。これはこれは！　いまどこだね？　あれから何か新しい発見はあったか？」

「ええ、想像を超える発見がありました。電話でお話しするのがためらわれる種類の発見が」

ウェクスラーはベッドの上で上半身を起こし、ベッドサイドランプを灯そうとスイッチを手探りしていた。

「やったな、エミリー！」

「単なる史学上の発見ではなかったの。もっとずっと規模の大きなものだった」エミリーは続けた。それから、〈カウンシル〉という組織がアメリカ政府の乗っ取りを企てていることをできるだけ簡潔に説明した。

「その陰謀に関わってる人たちが……どれだけ深く政界に入りこんでることか。とても説明できないくらい。考えるだけでおそろしい」二つ目のリストから主だった名前をいくつか挙げた。

「エミリー、こいつは大事《おおごと》だぞ。公表すべき話だ。それもいますぐ。まだ正式な発表は何もないが、今日、ワシントンで何か大きな動きがあるだろうとどの新聞も報じている。何がどうやって起きるのか、誰も正確に把握できていない。しかし、きみの国の大統領は、今日、床につく前には大統領ではなくなっているだろうともっぱらの噂だよ」

しかもレースはどんどん加速している——エミリーは心の中でつぶやいた。ワシントンDCのスキャンダルが拡大していることは事実だ。その陰謀を裏づける証拠、公表して世間を納得させるだけの事実はまだ何一つ彼女の手に入っていないが、どこを探せば見つかるかはわかっている。

一分後、今日のうちにまたウェクスラーに連絡すると約束したあと、エミリーは受話器を置き、周囲に用心深く目を走らせながら通りを歩き出した。

アタナシウス・アントーンは〈カウンシル〉の陰謀についてあれだけ詳しく知っていた。その知識はどこから手に入れたのか。考えられる情報源は一つだけ——図書館だ。関与している人物について、陰謀そのものについての情報が図書館に保存されているはずだ。それ以外のより詳しい情報も蓄積されているだろう。

いまエミリーに必要な情報は、図書館の厳重に鍵のかかった〝書庫〟のなかにある。エミリーは自分に言い聞かせた——結局はすべて図書館に戻るのだ。

〝入口〟を見つけなくちゃ。それも大急ぎで。残された時間はもうほんのわずかしかない。

エミリーは歩く速度を上げた。

106

オックスフォード
午前5時（GMT）

理事長は、〈フレンド〉のイギリス中部チームの本拠地、オックスフォード北部にあるこぢんまりとしたホームオフィスに用意されたアンティークのデスクに無言でついていた。デスクにはノートパソコンと飲みかけのスコッチのグラス、〈フレンド〉たちから上がってきたさまざまな情報のプリントアウトの束が並んでいる。怒りをなだめるために、意識してゆっくりとした呼吸を繰り返していた。

昨日、彼の怒りはあやうく噴火しかけた。図書館の書庫――貴重な書物が消えたあと、広大な地下墓地に空っぽのまま放置された書棚の列――を目にした瞬間、彼の精神は、あの石造りの空間に負けないくらい真っ暗な空間の底に転落しそうになった。一生涯分の努力、彼が人生をかけて追い求めてきたものが、あそこにあったはずなのだ。手を伸ばせば届く場所にあったはずだ。だが、それはついにつかまえたと思ったのもつかのま、彼の指をすり抜けて消えた。ありえないほどの残酷さをもって練られた策略だった。彼の情熱と期待をぎりぎりまで高めた。秘密の入口、暗い廊下、古びた木の扉、そこに書かれたラテン語。彼を魅了したすべて、一瞬だけ揺らめいたあの幻想は、彼の存在価値、彼のリーダーシップ、彼の人生そのものを否定するような、悪意に満ちた一撃と思えた。

グラスを持ち上げてウィスキーをゆっくりと喉に流しこむ。だが、熱い液体が舌の上を通り過ぎる前からもう、ふたたび歯を食い縛って怒りの爆発を抑えつけなくてはならなかった。ふだんなら朝から酒を飲んだりはしない。しかし昨夜は一睡もできなかった。昼と夜の区別など、さほど重要なことに思えない。

あの瞬間を思い出すだけで怒りが煮えたぎる。ユアン・ウェスターバーグはあの場のすべてに怒りをぶつけた。閲覧テーブルをひっくり返し、古い木の書棚を残らず引き倒した。自分の息子にまで殴りかかった。失敗の責任は息子一人にあるとでもいうように。ジェイソンはたじろぎもせず、応戦するでもなく、ただ黙って殴られた。書庫が空っぽだとわかって、父親は怒り狂ったが、息子は死んだように無感覚になった。ジェイソンは空っぽの空間をぼんやりと見つめた。その失望は、彼の胸の奥底で石のように硬く無情な決意に変わった。

一夜明けた早朝のいま、理事長の怒りは少しずつ変質して、新たな焦点を持った意思として昇華しようとしている。昨日見た光景は、生涯をかけた努力が無駄に終わったという現実を突きつけているように思えたが、いまはそうは思わない。あの光景は、〈カウンシル〉が長きにわたって取り組んできたパズルとゲームが次のステージに進んだことを示していたのだ。あの直前まで、彼はついにパズルが解けたのだ、彼らはゲームに勝ったのだと希望に胸をふくらませていた。だが、もう少しだけ闘いを続けなくてはならないようだ。それに、ワシントンの作戦は今日のうちに成功裏に完了する。大統領の逮捕は現地時間の午前十時に予定されている。イギリス時間では午後三時だ。理事長はデスク上の時計を確かめた。あと十時間。十時間後に、彼は地球上でもっとも強大な政府を支配下に収めることになる――図書館が手に入ろうと、入らなかろうと、関係なく。いまの彼の使命は、世界最高の権力者の地位に上り詰める瞬間に備えて、〈カウンシル〉の指導者として目的意識を取り戻すことだ。昨日の悲劇を有益で生産的なものに変えるために必要なステップを踏むことだ。

そのとき、ジェイソンがオフィスに入ってきて、理事長の思索は中断させられた。

「理事長、報告が入りました」ジェイソンは戸口を入ってすぐのところにしゃちほこばって立った。昨日父親のこぶしを食らった左目は腫れていた。

「報告？　どんな？」

「エミリー・ウェスは入国後に電話をかけました」ジェイソンは、父は怒り出すだろうと思って待った。エミリー・ウェスは、〈カウンシル〉の現地チームが彼女の処刑場所となるはずだった路地に到着する前に、姿を消していた。その後、アレクサンドリアに戻っている。アントーンが殺害されたことは間違いなく知っているだろう。そのあと、ウェスはイギリスに向かった。航空会社の記録によれば、ヒースロー行きの夜行便に乗っている。しかし、居場所を特定されないようさまざまな方策を講じて、〈カウンシル〉の手をわずらわせた。エジプトで多額の現金を引き出したあと、銀行のキャッシュカードは一度も使っていない。新しく購入した携帯電話の追跡信号は、アフリカ大陸から一歩も出ていなかった。

アマチュアにしては悪くない――ユアン・ウェスターバーグは思った。婚約者を彼らからかくまうことまでやってのけた。それはいくぶん腹立たしくもあるが。イスタンブールにいたエミリー・ウェスと電話で話して以降、〈フレンド〉はマイケル・トーランスの居場所を見失った。どこかに隠れているよう女が指示したに違いない。いま、理事長の部下が二人、トーランスの行方を追っていた。遅かれ早かれ婚約者は見つかるだろう。しかし理事長は、アントーンを始末するまで女を生かしておけと命じた自分の判断を悔やんでいた。女がこれほど粘るとは想定外だった。

「通話相手は誰だ?」理事長は訊いた。

「ピーター・ウェクスラーです。オックスフォード市内の公衆電話を使いました」

「つまり」理事長はつぶやいた。「オックスフォードに来ているわけだな」

「電話の内容は」ジェイソンは続けた。「かなり……詳細でした。リストの存在やワシントンの作戦についてウェクスラーに伝えています。どうやらあのあと、アントーンから――」

「アントーン?」理事長はさえぎった。「そのリーク先は昨日、始末したのではなかったのか?」

ジェイソンの頬が熱くなった。腫れ上がった目がうずいた。

「理事長のご指示のとおり、部下が奴の処刑を実行しましたが、どうやら何か手違いがあったようです。エミリー・ウェスが奴のオフィスを訪ねたときもまだ生きていました。それで、女に何か重大なことを――女にとっても我々にとっても重大な情報を伝えたようです」

理事長は新たに噴出しかけた激しい怒りを押し戻そうとした。部下が失態を犯した。単純そのものの任務だったというのに、失敗した。ただではすまさない。絶対に。

「まったく！」理事長は怒鳴った。「あの女はいつまで私の邪魔をするつもりなんだ！」大きな手をばんと音を立ててデスクに叩きつけて立ち上がった。その目にはあふれんばかりの憎悪が浮かんでいた。息子に人差し指を突きつけるようにして続けた。

「エミリー・ウェスを探し出せ。いますぐだ。いつか我々を図書館のありかに案内するかもしれない女だろうと何だろうとかまわん。殺せ。女を見つけ出して、頭に二発ぶちこんでやるんだ。いいか、本当に死んだことをきちんと確かめるんだぞ。女が完全に息絶えるまで、その場を離れるんじゃない」

107

オックスフォード
午前7時（GMT）

アルフレッド・ストリートを歩いていると、オックスフォードのスカイラインから朝日が顔をのぞかせた。明るくなったあともまだ公の場にとどまっていては危険だ。〈カウンシル〉に見つかってしまう。いまごろ彼らはエミリーの捜索に全力を注いでいるだろう。どこか安全な場所、落ち着いて考えられる場所を探して、図書館のネットワークに入る手段を探さなくてはならない。アタナシウスは、世界中どこからでもアクセスできると断言していた。

角を曲がってベア・レーンに入った。できるかぎり歩道の建物側に寄って歩く。すぐ先に母校の入口が見えてきた。壁に囲まれたオリエル・カレッジに入ってしまえば、ほかの場所にいるよりは発見されにくいだろう。カレッジには二十四時間利用可能な図書館もある。そこでなら、アタナシウスが言う〝入口〟を探すことに集中して取り組めるだろう。

数分後、オリエル・カレッジ図書館の通用口に入った。エミリーの在学中と同じ年配の警備員が立っていた。彼女のことを好意的に記憶していたらしく、親しげな態度でなかに入れてくれた。小さな閲覧用デスクは書架と書架のあいだにあって、人目を気にせず考え事に没頭できる。パソコンを使えば、インターネットにも接続できた。〝入口〟を探すにも糸口が必要だ。

　アタナシウスがＤＶＤに保存したテキストファイルから手がかりになりそうなキーワードをいくつか拾って、まずはネット検索から始めた。彼の手紙は、のちにインターネットに発展する初期のＡＲＰＡＮＥＴやアメリカ国防高等研究計画局《ARPA》に言及している。それをスタート地点にしてみよう。しかしあいにく、〝ＡＲＰＡ〟、〝ＤＡＲＰＡ〟と何度も交互に呼称を変えた政府機関――国防の観点から見て、その時々に研究プロジェクトのどの側面を強調したいかによって呼び名が変更されたようだ――は、今回のリサーチにはあまり役に立ちそうになかった。一九六〇年代のネットワーク構築プロジェクトの歴史を紹介するウェブサイトにいくつか目を通してみたが、現代のデータ通信の背骨と呼ぶべきパケット交換技術について、多少知識が深まっただけだった。端末を一対一で接続してデータをやりとりするのではなく、複数の伝送路や交換設備を接続してシームレスにデータを送受信できる仕組みらしい。数十年前、〈ソサエティ〉が世界と〝共有〟した重要な知識、現代の情報時代を支えるネットワーク技術を急速に発展させたものとは、このことだろうか。

　それは確かめようがない。それに確かめられたとしても、いまのエミリーには役に立たない情報だろう。いま必要なのは単なる歴史の知識ではなかった。いまほしいのは、図書館が現在使っているネットワークにアクセスする〝入口〟のありかを教えてくれる情報だ。

　しかし、それだけではなかった。木の椅子に座ったエミリーはもどかしさを覚えた。この検索自体が見当違いだという気がしてならない。いまここにいるのは、アルノ・ホルムストランドが——図書館の現在の姿を知ったあとでもやはりＩＴ機器を自在に使いこなしていたとは考えにくい人物が用意した、謎めいた手がかりに導かれてのことだ。その人物が、ＩＴ技術の開発者やネットワーク関連の雑学といった領域を探索するよう仕向けるだろうか。

彼らしくない。エミリーは思った。彼がここまでに用意した手がかりは、どれも私が得意な分野に関係していた。文学や歴史——私がよく知っているものばかりだった。しかし、いま目の前の画面を埋め尽くしているのは、エミリーが専門とする領域とは遠くかけ離れている。パケット交換という語は昨日の午後まで一度も耳にしたことがなかったし、それに関連する通信プロトコル、ルーター、ノードといった専門語も同じだ。彼女にとって完全に未知の領域だった。アルノ・ホルムストランドからの最初の手紙を受け取って以来、彼女が経験したことはすべて日常とは大きく隔たっていたが、今回のように足がかりとなる知識をそもそも何一つ持ち合わせていないということは実は一度もなかった。だがこれは、過去の研究や歴史の学説と結びつけることができないもの、これまで生きてきて一度たりとも耳にしたことがなく、考えたこともないものだった。

この違和感の源はそれだ。情報科学の開発研究の蘊蓄《うんちく》を追っていくと、よく知っている分野からどんどん遠ざかってしまう。

自分の〝ホーム〟に戻ったほうがいい。図書館への〝入口〟は、彼女が属する世界——書物や学問や歴史学の研究と何らかの形で結びついているはずだ。

ピースがまだ足りないのだとエミリーは思った。このパズルを完成させるピースとは何だろう?

ネットワーク構築やIT技術に関する情報を探し回るより、自分の得意分野である歴史の世界に戻ったほうがよさそうだ。エミリーならきっと気づくはずだとアルノが信じたことがら——最後の一押しになるような情報がまだあるのなら、おそらく歴史の知識に埋もれているのだろう。

歴史に目を向けるなら、インターネット全体を検索するより、オリエル・カレッジが所蔵する文献を当たってみるほうが収穫を望めそうだ。エミリーはサーチウィンドウを最小化して画面の隅に置き、代わりに図書館のオンライン蔵書検索システムを使うことにした。ここの検索システムは初めてだ。いつもボドリアン図書館の検索システムを利用していた。しかし過去の経験から言えば、図書館の蔵書検索システムの使い方はどこのものでもだいたい同じだ。

使い勝手について何気なくそう考えた瞬間、道が開けた。

そのアイデアが頭のなかで輪郭を持ち始めた瞬間、彼女を取り巻く世界からいっさいの音が消えたような気がした。その刹那、緑豊かなカールトン大学のよく晴れた春の一日の記憶が鮮明に蘇った。その日エミリーは、グールド図書館のパソコンブースでオンライン蔵書検索システムを使って、二世紀のローマ帝国の政治に関する文献を探していた。すぐ近くのまったく同じ端末の前に、アルノ・ホルムストランドが座っていた。老教授とパソコンの組み合わせはしっくりこなかったが、それでも彼はそこそこ器用に操作していた。それは彼が亡くなったと知らされた直後にエミリーの脳裏をよぎった記憶の一つだった。いま、同じ記憶が脳裏に閃いた。ただし今回は、その解釈は様変わりしていた。

〝世界中の大学がこれと同じ旧式のソフトウェアを使っているんだよ。こっちの大学ではこのバージョン、あっちの大学ではあのバージョンを使っているかもしれないが、核を成す部分はどれも共通だ〟

数カ月前のその日に戻ったかのように、そう、まるでいまこの場にアルノがいるかのように鮮明にその言葉が耳に蘇った。

〝オックスフォードでもこれと同じ珍妙な機械を使った。エジプトでも、ここミネソタでも。ただし、こちらの意図を酌んで動いてくれたことは一度たりともないがね〟。老教授はほんのわずかに身を乗り出し、笑いじわに囲まれた目をまっすぐ彼女に向けて付け加えた。〝みな同じなんだよ、エミリー。世界中どこでも〟

その声が頭のなかで聞こえると同時に、エミリーは悟った。

それまでどうしても振り払えずにいた違和感は、ふいに絶対的な確信に変わった。エミリーは画面に目を戻した。そこに〝入口〟があった。

108

オックスフォード
午前8時（GMT）

　鼓動が加速するのを感じながら、エミリーはさっきまでとは違った目でパソコンの画面を見つめた。いま表示されているこの検索システムは、オリエル・カレッジ図書館の蔵書だけを検索するものだが、同時に、オックスフォード大学のすべての図書館の検索システムを統合したオックスフォード大学蔵書検索システム、ＯＬＩＳを構成する下位システムの一つでもある。オックスフォード大学には、計九十五を超えるカレッジ図書館、教職員図書館、学部図書館があるが、それぞれの検索システムはいずれもＧＥＯＷＥＢと呼ばれるソフトウェアパッケージをベースにしていた。とてつもなく大きくて動作が重たく、直感に反していてひどく使いにくいインターフェースを採用したシステムで、エミリーも世界中の図書館で幾度となく利用した経験があった。母校であり現在の勤務先でもあるカールトン大学もこのシステムを使っていたが、最近、カールトン大学の蔵書と、川をはさんで真向かいにあるライバル大学の蔵書をひとまとめに検索する〝架け橋〟として、〝ブリッジ〟と呼ばれるシェルを導入した。おかげでインターフェースは洗練されたが、しかし、その裏では旧態依然としたシステムが稼働している。

何カ月も前にアルノ・ホルムストランドと交わしたあの会話、彼のあの言葉は、〈キーパー〉養成の一環としてのものだったのだ。〝世界中の大学がこれと同じ旧式のソフトウェアを使っているんだよ。こっちの大学ではこのバージョン、あっちの大学ではあのバージョンを使っているかもしれないが、核を成す部分はどれも共通だ。オックスフォードでもこれと同じ珍妙な機械を使った。エジプトでも、ここミネソタでも。ただし、こちらの意図を酌んで動いてくれたことは一度たりともないがね。みな同じなんだよ、エミリー。世界中どこでも〟。あのときは、ただのおしゃべり、最新のテクノロジーをけなすちょっとした軽口にすぎないと思った。しかし、あれから多くを知ったいまなら、あの日ホルムストランドは自分に何かを伝えようとしたのだとわかる。ただの世間話ではない。

あれは〝入口〟を教えていたのだ。

エミリーは木の椅子をデスクに引き寄せて座り直すと、左手をキーボードに置き、右手でマウスを握った。OLIS検索システムの青と白を基調とする見慣れたインターフェースが画面に表示され、次のコマンドを待っている。このシステムは一日二十四時間利用可能だ。加えて、アタナシウスは〈キーパー〉は時と場所を選ばず図書館にアクセスしていたと話していたが、このシステムもやはりいつでもどこからでも使うことができる。パソコンはもちろん、携帯電話やｉＰａｄからも使える。文字どおり、いつでも、どこにいてもアクセスできるのだ。

指がキーを打ち間違ってしまいそうなほど激しく震えていることに気づいて、エミリーは両手をこすり合わせた。

落ち着いて。自分をそう叱りつけた。一度に一つずつ進めること。

大学院生時代にすっかり身に染みついた手順を繰り返した。まず、大学創立以来の蔵書全体を収めたメインのデータベースを検索対象に設定した。次に〈キーワード検索〉のタブを選び、絞り込み検索画面を呼び出した。検索窓が三つ表示された。任意の検索キーワードを最大三つ指定できる。

ここから図書館の入口に進めるはずだ。図書館のネットワークに、図書館そのものにアクセスできるはずだ。問題は、どうやってそこまで行くか、だった。GEOWEBのインターフェースは、たとえるなら骨格と皮があるだけの単純なもの――白い背景に、キーワードを入力する欄が三つと、〈検索実行〉ボタンが一つあるだけだ。秘密のタブやリンクを隠しておけそうなエリアはない。キーワードが鍵になるということだろう――エミリーは思った。キーワードの組み合わせ、複数のパスワードの組み合わせが鍵になるのだろう。

目を閉じて、考えることに集中した。画面には三つの入力欄がある。アルノの最初の手がかりは、三つのフレーズから成っていた。彼の手書きの原本や写しは〈カウンシル〉の手下に奪われてしまったが、内容はエミリーの記憶にしっかりと刻みこまれていた。一語一語正確に思い出しながら、三つのフレーズを慎重に入力した。

1　大学の教会、最古の一つ
2　祈ろう、二人の女王のあいだで
3　朝なら15

エミリーは、画面上の小さな入力欄に並んだ三つのフレーズを見つめた。彼女に世界中を駆け巡らせた三つの短い文章。その三つがこうしてまた仲よく並んでいる。これが〝入口〟でありますように。可能性のありそうな三つ一組のフレーズは、とりあえずこれしか思いつかない。マウスを動かし、カーソルを〈検索実行〉のボタンに合わせて、力強くクリックした。

祈りは、即座に却下された。

検索結果を示すページは空っぽだった。エミリーの心は沈んだ。正確には、真っ白の画面が現れたわけではなく、〈0件　見つかりました〉という文言とともに、エミリーが打ちこんだキーワードが入力されたままの絞り込み検索画面が表示されていた。とはいえ、要するに同じこと――〝空っぽ〟のコンピューター流の表現だ。

正しいキーワードの組み合わせをなんとしても探さなくては。焦りと切望がエミリーの胸にあふれた。

三つ一組のフレーズ。ほかに何があるだろう?

興奮のあまり、思わず口に出していた。「三つ……三つ……」自分で見つけた最初の手がかりの記憶が脳裏に閃いた。いまいるこの図書館からすぐのところにある大学教会の、礼拝堂の聖壇前の仕切りに刻まれていた手がかり。

「ガラス、砂、光」そう繰り返す。その三つの言葉は、アレクサンドリア図書館の閲覧室の地下を指し示す地図だった。検索画面を新しく表示し直して、空白の入力欄にその三つを打ちこんだ。

ガラス。砂。光。あふれ出しそうな期待感とともに、ふたたび〈検索実行〉ボタンをクリックした。表示された画面を見て、脈拍が上がった。検索結果にいくつか候補が並んでいる。キーワードが単純だったおかげだろう、一千万を超える大学の蔵書のなかに三つのキーワードすべてに該当する文献がいくつか見つかった。しかし、リストにさっと目を走らせてみると、どれも違うとわかった。無関係だ。表示された文献は、エミリーが探しているもの、彼女の本当の狙いとは関係がなかった。いくつかの文献について詳細情報を表示させてみたが、やはりアレクサンドリア図書館とは無関係だとわかっただけだった。

また検索画面に戻った。今回の探索の旅では、三つの都市を訪れた。そこに答えが見つかるかもしれない。期待をふくらませながら、三つの都市名を入力した。オックスフォード、アレクサンドリア、イスタンブール。しかし今回もまた、これはという文献は引っかからなかった。アレクサンドリア図書館とは明らかに無関係な文献がいくつか見つかっただけだ。イスタンブールをコンスタンティノープルに変えてみたが、結果は同じだった。

三つ一組のキーワード。ほかに何かない？

一つ試しては失敗するたび、無意識のうちに椅子の上でじりじり前進して、そろそろ椅子から落ちてしまいそうなところまで来ていた。しかし、思いつくキーワードがどれも行き止まりとわかり、失望ばかり募っても、自分は正しい方角を向いているという確信はわずかも揺らがなかった。数カ月前、アルノ・ホルムストランドは、このシステムの存在を彼女に強く印象づけた。この四日間の経験は、自分が何を探しているのか、なぜそれを探さなくてはならないのか、彼女がおのずと理解するよう仕向けた。あとはもう、目の前にある扉を開ける鍵を見つければいい。

「三つで一組のもの」エミリーは声に出して言った。力を込めてキーを叩き、新しいフレーズを入力した。アレクサンドリア図書館、ソサエティ、カウンシル。

画面が暗くなった。永遠とも思われる時間が過ぎたが、まだ検索結果は表示されない。エミリーは固唾《かたず》を呑んで見守った。どういうことだろう。もしかして、いまのが正しい組み合わせ――？

しかしようやく表示された検索画面は、これまでと代わり映えしなかった。文献のタイトルがいくつか並んでいるだけだ。ざっと見ただけで、関係ないとわかった。通信速度が落ちて、結果の表示が遅れただけのようだ。

一秒ごとに焦りが募っていく。期待が大きすぎて、思考が空回りを始めていた。

落ち着きなさい。自分に言い聞かせる。これは競走じゃないんだから。思いついたことを端から入力していたって結果は出ない。

キーボードに置いていた手を引っこめ、両手を組み合わせると、関節をぽきぽき鳴らした。

硬い木の椅子に深く座り直す。

どっしりかまえて取り組まなくちゃ。本気で向き合わなくちゃだめ。

そう考えたとき、さっきと同じように、一つの言葉がきっかけになって、ある記憶が鮮明に蘇った。オンライン蔵書検索システムのことを考えていたときは、ミネソタ州のカールトン大学図書館のパソコンブースでアルノ・ホルムストランドと交わした会話を思い出した。いま自分を叱りつけた瞬間、〝本気で〟という言葉が、エミリーの記憶にくっきりと刻みつけられているホルムストランドの口癖が蘇った。つい四日前、ホルムストランドの死のニュースを知って動揺したまま、空港まで同僚に車で送ってもらったときにも同じことを思い出した。それは変わり者の有名教授の人柄を浮き彫りにするような口癖だった。いま、彼の声がはっきりと耳に蘇った。

〝三度繰り返して初めて、言わんとすることが相手に通じる〟。アルノ・ホルムストランドは、三度同じことを言う癖を指摘されると、しばしばやや尊大な態度でそう言った。「一度は思いつきかもしれない。二度は偶然ということもありうるだろう。しかし三度《みたび》なら、それは本気で言っている」

　エミリーは目を閉じた。〝三度《みたび》〟。ホルムストランドの冗談めいたその名言を初めて聞いたときのことが鮮やかに蘇った。その古風な言葉遣いに、思わず口もとがゆるんだことを思い出す。オリエル・カレッジ図書館のパソコンの前で彼の声が聞こえた瞬間、世界のすべてが動きを止めた気がした。あらゆる音が消えた気がした。

〝三度《みたび》〟。まさか、それほど単純なことなのだろうか。アルノが口にするのを少なくとも五回は聞いたその言葉は、彼女に向けたものだったなどということがありうるだろうか。それも教育の一環だった——将来に向けた指導だったのか。

目を開けて、検索画面の三つの入力欄を長いあいだ見つめた。少し前まで、そこに思いつくかぎりの言葉やフレーズをさまざまな組み合わせで入力していた空白のフィールド。エミリーはいま、どこか怯えたような目でそれを凝視していた。いま浮かんだ答えが正解だとするなら、アルノ・ホルムストランドは、二人が初めて出会った瞬間から、このときに備えて教育を始めていたことになる。いまとなっては何カ月なのか思い出せないくらい前から、〝偶然〟を装って、〝たまたま〟口をついたフレーズ——実際には重大な意味を持ったフレーズ、時が来たら暗号のように解読して使うことになるであろうフレーズを、エミリーに聞かせていたことになる。本来なら、〈ライブラリアン〉候補を正式に〈ソサエティ〉に加入させるまでに五年かかる。しかしホルムストランドは、その期間をわずか一年と少しに凝縮して、必要な情報をエミリーに伝えていた。何気ない会話、エミリーがたまたま出席した講義。それらはすべて、のちに必要になるツールをエミリーに手渡すためのものだった。いざその時が来て、アルノがエミリーを探索の旅に送り出したとき、その旅を無事に終えるために必要になる知識を前々から授けていたのだ。エミリーは彼に送り出されて、世界中を飛び回った。そしてその旅はいま、終着点に到達しようとしている。

ありえないほど入り組んだ計画だ。想像を絶する準備を重ねたことだろう。調査、さまざまな段取り、世界中の協力者との連絡。

信じがたいほど込み入った計画だ——エミリーは思った。ただ、いかにもアレクサンドリア図書館の〈キーパー〉らしいものでもある。

どこか怖じ気づいたまま、しかし覚悟を決めて、エミリーは組んでいた両手をほどいてキーボードの上に置いた。最初の入力欄——〈著者〉——に、本気で探しているものの名前を打ちこんだ。アレクサンドリア図書館。マウスを使って〈タイトル〉欄にカーソルを移し、そこにも同じフレーズを入力した。三つ目の、そして最後の〈出版元〉の欄にも。

三度《みたび》。そう、本気だから。

エミリー・ウェスは〈検索実行〉のボタンをクリックした。画面がいったん暗転したあと、見慣れた白地の背景が現れ、次の画面が表示され始めた。ところが、ブラウザーのプログレスバーが半分ほど進んだところで、画面はまた完全に暗くなった。そのまま長いこと真っ黒の状態が続いた。やがて画面の一番上に、あの紋章が表示された——石に刻みつけられた曖昧な形ではなく、アルノ・ホルムストランドの手紙や大学教会の仕切り板、アレクサンドリアの扉、イスタンブールのソファで見たのとまったく同じものが、デジタル時代にふさわしく、一ピクセルの狂いもなく正確に映し出された。

そしてその下に、これまで見たこともないオンライン蔵書検索システムのトップページが表示されていた。

109

午前9時20分（GMT）

「はい、オックスフォード518の219」ピーター・ウェクスラーは電話番号を告げる昔ながらの流儀で電話に出た。声や口調も昔風で、その応答のしかたに釣り合っていた。

「教授。エミリーです」

「ドクター・ウェス。遅かったな」

エミリーからの連絡とわかって、ウェクスラーは胸をなで下ろした。

「あれからどうした？　入口は見つかったか？」エミリーと同じく、急を要する局面であることをウェクスラーも理解していた。

「見つけました」

「おお、それはよかった」そう叫ぶように応じたきり、ウェクスラーは何か考えこむように黙りこんだ。差し迫った必要——ワシントンDCで進行中の陰謀を暴く手段——としてはともかく、エミリーがいったい何を発見したのか、いまだ完全には推し量れずにいた。アレクサンドリア図書館。伝説の図書館が見つかった。

「いま目の前にあります。蔵書全体をざっとながめてるところ。アタナシウスが話してたとおり電子化されてるの。インターフェースはすごく使いやすい。それに、表示される文献ときたら……教授、とにかく想像以上の膨大さです」

ウェクスラーは、教え子の話をどうにか呑みこもうとしながら尋ねた。

「どうやって――どうやって見つけた？」

エミリーはこの数時間に何をしたか説明した。インターネット検索ではうまくいかなかったこと、アルノ・ホルムストランドが大学図書館の蔵書検索システムをけなし、三度同じことを繰り返す意義を繰り返し説明していたと思い出したこと。

〈カウンシル〉がこの会話を盗聴しているとわかっていて、あえてすべてを話した。

「図書館の〝入口〟は」エミリーは続けた。「三つある入力欄の全部にアレクサンドリア図書館と打ちこむようなお馬鹿さんはいないという前提の陰に隠されてた。GEOWEBは世界中の大学で使われてる蔵書検索システムで、絞り込み検索の画面を呼び出すと、キーワードを入れる欄が三つ表示されるの。三種類のキーワードを入力して検索対象を絞りこむために。三つ全部に同じフレーズを入力する人なんて、まずいないわ」

ウェクスラーは驚きのあまり言葉を失った。

「それで入れたわけか」

「そう。ただし、〝入口〟まで」エミリーは言った。「それで出てきたのは、図書館の紋章とパスワードの入力欄だけです」

エミリーが最後に試したように、〝アレクサンドリア図書館〟という一つのフレーズを三つある入力欄すべてに入力する利用者などいるはずがないという前提のもとに、図書館のインターフェースは隠されていた。しかしその前提を突破したところで、謎は解けない。無関係の人物がたまたまそこにたどりついてしまったとしても、表示されたページがいったい何なのか見当もつかないはずだ。奇妙なシンボルが一つとパスワードの入力欄が一つ、それだけなのだから。とはいえ、図書館の検索システムはつねにこの方法で隠されているのか、それともアルノ・ホルムストランドが彼女のために用意したツールなのか——ホルムストランドは別の方法でアクセスしていたが、エミリーには特別の〝入口〟を用意したのか——はわからない。

「パスワードはどうやって見つけた？」ウェクスラーは訊いた。

「何度も試しました。アルノが残した手がかりやフレーズをあれこれ組み合わせて。でも、どれも違うとわかって、彼から聞いた言葉や彼の著作のタイトルも試しました。とにかく考えつくかぎりのものを入力したの」

「で、結局は何だった？」

エミリーは、この会話を盗聴している者たちに向けて答えた。

「私がよく知っているものだったと言うだけにしておきます。電話で話すのは怖いから」そう言いながら、ようやく正しいパスワードを見つけた瞬間のことを思い出して、エミリーは微笑んだ。彼女の博士論文のタイトルだった。アルノ・ホルムストランドは、図書館発見に至る道筋のあらゆるものをエミリー一人を念頭に置いて用意していた。エミリーの経験、エミリーの経歴、エミリーの記憶、エミリーの業績。道々で遭遇したパズルを解く鍵は、ことごとく彼女自身に関係していた。そしてパズルを解き続けた結果、ホルムストランドが導こうとした先に無事にたどりついた。

ウェクスラーは、エミリーのはっきりしない答えを聞いて黙りこんだ。もしかして、盗聴されているのではと心配しているのか。誰かに追われていると思って不安なのか。パスワード以外のことは電話でも詳しく話したのに？

エミリーは、電話をかける前に用意しておいたシナリオに沿って話を進めた。

「教授のおっしゃったとおりでした。図書館には、ワシントンＤＣの陰謀に関与している人物のリストだけじゃなく、陰謀のあらゆる側面に関する情報が保存されてました。全貌を暴いて告発できるだけの確かな証拠があります」

「それに、時間のゆとりもまだあるな」ウェクスラーは腕時計を確かめた。九時二十分を過ぎたところだった。大西洋をはさんだワシントンＤＣで夜が明けて一日の活動が始まるのはまだしばらく先だ。

エミリーはしばし間を置いて、次に言うべきことを慎重に考えた。図書館へのアクセスのしかたを突き止めたあと、長い時間をかけて計画を練った。〈カウンシル〉がワシントンＤＣで何を企んでいるか詳細に記述した文書を読んで、計画はさらに明確な形を取った。恐ろしいくらいのスピードで計画は具体化し、エミリーは自分がすべきことを正確に理解した。図書館に至るまでの道筋は曲がりくねっていた。しかしそこから先の道は、意外なほどまっすぐだった。その道が見えたとき、彼女の心は不思議なくらい穏やかになり、そこに責任感が芽生えた。

「図書館から必要な情報を集めるために、いまから別の場所に行きます。教授は、一時間半後――十一時に、ご自分のオフィスにいらしてください。私も行きます。そこからBBCに電話して、世紀のスクープを暴露しましょう」

「本当にそれでいいのか？」ウェクスラーは尋ねた。疑念が頭をもたげ始めていた。何かしっくりこない。危険すぎると思える。教え子の身が心の底から心配になった。

「はい。とにかく、十一時に教授のオフィスで落ち合いましょう。何分か遅れてしまうかも知れませんけど、待っていてください。できるだけ急いで行きますから」

そう言うと、エミリーは電話を切った。遅刻はしない。それどころか、十分後にはウェクスラーのオフィスに行くつもりだった。そうすれば、残った仕事を片づけるための時間を一時間と少し、確保できる。

110

一時間半後――オックスフォード　オリエル・カレッジ
午前10時50分（GMT）

エミリーは、オックスフォードのピーター・ウェクスラーのオフィスのデスクについていた。教授との電話を終えて数分後にはここに来て、〝鍵は入口の戸枠の上に隠しておく〟ウェクスラー式セキュリティを難なく突破し、それ以来、ずっと作業に没頭していた。計画を成功させるにはスピードが肝心だ。〈カウンシル〉の〈フレンド〉がまもなく追ってくることはわかっている。しかし、ウェクスラーとのやりとり――約束の時刻まで別の場所で情報収集を続けるという部分――を聞いていれば、作業がすべて終わるまで、彼らは来ないはずだ。

計画は単純だ。どうしても必要なものは時間だけだった。邪魔が入る前に――中断させられる前に完了することさえできれば、何もかもがしかるべき場所に収まって、目標を達成できる。

何世紀も何千年も続いてきた伝統を断ち切ることになるのだと痛切に意識しながら、ウェクスラーのパソコンを起動して作業に取りかかった。創設以来、〈ソサエティ〉に属する

〈ライブラリアン〉はひたすら図書館の秘密を守ることに心を砕いてきたことを考えると、アタナシウスは彼女の計画をどう思っただろうか。アルノ・ホルムストランドは？〈キーパー〉は彼女を図書館の入口に案内し、そこに入るよう促した。しかし、図書館に蓄積された情報にアクセスできるようになったあと、その情報をどう扱うべきか、〈キーパー〉として何をすべきか、彼からの指示はほとんど――いや、まったく――なかった。

すべて任されたと解釈するわ――エミリーはそうつぶやきながら、ウェクスラーのオフィスのパソコンを使って図書館のインターフェースにアクセスする手順を繰り返し、ログインした。あれこれ考えている時間はない。

前〈キーパー〉の指示がないために、かえってエミリーの決意は強まった。アルノ・ホルムストランドはここに至るすべてのステップを入念に計画した。凝りに凝った計画だった。エミリーはその計画に誘われ、導かれた。振り回されたと言ってもいい。だが、それもここまでだ。アルノはゴールに続く道の入口は教えた。しかしそこからは、図書館の歴史を自分の足で歩いてたどり、行くべき道筋を自分で探すよう促した。

いかなる時でも教授だったのだとエミリーは思った。最後の最後まで教師だった。教え子にツールを与えた。そのツールを使って何をするかは、エミリーが自分で決めるしかない。

頭のなかで計画が形を成し始めてからさほど時間がたっていないが、その短いあいだに、その影響については何度も検討した。何もかもが変わる。〈ソサエティ〉はまったく新しいものに生まれ変わる。〈カウンシル〉はこれまでどおりの活動は続けられなくなる。リスクもある。危険もある。しかし、今回の陰謀が現代世界のあらゆる国家に及ぼしかねない影響と比較したら、小さなものだ。それに、〈ソサエティ〉が歴史を通して果たしてきた役割を思うと、ただその組織の一員になることにエミリーは大きな抵抗を感じた。〈ソサエティ〉が掲げる目標は確かに気高い。一方で、その歩みは道徳的に完全に正しいとは言いきれない。彼らは情報を集め、保存し、大切に扱う反面、情報を選別し、操作し、支配してきた。自らそのような活動に加わりたいとは思わない。世界中の政府が喉から手が出るほどほしがりそうな情報、陰謀や策略を計画する材料にしたいと願うような情報の宝庫にアクセスできるのは、いまや地球上にただ一人――エミリーだけだ。どの情報を世界と共有し、どの情報を世界から隠すか、そんな判断はできない。いや、そもそも、誰であれ、そのような選択ができる権力と能力は持ちえないし、与えられるべきでもないと思う。

彼女の計画は正しいものだ。ほかに選択肢はない。エジプトの砂漠の下に長く埋もれていた光、歴代の帝国の果てや秘密の書庫に隠されていた真実は、いまこそふたたび日の目を見るべきだ。

エミリーはパソコン画面に意識を戻した。開始から四十五分、処理は予定どおりに進んでいる。あとは完了まで見守るだけだ。そしてウェクスラーが現れたら、ニュース――発見したもの、それに対してしたことの両方――を伝える。ウェクスラーは彼女の選択を評価するだろうか。それとも非難するだろうか。いずれにせよ、結果を受け入れるしかない。何より重要なのは、エミリー自身は結果を受け入れる覚悟ができているということだ。

まもなく、ピーター・ウェクスラーのオフィスのドアが乱暴に開いた。年代物の蝶番が弾け飛びそうな勢いだった。だが、エミリー・ウェスの前に現れたのは、ウェクスラー教授ではなかった。まず飛びこんできたのは、ジェイソン・ウェスターバーグだった。エミリー以外に誰もいないことを彼が確認すると、ユアン・ウェスターバーグが戸口に現れ、銃の狙いをエミリーの眉間にぴたりと合わせた。

111

オックスフォード
午前10時54分（GMT）

「ドクター・ウェス」ユアン・ウェスターバーグは芝居がかった声音で言った。「ようやく会えたね」アメリカの知識層のアクセント、一筋の乱れもなく整えられた銀色の髪、体の線にぴたりと沿うあつらえの黒いスーツ。富と影響力と権力の匂いをぷんぷんさせている。銃をかまえた姿勢からは、物騒なものを手にしていることに対する不安はいささかもうかがわれなかった。

エミリーはこの男に見覚えがなかったが、先に入ってきた男は、イスタンブールで彼女を襲った二人組のうちのリーダー然としていたほうだとわかった。そこから、年配の男の正体にも推測がついた。

「あなたはきっと理事長さんね」エミリーはウェクスラーのデスク越しに二人を見つめて言った。デスクの左手に置かれたパソコンは、彼女の指示を粛々と実行していた。

「それは」ユアン・ウェスターバーグは応じた。「きみが知るべきではない数多くの事実の一つだ。恨むなら、自分を巻きこんだ〈キーパー〉を恨むんだな」そう言ってエミリーの目に視線をねじこんだ。「しかし、どんな間違いも正すことはできる」銃の狙いは、エミリーのなめらかな眉間にぴたりと合って動かない。

しかし、銃を突きつけられていても、エミリーは震え上がったりしなかった。この二十四時間で彼女の人生は一変した。その過程で、これまではなかった強さが彼女のなかに生まれた。彼女を殺すつもりでいるに違いない男を見上げながら、不思議と安らかな気持ちに包まれていた。もしかしたら、これでおしまいなのかもしれない。しかし彼女を殺しても、彼女を負かすことはできない。

「私ではない人物を待っていたのだとしたら、あいにくだね」ユアン・ウェスターバーグは続けた。「ピーター・ウェクスラーがやってくるころにはすべて終わっているだろう」ウェクスラーのデスクに顎をしゃくる。キーボードの横に電話が置いてあった。エミリー・ウェスがこれほど世間知らずだとは。理事長は失望に似たものを感じた。「きみのお手柄については聞かせてもらったよ。きみと同じ手順で、同じインターフェースを見つけた。足りないのはパスワードだけだ」

エミリーはパソコンの画面に一瞬だけ目をやったあと、すぐにまた理事長と銃口に視線を戻した。

あと少しだけ。あと少しで完了する。

ユアン・ウェスターバーグは一歩前に出た。若い女が不遜にも何も答えずにいることが気に入らない。愛用のアーミー・リボルバーの撃鉄を起こし、脅すような声色で言った。「よく聞け、ドクター・ウェス。あんたはパスワードをかならず吐くことになる。その次に待っているのは死だ。この二つは揺るがぬ事実だよ。素直に受け入れるか、否定を試みるか、それはあんたの自由だ。しかし私は図書館にアクセスするためのパスワードを手に入れるまでこの部屋を出るつもりはないし、あんたのようなアマチュアじみたつまらない人間にワシントン計画を邪魔される可能性を完全につぶすまでは引き上げない」

父親の隣に立っていたジェイソンはエミリー・ウェスの表情を観察していた。父親の居丈高な脅し文句を聞いて、女は目を見開いた。デスクにはパソコンがある。そう言えば二人が入ってきたとき、女はパソコンを使って何か作業をしていた。

「いまもログインしているのか？」ジェイソンは言った。父親は脅しの効果を狙ってわざとらしく間を置いていたが、それをさえぎる格好になった。しかしふだんの自制心は、小型のデスクトップパソコンの画面にいまこの瞬間に表示されている可能性のあるもの、いま目の前にすべてがあるかもしれないという事実に呑みこまれ、押し流されていた。

一方のエミリーは、時間稼ぎを狙ってすぐには答えなかった。しかし、必要な時間はすでに経過していた。まもなく、すべてが完了する。もはや隠す理由はない。秘密主義を終わらせる時が来た。

「ログインしてるわ」エミリーは答え、回転椅子の向きを変えてジェイソンを見つめた。「図書館にアクセスする方法を知るのはもう私以外にはいないということを考えると、この数日のできごとによってアルノの遺志はかなえられて、私が図書館の新しい〈キーパー〉になったみたいね」

理事長とジェイソンは、その傲岸《ごうがん》不遜な態度にそろって眉をひそめた。〈カウンシル〉が千年以上の歳月をかけて追い求めてきた情報を自分が引き継ぐのは当然だと信じて疑わない——いったい何様のつもりか。引き金にかけた理事長の指に力がこもった。

「いまもね、ちょっとした更新をかけていたところ。それが私の新しい役割だから」エミリーは続けた。心臓は経験したことのないスピードで打っている。しかし努めて冷静さを装った。「私たちの冒険の旅の思い出話をいくつか追加したのよ」そう言うと、パソコン画面の向きを変えて理事長から見えるようにした。理事長は銃をエミリーに向けたまま、画面をちらりと見た。そこに表示されたプログレスバーは、エミリーの更新情報を保存中であることを示している。左から右に向けてバーが伸びて作業の進捗をパーセンテージで表す、誰もが見慣れているようなものだ。そのバーのかたわらに表示された数字は〈九七・五パーセント〉が完了したことを示していた。ちょうど理事長が目を向けた瞬間、その数字は〈九八パーセント〉に変わった。理事長は視線をまたエミリーに戻した。

「それは熱心なことだな、ドクター・ウェス。いまさら無駄なのに。私は図書館に情報を付け加えることには関心がない。情報を引き出すほうはともかくな」

エミリーは古い回転椅子の背にもたれた。

「でも、ここにどんな情報が保存されてるか考えると」エミリーは言った。「慎重に扱うべき——」

「図書館についてこの私に講釈など垂れるんじゃない！」理事長の大音声《だいおんじょう》がオフィス中に反響した。

エミリーは凍りついた。理事長が怒りに燃えて冷静さを失いかけている様を日の当たりにして、初めてすくみ上がった。

「この図書館について私に教えてやろうなどと考えるんじゃない。世界中の無知な人間どもと同じで、おとぎ話や歴史の断片からしか図書館を知らないくせに、偉そうに語るんじゃない！」ユアン・ウェスターバーグは続けた。顔はグロテスクな赤色に染まっていた。「世界中の無知な人間どもと同じで、おまえが何を知っているというんだ？　私はな、この図書館のために人生をかけてきた。父も同じだ。代々そうしてきたんだ。眠っていたって図書館の中身を詳しく話せるぞ。おまえがみじめで短かった人生で得た図書館の知識をすべて寄せ集めたよりもっと多くのことをな」まるですでに死んだ人間について語るかのようにエミリーについて話しながら、彼女の目の前に銃を突きつけた。「それなのに何だ、慎重に扱えなどと、この私に講釈を垂れるのか？　この私が何も知らないとでも？　我々〈カウンシル〉はな、千年以上も真実を、本来は我々のものであるはずの知識を追い求めてきた。その邪魔をする帝国や国家が出現すれば闘った。必要とあらばどんな犠牲もいとわなかった。同じことができてからにするんだな、それについて語りたいなら」理事長はパソコン画面のほうに銃をさっと動かした。プログレスバーは〈完了〉に向けてじりじりと伸び続けていた。

「アレクサンドリア図書館司書会は、何世紀ものあいだ、自分たちは気高い使命を負っていると信じてきた」ユアン・ウェスターバーグはわめくような調子で続けた。「神聖で人道主義的な集団を気取っていた。しかし、我々〈カウンシル〉とどこが違うというのだ？　権力を求め、支配力をふるうという点で同じではないか。連中は偉大な王や帝国の時代から人類の英知と真実の保護者を気取ってきたが、そんな権利をいったい誰が、何が連中に与えたというのだ？」

「こう言ったら驚かれるかもしれないけど、その点では私の意見もさほど変わらない」エミリーは胸の内の恐怖をなだめながら言った。その言葉を聞いて、理事長は一瞬、戸惑ったように黙りこんだ。「無限の権力を隠し持つのは、それが誰であっても危険なことだと思うから。でも、少なくとも〈ソサエティ〉の目的は崇高なものよ」

「違うね。臆病者の集まりというだけのことだ。闇に隠れている臆病者だ」理事長は切り返した。「知識を暗い書庫に押しこんで地中に埋めるような臆病者だよ。我々は――」そう言って、〈カウンシル〉全体を指すつもりでジェイソンにちらりと目をやった。「――我々は、行動することを知っている。じっと隠れているだけではなくな。図書館が我々の手の届かないところに隠されていようと関係なく、我々は着実に力を手に入れた。強さを身につけた。政府や科学、テクノロジーを支配してきた。国境や文化の違いを超えた権力のネットワークを築いてきた。そのネットワークは、どれほど分厚い壁にぶち当たろうと目的を達成する力を持っている。アメリカ政府を見ろ。世界最強の政府だ。我々はそのアメリカ政府をもひざまずかせたんだ。年月をかけて、しかるべき人材をしかるべきポストに就かせ、何人かを戦略的に暗殺し、丹念に練り上げた文書を狙い澄ました相手にリークし続けた結果、ついに大統領を倒して、その後任に我々の一員を据えようとしている。〈カウンシル〉のメンバー、私の支配下にある人間の一人が、アメリカ合衆国大統領になる。彼を補佐する閣僚もみな〈カウンシル〉の同僚だ。一方の〈ソサエティ〉を名乗る臆病者の集団は、図書館の知識を守る保護者を気取るだけで何もしない！　もし人類の英知がもっと早く我々のものになっていたら、どれだけのことができたか！」理事長の燃えるような怒りがオフィスを満たした。まるで幼いころから心にため続けてきた憎悪をすべて吐き出そうとしているかのようだった。

エミリーは身じろぎ一つせずに座っていた。ジェイソンでさえ、部屋の隅で凍りついたように突っ立ち、これまで見たことがないほど殺気立った父親の様子を、まだ腫れたままの目で見つめていた。

長い沈黙ののち、ようやくエミリーは口を開いた。

「正直に言うと、〈カウンシル〉がまさか大統領周辺にまで影響力を及ぼしてるとは思っていなかった。今回の陰謀に関与してる人たちのリストを見たわ。ハインズ副大統領が十五年以上も前から〈カウンシル〉のメンバーだったと知ったら、世間はどう反応するかしらね。何十年も前から計画を進めてきた証拠だもの」〈カウンシル〉の陰謀のスケールに驚いているふりをする必要はなかった。本当に驚いていた。

「いまここにいる者と〈カウンシル〉の上層部以外にその話が漏れることはない」理事長は言った。怒りの炎が鎮まる気配はなかった。

「この件が公になったとして」エミリーはたじろぐことなく続けた。「衝撃はそれだけじゃすまない。トラサム大統領を排除する予定の人物——大統領をよりによって執務室で逮捕する予定の人物は、副大統領より前から〈カウンシル〉のメンバーだったわけだから。マーク・ハスキンス、アメリカ合衆国陸軍の大将《フォー・スター》は、軍に入隊した時点からすでに〈カウンシル〉の一員だった」

「言っただろう、外部の者が知ることはない——」

「アシュトン・デイヴィスも」理事長に口をはさまれても、エミリーの勢いはもう止まらなかった。「アメリカという国家の安全を預かっているはずの国防長官に至っては、祖父の代から〈カウンシル〉のメンバーだった。ねえ、ミスター・ウェスターバーグ。現大統領が就任して以降、デイヴィスが下してきた軍事的な判断のなかに、〈カウンシル〉の計画を隠すためじゃなかったものは、いったいいくつあった？」図書館を検索して得ていた情報に後押しされるかのように、エミリーは立ち上がってユアン・ウェスターバーグと真正面からにらみ合った。

「この件が公になったあと、あなたや〈カウンシル〉がこそこそ身を隠せる場所が地球上に存在すると思う？　あなたや〈カウンシル〉が数十年、数百年にわたって政治を操り、意に添わない政府を転覆させてきたというのに、だまされたと思わない国家がこの地球上に一つでもあると思う？」エミリーはウェスターバーグのほうに身を乗り出した。「ねえ、理事長さん、あなたは自分がこの危機を生き延びられると思ってる？」

憎悪が血流に乗って、ユアン・ウェスターバーグの全身を駆けめぐっていた。エミリー・ウェスの幼稚な脅しにこれ以上つきあってなどいられない。深呼吸を二度繰り返して心を落ち着かせ、胸を反らすと、空いたほうの手でスーツの乱れを整え、口角や顎に飛んだ唾液《だえき》を拭った。

「いま生き延びられるかどうか心配すべきなのは、私ではないと思うがね」理事長は言った。その声は、少し前までとは打って変わり、穏やかでビジネスライクな調子にもどっていた。

「いまの破滅のシナリオはなかなかよくできていたよ、ドクター・ウェス。しかし、あんたとピーター・ウェクスラーがひねり出した愚かしい計画、すべてを公表するという計画は、単なる電話代の無駄に終わることになる」

「さて」氷のような決意とともに彼は続けた。「そろそろ図書館を渡してもらおうか。二度は言わないぞ。即座に協力しないと、私は電話をかける。数分後には、あんたのフィアンセは死ぬ。あんたは一部始終を聞くことになる。二人でロマンチックな週末を過ごしたキャンプ場に隠れているフィアンセが、私の部下たちに殺される一部始終をな」理事長はエミリーの顔をじっと観察しながらそう言った。〈カウンシル〉がマイケル・トーランスの居場所を突き止めたことを悟った瞬間、そこに驚愕と恐怖が浮かんだのを見て、悦に入った。「その次は、あんたの両親だ。友達もだな。あんたの知り合いが全滅するまで続けるぞ。あんたが大切に思っている人間を一人残らず殺す。どんな手を使っても殺すぞ。いいか、よく聞け。あんたは図書館を渡すしかない」

エミリーはごくりと喉を鳴らした。理事長の言うとおりだ。選択肢は一つしかない。理事長の堂々とした物腰にならうように、エミリーは背筋をぴんと伸ばした。

「人を殺して回る必要はなさそうよ」エミリーはできるかぎり尊大な調子を装って言った。

「図書館は渡すから。あなたに。世界中の人に。そう、あと――」パソコンの画面を確かめる。プログレスバーは〈九九パーセント〉に到達していた。「――十二秒ほど待ってもらえれば」

ユアン・ウェスターバーグはすぐには理解できなかった。しかしまもなく、顔から血の気が引いた。

「いったい何の話だ?」銃口をエミリーに向けたまま、パソコンの画面にちらりと目をやった。

だが、ジェイソンは一瞬のうちに完璧に理解していた。

「まさか」そうつぶやきながら画面に歩み寄り、両手でつかんで自分のほうに向けた。〈完了〉に向けてじりじりと伸びるプログレスバーを見つめた。全身の皮膚が冷え切った。

「いったい何だというんだ!」理事長は叫んだ。彼の視線は、すぐ横にいる息子と、銃口の先にいるエミリーとのあいだを忙しく行き来した。

「図書館に情報を追加したんじゃない」ジェイソンは答えた。言葉が喉に張りついたようでうまく話せない。「丸ごとアップロードしている」

理事長の怒りに燃えた目がエミリーを見つめた。

「アップロード？　どこに？　何にだ！」

エミリーは理事長の視線を受け止めた。

「全員に。インターネットに。誰でもアクセスできる、い、い、い、インターネットに。私は図書館を見つけた。あなたは私を通して図書館を見つけた。でも、いまから数秒後、世界中の人が図書館のすべてを閲覧できるようになる。誰でも。初めからそうあるべきだったように」

彼女の言葉を聞いて、ユアン・ウェスターバーグは胸を引き裂かれるような痛みを感じた。プログレスバーがまた少し伸びて、〈九九・九パーセント〉に到達した。

「もちろん」エミリーは先を続けた。「そこには〈カウンシル〉に関する情報も含まれてる。〈カウンシル〉がワシントンで進めてる陰謀、あなたたちの数々の犯罪に関するものも。〈カウンシル〉関連の情報はとりわけ目立つようにしておいたから。すぐに見つかるようにね。名前、日付、関連するあらゆる情報。〈カウンシル〉はもう闇に隠れてはいられない。ほかの情報と一緒に日の当たる場所に出るの」

理事長は勢いよく振り返って息子に言った。

「止めろ！　キャンセルするんだ！　破壊しろ。何かするんだ。何だっていい！」

ジェイソンは半狂乱になってデスクの上のキーボードを引き寄せた。しかしホームポジションに両手を置いてキーを打とうとした瞬間、青く輝くプログレスバーは終点まで到達し、その隣の数字が書き換わった。

〈一〇〇パーセント。アップロードを完了しました〉

112

オックスフォード
午前11時10分

「嘘だろう！」ユアン・ウェスターバーグは叫んだ。獣の咆哮《ほうこう》のような荒々しい声だった。大きく見開かれた目は、画面に釘付けにされていた。一生分ためこんできた怒りが胸の内側で煮えたぎっていた。

また勢いよく向きを変えて、エミリーをにらみ据えた。怒り、そして挫折感。この女にしてやれることは一つしかない。たったいま、無数の人生を破滅に追いやった罰を、自分の命で償わせる。彼はすっと右手を持ち上げ、銃の狙いをエミリーの眉間に定め直すと、引き金に指をかけた。

耳を聾するような銃声が小さなオフィスに轟《とどろ》き渡った。エミリーは自分の体が痙攣して硬直したように感じた。銃弾がもたらした痛みは感じなかった。雷鳴に似た轟音《ごうおん》が聞こえただけだった。自分に銃を向けた相手の顔に浮かんだ驚愕まじりの怒りを見ただけだった。消えていく世界を見送るのはどんな心地がするものだろうと思った。

しかし力なくデスクに倒れこんだのは、エミリーではなかった。ユアン・ウェスターバーグだった。後頭部に一つ、銃弾が開けた穴が開いていた。その背後の戸口にピーター・ウェクスラーが立ち、さらにその左右に警察官が二人立って、手にした銃をまだウェスターバーグに向けていた。三人目が室内に入ってきてジェイソン・ウェスターバーグに銃を向けた。ジェイソンは部屋のすみに後ずさりした。警察官の手で壁に押しつけられ、手錠をかけられてもまだ、彼の目はデスクに突っ伏した父親を見つめたまま動かなかった。

エミリーは言葉を失った。ショック状態に陥りかけているのがわかる。ウェクスラーが警察官を押しのけるようにして入ってくると、デスクを回ってエミリーに歩み寄った。エミリーは向きを変え、真剣なまなざしを教え子に注いでいる教授の顔を見上げた。

「きっかけはきみの電話だった」ウェクスラーは説明した。「私は気むずかしい老いぼれかもしれんがね、その私でも、よからぬことが起きる予兆くらいは見分けられる。きみは電話のやりとりを誰かに聞かれているのではないかと心配していたんだろう。私のほうはきみのその心配が当たっているのではないかと心配になった。〈カウンシル〉とやらのメンバーがきみを止めようとするのではないかとね。そこで援軍を頼んだわけだ。きみの心配そうな様子を思い返すにつれ、そしてきみが話していた集団の規模を思うにつれ、ここでの待ち合わせに第三者が強引に割り込んでこようとするのではないかという確信が強まった」ウェクスラーは自分のデスクにだらりともたれかかった死体を見下ろした。「きみと私の懸念は当たっていたようだな」

エミリーは恩師の顔をまじまじと見た。こんな状況なのに、なぜだろう、彼女の顔には感謝の笑みが浮かんだ。たったいま命を救ってくれた恩師をきつく抱き締めた。

感動の瞬間が過ぎるなり、ウェクスラーはオフィスを見回した。

「で、すべて終わったということか?」

エミリーはパソコンの画面に視線をやった。〈アップロードを完了しました〉というメッセージはまだ点滅している。

「いいえ」エミリーは言った。「まだ始まったばかりです」

エピローグ

二日後――ワシントンDC
午前11時45分（EST）

首都ワシントンに建つ目印一つないビルを出たところで見上げると、空は澄み切った青色をしていた。エミリーに対するＦＢＩの尋問は一日半近くに及び、アメリカ合衆国大統領の権力を我が物とするために副大統領とその側近が企てたとして世界中を騒がせている陰謀について、微に入り細をうがって質問された。これほど長い歳月をかけて準備された陰謀、政界の重鎮が何人も国家転覆に関わった謀略を、アメリカという国はまだ経験したことがない。

クーデターの失敗から二日後、拘留所に入れられていたのは大統領ではなく、副大統領だった。海外での不法取引に関与していないという主張の正当性を認められたサミュエル・トラサム大統領は職権と名誉が守られ、ふたたび大統領執務室のデスクについていた。公表された大量の文書によって、それまで不法行為の証拠とされた資料は、報復を呼びかけるアフガニスタン人テロリストの動画に至るまで、いずれも偽造、捏造されたものであることが証明された。陰謀は、国境をまたぐ大規模なものだった。ＦＢＩは、副大統領ハインズに加えて、国防長官アシュトン・デイヴィスと陸軍参謀総長マーク・ハスキンスをすでに逮捕している。デイヴィスが招集した〝非常事態対応チーム〟のメンバーのうち、犯罪事実なしと認められたのは、シークレットサービス長官のブラッド・ホイットリー一人だった。しかしそのホイットリーも、デイヴィスとハスキンスに意のままに操られていたことを知った一時間後には大統領に辞意を伝えた。しかし、ホイットリーを善良で誠実な人物であると考えていたトラサム大統領は、すでに慰留を決めている。

エミリーは尋問に応えて、今回のクーデターについて知っていることをすべて話した。〈カウンシル〉がアメリカ全土に配置していた〈フレンド〉と呼ばれる工作員のリストを含め、今回の陰謀を白日の下にさらし、大統領の名誉を回復することになった膨大な情報を公開した人物は匿名だったが、FBIはネット上の痕跡を追ってあっというまにウェクスラーのオフィスにたどりつき、そこからエミリー・ウェスの名が浮かび上がった。エミリーは尋問を担当したFBI捜査官のあいだで一躍時の人となったものの、尋問開始直後から、身元は決して公表しないでほしいとはっきり伝えていた。FBIはその希望を尊重した。世界中のメディアが未遂に終わったクーデターを報じていたが、どの記事も〝匿名の人物〟が〝桁外れの量の情報を提供した〟のをきっかけに謀略が暴かれたとしか書いていない。

匿名の情報提供者――それでいい。意外なほど平穏なワシントンの街を見渡しながら、エミリーは何時間も続いてようやく終わった尋問を振り返った。すべて隠さずに話した――妥当と思われる範囲で。伏せておきたい細部には脚色を加えて。陰謀の詳細、在エジプトのとある人物から接触があったこと、膨大な量の情報が収められたデータベースへのアクセス方法を教えられたこと、その情報をネットに公開したことは話した。しかし、その情報の提供元や図書館の存在、何世紀にもわたる〈ソサエティ〉の運営などについてはひとことも話さなかった。政府と国民には、これまで秘匿されていた知識の宝庫が広く開放されたことだけを知ってもらえばいい。その知識や情報を誰が集めたかを知らせる予定はない。世界各国にまたがる〈ライブラリアン〉のネットワークがいまも休むことなくデータを収集し続けていることも。

一部の事実は、この先も伏せておくべきだ。図書館の活躍によって深刻な危機は回避された。図書館の未来を託されたエミリーは知っている。これからも図書館は人類を危機から救い続けるだろう。ただしそのためには、世界の動向を注視し、情報を集め、整理するという図書館の機能はこれまでどおり維持されなくてはならないし、図書館は今後も秘密の存在であり続けなくてはならない。何代にもわたる前任者たちと違い、世界と共有すべき情報を選別するつもりはエミリーにはなかった。とはいえ、この一週間ほどのあいだに、人間の支配欲の邪悪な一面をいやというほど経験した。そういった勢力が見過ごしにされているのをただ傍観していることはもうできない。

山積する課題が新しい〈キーパー〉を待っている。その役割の見かけはこれまでと変わったかもしれないが、〈ソサエティ〉の指導者としての務めは変わらない。

一時間後、エミリーはワシントン・ダレス国際空港の国内線到着ゲート前にいた。たった四十八時間のうちにさまざまな経験をした。遠く古代から受け継がれた英知と力の宝庫をのぞき、自分を狙う銃口と向き合い、邪悪な帝国の終焉《しゅうえん》を見届けた。ワシントンの行政府ビルの奥の奥で尋問を受け、謝意を伝えたいという大統領と握手も交わした。しかしそのめぐるしさのなかでも、見たいもの――見たい顔はこの世にたった一つであることを痛感した。一千年分の知識が自分のものになろうと、その人物と一緒にいられないなら、それには何の意味もない。

エミリーは目を上げた。ああ、ようやくその顔が見えた。ゲートの奥から明るい笑顔をこちらに向けている。

「やあ、こんにちは、ミセス・キーパー」マイケルはいたずらっぽい口調でそう言いながら近づいてきた。その顔には愛情のこもった笑みが浮かんでいる。エミリーの瞳をじっとのぞきこんだあと、両腕を広げて彼女を抱き寄せた。二人は長いことしっかりと抱き合っていた。

「会いたかった」ようやく顔を上げて、エミリーは言った。マイケルは何も言わずにいっそうきつく彼女を抱き締めた。

「一つ貸しができたね」長い間があって、マイケルはエミリーの耳もとでからかうようにささやいた。「きみは僕を置いて一人で大冒険の旅に出かけた」

「埋め合わせはちゃんとする」エミリーは言った。「旅行に出るとか」

一人で世界中を旅して帰ってきたばかりの女がまた旅に――？　マイケルは疑わしげに片方の眉を吊り上げた。

「今度は二人一緒に」エミリーは笑って言った。「どこかのビーチでのんびりするの。おもしろい本でも持って」

「たとえばどんな本？」マイケルが訊いた。

「どんな本でも」エミリーは答えた。「ものすごく充実した図書館を見つけたから」

著者あとがき

この物語は史実に基づいている。また、それ自体が一つの物語として興味深い、歴史上の謎を題材にしている。

古代アレクサンドリア王立図書館

エジプトの文化遺産であり、古代世界の奇跡と呼ばれるこの図書館について本書のなかで触れている事柄は、その謎めいた消滅も含め、すべて事実である。アレクサンドリア図書館は、紀元前三世紀初めごろに〝ピラデルポス〟プトレマイオス二世の命を受けて建設された。費やされた莫大な資金とその後の急速な拡張は、それまでエジプトに君臨したいずれのファラオをも超えた栄華と遺産を次世代に引き継ぎたいという新ファラオの意図が込められていたようだ。宗教、哲学、科学、芸術を網羅した図書館は、世界一の英知の宝庫となった。プトレマイオス三世の時代に、アレクサンドリアを訪れた旅行者が所持している書物をすべて没収し、その写本を図書館に収蔵せよとの命令が出されたという記述も、アレクサンドリア図書館の波乱の歴史における真実の一つだ。

司書による翻訳の功績は当時も広く知られていたが、その評価は現代に至ってもなお色褪せていない。プトレマイオス二世の指示で行われた、七十名を超えるユダヤ人翻訳者が携わったとされるヘブライ語聖書のギリシャ語への翻訳はとくに有名で、このとき翻訳された聖書は『七十人訳聖書《セプトゥアギンタ》』と呼ばれ、翻訳から二世代のちにはすでに、聖書の標準版として世界中で知られていた。キリストや使徒が引用したのはこの聖書であり、この版の旧約聖書は現在でも世界中の多くのキリスト教徒に読まれている。

王立図書館は古代世界の学問の中枢となった。当時の館長や司書には、後世に名を轟かせた歴史家や学者がいる（ロードスのアポロニオス、エラトステネス、アリストファネスなど）。作中、図書館の最終的な蔵書数は誰も知らないという説明があるが、これも史実に基づいている。創設時の目標、五十万冊は、早々に突破したとの推測も同様だ。紀元前一世紀にアントニウスがペルガモンの図書館から略奪した二十万冊以上をアレクサンドリア王立図書館に寄付し、目標達成がいっそう早まったことは想像に難くない。

図書館の破壊と消滅について、カイルとエミリー、ウェクスラーが議論する多様な仮説は、いずれも現代の研究者によって提示されているものだ。紀元前四七年、カエリルの攻撃によって破壊されたという説がかつては有力だったが、作中でエミリーが指摘しているように、さまざまな文献により、それ以降も図書館は存続していたことが裏づけられている。作中ではほかに、現代の研究者のあいだでもっとも支持されている二つの可能性を検討している。六四一年、アムル・イブン・アル゠アース率いる遠征軍がアレクサンドリアを征服した際に破壊されたとする説と、四世紀にアレクサンドリア大司教テオフィルスによる異教徒の寺院をすべて破壊せよとの指示に従って破壊されたとする説だ。いずれにせよ、偉大な古代図書館の消滅は、現在でも古代史の最大の謎の一つに数えられている。確かにわかっているのは、七世紀以降、図書館に関する記述は歴史的文献に二度と現れていないということだけだ。

現代エジプトが再建した新アレクサンドリア図書館

新アレクサンドリア図書館の堂々たる建物の歴史やスケールについて、作中の描写はすべて現実の話だ。建設費二億二千万ドルで二〇〇二年に開館した新図書館は、遠祖から受け継いだ名に恥じないりっぱなものだ。八百万冊収容の書架はもちろん、何より強い印象を与えるのは建物そのものの物理的な大きさだろう。エジプトの歴史と文化を象徴する新たなランドマークとすべく、ＵＮＥＳＣＯから選定されたノルウェーの建築事務所スノヘッタが設計したもので、直径百六十メートルの花崗岩の円盤状のルーフ部分は昇る朝日を象徴し、ファサードの壁面には百二十種類の言語や文字で言葉が刻まれている。円柱形の建物は斜めに切り取られたような形状をしており、海を表す池に向かって傾斜している。大閲覧室だけで七万平方メートルの面積を誇る。エミリーのツアーガイドの説明にもあるように、アレクサンドリア図書館には、古代と現代の地図のコレクションや、マルチメディア資料だけを収めた別棟、最先端技術を導入した本と写本の復元ラボがあり、膨大な数の点字本なども所蔵されている。また、最上階にプラネタリウムがあって、三十を超える特別コレクションを展示する博物館も三つあるというのも本当だ。

一部の読者にとっては意外なことかもしれないが、新アレクサンドリア図書館は完全なインターネット・アーカイブのコピーを所蔵する唯一の図書館であるというガイドの説明もまた事実である（ただし、二〇〇二年以降の分については同様のコピーがほかのリイトにも保存されている）。総計百テラバイトを超える記憶容量を持つ、五百万ドル相当、二百台以上の専用パソコンに、一九九六年から二〇〇一年のあいだにインターネット上に存在したすべてのページを二カ月ごとに取得した〝スナップショット〟が保存されている。それ以降も、インターネット・アーカイブ・プロジェクトはインターネット全体を記録し続けており、今後も自由に閲覧できる状態を維持する予定でいる。新アレクサンドリア図書館はいまも主要なデータセンターとして機能している。

古代の王立図書館の歴史と、新図書館の未来志向のデジタルプロジェクトを融合させたら——その思いつきが、本書の本筋となるストーリーのインスピレーションとなった。

イスタンブールのトプカプ宮殿とドルマバフチェ宮殿

トルコのスルタン統治時代を象徴する二つの壮麗な宮殿についても、本書では忠実に描写されている。エミリーの認識のとおり、二つの宮殿はそれぞれ個性的で、まったく異なった趣をたたえている。現代ではいずれもイスタンブールの人気観光スポットだ。オスマン朝当時の文化をそのままに伝えているのはトプカプ宮殿だが、より印象的な外観を持つのは、時代的にだいぶ遅れて十九世紀に建設されたドルマバフチェ宮殿だろう。独自のスタイルをあえて持たせず、西欧からの訪問者を驚嘆させることを主な目標として設計されたこの宮殿は、建築の観点から言えばグロテスクかもしれないが、あらゆる面で驚嘆すべき建物だ。総床面積は一万五千平方メートル。バカラのクリスタルを使った有名な水晶の階段や、イングランドのヴィクトリア女王から贈呈された七百五十個のランプを使う世界最大のシャンデリアなどがある。

ドルマバフチェ宮殿にはまた、現代トルコの父ムスタファ・ケマル・アタテュルクの寝室が保存されている。テーブルの上の置き時計はいまも午前九時五分で止まったままだ。これは一九三八年十一月十日にアタテュルクが死去した時刻で、それから何年ものあいだ、宮殿のすべての時計がこの時刻を指したまま止められていた。歴史愛好者の安心のため付け加えておくと、著者の知るかぎり、寝室のソファのフレームに文字やシンボルが刻みつけられたのは、物語のなかだけである。

オックスフォードの聖母マリア大学教会とボドリアン図書館

聖母マリア大学教会もやはり現実には破壊されておらず、十三世紀から現在に至るまで、街の中心に威厳ある姿でそびえていることをご報告しておきたい。堂々たる時計塔を備え、オックスフォード市内でもっとも美しい風景の一つである聖母マリア大学教会は長い歴史を持ち、英国宗教史および宗教改革後の学問の発展における中心地としての役割を担ってきた。

ニューマン枢機卿はイングランド国教会からカトリック教会に改宗する以前、この教会で司祭を務めていた。メソジスト運動の指導者ジョン・ウェスレーもやはりこの教会の司祭を務めたのちに、挑発的な言動が理由で出入りを禁じられた。教会は裁判所として使用されたこともある。カトリック教会復活の動きに従うことを拒んだオックスフォードのブロード・ストリートの真ん中で火刑に処されたラティマー、リドリー、クランマー（〝オックスフォードの殉教者〟として知られている）の裁判のために演壇が設置された際の傷が内部の柱に残っている。歴史上のそういった悲劇はともかく、教会のステンドグラスや彫刻は一見の価値があるだろう。

オックスフォード大学の中央図書館、ボドリアン図書館は、西洋世界におけるもっとも偉大な学究施設の一つだ。この図書館の地下からオックスフォード中心部にかけて、総延長数キロと言われるトンネルが張り巡らされている。とはいえ、その使い道は、作中で述べたようなものとは大きく異なっている。

謝辞

執筆中から刊行まで、大勢の方々の貴重な支援に恵まれていなかったら、『失われた図書館』が日の目を見ることはなかっただろう。親しい友人であり、すばらしい作家でもあるＥ・Ｆは、草稿に繰り返し目を通し、その都度、感想を伝えてくれた。そのアドバイスがなければ、この本はまったく別のものになっていた。

執筆の中盤では、才能に満ちあふれたクリエーティブ・エディターのポール・マッカーシーの意見と批評、そして編集に大いに助けられた。とはいえ、この本が形になったのは、ＬＢＡのトーマス・ストーファーとルイジ・ボノーミの力によるものと言っていい。業界でもっとも有力な著作権エージェントである二人は、何百と送られてくる原稿や期待に満ちた問い合わせの山のなかから『失われた図書館』の初期の草稿に目を留めて、磨けばものになるのではないかと考え、いま、読者のあなたが手にしているこの形に仕上げる手伝いをしてくれた。新人小説家に時間とエネルギーを投資するのは、大きなリスクだ。そのリスクを承知で多大なエネルギーと熱意を費やし、こうして一冊の本に育て上げてくれた二人に、一生分の感謝を捧げたい。

最後に、パン・マクミラン出版の皆さんにありがとうと伝えたい。このプロジェクトに力を貸してくれた大勢の方々のなかでも、出版局長ウェイン・ブルックス、そして担当編集チームのエリー・ドライデン、ダナ・コンドン、ルイーズ・バックリーには感謝している。私のオフィスのデスクに散らかったメモにすぎなかったこの物語を世界中の読者に届けるために、信じがたいほどのエネルギーと熱意を注いでくれた。心からの感謝を捧げる。

解　説

三橋　曉

ボルヘスに「バベルの図書館」という短編がある。『伝奇集』に収められているこの作品で、図書館は宇宙に喩えられる。いや、喩えられるのは、宇宙が図書館に、といった方がいいだろうか。なるほど、賢者の石の作り方から大衆芸能の卑猥な図版まで、図書館に収められる無限ともいうべき情報のカオス状態は、宇宙そのものといえるかもしれない。

そのボルヘスの世界に倣《なら》ったともいわれるウンベルト・エーコの『薔薇の名前』をはじめとして、エンタテインメント文学の世界は、この図書館という知の迷宮をさまざまな形で採りあげてきた。思いつくまま挙げても、田舎町の図書館長が次々と事件に遭遇するジェフ・アボットの『図書館の死体』シリーズや、図書閲覧室での出会いがやがてシェイクスピアの正体をめぐる冒険の扉を開くチャーリー・ラヴェットの『古書奇譚』、またスペインからはカルロス・ルイス・サフォンの〝忘れられた本の墓場〟をめぐる四部作（現在『風の影』『天使のゲーム』『天国の囚人』が翻訳紹介済み）があった。

さらに、ややオフビートなものも視野に入れるならば、〈図書館〉なる究極の諜報機関をめぐるスタン・リーの『ライブラリー・ファイル』や、忘れられた作家の七冊の本をめぐり血みどろの争奪戦が繰り広げられていくミハイル・エリザーロフ『図書館大戦争』など、コージーから目も眩《くら》む大作まで、〝図書館〟をキーワードとした小説は数多ある。

そしてまた、そのカテゴリーに連なる新たな一冊が紹介された。A・M・ディーンの『失われた図書館』である。

物語は、大西洋を挟んだ米英の両国で、ほぼ同時に幕を開ける。ある晩のこと、ミネソタの名門カレッジで、史学科の古参教授が何者かに殺された。死体には、三発の銃弾が撃ち込まれていた。その十四分後、今度は早朝のオックスフォードで、古い教会の時計台が時限爆弾で爆破される。由緒ある教会はみるみる炎に包まれ、やがて崩れ落ちた。

学内で殺された教授のアルノ・ホルムストランドは、さまざまな業績で知られる人物で、新米教授のエミリー・ウェスには雲の上の人だった。翌朝、殺人事件の噂でもちきりの中、亡くなった教授からの謎めいた手紙がエミリーのもとに届けられる。

〝図書館は現存している。それに付随するソサエティも。いずれも消滅してはいない〟

そんなメッセージの一節に戸惑うエミリーだったが、文面からは先輩教授が彼女に何かを託そうと必死なことが読み取れた。探究心を刺激され、冒険心を揺り起こされた彼女は、婚約者と過ごす予定だった感謝祭の休暇をキャンセルし、その十時間後、イギリスへと向かう機上の人となっていた。

本作のテーマである〝図書館〟とは、人類史上最大の規模を誇ったと伝えられるアレクサンドリア図書館のことだ。西洋史にさほど通じていなくとも、この伝説の図書館の名は、誰もが耳にしたことがあると思う。

紀元前三世紀ごろ、エジプトの国王プトレマイオス二世が、ナイル川デルタの北西端にあって地中海を望む、ヘレニズム文化の中心都市アレクサンドリアに図書館を作った。その目的は情報の収集と集積にあって、世界中の書物の収蔵を目指していた。

一説によると、最盛期は七十万もの蔵書量を誇ったと言われるが、この古代の知の宝庫は、その後の歴史の中で忽然《こつぜん》と姿を消してしまう。カエサルのアレクサンドリア戦役で焼けてしまったという説が有力だが、諸説は紛々とし、真相は定かではない。現在、ユネスコの後援で二十一世紀型の新アレクサンドリア図書館が建てられているのは、著者あとがきにもある通りだ。

古代アレクサンドリアの失われた図書館の謎を追うエミリーは、想い出深いイギリスの大学町オックスフォードを訪れるが、恩師とその教え子から有益な助言を得たのもつかの間、またも飛行機に飛び乗ることになる。

かくして二千年前に消えた図書館をめぐって、三つの大陸を股にかけるエミリーの大冒険が始まるが、翻訳エンタテインメントの熱心な読者は、ややもするとこの展開に既視感を覚えるだろう。そう、二〇〇三年にアメリカで刊行されるや、全世界で推計八千万部が売れたといわれる大ベストセラー、ダン・ブラウンの『ダ・ヴィンチ・コード』である。

古代図書館をめぐる謎の組織〈ソサエティ〉と〈カウンシル〉の時を越えた因縁や、アメリカ合衆国の中枢を蝕《むしば》み、世界の命運を揺るがせる陰謀など、なるほど歴史の時間軸を俯瞰する壮大なスケールは先達を連想させる。しかし、あくまで主人公は女性であり、ヒロインの物語であるところに、この『失われた図書館』の清々しい魅力がある。

エミリー・ウェス、三十二歳、独身。母校のカールトン大学で宗教史の教鞭をとり、このままいけば終身雇用が保証されることも確実だし、私生活では優しい許婚者のマイケルもいる。そんなリア充を絵に描いたような彼女だが、まだ実現できずにいる夢が一つだけあった。それは冒険だった。

先の『ダ・ヴィンチ・コード』をはじめ、ダン・ブラウンのロバート・ラングドン教授シリーズにも、魅力的な女性たちは登場する。彼女らは主人公と二人三脚の活躍を見せるが、それはあくまで〈007シリーズ〉におけるボンドガール的な存在でしかなかった。

その点、本作のエミリーは、ひと味もふた味も違う。イスラエルの格闘技クラヴ・マガを学んだり、スカイダイビングのレッスンに通ったりという行動派の彼女には、冒険は男の特権であり、内助の功こそが女性の役割という旧弊な常識を、一気に逆転させるような痛快さがあるのだ。座右に地球儀を置きたくなるグローバルな展開や、古代史にまつわるエンサイクロペディア的な面白さといったページターナーの興奮が、風呂敷を畳み終えてみれば爽やかな余韻に変わるあたりも、ヒロインの物語ならではだろう。

作者のA・M・ディーンは、年齢、性別すらも不明で、判っていることは極めて少ない。古代文化や宗教史の分野における大御所のペンネームだそうだが、二〇一二年にパン・マクミラン社からの本作で作家デビュー。ドイツ、イタリア、スペインなど十を超える国々から出版のオファーがあり、翌年にはエミリーが再び活躍する *The Keystone* も上梓した（因みに、第二作で主人公とマイケルはめでたく結婚しているようだ）。しかし、その後は情報が途絶えてしまっている。新作の朗報が待たれるところだ。

（みつはし・あきら　ミステリー書評家）

集英社文庫

失《うしな》われた図書館《としょかん》

2017年7月25日　第1刷　　定価はカバーに表示してあります。

著　者　A《エー》・M《エム》・ディーン
訳　者　池田真紀子《いけだまきこ》
発行者　村田登志江
発行所　株式会社　集英社
東京都千代田区一ツ橋2-5-10　〒101-8050
電話　【編集部】03-3230-6095
【読者係】03-3230-6080
【販売部】03-3230-6393（書店専用）
印　刷　中央精版印刷株式会社　株式会社美松堂
製　本　中央精版印刷株式会社

フォーマットデザイン　アリヤマデザインストア　　マークデザイン　居山浩二

ISBN978-4-08-760736-9 C0197